U0653807

潇洒潮汕

李沪 著

暨南大學出版社
JINAN UNIVERSITY PRESS

中国·广州

图书在版编目（CIP）数据

潇洒潮汕/李沪著. —广州：暨南大学出版社，2018. 6
ISBN 978 - 7 - 5668 - 2400 - 4

Ⅰ. ①潇…　Ⅱ. ①李…　Ⅲ. ①新闻—作品集—中国—当代
Ⅳ. ①I253

中国版本图书馆 CIP 数据核字（2018）第 119148 号

潇洒潮汕
XIAOSA CHAOSHAN
著　者：李　沪

出 版 人：徐义雄
责任编辑：崔军亚
责任校对：陈俞潼
责任印制：汤慧君　周一丹

出版发行：暨南大学出版社（510630）
电　　话：总编室（8620）85221601
　　　　　营销部（8620）85225284　85228291　85228292（邮购）
传　　真：（8620）85221583（办公室）　85223774（营销部）
网　　址：http：//www. jnupress. com
排　　版：广州良弓广告有限公司
印　　刷：佛山市浩文彩色印刷有限公司
开　　本：850mm × 1168mm　1/32
印　　张：11. 125
字　　数：297 千
版　　次：2018 年 6 月第 1 版
印　　次：2018 年 6 月第 1 次
定　　价：48. 00 元

前　言

30多年前，我将退休时，朋友们多次劝说我尽快把在潮汕地区采写的新闻作品结集成册，并帮我收集整理资料。我是个低调不爱张扬的人，奉行多做少说或只做不说的信条。当时总觉得这没有多大的社会价值而搁置下来。

回首往事总觉得有点惆怅，为了充实生活，这次我自己动手收集过去的资料，把新华社采用我在潮汕地区采写的稿件，结集成册，定名为《潇洒潮汕》。不管人们怎样去理解、评价，它都为潮汕地区历史留下一抹墨痕，也是对自己过去“爬格子”的一种肯定。

新闻学是一门科学，同社会各行各业一样，有它自己的规律性、特殊性。新闻记者代替不了文学家，而文学家也代替不了新闻记者。我们不能勉强擅长采写新闻的记者去构筑鸿篇巨著；同样，能叱咤文坛的大手笔未必能采写出短小精悍的好新闻。

作为新华社记者，我在广东省潮汕地区的笔耕中被新华社采用的各类稿件（包括新华社的《瞭望》《半月谈》《经济参考》《新闻业务》等），超过280篇，总计30多万字。这可以说是在中央一级的新闻媒体中难得一见的。

其实，我采写的每篇新闻作品从构思、收集资料、写作到播发、媒体采用等，要经过很多人之手，要经过很多道工序，并非是记者单枪匹马之所为。这批稿件相当一部分是与其他记者和地、县新闻科的同志或通讯员一起执笔写成的。稿件送到编辑部，还要经过编辑部的删改、润色、把关。在这里我对他们表示衷心感谢！

汕头市是潮汕地区政治、经济、文化的中心，有过辉煌的历史，是海上丝绸之路的首发港口之一。抗日战争前，汕头发展成为“百载商埠、楼船万国”，是我国第一批建立自来水厂和电灯照明的城市，海、陆、空交通发达。抗日战争时期，汕头受到日寇的严重摧残，日渐衰败下去。1949 年后，汕头为了服从战备的需要，全市主要的工厂、企业、人员及设备“一窝端”，搬迁到闽西、赣南和兴梅地区。

土地改革时期，新华社曾一度在粤东行政公署驻地汕头市建立新华社汕头记者站（隶属于新华社广东分社），地点设在中山公园附近的红砖楼（南方日报记者站也设在这里）。土地改革后，新华社汕头记者站随之停止运转。改革开放后，中国首先设立了深圳、珠海、汕头、厦门四个经济特区。深圳、珠海、厦门经济特区先后设立了新华社支社，但汕头经济特区却无声无息。1991 年底，我奉命到汕头经济特区筹办新华社汕头记者站（后升格为新华社汕头支社）。30 多年过去了，深圳、珠海、厦门新华社支社机构和各项业务照常运作。新华社汕头支社呢？我担任第一任支社社长被调走后，又先后换了三位支社社长，意想不到 2010 年后，新华社汕头支社招牌被摘下来，不复存在了。

我经历筹办新华社汕头工作机构，对新华社汕头支社发展过程看在眼里，记在心里。为了使新华社汕头支社不轻易被淡化、忘却，我整理了《潇洒潮汕》，为潮汕地区和新华社汕头支社留下一抹墨痕，也让后人知道新华社汕头支社也像汕头经济特区一样有过一段荣耀的历史。

李沪

2018 年 3 月

目　录

第一辑　潮汕水土潮汕人

消　息

第二辑　中国农业高产区

通　讯

消　息

第三辑　汕头经济特区如何“特”起来

通　讯

消　息

第一辑　潮汕水土潮汕人

概　述

地处闽粤边的潮汕地区，行政区域包括当今的汕头、潮州和揭阳三个地级市。因地域相连、语言相通、血缘相亲、习俗相同，自古以来就形成了一个不可分割的地域整体。现在有一种发展趋势——把汕尾的海丰、陆丰也划入潮汕地区。

巍巍凤凰山（中国畲族的发祥地），海拔 1 479 米，是粤东第一高峰；滔滔韩江，全长 470 多公里，是粤东第一大川。潮汕地区水暖土肥，四季花开，是全国农业的高产区。

潮汕地区历来有兴学重教的传统，文化发达，人才辈出。各种璀璨的手工艺品饮誉于海内外；具有浓郁地方特色的风土人情、自成一格的潮汕方言、潮汕抽纱和潮绣、潮汕工夫茶以及潮汕音乐、潮汕锣鼓和潮州戏剧，都是中华民族传统文化百花园中绚丽的一景。

潮汕城乡间至今还保留一批古建筑，特别是明清古建筑群等，更引起外界的重视。潮汕古城东门旁，横跨韩江的湘子桥（广济桥），建筑形式采用桥舟结合，东西两端各建 12 个桥墩，江中采用 18 艘梭形木船连接成浮桥，形成世界上第一座大型开关式浮桥。湘子桥是我国古桥之一，现为全国重点文物保护单位。占地 100 亩的古刹开元寺，始建于唐玄宗开元二十六年（738 年），是当今全国留存的四大开元寺之一。寺内庄严肃穆，集潮汕地区工艺美术精华于一体，也是潮汕文化发展的一个标志。

在历史上，潮汕地区曾被视为“瘴疠之地”“蛮夷之邦”“海气昏昏浪接天”。先后有唐代宰相常衮、杨嗣复、李德裕、李宗闵和宋代宰相陈尧佐、赵鼎、吴潜被贬谪流放至潮州，加上辅佐宋帝昺的文天祥、陆秀夫、张世杰这三位南宋宰相，被并称为十相，并在潮汕“留声”。大批名臣、文豪被流放到潮汕地区后，把黄河流域、长江流域先进的文化和农业生产知识传播到潮汕，促进潮汕的文明进步。特别是“文起八代之衰”的古文运动领袖韩愈被贬为潮州刺史时，他关心桑农、举名士、办学堂、释放奴婢，使潮汕农业发达，文风兴盛、英才辈出，被誉为“海滨邹鲁”，延续至今。

潮汕地区对外贸易源远流长。公元610年，隋炀帝派中郎将陈棱率兵万余，从义安口（今潮州）出发，航海到达琉球等地。唐宋时，潮州作为海上“丝绸之路”始发港口之一，规模庞大的商业船队出现了。潮州的青瓷、白瓷大量销往埃及、西班牙、波斯、印度及东南亚各国。大批阿拉伯人也到潮汕地区经商，开珠宝店。

1858年，中英签订《天津条约》，潮州被列为通商口岸之一。汕头港成为“百载商埠、楼船万国”。一大批国内外久负盛名的潮汕工艺美术品、潮绣、抽纱、陶瓷工艺品、木雕、石雕等，也源源不断地销往欧洲、中东地区和东南亚地区。

潮州木雕是《辞海》中的专有名词。在潮汕地区，无论是寺庙、祠堂还是民宅庭院，随处可木雕艺术品。它以布局均匀、多层镂通的艺术著称，有通雕、圆雕、浮雕、沉雕、锯雕等多种形式，并髹漆贴金、金碧辉煌。

被誉为南国瓷都的枫溪，已有1200多年的生产历史，以美术工艺瓷著称。枫溪的陶瓷产品“春色大花篮”，艺术造诣精湛，被称为“薄如纸，细如丝，永不凋谢的鲜花”。

潮汕是全国著名的侨乡。“凡是潮水到的地方，就有潮汕人的足迹”。侨胞爱国爱乡，每年都捐巨款，为家乡兴学育才、兴办医疗卫生等福利事业做出了杰出的贡献。华侨是联系世界各地人民的桥梁。“让世界了解潮汕，让潮汕走向世界。”重视侨乡潮汕的对外宣传工作，一定会影响全世界。

侨乡潮汕文风兴盛

侨乡潮汕，被誉为“海滨邹鲁”，除了教育事业发达外，那巧夺天工的民间工艺美术、雄浑的潮州大锣鼓、柔婉的潮州音乐、古朴的乡村宅院以及别具一格的戏剧、舞蹈、书画、灯谜等，构成一座文化艺术宝库。改革开放给潮汕带来经济繁荣，绚丽多姿的文化艺术已普及城乡各个角落。

农家厅堂纸墨香

侨乡揭阳县哺育出一大批名扬海内外的专业画家、书法家，也哺育出成千上万的业余书画爱好者。遍布各个乡镇的文化室，便是业余书画爱好者的活动场所。当你走进揭阳县普通农户的厅堂，可以感到幽幽的纸墨芳香。那竹木结构的书架、书柜除了装满书本外，最惹眼的是端放着纸、笔、砚、墨的文房四宝。在榕城、梅云等乡镇，许多农户厅堂还挂着精心装裱的书画。这些得意之作，兴许出自主人之手呢。

淡浦村在揭阳县算不上富裕，不少农家尚未购置电视机、收录机等高档家电，却设有书架，摆上文房四宝。追求科学知识，写毛笔字或作画成为农民业余生活的大乐趣。淡浦村经常举办书画比赛，农民纵情挥毫，篆、草、行、楷等书法作品和描绘山川田野、花鸟虫鱼的国画应有尽有，颇具时代感和乡土气息。部分作品还被选送到县、市、省参加展览、评比。

揭阳县乡村普遍兴办文化室，给爱好琴、棋、书、画的农民提供了学习、创作的条件，涌现出一批版画、国画、书法好手。

一旦发现谁的书法功底好，亲戚邻里就竞相上门索取作品，这已成为一种新时尚。华清乡农民林炎课练就一手潇洒、豪放的楷书，其作品不但在家乡被视为珍品，而且被裱挂在县城机关干部和专业文艺工作者的客厅里。

潮阳再兴英歌舞

1988 年 2 月，在广东省首届民间艺术欢乐节里，潮阳县成田镇西岐英歌队精湛的表演饮誉羊城。8 月初，全国艺术院校第二届中国舞“桃李杯”比赛在北京举行，潮阳县两英镇由农民组成的永丰英歌队应邀为开幕式登台献艺，且轰动北京。首都新闻界和舞蹈艺术专家评论说：这是一支一流的民间舞蹈队伍。

潮阳县英歌舞是以古典小说《水浒传》中梁山泊一百零八条好汉为原型的传统傩舞，演员在翩翩起舞中，惟妙惟肖地再现梁山各位头领的形象、气质以及衣着装束。它融舞蹈、拳术、戏剧于一体，以其粗犷、勇猛、刚健、气势恢宏的独特风格博得海内外人士的好评。

潮阳县古老的民间英歌舞，在艺术百花园中流芳溢彩，已有数百年的悠久历史。在“十年浩劫”中，英歌舞曾一度销声匿迹。如今，英歌舞已普及到侨乡潮阳县各个乡村。每逢传统佳节或喜庆日子，乡村处处响起丝竹声和踏歌声。英歌队以农民为主体，不论男女老少，不同的舞技、风格，争奇斗艳。

在两英镇，永丰英歌队的精彩表演，吸引了成千上万的观众。但见队列分为前后两个部分，前面的演员两手各执一柄盈尺的短棒（英歌槌）；后面的演员一手执小鼓，一手持鼓槌。随着鼓点和短棒的击节声，表演者有节奏地跃步起舞。舞步、身段、队形根据舞槌敲击快慢、疏密的差异而和谐地变化着。在整个表演过程中，槌声、鼓声、脚步、手势、眼神和情绪浑然一体，气氛热烈而明快，舞姿古朴优美。

侨乡潮阳县在春节、元宵期间，四乡六里的英歌队互相观摩、献艺，哪个队表演得出色而受称赞，被视为一种殊荣。

澄海灯谜进千家

在历代文人辈出的澄海县，灯谜会广泛流行于城乡，男女老少都能唱善猜。

在莲阳、东里、隆都等乡镇，笔者不仅看到街头巷尾贴着“射虎”（猜谜）的海报。中小学生放学时，经常三五成群围在榕树下猜射诗谜、字谜。走进农家，也常可看到主人把在灯谜会上猜中的谜语装饰起来，裱挂在厅堂上，有的还装订成册，引以为荣。

澄海县城乡举办的灯谜会形式多样，内容丰富。近年来，县里先后参加和举办过闽粤十一市、县大型灯谜会和同毗邻县、市举办谜艺交流会等活动，并定期在中秋节、元宵节举办怀念台胞、侨胞等专题灯谜会。各乡镇、学校、机关团体也经常办有关计划生育、尊师爱生、爱我潮汕等主题的灯谜会。

在澄海县，灯谜已进入普通老百姓家。以往，许多家庭乔迁新居、儿女嫁娶、生日祝寿甚至送子女上大学、华侨回乡探亲等，往往要办筵席，请客送礼。现在，不少家庭改变旧习俗，代之以举办家庭灯谜会庆贺。

东里镇男青年林广穆是个灯谜爱好者。他在结婚当晚，以举办灯谜会代替婚礼仪式，邀请左邻右舍、亲戚朋友和谜友欢聚一堂，纵情地“射虎”“中鹄”。灯谜会上，张挂的谜语有 100 多则，一旦哪则谜语被猜中，击鼓的咚咚声和人们的鼓掌声连成一片。新郎、新娘和宾客都沉浸在欢声笑语之中。

隆都镇西洋村老人陈万青寿辰时举办家庭灯谜会，庭院里灯火通明，宾客近百人。中庭张挂着一大幅醒目的谜语：“祝万青老延年益寿”，猜电影名《但愿人长久》。当晚，人们尽情地猜射，中鹄之声不断，直至深夜。陈万青老人频频点头，乐呵呵地说生日过得挺有意义。

[《瞭望周刊》（海外版）1989 年 3 月 27 日]

潮汕从靠外汇到创外汇

知名度颇高的侨乡潮汕，由于历史的原因，海外侨胞在评价它时，往往褒贬参半。如今它的情况如何呢？

一位阔别故乡近 50 年，曾在海外撰文评说潮汕经济不景气的泰国老华侨，最近特地回故乡走了一趟。他耳闻目睹后，感怀触绪地说："世道变了，潮汕有希望了。多少坐等侨汇的乡亲，现在投入发展商品经济，出口创汇的活动。"

这位老华侨的感慨从一个侧面反映了近几年潮汕的变化。

侨眷侨属是创汇的主力军

上岁数的华侨最清楚，以往潮汕除了汕头和潮州，再没有较显眼的城镇了。现在，在人口稠密的潮汕平原，星罗棋布着一批发展外向型轻工业，农副产品加工业的新城镇，成为汕头、潮州的卫星镇。如在军埠、峡山、惠城、棉湖、榕城、庵埠、东里、黄冈等镇，机械化的企业，标准化的厂房鳞次栉比，镇里镇外车水马龙，形成一个工业群体。这些卫星镇既是重点侨乡，又是创汇大户。较大宗的出口产品有罐头、禽畜、鳗鱼、对虾、水果、蔬菜、茶叶、凉果、抽纱、丝绸制品、服装、陶瓷、工艺美术品等。

澄海县东里镇，历史上许多人背井离乡，漂洋过海，外出谋生。如今现代化的厂房和保留着明清古朴典雅的建筑风格的住宅在东里镇并存。这里生产的五金工具、食品、塑料制品、抽纱、服装等数十种产品，远销 40 多个国家和地区，出现了一批年创汇超过 100 万美元的镇办企业。五金工具厂的油灰刀，产品质量及出口量连年居全国之冠。东里镇链条厂的产品已与上海、杭州生产的链条并称中国“三大链”，出口量占广东省的 70%。东里凉果厂集潮汕凉果的精华，共有 40 多个品种畅销国外，出口量占广东省的三分之一，去年创汇达 190 万美元。凉果厂的职工大部分是过去不离村头、灶头的侨眷属妇女，现在都积极加入创汇的行列。

盛夏的潮汕农村，妇女们三五成群围坐在榕树下，乍看以为是在纳凉聊天，临近一看，她们的双手忙个不停，伴着绣花针有节奏的摇动，各式各样图案新颖的抽纱在她们的手中出现了。抽纱是潮汕地区传统的手工艺，已从城镇扩散到农村千家万户。去年，潮汕抽纱出口创汇达 9 000 多万美元。

眼下，潮汕各地从事外贸产品生产的单位不下 3 000 个，从业人员超过 150 万人。广大归侨、侨眷、侨属已成为发展商品生产、出口创汇的主力军。

据统计，潮汕地区 1987 年出口创汇已突破 6 亿美元，五年来平均每年递增 26.5%。今年以来，又继续保持大幅度发展的势头。

把包袱变成动力

在潮汕一万平方公里的土地上，哺育着 900 多万潮汕人。这里 700 多万农业人口，平均每人只有三分多耕地。历代很多潮汕人只好到海外谋生，旅居海外的侨胞和港澳同胞达 700 多万。那时节，在一些村庄，不仅依赖海外的汇款，连粮、油、糖及衣服等生活资料，也依赖海外亲人邮寄。

改革开放促进了潮汕的开发。他们发挥侨乡的优势，引进外资、先进技术设备和优良种苗种畜，改造旧企业，发展“三来一补”的企业和创汇农业，外向型经济迅速发展起来了。潮汕建立起劳动密集型和集约化经营的出口商品生产体系，人口包袱现在已经变成动力。

眼下，这里仍有一大批劳力输出外省、外地，这其中大部分是种养能手或能工巧匠。而外省、外区的劳动力也陆续进入潮汕的乡镇企业。许多原来“有人无事做”的乡镇，现在基本上“人人都有事做”了。潮阳县有 182 万多人，过去被侨胞戏称为“人县”。全县只有 64 万亩耕地，但乡县企业已发展到 9 400 多家，从业人员 26 万多人；还有 20 多万人在外地从事建筑业或在家乡从事运输业、商业和办家庭作坊。这个县的峡山镇，由侨眷侨属集资兴办了大小 400 多家企业，还有由侨商、港商投资兴办 103 家来料加工企业。全镇七成多的农民变成工人，还从外地招工 4 000多人，去年仅来料加工一项就入工缴费 1 500 多万港元。难怪侨胞们说：家乡发生翻天覆地的变化，“人县”今日非但无闲人，而且已觉得劳动力不足了。

“明珠”重放光彩

去年潮汕地区工农业总产值已达 89. 94 亿元，比 1983 年翻了一番多，比 60 年代翻了两番；汕头市区居民人均生活费收入达 964 元，农村人均收入也从过去的 200 元上下提高到 632 元。现在，潮汕拥有包括经济特区、沿海经济开放区等多种开放层次，分别享有国家给予的特殊政策和灵活措施。当地政府组织内地各行各业到特区和开放区兴办企业，并利用内地的资源、初级产品在特区、开放区进行深度加工，增值出口，这种“借船出海”的做法既加快了特区、开放区的建设，又带动潮汕地区外向型经济的发展。

汕头市在开展对外贸易中，推行多形式、多渠道出口，已同五大洲的 100 多个国家和地区建立了贸易关系，并在国外建立公司推销“潮汕货”，把生意做到国外去。在巩固发展港澳市场的同时，积极开拓东南亚和欧美等远洋市场。去年，远洋贸易额已占全市贸易出口总额的 39. 7%。

潮汕已成为粤东、闽西南、赣南的交通枢纽和物资集散地，并以其特有的魅力，吸引外商、华侨、港澳台同胞前来投资兴办企业。潮汕还广泛开展横向联合，促进资金、技术、先进管理方法向闽粤赣边内地山区辐射、转移。潮汕，这颗曾一度被埋没的“明珠”，现在重放光彩。

[《瞭望周刊》（海外版）1988 年 8 月 29 日]

历史文化名城——潮州

巍巍凤凰山，海拔 1 479 米，是粤东第一高峰；滔滔韩江，全长 470 多公里，是粤东第一大川。在凤凰山下、韩江畔，早在 1 600 多年前就形成一个扼闽、粤、赣门户的古镇——潮州。有道是：“潮州三日游，一年说不休。”潮州以秀丽澄碧的山川、光辉灿烂的古文化遗产、璀璨夺目的手工艺术而声名远播。有浓郁地方特色的潮州风土人情、潮州方言和独具一格的潮州戏剧、潮州音乐、潮州大锣鼓、潮州抽纱、潮州工夫茶以及城乡间保留着的明清古建筑等都被外界广泛传颂。

潮州自然地理位置优越，水陆交通发达，历史上是粤东、闽西南、赣南的山货、农副产品集散地。现其毗邻汕头、厦门两个经济特区，并正以历史文化名城、侨乡、繁荣开放的城市、优美的旅游胜地等形象吸引着海内外旅客和投资者。

历史文化名城

1988 年 12 月，国务院公布第二批国家历史文化名城，潮州金榜题名。这是广东省继广州之后的第二座国家历史文化名城。

潮州古称瀛洲。据大批出土的磨制精巧的石斧、石戈、石箭簇、骨针、陶片等，潮州同中原地区一样经历过最古老的石器时代。自晋朝到清朝，潮州历代相沿为郡、州、路、府的所在地，是粤东的政治、经济、军事、文化中心。

在中华民族以黄河流域为文明中心的年代，潮州被视为“蛮夷之邦”。先后有唐代宰相常衮、杨嗣复、李德裕、李宗闵和宋代宰相陈尧佐、赵鼎、吴潜被贬谪流放到潮州，加上辅佐宋帝昺的文天祥、陆秀夫、张世杰，被并称为“十相留声”。大批名臣、文豪到潮州后，直接把黄河流域、长江流域的文化、农业生产知识传播到这里。特别是“文起八代之衰”的古文运动领袖韩愈，他因《谏迎佛骨表》于唐元和十四年（819 年）被贬为潮州刺史时，关心桑农、举名士、办学堂、修水利、释放奴婢，使潮州农业发达、文风兴盛、英才辈出，被誉为“海滨邹鲁”，延续至今。

潮州古城名胜古迹众多，排广东省前列，现在保留下来的文物点达 600 多处。这些文化遗存有着丰富的内涵，在全国很有影响。近年来，潮州风光旖旎，名胜古迹已修缮一新，并先后配套新建大批亭台楼阁，迎接海内外游客。

坐落在潮州古城东门旁边、横跨韩江的湘子桥，以独特建筑风格名扬中外，是我国四大古桥之一。湘子桥原名广济桥，长达 500 米，始建于宋乾道七年（1171 年），是全国重点文物保护单位。湘子桥的建筑形式采用梁舟结合，整座桥东西两端各建 12 个桥墩，江中间用 18 艘梭形木船连接成浮桥，成为世界上第一座大型开关式浮桥。

占地 100 亩的粤东第一古刹开元寺，是当今全国留存的四大开元寺之一。开元寺始建于唐玄宗开元二十六年（738 年），是唐代十大州郡敕造的十大开元寺之一。寺内庄严肃穆，集潮州工艺美术精华于一体，亦是古潮州文化发展的一个标志。

潮州西湖湖畔的葫芦山，自唐代以来，历代名宦鸿儒在此留下众多摩崖石刻。此外，潮州的名胜古迹还包括：素有广东瓷都之称、绵延四公里的笔架山宋窑遗址；建于明代洪武三年（1370

年）的雄伟广济门及凤凰塔、凤凰台；还有宋、明、清历代遗存下来的大量寺庙、公祠、庭院式古建筑，以及湘子桥东岸的“韩文公祠”等。

工艺美术绚丽多彩

潮州是我国传统工艺美术重点产区之一，在国内久负盛名。主要产品有潮绣、抽纱、陶瓷工艺品、金漆木雕、石雕、剪纸、麦秆花画、塑料玩具、珠绣服装、绣香包、金银首饰、竹藤编织工艺等 13 大类数千个品种。

对外开放以来，潮州随着“三来一补”业务的发展和现代技术设备的引进，古老的工艺美术焕发青春。老产品精益求精，新产品层出不穷，远销五大洲 150 个国家和地区。

1988 年 3 月 6 日，中国著名古建筑专家郑孝燮在潮州参观木雕博物馆，目睹这座古建筑巧夺天工的金漆木雕，禁不住说：“这样的艺术造诣，这样的艺术珍品，堪称一绝。”

潮州木雕是《辞海》中的专有名词。在潮州城乡，无论是在寺庙祠堂里或民宅陋室，都能发现木雕艺术。它以布局均匀、紧凑饱满、多层次镂通的艺术特色和髹漆贴金、金碧辉煌而闻名，有通雕、圆雕、浮雕、沉雕、锯雕等多种形式。

潮州枫溪被誉为南国瓷都，陶瓷生产已有 1 200 多年的历史。被视为国宝陈列在北京人民大会堂的稀世珍宝——“春色大花篮”陶瓷的产地就是潮州枫溪，其艺术造诣令人叹为观止，被称为“薄如纸、细如丝、永不凋谢的鲜花”。

潮州妇女飞针走线的技艺精湛。潮绣是我国苏、湘、蜀、粤四大名绣中粤绣的三大流派之一。在潮州市，几乎家家抽纱、户户绣花。

对外贸易源远流长

潮州对外贸易的历史悠久。早在公元610 年，隋炀帝就派中郎将陈棱等率兵万余，从义安口（今潮州）航海到达琉球等地。唐宋时，潮州作为海上丝绸之路的始发港之一，外国船只靠岸装卸货物已属常事。潮州的青瓷、白瓷大量销往埃及、西班牙、波斯、印度及东南亚诸国，波斯商人也到潮州开珠宝店。明清以来，潮州出现了规模庞大的商业船队。1858 年，英国强迫清政府签订中英《天津条约》，潮州被列为通商口岸之一。

潮州现在是沿海对外经济开发区之一。改革开放以来，尤其是被列为广东省直辖市以来，潮州通过制定和完善各项优惠政策，运用多种形式引进外资、先进技术设备，加快了经济建设步伐。

潮州境内矿藏丰富，有铅、锌、钨等。城郊飞天燕的高岭土，是我国目前的大型瓷土矿之一。潮州还有 8 万多千瓦水力资源尚待开发利用。潮州的轻工业发达，目前已建立起以纺织、服装、工艺、陶瓷、食品、机械电子、塑料、医药等为骨干行业的工业体系。近几年来，潮州共有 70 多种轻工产品分别被国家、部、省授予优质产品称号。

潮州四季花开，水暖土肥，农业资源丰富，耕作水平高，水果、水产、茶叶、畜牧业相当发达。驰名中外的潮州柑，已有 600 多年的种植历史。深秋时节，在潮州境内沿潮汕公路两旁蜿蜒 10 余公里，一路可见绿树红柑，硕果垂枝欲坠。潮州是广东省主要鳗鱼出口基地之一。潮汕地区的特产“乌耳鳗”，向来在国际市场上被视为鳗类中的珍品，潮州现已建设起目前国内规模最大的烤鳗生产线，每年可烤鳗 1 000 吨以上，产品销往日本、澳大利亚等国。许多人知道潮州工夫茶是中国茶道的代表，但他们未必知道潮州“凤凰单丛”茶。常年云雾缭绕的凤凰山，出产单丛茶，自宋以来被历代皇朝列为“贡品”。目前，山上还有 200 多棵树龄在 600 多年的古茶树。“凤凰单丛”茶历次被评为中国名茶之一。

潮州的经济和社会发展蕴含着巨大的潜力，近年来注重加强交通、能源、通信等基础设施的建设，改善投资环境。人们预见，在不远的将来，古城潮州必将是别样一番新景。

（此稿收入《中国中小城市概览》，新华出版社 1993 年版）

潮汕石狮吼

在侨乡潮汕地区，城乡之间至今尚保留着一批明清时代的大宅府第、祠堂、寺院等古建筑。门前两侧蹲踞着一对张开大口、雄浑威武的石狮子。看它们那活灵活现的神态，仿佛昂首环顾四周之后，发出一声长啸，让远近的人们都听得到这“百兽之王”的吼叫声。

澄海县莲上镇上巷村的村头，有一座石桥，桥上雄踞着六对雕工细致的古石狮。夏日里，孩子们成群地在河滩戏水，累了就爬上岸趴在石狮背上，把手伸进含着圆滑石珠的狮口，石珠滚动起来琅琅有声。

石狮是中华民族传统的雕刻艺术百花园中瑰丽的一株，与世共存。千百年来，潮汕一批身怀绝技的石匠，世代相传，经过千锤百炼，塑造出种类繁多、巧夺天工的石狮雕刻。至今尚流传民间的，有神态各异的蹲狮、昂狮、卧狮、腾狮、文武狮、母子狮以及戏球狮等。中国各地石狮的种类，潮汕地区应有尽有。

石雕工艺界的行家里手分析说，当今中国各地的石狮，造型逼真要数南粤，而南粤当然首推潮汕了。潮汕石狮既保留南派石狮那种线条流畅、雕刻精细、偏重写实的传统，又具备北派石狮那种粗犷、强劲、突出骨骼肌肉的特色，形成了刚柔相济的艺术风格。

在揭阳县榕城石雕厂，竣工的一对蹲式巨型石狮栩栩如生地展现在人们眼前。雄狮威严凶猛，前脚锋利的爪子抓着绣球；母狮的一只前脚微抱着欢腾活跃的崽狮，庄重凛然之中又显得顾盼生情。这对石狮用两块高 2.6 米，长 3 米多，重 20 多吨的整块质地细密坚固的花岗岩雕刻而成，独特的雕刻技巧，加上石块本身的质感，使石狮的神态生动传神。

榕城石雕厂的石狮博采众长，在造型上吸收各路能工巧匠的传统艺术特色，又不断创新；在工艺上严格按照图纸、泥模施工。这样，艺术个性被集中为典型性，石雕工艺从传统的个体作业走向标准化的集体生产。因此，近年来榕城石狮已蜚声海内外。厂长林永汉讲述了一个有趣的故事：香港永隆银行老板在广州中国出口商品交易会上看到榕城石雕厂的石雕样品，赞不绝口，特地派员到榕城石雕定购一对新石狮，调换银行原先摆着的石狮。榕城石狮果然不负众望，赴港安座时引起轰动，围观的人络绎不绝。人们莫不称赞新石狮比旧石狮雄伟、壮观。银行老板高兴地向榕城石雕厂致函道谢，还破格晋升那位办购新石狮的职员。至今，很多人经过隆永银行门前时，还指着石狮称赞不已，把这件事作为美谈。

石匠出身的林永汉，大半辈子拿铁锤、铁锥打凿石狮，一聊起石狮，他俨然是一位学者。他说，中国本来没有狮子，然而中国历代的石狮雕刻艺术却扬名世界。史书记载东汉章和元年（87年），西域的安息国、月氏国派遣使者到洛阳献狮，或许从此时开始，狮子便出现在中华民族的大地上。林永汉继续说，作为“百兽之王”的狮子，在中国古代被视为一种力量和权势的象征。千百年来石匠按照狮子的形态，在写实的基础上，加以大胆的艺术夸张手法，以突出其威猛的特点。

侨乡潮汕的石狮雕刻艺术源远流长，老行当说起码要追溯到唐代。保留在潮阳县灵山寺大镇塔上的石狮，是唐代雕刻而成的。这只石狮姿态矫健，前足踏球，后脚屈踞，嘴吻系着彩带飘逸的球团。艺术构思别致，耐人寻味。流传于粤东、闽南以及东南亚一带的潮州音乐名曲《狮子戏球》，其典故的出处或许就在这里。

潮汕地区城乡许多建筑物，除了装置石狮守门，以壮威观外，往往还在门楣、门枕、檐角、楼台、栏杆以及石壁上，也雕刻大小不一、神态名异的石狮子，给整个建筑物的装饰增添了风采。昔时，狮子从海外传入中国，如今，中国的石狮却传到海外。古老的潮汕石狮重振雄风，漂洋过海销往西欧、北美、东南亚、中东等约30个国家和地区。旅居海外的潮籍侨胞，似乎在当地就能听到潮汕石狮的吼叫声。他们亲眼看看、亲手摸摸石狮子，故土情怀便会油然而生。

每逢中秋、元宵等传统佳节，大批海外潮籍同胞回到故乡探亲访友，竞相在故乡的石狮面前摄影留念，并聆听一曲潮州音乐《狮子戏球》，乡情乡音就系在了海外游子心中。

[《瞭望周刊》（海外版）1990年7月23日]

潮剧的一半观众在海外

被誉称为“南国奇葩”的潮剧（潮州戏），是中国汉语四大语系之一的闽南语系的主要剧种，流传至今已有400多年的历史。潮剧盛行于粤东和闽西南地区，影响遍及闽粤两省、港澳地区及东南亚各国。

潮剧的配曲细腻和谐，优美动听，活泼轻松。随着剧情的展开，为了渲染气氛，潮剧有时配上气势高亢雄伟的潮州大锣鼓（打击乐），观众听了心潮澎湃。

首届国际潮剧节盛况空前

首届国际潮剧节于1993年2月1日至5日在潮剧的发源地广

东省汕头市举行，共有 29 个潮剧团（社）参加。除了广东、福建的潮剧团外，还有来自美国、法国、泰国、新加坡、中国香港等地的潮剧团（社）参加演出。这是国内外潮剧爱好者大饱眼福的难得机会。港澳地区和泰国、新加坡、马来西亚、菲律宾、美国、加拿大、法国、日本、韩国、德国等国家的潮州会馆、商会、企业界的负责人或代表也前来观看演出。情绵绵、意切切的潮音，令海外游子感慨万千。

法国潮州会馆潮剧团应邀到瑞士演出完，刚回到巴黎，便推迟到比利时、荷兰、英国为华侨义务演出的时间表，匆匆忙忙飞越关山到汕头参加国际潮剧节。副团长陈明松说：我们虽然遇到语言、资金等方面的困难，为了弘扬中华民族文化，为了传播潮音，我们都能想方设法克服困难。

美国洛杉矶居住着 10 多万潮汕籍华侨、华裔。到汕头参加潮剧节的玄武山福德善堂潮剧团，由 40 多位爱好潮剧的乡亲组成，是业余文化娱乐组织。这个团的领导人肖奇桐、卢炳钦、马贞添争先恐后地说：海外赤子眷恋故乡之情难以言表，至今还保留许多潮汕的生活方式和风俗习惯。每年春节，潮剧团都以潮州大锣鼓、潮州音乐和大标旗等参加游行，吸引着大批洛杉矶市民。1991 年夏，中国华东地区和潮汕地区分别发生水灾和风灾，潮剧团义演《一门三进士》等传统剧目，筹得的款项全部捐赠给中国灾区。

泰国潮州会馆对这次国际潮剧节十分重视，提前从泰国全国各地的 30 多个专业或半专业的潮剧团中，抽调一批优秀演员，组成 50 多人的演出阵容，认真排演、磨合。在汕头国际潮剧节中演出《霸王别姬》《潇湘秋雨》《包公陈情》等剧目，博得海内外潮剧爱好者的称赞。

香港新升艺潮剧团为了提高剧团的整体表演艺术水平，每年都邀请内地潮剧演员到香港进行艺术指导，合作演出。团长许志雄经常率领香港新升艺潮剧团到中国台湾、泰国、马来西亚、新加坡等地演出。许志雄说："我希望通过潮剧节，使潮剧能在世界各地更快发展起来，让更多人能欣赏潮剧。"

潮剧节开幕的第二天晚上，在汕头潮汕体育馆内举办的"海韵潮音"大型文艺晚会上，来自美国、法国、泰国、新加坡和香港、广东、福建等地的400多位潮剧演员，联合演出《梨园子弟有万千》剧目，壮观的场面、恢宏的气势、精湛的演技，激起了观众阵阵的赞叹声和经久不息的掌声。真个是"曲如潮，人如醉，潮音响，传五洲"。

振兴潮剧的契机

潮剧是岭南主要地方剧种之一，流传至今已有400多年历史，潮汕人遍布世界各地。"凡有潮水到的地方，就有潮汕人的足迹。"潮剧也随潮汕人的足迹传播到世界各地。潮汕地区本土有1 000万人口，海外的潮汕籍同胞也有1 000万人口，潮剧界的人士说："潮剧的一半观众在海外。"

在潮剧鼎盛时期，潮汕地区有戏班（剧团）400余班，几乎遍及各个乡村。福建省的漳州、厦门一带的潮剧，也几乎一统当地戏剧界。在泰国、越南、柬埔寨、新加坡等国，潮剧也成为当地人民喜闻乐见的剧种，仅在泰国曼谷就有潮剧的戏班（剧团）近200班。

新中国成立后发现的传统潮剧剧目有5 000个以上，有剧本流传下来的达1 500多个，这是一笔宝贵的文化遗产。新中国成立后，潮剧曾数度进京演出，并先后到上海、杭州、香港及东南亚、欧美等地演出，潮音远播。潮剧的著名演员姚璇秋、洪妙、李有存、张长城、郑健英、范泽华、方展荣、陈学希等，在潮汕地区和海外一些潮汕人聚居的地方，几乎家喻户晓。

"十年浩劫"中潮剧也被禁锢了十年。虽然解禁了，但缺乏时代气息的好剧目，油头粉面的"才子佳人"古装戏一度占领了舞台。一出《秦香莲》年复一年地演了又演，满足了"饥不择食”的潮剧爱好者。具有讽刺意味的是，“要想当官找后台，要看清官看戏台”这种腐朽没落的思想意识，同当今社会进步、民主意识格格不入，但是观众还是无可奈何地接受这个残酷的事实，因为群众太缺乏健康的文娱生活了。当狂放、刺激、够劲的霹雳舞、迪斯科和流行歌曲与乏味的潮剧形成强烈的反差时，不经意间把新一代的青年人吸引过去了。

要振兴潮剧，就必须有高质量的剧目、高质量演技，才能把观众重新吸引过来。1983 年，陈英飞、杨秀雁创作的新编历史剧《袁崇焕》荣获“年度全国优秀剧目奖”。由李志浦整理、改编的传统剧目《张春郎削发》叫好又叫座，在戏剧还不景气的情况下，创下了连续演出 400 多场的纪录，之后还被拍成电影。对潮剧悲观失望的人，这回看到了潮剧的希望。

1987 年，国家文化部副部长张英诚与几位戏剧界专家从北京来到汕头观看《张春郎削发》，给予高度的评价，并推荐为首届中国艺术节上京献演的剧目。戏剧界行家张庚观看演出之后感慨地说：“60 年代看潮剧，姚璇秋正当年；现在看潮剧，一代新人正当年，潮剧后继有人，大有希望。”

受中国首届艺术节组委会的委托，北京《戏剧报》《戏曲研究》《戏剧评论》三个编辑部联合调开座谈会，30 多位戏剧界的行家，莫不盛赞《张春郎削发》的艺术造诣和艺术感染力。有的行家还预言，《张春郎削发》好比《十五贯》，有可能引发戏曲新一轮的改革。

有识之士认为，潮剧要发展，应该融进时代气息，摆脱旧传统的桎梏，告别“才子佳人”。李志浦等潮剧编导，表示要再接再厉，继续编导出一批观众喜闻乐见的剧目。那些“厌食”传统“才子佳人”剧目的观众，已经闻到潮剧戏台上飘来一缕淡香。

1992 年 1 月“谢惠如潮剧艺术中心”在汕头市奠基。这是由泰国侨领谢惠如捐资 1 000 万港元，泰华报人公益基金会主席陈世贤捐资 200 万港元以及汕头地方财政拨款兴建的。这是国内最大型的潮剧艺术殿堂，内设潮艺馆、舞台美术制作厅、潮剧艺术展览厅等。为总结研究、创新发展潮剧提供了阵地。

潮剧继续走向世界

1987 年 4 月 27 日，在法国巴黎的候机客厅里，500 多位法国华人，翘首盼望来自故乡潮剧团。鲜花、拥抱、泪水，难以诉说海外游子的离愁别绪，眷恋故乡的感情。但见潮州同乡会理事张先生，从内衣袋掏出一张已经发黄的相片端详了一下，挤进人群走到姚璇秋面前，看见昔日窈窕淑女的她如今已霜染鬓角。张先生脸上挂着泪珠，握着她的手颤抖地说："27 年了，我在巴黎又见到你了。"原来，1960 年潮剧团到柬埔寨演出时，一天，张先生在街上遇到姚璇秋和范泽华，急忙提起挂在胸前的照相机拍下这张相片，当作宝贵的纪念品收藏起来。在那不堪回首的年代，张先生成为难民，携带家眷颠簸辗转到中国香港、泰国，最后奔波、漂泊到法国定居。历尽劫难的他，家财散尽，但这张相片始终保留着。

巴黎，这个世界大都会，也是世界文化艺术的宝库，当今世界各地一流的戏剧，何尝没到巴黎表演过。潮剧，这个来自中国南海之滨的地方剧种，却能在巴黎占一席之地。500 法郎一张的戏票很快就卖完了。海外侨胞如此喜欢潮剧，这固然有艺术魅力的因素，难道没有更深层的原因？

据汕头潮剧团的统计，在 1979 年至 1989 年这十年间，潮剧团应邀五次赴泰国、四次赴新加坡、三次赴香港演出。潮剧这个"舞台小世界"，却登上"世界大舞台"，柔情似水的潮音，固然令潮汕人为潮剧感到自豪，更重要的是，千百年来中华文化熏陶出来的炎黄子孙，尽管世道变了，但他们爱国、爱乡的理念永远不变。

感人至深的是，每当潮剧到新加坡演出时，居住在马来西亚马六甲的潮汕籍华侨蔡老先生，总要托狮城的亲戚朋友提前帮他购票，并携其孙子前来观看。蔡老先生恳切地希望："我喜爱潮剧，但我更希望孙儿不要忘了乡音。"

每当汕头潮剧团来新加坡时，新加坡陶融儒乐社除了尽力安排、协调汕头潮剧团演出之外，还先后排练演出《苏六娘》《刘明珠》《杨门女将》《春草闯堂》等近 20 多出潮剧。社长李仰波说："当前新加坡的年轻人日常用语渐以英语为主，但陶融儒乐社在历史演变中却不断发展。我们定期演出中华民族的音乐、戏剧，在传播中华民族文化上尽一份力量。"

（新华社汕头 1993 年 5 月 6 日讯）

粤东明珠——南澳岛

在粤东的澄海市莱芜半岛码头，连人带车上了渡轮，经过半个多小时的海上航行，便踏上了南澳的土地。

熠熠生辉的"粤东明珠"

当我们从长山尾码头驱车抵达迎宾馆时，豪爽、热情的主人早已等候在那里，刚刚在客房里坐定，主人们便兴致勃勃地"推销"起自己的故乡。

南澳是广东省唯一的海岛县，由 23 个大小岛屿组成，总面积 130. 91 平方公里。它地处汕头市东部海面，台湾海峡"喇叭口"的西南端，太平洋国际主航线就在岛西侧七海里处，每天都有数百艘客货轮擦边而过。重要的地理位置使南澳素有"台海要冲""闽粤咽喉"之称，历史上就是"海上互市之地"。1874 年，英国万国公司在位于国际主航线上的南澎岛建了灯塔以后，南澳便成了日、韩和我国沿海地区通往东南亚的重要泊点和中转站。

南澳的资源颇丰，全岛海岸线长77公里，大小港湾60多处，烟墩湾、长山湾、竹栖肚和后江湾等七处港湾，具备兴建深水码头、发展海运事业的优越条件。其中，濒临国际主航线的烟墩湾，水深港阔、避风条件好，可以开发成为国际性转口贸易的深水良港。而海上可供开发的渔场面积达5万平方公里，近海生长的各种鱼、虾、贝、藻类有1 300多种，其中有龙虾、膏蟹、石斑鱼和鱿鱼等高档水产品，去年的水产捕捞量达7.3万吨。南澳岛周围水深10米以内的海域有165平方公里，水质好，浮游生物的种群多，是发展海水养殖业的好地方。南澳的旅游资源也相当丰富，可供开发的旅游沙滩面积200多万平方米。尤其是岛东部的青澳湾拥有全国少见的浅海滩，那里沙质洁白，海水清净无污染，是广东省两个A级沐浴海滩之一。岛上还有文物古迹50多处，寺庙30多座。

更值得一提的是，南澳与祖国宝岛台湾的密切关系。这里东距高雄160海里，是广东靠台湾最近的一个县，与台湾不仅地缘相近、习俗相似，而且血缘相亲、语言相通。现在，在台湾的南澳籍同胞有10多万人，相当于南澳县总人口的1.42倍，成为发展南澳经济的潜在优势。

1992年，南澳“起飞”

多彩多姿的南澳，由于过去是海上军事重地，长期以来处于封闭状态。尽管它与国际主航线近在咫尺，但经济上仍然没有进入“国际航线”，显得十分落后。

1992年，邓小平同志视察我国南方时重要讲话的发表，犹如一声春雷，给南澳带来了勃勃生机。

南澳的决策者心里明白，要外引内联发展自己，首先必须改善投资环境。而要改善投资环境，需投入大量资金。钱从何处来？于是，他们做出以优惠条件吸引外商成片开发山地的大胆决策，以换回基础设施建设急需的巨额资金。经过近三年的不懈努力，已筹措 15.5 亿元，投入基础设施建设，建成和在建的项目达 76 项。总投资 12 亿元，长达 12 公里的跨海大桥和过海水管工程已动工兴建。1997 年竣工后，将从根本上解决南澳海上交通困难、淡水供应不足的问题，为南澳经济的腾飞奠定更加坚实的基础。广东省、汕头市给南澳以大力的支持，把它列为全省 90 年代对外开放的重点，批准设立海岛开发试验区，对台经济区，在政策上给予必要的倾斜。

投资环境的改善，使南澳魅力倍增，外向型经济蓬勃发展，固有的优势得到自由地发挥。现在，南澳已跟世界上 14 个国家、地区建立了经济联系，上岛洽谈投资项目的省内外客商逾万。全县批准的外资项目 118 项，利用外资 7 亿美元。与台湾交流日趋活跃，全县 90% 的台属已跟台湾的亲人有了联系，前来南澳探亲、访祖、观光和洽谈经贸项目的台胞已有 3 000 多人次。

“好戏”在后头

南澳县的崛起开局喜人。40 岁的县委书记张泽华，并没有被眼前的成绩冲昏头脑，他向记者表示，这座海岛县的“好戏”还在后头。

据张泽华介绍，今后南澳经济社会发展的指导思想是：以经济建设为中心，坚持改革开放，充分发挥自身的区位、资源等方面的优势，以汕头经济特区为依托，以港口开发为先导，以旅游商贸、水产养殖为重点，按照市场经济的要求，不断完善投资环境，实行全方位开放，把南澳建成现代化海岛城市。为了实现这一目标，必须花大力气进一步加强基础设施建设，努力提高全县人民的综合素质和总体水平，在各个方面尽快实施现代化管理。同时，要认真做好总体规划，然后分阶段实施。

南澳要上新台阶，既要聚财，又得聚才。为此，县委、县政府颇有气魄地采取了诸多举措，例如外商、台商举办的企业，凡经营期在十年以上的，可享受汕头特区减免税优惠政策等。真诚地邀请各方有识之士加盟，共同开发南澳。“有志者事竟成”，可以预料，经过各方努力，这颗在碧波万顷南海中的“粤东明珠”，将更加灿烂辉煌！

（《经济参考报》1995 年 8 月 5 日，与王炜中合作）

风送渔歌到台湾

“烟墩湾，青澳湾，风送渔歌到台湾；南澳岛，南澎岛，心随潮水到宝岛。”

每当南海风平浪静的时刻，南澳岛的深澳湾、青澳湾一带，渔村的缕缕炊烟伴着阵阵悠扬的渔歌。歌声是渔民怀念台湾骨肉同胞的心声。

素有“闽粤咽喉”之称的南澳岛地处台湾海峡的“喇叭口”，是广东省唯一的海岛县，也是广东省距台湾最近的地方。这里同台湾地缘相近、血缘相亲、习俗相同、语言相通。居住在台湾的南澳籍同胞有十万多人，超过居住在南澳本土的人口。

南澳岛的烟墩湾，距太平洋国际主航线仅七海里，每天都有数百艘货轮经过。这里已成为日本、韩国和我国东南沿海通往东南亚的重要停泊点和中转站。

每当天气晴朗，在烟墩湾海边，人们经常看到一位白发苍苍的老渔妇，举目眺望隐约驶过的船只，兴许是盼望台湾的亲人归来。她姓林，新婚不久的丈夫不幸被国民党军队连渔船带人掳到台湾。渔妇日复一日，年复一年盼望丈夫归来。孤苦的老人，被海风轻梳着她灰白的头发，坚强地站在石头边上，终生都抱着一线希望。

当地老渔民诉说：当年国民党军队败退时，曾在潮汕地区

“抓壮丁”当兵，其中一批人从大陆退到南澳烟墩湾乘船逃往台湾。

南澳长期作为军事禁区，涉足该岛的外地人必须由县以上公安局出具证明，直到 1984 年才宣告取消这个规定。1988 年，南澳被列为广东省经济开发区，从此风生水起，每年都有大批南澳籍台胞来旅游观光；大批台湾渔船到南澳避风、补充给养。南澳对台的小额贸易也活跃起来了。

今年以来，南澳进一步发展对台关系，积极引进台资建设海岛。现在，已在县城（后宅）北郊建立台商投资区，划分为电子、食品、医药、五金、机械、造船、轻纺及塑胶等片区。在云澳港西段建立海峡两岸商品市场。并在烟墩湾设立对台贸易区，拟兴建深水港码头，为过往的国际货轮提供食品和供油、供水等补给业务，开设保税油库，建立大型冷冻仓库及其他港口配套设施等。

台商到南澳投资出现了良好的势头。据不完全统计，今年以来，台商、外商进岛洽谈投资的客户近 100 家、400 多人次，签订合同、意向书 20 多项，客商协议投资额逾 3 500 万美元。海内外投资者看好南澳的土地开发，已有 30 多家参与开发，已签订合同开发用地 1 万平方公里，总投资额超过 2 亿元。

南澳县由 23 个岛屿组成，其中主岛 106 平方公里，可开发的渔场 5 万平方公里，可供养殖的滩涂 1 100 多公顷，可开发为深水港的自然海湾 10 多处，风力资源属世界最佳风场之列。海湾洁净，自然景观好，是旅游度假胜地。

南澳的投资环境不断改善，供电、供水、道路、通信等基础设施继续配套完善。目前已建立了海关、商检、边检等口岸联检机构。此外，南澳还正着手修订关于鼓励台商、外商来岛投资的措施。

在台湾那头，台南县海边，一位古稀老人，当晚秋夕阳西坠，微浪轻涌时分，西望长云拂海，阳光穿浪而叹息。他姓柯，原籍南澳后宅镇，漂泊到台湾已达43年。老人在台湾早已成家立业，儿孙绕膝。日前老人的大儿子柯先生到南澳旅游观光，考察投资环境，受严亲的嘱咐，特地到后宅镇拍摄一组照片，带回台湾，了却严亲的心愿。

柯先生离开南澳时，握着接待人员的手深情地说："传媒往往把台胞到大陆这头观光访问说是寻根问祖。这种提法我不敢苟同。其实，台胞不是海外侨胞，都是炎黄子孙，都是中国人，都是系着中华民族这条根。"柯先生又深情地说："台湾与大陆，隔山不隔音，隔海不隔心。"

（新华社汕头1992年6月20日讯）

在狮头鹅的故乡

汽车驶进广东省潮汕平原澄海县境内，引人注目的是这里的鹅特别多：河涌池塘里，一群群银灰色、棕黑色，前额肉瘤像一个巨大圆球覆盖在短喙上的狮头鹅，展翼扑打，嬉戏追逐着；堤畔树下，鹅群悠闲自得地在啃着青草，不时引颈嘶鸣。它们给这里的锦绣田园增添了无限的诗情画意。

人们接着就发现，这里不仅鹅多，而且鹅大。当鹅群横过公路使汽车不得不"礼让"而停下来的时候，我们有机会看个仔细。一只被刹车声激怒的大公鹅，足有半人高，昂首扑翼，神气十足地对着陌生人"哦！哦！哦"地吼叫着，好像是在警告：倘若你再迫近，就请尝试尝试我坚硬的巨喙吧！这种狮头鹅，能够和狗一样起守门的作用。

狮头鹅是我国最大型的鹅种，也是世界上名贵的大型鹅种之一。现有的狮头鹅可分为澄海系和饶平系两个主要品种。澄海系狮头鹅具有独特的外貌。公鹅头大颈粗，趾粗蹼宽，声音浑亮，昂首健步，姿态雄伟。母鹅性温驯。它们因头部形似雄狮头，故名狮头鹅。

在各种家禽中，狮头鹅的生长速度是异乎寻常的。成熟的鹅体重达 20 斤到 30 斤。鹅蛋每个足有半斤重。肉用鹅饲养期短，粗食快长，喂以糠菜和杂粮，一般饲养 70 多天即可上市。雏鹅饲养 45 天后，正是增重最快的时候，如果喂养和管理得法，一昼夜能增重四两。难怪社员们说："养十只鹅，胜过一头猪。"

由于狮头鹅品种优良，经济价值高，越来越引起了各地的重视。目前，除了潮汕平原普遍饲养外，广东各地正在大力发展。北京、新疆、黑龙江、陕西、四川、广西等 18 个省、市、自治区，也在逐步地引进、饲养和推广狮头鹅。这种鹅在国外也颇负盛名。澄海的狮头鹅胚蛋经常乘飞机飞越关山，远运到罗马尼亚等国家，深受外国朋友的欢迎。

狮头鹅是劳动人民长期精心培育而成的优良家禽。澄海县濒临南海，河流纵横，气候温和，四季常青，饲料丰富，具有得天独厚的养鹅条件。明清以来，这里每年都有"赛大鹅"的风俗习惯。每逢庙会、游神、祭祖或农事节日，各家各户竞相宰杀最肥大的鹅，摆在供案上或门口，让人们互相评比欣赏。谁家的鹅大，谁就受到大家的夸奖。这样，人们总是想方设法寻觅、挑选优良的鹅种，研究饲养方法。如此年复一年，无形中推动了鹅种人工培育、更新的速度。新中国成立后，逢年过节或喜庆请客，在潮汕地区，以鹅大为荣和"无鹅不成宴"的习俗依旧保持下来。国务院和广东省农业部门十分重视狮头鹅良种的选育工作，1957 年在澄海县城东郊建立了白沙良种场。科技人员唐述尧等 20 多年来扎根农场，专心致志，兢兢业业地从事狮头鹅品种的选育工作。他们收集了大量的不同来源的狮头鹅品种，经过长期的观察、挑选、培育，不断地把澄海系狮头鹅进行提纯复壮，使狮头鹅在我国家禽科研的百花园中成为一朵绚丽多彩的鲜花。白沙良种场已经成为向各地提供狮头鹅良种的基地。目前，这个良种场拥有经过提纯复壮的良种鹅 1 500 多只，澄海县和汕头市郊也有种鹅 5 万多只。近年来，白沙良种场每年向全国各地输出的胚蛋达 1.4 万多只，澄海县农村每年也向外省提供雏鹅和胚蛋 2 万多只。

在澄海县，饲养肉用鹅已成为农户的一种主要家庭副业。被誉为“三鸟之乡”的东里公社石丁大队，去年鸡、鹅、鸭的饲养量达到平均每户 120 只。狮头鹅已成为农村经济和社员生活中必不可少的一部分，并将越来越显示出它的重要性。党的十一届三中全会以来，社员群众发展养鹅的积极性更加高涨了。现在澄海县的城镇村落，街头巷尾，到处有小吃店或摊贩出售色泽金黄、肉厚盈寸、喷香诱人的卤鹅。据不完全统计，澄海县每天宰的“三鸟”不下千余只。外地人来到狮头鹅的故乡，亲眼看一看它那独特多姿的外貌，亲口尝一尝它那肥美香脆的滋味，真是别有一番情趣。

（新华社广州 1979 年 7 月 18 日电）

海山岛上老八路

广东省饶平县海山岛供销合作社副主任、共产党员李仁杰，仍然像当年老八路那样，勤勤恳恳地工作着，朝气蓬勃地战斗着，自觉抵制资产阶级思想的侵蚀，几十年如一日，一直保持着无产阶级的本色。

李仁杰出身于河北省定县一个贫农家庭，早年参加了八路军。在战火纷飞的岁月里，他为人民立过七次功，并曾获得“拥政爱民模范”的光荣称号。1949 年，他随军南下，参加解放海山岛的战斗，后来转业到地方，先后担任过饶平县盐务处副处长、县钾肥厂厂长等职务。20多年来，他调动了十几次工作，每次调动说走就走，从不挑肥拣瘦。

1963年9月，当组织上调李仁杰到海山供销社担任领导工作时，有人议论说："这个部门啥东西都有，搞点东西可方便了。"李仁杰说："共产党员只能讲革命，不能闹特殊。"他告诫自己：环境变了，更应该严格要求自己，决不能沾染资产阶级的生活作风。没过几天，供销社调进了一批灯芯绒布，有些营业员想先买一些，还对李仁杰说："你也买一点吧！"李仁杰说："好布不先卖给群众，这是为谁服务呀？"有人争辩说："照价付款，为什么买不得？"李仁杰当晚召开了供销社职工会议，语重心长地对大家说："我们的一举一动，都应该为群众着想。如果搞'近水楼台先得月'，就会脱离群众，社会主义商业就要滑到资本主义的邪路上去。"他的话和行动让了大家深受教育。

李仁杰到供销社工作已经十多年了，他从未利用职权买过一件不容易买到的商品，从未为亲戚朋友开过一次"后门"。

李仁杰积极带头贯彻执行"发展经济，保障供给"的方针，坚持社会主义方向，坚持商业为工农兵服务，为发展农业生产服务。广大干部和贫下中农为了改变海山岛面貌，大搞农田基本建设，李仁杰就急农业生产所急，带领职工到外地采购铁钎、炸药等物资，供应贫下中农开山劈石，引水灌田。每年春耕前，他就和职工积极组织生产粪箕、锄头、犁、耙等农具，满足各生产队的需要。上级商业部门拨来的化肥、农药、种子等物资，他总是带头搬运，及时送到各个生产队。蓬莱大队的多种经营搞得比较落后。去年底，李仁杰到这个大队的购销站蹲点，和职工一起，研究帮助这个大队发展多种经营的计划，配合大队党支部发动社员因地制宜，利用堤边、路旁、荒山坡种植竹子、果树，发展集体养猪业，还帮助这个大队种蔬菜，改变了过去社员吃蔬菜要依赖外县的状况。为了方便群众，李仁杰还经常挑着货郎担下乡，一边售货，一边收购，徒步踏遍海山三个岛屿 18 个自然村。他走到哪里，就在哪里参加劳动，向贫下中农征求意见，改进供销社的工作。

李仁杰为革命、为人民做了许多事，可是他从来不在人们面前标榜自己的“功劳”。他谦虚谨慎、勤俭朴素，多年来总是和职工们同住集体宿舍。他的床上挂着一领二尺来宽的旧蚊帐，一条盖了 20 多年的棉被，席下用一条麻袋垫着当枕头。有的职工对他说：“老李呀，你现在经济条件不错，这套被帐该换一换了吧！”他笑笑说：“不，这就很好了，缝缝补补还能再用几年哩！”李仁杰身体有病，加上长期劳累，常常吃不好饭睡不好觉。县里的领导同志和职工连推带拉硬把他送到医院去检查，诊断结果是第二期浸润型肺结核，需要住院治疗。可是，他住了没几天，就要求出院。医生没办法，只好给他开了一张休养三个月的证明，并再三嘱咐他回去后好好休养、吃药。可是，他从医院回来后，就忙着到供销社所属的饼干厂帮助职工烧火、推磨，到生产资料组帮着搬化肥入仓，一天也没有休息。

李仁杰对自己严格要求，对同志满腔热情，始终保持关心他人比关心自己为重的优良传统。供销社一位干部的儿子不小心把眼球砸伤了，他闻讯后马上赶到这个干部家里。他见这位干部经济暂时有困难，就从自己身上掏出 40 元，送小孩到汕头市医院治疗。老职工林绍逢脚上生疮，行动不方便，李仁杰每天一早起床就为他洗刷粪盂。职工林荣帮出差到外地，他 70 多岁的母亲病逝，李仁杰帮助料理丧事，使在场的贫下中农都深受感动。

李仁杰不仅从生活上关心职工，更重要的是从政治上关心职工的进步。青年干部林永龙从广东省商业学校毕业，分配到海山供销社当出纳员，认为海岛条件差，当出纳员不如当采购员带劲，情绪不高。李仁杰多次和他促膝谈心，对他进行新旧社会的对比教育。一天，李仁杰带着林永龙到公社展览馆，看新中国成立前海山人民的血泪史，语重心长地对小林说：“过去革命先烈并没有因海山岛穷而让给敌人；今天海山人民也没有嫌这儿条件较差而丧失信心，而是下决心把原来‘地无三寸厚，咸风吹死草’的海山岛建设成为社会主义新农村。”在李仁杰的帮助下，林永龙对比群众的革命精神，找到了自己思想上的差距，立志以岛为家，认真搞好财务工作，受到群众的好评。

李仁杰为了保持无产阶级的政治本色，坚持认真看书学习，积极参加革命实践，努力改造世界观。他为了提高文化，学好革命理论，自己做了一块小黑板，挂在墙上，不懂的字就请人写在黑板上，一天学一两个，多年来从不间断。现在，他已能学习马列著作和毛主席著作，阅读报刊资料，还写了 20 多本学习心得。

在李仁杰的带动下，多年来，海山供销社一直是饶平县和全省财贸系统的先进单位之一，李仁杰也连续被评为先进工作者，成为全县共产党员、干部和职工学习的榜样。现在，李仁杰正在认真学习毛主席关于理论问题的重要指示，决心进一步发挥共产党员的先锋模范作用，同形形色色的资产阶级思想作风和生活作风做斗争，做限制资产阶级法权的促进派，为巩固和加强无产阶级专政努力奋斗。

（新华社广州 1975 年 5 月 12 日电）

探索风云问天事

——记全国气象标兵陈恩旺

蝉儿鸣、荔枝熟的一天上午，广东汕头地区晴空万里，烈日炎炎。可是午后气候突变，乱云翻滚。在普宁县流沙公社南山大队，气象员陈恩旺接到当地气象台打来询问台风动向的紧急电话。陈恩旺胸有成竹地回答：“嘿！这股风真古怪，呈‘8’字形走向，像水底里的老青蛙一样迂回游动着……这里井水变浊，水沟浮起青苔，群蜂闹巢……三天内台风将在我区登陆，并降暴雨。”当天下午，中央气象台发布了第四号台风将在粤东沿海登陆的警报。果然，两天后汕头地区就遭受到台风和暴雨的正面袭击。

陈恩旺能够准确地预报天气，赢得了群众的钦佩，说他得了“天书”，学会一套神机妙算的本领。而熟悉陈恩旺的人都知道他能够准确预报天气的秘诀，来自于他刻苦自学、百折不挠、勇于实践的科学精神。

学海无涯勤作舟。在陈恩旺的房间里，无论是桌子上还是书柜里，都塞满了气象、天文、土壤等各类书籍，墙上挂着各种图表。另外，在一个个水缸和瓷坛里，他养着鳖、水蛭、泥鳅、鳝鱼等。赤米龟在床底下爬着，蜘蛛在墙角和屋檐下吐丝织网，青蛙在院子里跳跃，这些都是他用来研究气象的工具。陈恩旺还经常喜欢凝视那渺无边际的日月星辰，瞬息万变的雷鸣电闪和极为寻常的风吹草动，从蛛丝马迹之中，他可以寻找到天气的变化。20 多年来，他做了十多万次的气象观察记录；写下了 7 000 多篇气象日记；绘制出了一大批气象图表；搜集、筛选出几百条在群众中流传的气象谚语。虽然不能说他的天气预报百分百标准，但报江河起浪、报雨水涨船却十拿九稳。

功夫不负有心人，由于陈恩旺在气象科学战线上做出了显著的成绩，1978 年 4 月在北京召开的全国科学大会上，他光荣地得了奖；同年 10 月，又被树为全国气象标兵。最近，他应农业出版社之约，正在编写一本十多万字的气象科学著作《问天事》。这本运用气象科学理论广泛总结群众性预报天气经验的书，体现了陈恩旺在探索风云途中实事求是、坚忍不拔的精神，具有我国气象预报的独特风格。

陈恩旺出生于广东省普宁县南山村的普通农民家庭。1958 年秋，他高中毕业回乡务农。当上了流沙公社南山大队的气象员，开始献身于气象科学事业。探索风云的道路很不平坦。陈恩旺当上气象员不久，在初夏的一天，他根据县里气象站的预报，也预报南山翌日是个晴天。大清早，各生产队的社员就往稻田里送水粪肥。谁料临近中午，南边天际风起云涌，不一会就降下滂沱大雨。刚刚施下的几百担水粪肥流失了，在田间来不及避雨的社员浑身被淋湿，村子里晾晒的米粉、衣服也湿透了。有人挖苦说："恩旺没有烧香拜佛。上次报雨，老天爷连个喷嚏都没打；这次报晴，却流水汪汪淌下一大滩。"陈恩旺难过极了，他一口气跑到支部书记家里说："你们就处罚我吧，我今后再不干这份受气挨骂的差事了。"支部书记安慰他说："气候变化无穷，十里不同天，不能单靠县里的预报，更主要还是查看本地的气象。别泄气，今后瞧你的真功夫！"

陈恩旺总结了经验教训，并虚心向有看天经验的老农学习。社员有的给他送来赤米龟，有的教他辨别报雨花，有的给他哼农谚，陈恩旺沉浸在群众智慧的大河中。一天，陈恩旺登门拜访曾在海滨生活多年的"活气象"陈成正老人，请他传技。老人连连摇头说："我靠肉眼看天，哪比得上你的仪器准确？"陈恩旺碰了钉子不灰心，经常登门帮老人打水、扫地、读报，嘘寒问暖。一个寒风冷雨的夜晚，陈恩旺刚从观察场回来，又到老人家里。老人关心地说："老天的脾气真难捉摸啊，我的胡子灰白了，还看不透它，你为何偏要端这碗饭吃？"陈恩旺恳切地说："这是农业生产的需要，乡亲们的委托呀！我决心学一辈子。"老人打量着眼前这个诚信、坚定的青年，不禁乐呵呵地说："年轻人不要朝三暮四，有心打石石成砖。好，尽我所知，全盘端出来传给你。"陈恩旺从陈成正老人那里学到一大串有趣的常识，什么"乌龟洗澡，风雨起到""蚂蚁搬家天下雨"；什么蛇横路上、蚯蚓爬地、鸟不投林、蛙蛤上树、青苔泄水、水缸返潮等迹象，都跟天气变化有一定的联系。他不放过任何机会，细心观察、探索，去掉偶然性，找出规律性，再配合各种气象仪器的观察，使天气预报越来越准确。

隆冬，地处南海之滨的粤东地区，依然天高云淡，阳光融融。甘蔗、紫云英、蔬菜等作物，高矮相间，竞相生长。也就在这个季节里，有时寒潮来临，夜里往往发生霜冻现象，成了越冬作物的一大祸害。多年来，陈恩旺未漏掉一次预报霜冻。一天下午，县里气象部门预测当晚会出现霜冻，向社队发出了防霜冻措施的紧急通知。晚上，流沙公社党委书记老李来到南山大队，眼见社员按兵不动，地里成片的番薯、茄子和瓜苗等怕霜作物，全部没有采取盖薄膜、稻草等防霜冻措施。老李纳闷地询问正在浇水的社员，社员说："阿旺认为今晚不会出现霜冻，准无错。"老李急忙赶到陈恩旺家里，劈头就问："煮饭凭米，不防霜冻要凭据!"艺高人胆大的陈恩旺从容地说："我经过多方面的观察分析：夕阳下山前，空中飘着朵朵浮云；夕阳沉西时，无边不见染上胭脂红。还有，老龙眼树不脱叶，烟丝不变脆，蚊子嗡嗡叫……不可能出现霜冻。"陈恩旺又带将信将疑的老李到气象观察场，查看了地温表、气压表等各种仪器的反应数据，老李才安下心来。果然，当夜冷空气虽然过境，但未形成霜冻，从而节省了一批人力物力。

寒来暑往，陈恩旺"管天"的经验越来越丰富，威信也越来越高了。初春里，他若说近日天气放晴，社员就忙着播种、点豆；盛夏时，他若说台风即将来临，生产队就赶紧组织劳力抢割成熟的水稻；秋分时节，他若说将降暴雨，社员就暂不往稻田里施肥、喷药杀虫；小雪前后，他若说最近气候温暖，各生产队就集中精力起垄培土搞冬种。他根据仪器数据和各种动植物活动、生长迹象判断什么时候霜冻即将来临。他把情报送往县、社有关部门，以便及时防患、减轻和避免损失。如组织人力检修护堤，山塘水库开闸放水，组织社员转移危房以及采取防寒措施等。县里农业、水电部门都称赞陈恩旺是好参谋。

农业科学技术和生产的发展，给气象科学提出了新课题。陈恩旺不但经常观察研究动植物对气候的反应，而且还搜集民间流传的气象农谚，力求做到知其然并知其所以然。他还如饥似渴地攻读各种科学书籍，学习气象理论，把感性知识提高到理性高度，把群众的看天经验同现代化气象科学结合起来，道路越走越宽广。

陈恩旺在钻研气象科学知识时，有一股子顽强刻苦的精神。遇到不理解的问题常常追根溯源、锲而不舍，直到把问题弄清楚才罢休。农谚说“蚂蚁搬家天下雨”，他为了揭开这个奥秘，曾多次爬到大树上，趴在蚁巢边观察蚂蚁的活动规律。尽管蚂蚁在他身上乱爬乱咬，他都一无所知，直到观察完毕，才感到浑身痒痛难熬。经过无数次观察，他终于明白了许多小动物在自然界求生存，一代代经过几万年的进化过程，遗传下敏锐的器官，以适应自然和生活环境，蚂蚁也是这样。各种蚂蚁都有其特别敏锐的功能，可以预感气候变化。如翘尾蚂蚁的巢穴通常筑在树杈上，若发现其巢穴高高筑在树梢上，就预示当年台风的次数少且弱，如果巢穴筑得低并且靠近树干，则当年台风多且强；乌狗蚂蚁喜欢在小溪边的竹上筑巢，如果巢穴位置高，预示当年雨水多，水位高；黑蚂蚁临时筑隧道，就表示将出现高温和酷热天气；黄丝蚂蚁搬卵上墙，就预示将要下雨，倘若连食物也往高处搬，就将下暴雨。正因为陈恩旺这样细致入微的观察，才使他在天气预报时一丝不苟，不放过任何破绽，做出了科学的判断。

自学有为的人，都是从不耻下问开始的。早在“十年浩劫”之前，一次难得的机会，陈恩旺首次来到广州，在广东省科技馆举办的一次学术报告会上，聆听当时华南师范大学院何大章教授做的气象学术报告。何教授详细地讲解气压系统、暖气团和冷气的形成。有的人觉得这些气象科学的概念分类和名词，有点枯燥乏味。可是陈恩旺却觉得这比小时候母亲讲的“嫦娥奔月”“牛郎织女会鹊桥”神话还动听。整整四个小时，他都聚精会神地做笔记，生怕漏掉一个名词或一句话。会后，他缠住了何教授，要求帮助解答一连串的疑难问题。何教授很赏识这个虚心好学、有独特见解的青年，一一地指点他。就这样，陈恩旺成了何教授校外的得意学生，经常给他提供有关气象科学的参考书，帮助陈恩旺充实科学知识，扩大视野。

在“十年浩劫”中，何教授被当作“反动学术权威”而受到批判，陈恩旺也受到连累。“好心”人劝说他同和何教授划清界限，起来揭发问题。陈恩旺严正地说：“何教授一生研究科学，造福于人类，有什么罪？摧残科学技术，国家就没有前途，人民就没有出路。”师徒俩仍然经常联系，互相勉励，在患难之中结成知己。山雨欲来风满楼。不久，流言蜚语四起，陈恩旺被强加上种种莫须有的罪名，受到审查、盯梢。在那是非颠倒、黑白混淆的岁月里，陈恩旺坚信逆历史潮流的反动势力行将灭亡，科学的春天一定会来临。他在日记里写道：“学海无涯苦作舟，别管暗流急浪此起彼伏；不能后退只能前进，理解搏风击浪的乐趣就能懂得幸福。”白天，他依然测报天气，绘制图表，参加劳动；夜晚，伏案写日记，博览群书。他身在气象观察场，胸怀宇宙、太空、整个自然界。用陈恩旺的话说：“当我受到打击、刺激的时候，就翻开书本，顿觉云消雾散，乐在其中。”

陈恩旺经过20多年的刻苦攻读、探索、实践，现在已经能够运用气象学的科学理论知识分析、解答群众经验中提出的问题，准确地预报台风、暴雨、寒潮、霜冻，为当地的农业生产做出了很大的贡献。正当晚稻抽穗扬花时节，广东各地经常受到“寒露风”的袭击。使稻谷结粒不饱满，直接影响产量。陈恩旺从气象学理论，并通过多年的实践、观察、记录，较好地掌握了“寒露风”的规律。1970年以前，陈恩旺虽然对“寒露风”的预报是比较准确的，但往往等到北风快吹到家门口时才发出通知，使社员措手不及。现在，他能提前三天预报“寒露风”，使群众有充分时间采取防寒措施，减轻损失。“倒春寒”使早稻烂秧是生产的大祸害。陈恩旺在探索、解决“倒春寒”烂秧这个难题上，掌握天气变化的规律提出抓住两次寒潮的间隙，适时播种育秧的建议。近十年来，当地广泛采纳陈恩旺的意见，已很少发生“倒春寒”烂秧的现象了。为了制服旱魔，陈恩旺协助有关单位耕云播雨。他根据天空云层厚薄和移动情况，测定方向、风速，及时地提供各种可靠的数据，使人工降雨获得良好的效果。

陈恩旺在探索风云问天事的征途中，勇往直前，像矮子爬楼梯——步步高。人们称赞他敢于“泄露天机”，能够“呼风唤雨”，他的事迹在粤东广泛流传着。他先后多次被评为全国和省、地、县的模范，获得各种嘉奖。强将手下无弱兵，他亲自带出来的一批徒弟，先后分配在地、县、社的气象部门工作，不少人现在能够独当一面，做出优良的成绩。总结陈恩旺的经历：显著的成绩、坎坷的道路、求知的韧劲、科学的态度。这是有志青年在自学道路上值得借鉴的。

[这篇通讯由新华社播发，《人民日报》采用后被选入《自学成才之路》（知识出版社 1981 年版）一书，著名数学家华罗庚为其作序]

枫溪瓷乡大放异彩

笔架山下，韩江西岸，有一个新兴工业区——广东省潮安县枫溪瓷区。她是百花争艳的祖国工艺美术园地里一株怒放的报春红梅。

走进枫溪陶瓷工艺陈列馆，宛如置身于一座玲珑剔透的白玉宫殿。这里展出的近万件陶瓷珍品，有巧夺天工可以作为“国礼”馈赠友邦的大型通花瓶，有栩栩如生荣获全国一等奖的人物瓷塑《十五贯——访鼠》和《太白醉酒》，有生动传神、妙趣横生的变形动物《斗猫》《跃鹿》《羚羊》《象壶》等，有薄如纸、细如丝、美如玉的花卉、鱼虫、台灯、茶壶、酒杯、烟灰缸和中西餐具等美术工艺瓷器和高级日用瓷器。这些产品造型优美新颖，琳琅满目。每一件都闪烁着瓷乡人民劳动和智慧的异彩。

枫溪人民引以为骄傲的是，1978 年 9 月 11 日，在邻邦朝鲜民主主义人民共和国成立三十周年大庆的时刻，邓小平副主席代表中共中央和国务院向金日成主席赠送的三层大型花瓶，就是出自枫溪瓷区艺人之手。这个象征着中朝两国友谊花开的花瓶，高 1.3 米，最大直径 48 厘米，重 175 斤，分内、中、外三层。它是枫溪瓷乡艺人运用我国传统瓷塑技巧，与圆雕、浮雕和通雕等工艺相结合，推陈出新的杰作。花瓶颈部用富丽的牡丹图案镂空，瓶身表层以冰清玉洁的捏瓷梅花嵌在玉兰花网纹通雕上，肩部和瓶脚饰以富有南国情调的木棉花浮雕。瓶身两侧开着两扇精致的花窗，通过镂空的花窗可以窥见中层的大花篮上，布满牡丹、芍药、玫瑰、玉兰和紫丁香等十几种艳丽的鲜花，象征百花齐放。而第三层则衬以镂空的蝴蝶花纹，组成一幅彩蝶纷飞、莺歌燕舞的图景，象征中朝两国社会主义事业前程似锦。整个花瓶，瑰丽、精美、素雅、清新。作者真是匠心独运。像这样多层大型的通花瓶，古今中外还是罕见的。

枫溪的陶瓷业有古老的传统，但也可以说是新兴的。早在唐宋期间，潮安附近就有大量的瓷窑。笔架山一带有“白瓷窑村”“百窑村”等古地名，足以说明当时制瓷业之盛。笔者在潮安博物馆见到珍藏的潮州北关出土的唐代青釉连柄酒壶和宋代青釉通雕连座灯台，可见距今一两千年前，我们的祖先已有相当高超的制瓷工艺。

但是在旧社会，枫溪只能生产一些简单粗糙的日用瓷和工艺瓷。新中国成立后，枫溪瓷业才得到迅速发展，从生产一般粗瓷发展到生产高级细瓷和工艺美术陈设瓷。特别是打倒“四人帮”以后，枫溪陶瓷工艺技术迅猛提高，产量质量日新月异，枫溪瓷乡才大放异彩。它的产品远销世界五大洲几十个国家。目前，陶瓷工业总产值比新中国成立前夕增加九倍多。种类也由过去的十多种增加到74类、600多个品种。现在仅枫溪一地，陶瓷工人就有2万多名。国营潮安陶瓷工业公司所属的十几个陶瓷厂，大部分已建有先进的隧道窑，可以进行流水作业，一年产值达3 000多万元。为了不断提高瓷器的艺术和技术质量水平，工人干部纷纷献计献策，开展优质高产竞赛。4月份以来一等品和二等品的比例不断上升，三等品比例大幅度下降。

这就是枫溪瓷乡人民在社会主义现代化建设的新征途上迈开的新步伐。

（新华社广州1979年6月1日电，与柳梆合作）

多姿多彩的潮州绣香包

广东潮州的绣香包和潮汕抽纱，是广东手工艺品中驰名海内外的一对姐妹花。近年来，在广州举办的中国出口商品交易会上，是供不应求的商品之一。

制作绣香包的主要材料是绸缎、布、纱、绒、金银线、棉絮以及玻璃珠等。这些普通的材料，经过心灵手巧的潮州妇女精心刺绣、制作，成了栩栩如生、造型优美的鸟兽虫鱼，花卉瓜果，绣球花篮，受到人们的喜爱。

绣香包在潮州有着悠久的历史。过去，潮州的闺女在将出阁时，利用裁剪衣服剩下的边角料、棉絮和刺绣余下的彩线，亲手制作各种玩具，并放进檀香等香料，闻之香气袭人，因而称为“绣香包”。绣香包是闺女随嫁的手工艺妆奁。人们在参加婚礼时，嚷声不绝，向新郎新娘索取香包，为婚礼增添了欢乐气氛。

后来，绣香包作为一种手工艺术得到了发展。新中国成立后，在继承过去精湛刺绣技艺的基础上，绣香包的品种不断增加，质量也有了很大提高，有的以形似见长，如制作的“石榴”“柿子”等惟妙惟肖；有的以夸张取胜，如“长颈鹿”突出鹿颈、“大象”突出象鼻。香包的色彩也更鲜艳夺目。过去，绣香包大多小巧玲珑，便于孩子们佩戴，随着国际市场的需要，现在一部分作品已发展成为较大型的摆件和美观实用的工艺品，其中有孔雀形的衣钩和一两尺长的花果鸟兽帐坠等。

粉碎“四人帮”后，绣香包发展迅速。目前，潮州镇有近3 000名全劳动力和半劳动力的妇女，从事绣香包的制作工作。

（新华社广州 1979 年 8 月 14 日电）

到仙桥探宝去

在广东揭阳县榕城镇和仙桥镇之间的一段废弃的旧公路上，1 200 多间经营杂旧钢铁等金属的店铺、摊档排列在公路两侧，首尾绵延五公里。有收购的，有加工的，有销售的，从四面八方到此做买卖的人络绎不绝。这就是名噪潮汕平原的仙桥杂旧钢铁专业市场。

这里，可谓集南北杂旧钢铁等金属于一市。从事购销、加工的个体户足迹遍及全国 20 多个省、市、自治区。他们或从建筑工地、厂矿企业购回短碎钢条、边角料，或走街串巷收购来废旧金属原料。在成堆的杂旧钢铁中，还可以看到整台的旧车床、变压器、大齿轮、船板和破锅炉等。经过精心挑选、焊接、炼轧，加工成各种规格钢材和金属原料，变废为宝。

“到仙桥探宝去!”这句话已成为当地农民的口头禅。因地下无矿而被形容为“手无寸铁”的潮汕平原，农民盖楼房急需钢筋，或车辆、农机具急需配上个零件，跑遍国营商店往往也难以买到，而在这里却可以如愿以偿。要长要短，要粗要细，任你挑拣，整批或拆零购买都行。一时缺货，档主还可以按要求专门为你加工。一位蹬着自行车从毗邻的普宁县赶到这里的农民，走进一间铺档购买10根规格不一的钢筋作窗条，档主当场为其选材、锯切、焊接，花半个钟头就办得妥妥当当。

这里的一些加工场还把杂旧钢铁炼轧成铁锭、铁片，销售给潮汕各地的铁匠、小五金专业户。由他们再加工制成犁、耙、锄头、镰刀、锹、铲等农具和锤、钳、刀、勺等家用铁器，投放到市场。还有的加工场把那些破铝锅、牙膏皮、饮料盒、罐头盒等，经过清洗、分类，回炉炼成铝片，制成美观实用的厨具、餐具，销售到全国各地。

仙桥镇有一批善于制作金属农具、家具的能工巧匠。随着家庭工业的迅速发展，许多个体户苦于缺乏原料，无法开展生产，杂旧钢铁市场就在这种情况下应运而生。九年前，一位姓陈的小青年在路旁搭起简陋的竹棚收购杂旧金属，然后出售给小五金专业户做原料。以后，到这里经营杂旧金属的人逐渐增多，业务范围逐渐扩大，现已成为潮汕地区杂旧金属的集散地。

仙桥杂旧钢铁市场的知名度越来越高，生意越来越兴旺。据统计，去年这里为企业单位提供杂旧钢铁2万多吨，回炉加工钢筋1 800多吨，上缴给国家税利49万元。更可喜的是，这里带动了附近一批村庄发展了小五金生产，还为农村3 600多个富余劳动力找到了就业门路。

（《经济参考》“逛市场”专栏，1989年7月18日）

流沙沙成玉

广东侨乡之一的普宁县流沙镇，服装加工业迅速崛起，被南北客商称誉为“超级服装国际市场”。

在流沙镇，街头巷尾经营服装的店铺和摊档比比皆是，足足有1 500多家。摆卖的服装五颜六色、流光溢彩。春夏秋冬的时装应有尽有，式样有男女老少的便装、套装和西装等，价格分高、中、低档次。这里以经营服装为主，也兼营布料、针织品、头巾、袜子、领带、腰带及潮汕抽纱等。

流沙镇服装市场可和福建省侨乡石狮的服装市场相媲美。据市场管理人员介绍，这里已成为全国颇有名气的服装经销中心，服装除销售到全国各地外，还加工出口到30多个国家和地区。这几年来，每年服装内外销售额都超过2亿元。

新河西服装专业市场是流沙镇服装行业最繁荣的中心。这座由普宁县政府和侨眷属集资800多万元兴建起来的双层楼式市场，面积达3.3万平方米，拥有800多个档位。市场周围是一幢幢四五层的楼房，楼上是住家或服装加工厂，楼下开服装店。徜徉在服装专业市场，五彩缤纷的服装铺天盖地，人流摩肩接踵。在操着南腔北调的人群中，不时还可以遇到来自新疆、内蒙古和吉林延边等地穿戴着民族服装的商贩或游客。

一位手挽大提包的中年妇女东觅西找，终于满意地选购了一批童装。她是湖北省襄樊市人，在城里开了一个服装店，流沙镇成了她的主要进货点。今年，她差不多每个月都来两三趟。她说，流沙镇的服装品种齐全，既有高档的也有低档的，款式新颖，价钱便宜，在鄂西无论城镇或乡村都很走俏。一位来自甘肃河西走廊的商贩选购了一大捆棕色的尼龙布后说，“老广”一般身材较瘦小，这里的女成衣内地人往往不合穿，买布料回去加工最合算，这里的布料比内地便宜得多。得改革开放风气之光，流沙镇很多缝制服装专业户和集体企业通过海外侨胞和港澳同胞不断引进先进技术设备，及时获取国际市场流行时装的原料、款式、模具等最新的商品信息，进行设计、生产。服装业的迅速崛起，使流沙镇逐渐形成一个崭新的大型服装批发市场。

在流沙镇的 1 500 多家经营服装的店铺、摊档当中，侨眷和港澳同胞眷属占 60% 以上。他们不少人既在市场上摆摊设点，又在家里办服装加工厂，实行产销结合。不少人过去依赖侨汇过日子，现在成为自立自强的劳动者。回到故乡探亲访友的侨胞说，市场经济繁荣，变化深刻固然可喜，但更喜的是乡亲们精神面貌也发生了很大的变化。

（《经济参考》“逛市场”专栏，1989 年 7 月 23 日）

澄海农民善弹奏，处处可闻丝竹声

尽管轻音乐、摇滚乐已传到乡村，但是，广东澄海县农民对民族传统乐曲一如既往地喜爱，富有地方特色的潮州音乐在农村长盛不衰。

在澄海县，大多数村庄都特地开设一座专供农民弹奏的庭院，当地称为闲间乐馆。里面摆挂着头弦、提胡、椰胡、扬琴、六角琴、琵琶、横笛、洞箫、唢呐，还配备着鼓、锣、钹、钟、木鱼等打击乐具。外地人往往误以为这是一支专业乐队的大本营。

每当夜晚或农闲、节日，乡村的闲间乐馆就热闹起来。那些平时手拿锄头、脚沾泥土的农民，这时便成为心灵手巧的弹奏能手，七八个人围坐在一起，或弹或拉或吹或拨，围观欣赏的男女老少众多。《寒鸦戏水》《画眉跳梁》《狮子戏球》等潮汕音乐，曲曲相和、乐声悠悠。

莲下镇一批闲间乐馆组成了“锋华国乐社”的民间文艺团体，成员发展到130多人。他们除了经常在镇里或乡村主办演奏会外，还与潮汕地区各县市和福建省厦门市、诏安县的民间音乐团体进行联合演奏或艺术交流。这个团体的成员陈智祥还被邀赴新加坡、泰国等地，同喜爱家乡民间音乐的侨胞探讨改进大提胡、椰胡等地方传统乐器的制作技艺，交流弘扬民族文化的经验。

澄海农村的闲间乐馆，通常是由村子里的一些老乐手牵头，带领一批年轻的潮州音乐爱好者，利用业余时间聚集在一起演奏。世代相传，自发地形成一种群众性文化娱乐活动。尽管没设立专门的培训学校，但是大批擅长潮州音乐的新秀，就在这种土生土长的环境中脱颖而出。

近年来，乡镇政府对这些民间音乐团体给予扶持，提供活动场地，并拨款添置乐器。让这些寓教于乐、寓教于美、弘扬民族文化的民间音乐团体重现在潮汕平原乡野间。

（新华社广州 1990 年 6 月 3 日电）

附：两篇作品被选编进小学语文课“乡土教材”

在我的新闻作品中，前后两篇被广东省教育部门选编进小学语文乡土教材：一篇是 1972 年在中山县采写的《乡渡》，另一篇是 1990 年采写的《澄海农民善弹奏，处处可闻丝竹声》。

地处珠江三角洲水网地带沙田区的中山县坦洲公社，是中山县最大的粮食产区。这里河涌纵横，农民居住分散，交通不便。边远的大队到公社坦洲镇购买农具及日常生活用品，往往要自己划着小艇往返三四个小时。坦洲水上运输队为了支援农业生产，在航线沿岸八个生产队都设立了固定上落站，搭载乘客，运送各种生产资料和生活资料。凡是群众需要委托办理的事情，都做到群众有委托必办，诸如代购、代卖、代运输、代提货、代办粮食加工等，样样都办得妥妥帖帖。

《乡渡》刊登在我的新闻作品丛书《抹不掉的墨痕》第 112 页。

下面谈谈《澄海农民善弹奏，处处可闻丝竹声》的产生过程。

文风是党风的反映。1988 年开始，首都新闻媒体在新华社、人民日报的带动下，顺应天时批判新闻战线极“左”思想的流毒，开启新闻写作改革，摒弃“文革”时期那套“社论语言”“官样文章”，提倡记者贴近群众，贴近生活，努力采写读者喜闻乐见的新鲜活泼的新闻，特别是现场短新闻。那时，我采写了一批“广州街头一瞥”和“潮汕侨乡的风土人情”等新人、新事、新风尚的对外稿件。《澄海农民善弹奏，处处可闻丝竹声》就是在这种背景下产生的。

因为我对家乡农村的文娱活动了解、熟悉，所以投入采访的时间不多，写作起来得心应手，800字的作品一气呵成。应该说，主题是鲜明的，在全国是有着普遍意义的，结构也较为紧密，文字还算简洁，但是政治思想深度挖得不够，具体事例也不够典型，看到作品觉得轻飘飘。

《澄海农民善弹奏，处处可闻丝竹声》之所以在各地农村引起共鸣，具有生命力，主要原因是有浓烈的地方特色。地方特色寓于全国特色之中，全国特色要通过地方特色来体现。没有地方特色的东西，就一般化、概念化，没有生命力。

故乡农村，传统上自发地组成“闲间乐馆”，农民农闲时在一起娱乐、消遣。馆里提胡、头弦、椰胡、扬琴、六角琴、琵琶、横笛、洞箫、唢呐等一应俱全，还配备有鼓、锣、钟、木鱼等打击音乐。这些供农民演奏的场所，外地人不知情，还以为这里是演奏专业队的大本营。

故乡往事历历在目。那时节，每逢喜庆日子或农闲季节夜晚，榕荫下、庭院前、村头巷尾，几个人围坐在一起弹弹唱唱、说说笑笑，随风送来阵阵丝竹声，娱乐升平。我家旁边的闲间乐馆“醉琴轩”前的石板凳上坐满了人，在村里老乐手的带领下，一起演奏，或弹或拨，或拉或唱。这些群众性的娱乐活动，世代相传。你看那些握惯锄头，手掌长满茧的农民，手指灵巧起来了。

《澄海农民善弹奏，处处可闻丝竹声》被选编进小学语文课的“乡土教材”。有一次，我问侄儿读后的感觉，谁料他却冷冷地说："文章不怎么样！"我愕然，沉默了一会，觉得侄儿说得有道理。

曾听过一位画家的杂谈：神仙鬼怪最容易画，谁都没见过，谁都可以画，画得像不像样，谁都搞不清；风景画较容易画，山川、风光、构图可凭主观想象，只要作者有一定绘画基础，出得手，不像也得像；牛马猪羊最难画，因为人们最熟悉，看得多，只要画得有点不像，就能挑出毛病。

《澄海农民善弹奏，处处可闻丝竹声》外地人看了觉得挺有意思，而当地人太熟悉，觉得一般化，司空见惯，习以为常。对它不但没有留下深刻的印象，反而容易看出其中的不足。

汕头少年乒乓球队震惊乒坛

新崛起的汕头少年乒乓球队南征北战、所向披靡，震惊了海内外乒坛。行家认为，这支队伍代表着中国乒坛的希望。

汕头少年乒乓球队是一支经费由企业赞助，并实行企业化管理的队伍。22 名男女运动员是在全国各地经过严格挑选引进的，年龄最大的 15 岁，最小的才 8 岁。总教练潘第义说，他们年纪小，身体素质和球艺都不错，可塑性强，具有很好的潜质。

这支队伍于 1993 年 7 月组建，一年之后即接连取得出色的战绩。1994 年 8 月在厦门举行的"立洲杯"全国少年（13—14 岁）乒乓球比赛，汕头少年队只派男选手参加，获得男子团体冠军和单打冠、亚军。接着在福州举行的全国少年（12—13 岁）乒乓球比赛中，汕头队又夺得男、女团体冠军，男子单打前三名和女子单打第一名。在广东第九届省运会少年乒乓球决赛中，全部 12 个项目，这个队又夺得 9 枚金牌、3 枚银牌和 4 枚铜牌。队员谭瑞午、马琳、李潮等在全国少年乒乓球比赛中，处于霸主地位，并已先后进入国家二队。

去年8月底，汕头少年乒乓球队受国家体委指派，参加在韩国济州岛举行的中、日、韩青少年友好运动会，男、女队均以三战三捷的优异成绩获得团体冠军。

汕头少年乒乓球队实行封闭式训练，管理从难、从严，努力为国家队培养人才。国家队的教练和运动员也多次到汕头观察、辅导、表演。此间行家认为，汕头少年乒乓球队的成长表明，中国乒乓球第三梯队已初步形成，使人们看到中国乒乓球运动的新希望。若干年后，这支队伍中很可能涌现几个国家冠军或世界冠军。

（新华社汕头1995年2月3日电）

棋坛新秀许银川

眼前站着一位文静、俊秀、略带稚气的少年，微微地笑着，身上有一股朝气。他，就是棋坛新秀许银川。

去年8月在上海举行的全国少年棋类集训赛中，13岁的许银川一举夺得了中国象棋男子组冠军，夺得“劲雕杯”。这是自1978年吕钦取得全国少年象棋比赛冠军以来，广东少年棋手取得的第二个全国冠军。

粤东沿海棋风盛行，高手辈出。继一代象棋大师杨官璘之后，惠东县的吕钦已成为棋坛的风云人物，现在惠来县的许银川也崭露头角了。难怪棋迷们说：“弈林高手出粤东”。

1985年，年仅十岁的许银川出人意料地以全胜的成绩获得汕头市运动会象棋赛第一名。1986年，他在广东省运动会象棋比赛中，又以8胜2和的不败战绩轰动广东棋坛。

许银川出身于惠来县隆江镇的一户象棋世家。他的父亲曾获得惠来县象棋冠军。在家庭的熏陶下，他六岁开始学习下象棋，还喜欢书画。他天资过人，品学兼优，从入小学至毕业，学习成绩一直保持在全班的前三名。在学期间，他严格区分课内作业和课外活动的界限，坚持在完成作业之后才学习象棋、书画。

1986 年，他来到广州进省集训队练棋，坚持半天学习中学课程，半天进行象棋训练。眼下他是一名学习成绩优秀的初三学生了。

最近，在广东省参加全国象棋团体赛的选拔赛中，许银川战胜了许多强劲的成年选手，同大师吕钦等人一起入选广东代表队，将赴黄山参加全国象棋团体赛。许银川一本正经地说："我的脚板还软，路还长，要登黄山就得奋力爬坡。"

（新华社广州 1989 年 5 月 9 日电，与蔡文强合作）

附：马琳、许银川分别成为乒坛、棋坛风云人物

在记者生涯中，我身上充满着泥土气息，始终同农村、农业、农民打交道。对体育活动，我是门外汉，充其量只写过四五篇体育稿件。其中《万人晨练越秀山》和《李家拳在粤东悄然兴起》却被编辑部评为好稿。评好稿凭什么标准，是很难说得清楚的。

然而，至今仍令我回味无穷的是二三十年前在汕头采写的两篇体育稿：《汕头少年乒乓球队震惊乒坛》和《棋坛新秀许银川》，尽管当年没有被评为好稿，时过境迁，可能好稿换了一套新标准和新思维。但以上两篇稿件至今仍充满生命力，经得起时间的考验，回味无穷！

先说汕头少年乒乓球队吧！

1991 年，我奉命到汕头经济特区筹办新华社汕头支社时，住在“水仙园”新住宅区。水仙园、玫瑰园、海棠园、月季园等住宅区一带，原属郊区的金砂村。金砂村是举世瞩目的“跳水”运动名将辈出的地方，李宏平、李德亮、李巧贤等男女跳水运动员，在国际比赛中都是叱咤风云的人物，多次夺得世界冠军，为国家争得荣誉。距离我们水仙园宿舍几百米远，隔着小水圳“龙湖沟”对岸就是汕头经济特区“鮀滨制药厂”地址。鮀滨制药厂于 1993 年组建了汕头少年乒乓球队，共有 22 名男女少年运动员。鮀滨制药厂敢为天下先，乒乓球队的经费开支由企业赞助，实行企业化管理。我本来已着手采访金砂村怎样成为举世闻名的“跳水王国”，相形之下，却被汕头少年乒乓球队紧紧吸引住了。

实行企业化管理和专业化训练的汕头少年乒乓球队迅速崛起，他们南征北战、所向披靡，多次在全国性比赛中夺冠。球队的马琳、谭端午等，在少年乒乓球比赛中，处于霸主地位。这篇报道说：中国乒坛的行家认为汕头少年乒乓球队的迅速成长，说明中国乒乓球第三梯队已初步形成，使人们看到中国乒乓球队的希望。

这篇报道中预言：若干年后，汕头少年乒乓球队很可能涌现一批国家冠军或世界冠军。果然，预见变为现实，马琳后来多次获得乒乓球世界冠军，在一定的时间段成为参加国际比赛的中国乒乓球队的领衔人物。

现在谈崛起的棋坛新秀许银川。

1989 年春，我到惠来县农村采访。县委书记吴惜鼻（吴志华）在介绍县里基本情况时，谈起惠来县新近发生一件新鲜事：隆江公社少年棋手许银川在县、地、省里的象棋比赛中，多次取得第一名。

我是一个业余象棋爱好者，兴趣满满地采访了许银川。站在我眼前的是一位文静、俊秀、略显稚气的少年，羞答答地微笑着，身上充满着一股生气。一谈起象棋，他眉飞色舞，头头是道，中听在理，他就是许银川。

1988 年在上海举办的全国少年棋类比赛集训中，年仅 13 岁的许银川一举夺得全国少年象棋男子组冠军。这是自 1978 年广东惠东县吕钦夺得全国少年象棋比赛冠军以来，广东少年棋手取得的第二个全国冠军。

许银川的父亲是惠来县的象棋高手。在家庭的熏陶下，他六岁开始学习下象棋。他天资过人，是学校里品学兼优的学生。从小学一年级到小学毕业，学习成绩一直保持在全班的前三名。

粤东沿海地区象棋高手辈出，继一代象棋大师杨官璘之后，惠东县的吕钦已经成为棋坛的风云人物，那时惠来县的许银川已崭露头角了。

果然，十年后许银川多次获得全国象棋比赛冠军，成为全国象棋首屈一指的高手。

潮汕多剪纸　家家贴纸花

端午节期间，记者到潮汕农村采访，但见家家户户的门窗无不贴着构思巧妙、做工精致的龙船花、粽球花等剪纸艺术品。它们使热烈、祥和的节日气氛更加浓郁了。

每逢佳节贴剪纸

村民们介绍说，逢年过节，人们都要在自家门窗贴上象征吉祥喜庆的剪纸艺术品，而且不同节日所贴的品种也不同：春节贴红梅花、牡丹花；元宵贴绣球花、灯笼花；端午节贴龙船花、粽球花；中秋节贴石榴花、糕饼花等。

此外，剪纸还被应用做鞋花、枕花、被面花等和其他工艺装饰品的底样。

据考证，剪纸艺术早在秦汉时代便随着中原人口南迁传到潮汕地区。宋元时代，潮汕民间已出现喜花、礼花、门花等剪纸，至明清时代这一艺术则已在乡村广泛流行。

谁家媳妇不剪花

潮汕剪纸世代相传，女孩子从小便喜欢学着大人舞刀弄剪。而对于媳妇们，剪纸更是一门“必修课”。谁家媳妇剪得好，丈夫及公婆便觉得脸上有光。未出阁的姑娘们，也爱相互攀比并炫耀各自的得意之作。

在众多的剪纸妇女中，许多佼佼者被称为“剪纸艺术家”，如澄海等地的李知非、赵澄襄、魏长琴、郑红妹、张佩龙等。她们创作的反映家乡生活及传统题材的作品，深受海内外人士的好评。

剪纸享誉海内外

澄海县的李知非，被称为一代剪纸艺术大师。她几十年来手不离剪，擅长运用黑白线、粗细线、阴阳线对比的艺术手法进行创作。她的作品除在国内举办展览外，还先后到芬兰、瑞典等国家展出，令国内外剪纸艺术界人士大开眼界，为之陶醉。最近，花城出版社还编辑出版了《李知非剪纸选集》。

回乡探亲访友的侨胞和港澳台胞对家乡的剪纸更是喜爱，临离开时不少人向姑嫂姐妹或乡亲索取剪纸带回海外珍藏起来，以寄托无限乡思。

（新华社广州 1990 年 6 月 2 日电）

巧哉潮汕女　人人精抽纱

“夜绣油灯前，日织树荫下。巧哉潮汕女，人人精抽纱。”这是前人对潮汕妇女们抽纱活计的生动描述。而今，潮汕的抽纱艺术已是百尺竿头、更进一步，其产品成为出口创汇的拳头产品，堪称一绝。

无须厂房的“工厂”

在潮汕平原的广大乡村，从稚气未退的小女孩到白发苍苍的老大娘，几乎无不谙熟抽纱技术。白天，村头巷尾榕荫下，飞针走线；夜晚，床沿窗前灯影里，走线飞针。

据不完全统计，眼下潮汕农村从事抽纱的妇女达 70 多万人。她们农忙时下田，农闲时抽纱，形成了一个不用厂房设备的巨型抽纱“工厂”。这个“工厂”还真不简单：其产品成为汕头市外贸出口的拳头产品，行销五大洲的 80 多个国家和地区，年创汇超过 1 亿美元。

中国工艺第一枚国际金质奖

潮汕抽纱是民间传统刺绣和编织工艺有机结合的产物。它是在布料上先抽去经线或纬线，然后运用传统的垫绣、托地绣、挽窗等工艺和数十种细腻纤巧的针法，按各种图案花纹用彩线精绣而成。其产品品种繁多，雅俗共赏，可广泛应用于衣服、被单、台布、手袋、手帕、围巾、鞋面及窗帘、沙发布等，既是日用品，又是具有欣赏和珍藏价值的工艺品。

在 1980 年慕尼黑第三十二届国际手工业品博览会上，潮汕的大型玻璃纱台布《双凤朝牡丹》为中国工艺品获得了第一枚国际金质奖章。它是运用传统题材、汲取西欧美术构图和色调、选用28种纤细精巧的针法制作而成的。

近几年，潮汕抽纱在保留传统风格的同时，又不断推陈出新，在原料选择、图案设计、制作技术诸方面均有新的发展。它以针法多变、疏密有致、构图严谨的独特艺术风格和鲜明的地方色彩而深受海内外人士的青睐。外贸部门也积极组织开发抽纱新品种以适应国际市场的需要，使潮汕抽纱之花盛开在世界各地。

（新华社汕头1990年6月8日电）

舞蹈融拳术　壮哉英歌舞

一种再现《水浒传》里一百零八条好汉形象的民间舞蹈——英歌舞，又在广东省潮阳县的各个乡镇流行起来。每逢传统佳节或喜庆日子，乡镇处处可闻丝竹声和踏歌声。

英歌舞是著名侨乡潮阳县的传统民间艺术，迄今已有几百年的历史。它同潮州音乐、大锣鼓等一样，是当地农民喜欢的艺术。在十年“文革”中曾销声匿迹。

它是一种以古典小说《水浒传》中一百零八条好汉为原型的传统傩舞。演员在音乐声中翩翩起舞，惟妙惟肖地再现梁山各位好汉的形象。舞蹈融拳术、戏剧、杂技于一体，以粗犷豪放、勇猛刚健的风格博得观众的喜爱。

跳英歌舞的大部分是农民，男女老少均能参加。该县两英镇永丰英歌队或许是知名度最高的一支舞蹈队。他们在表演时，队分前后两列，前列演员两手各执一柄盈尺的短棒，后列的演员一手执小鼓，一手持鼓槌，随着鼓点和短棒的击节声，前后两部分表演者有节奏地跃步起舞。舞步、身段、队形根据鼓声的快慢、疏密而变化。整个表演过程槌声、鼓声、脚步、手势、眼神和表情浑然一体，气氛热烈而明快，舞姿优美而古朴。一些华侨、港澳同胞观看他们的表演后，赞不绝口，有的还情不自禁地跟着跳了起来。

按照潮阳县的风俗，每年春节、元宵期间，县里各个英歌队都要互相观摩、献技，谁表演得出色，就能获得殊荣，因而这种舞蹈世代相传，舞艺精进。今年2月，广东省举办首届民间艺术欢乐节，潮阳县的英歌队表演饮誉羊城。应文化部、北京舞蹈学院、中央电视台联合举办的全国艺术院校第二届中国舞“桃李杯”赛筹委会的邀请，两英镇永丰英歌队将于8月上旬到北京献艺。

（新华社广州1990年7月19日电）

揭阳县农民文化生活丰富　农户厅堂纸墨芳香

走进广东揭阳县普通农户的厅堂，可以感到那幽幽的纸墨芳香。记者看到，崭新的书架上端放着纸、笔、砚、墨文房四宝。墙上挂着精心装裱的书画，有的兴许便是出自主人之手的得意之作呢！当今农民开始追求高雅的精神享受了。

前些年，记者曾在揭阳县走村串户，看到很多农户的厅堂里充斥着神案香炉，张贴着“神明保佑”“金玉满堂”之类封建、庸俗的货色。这种现象目前为数很少了，越来越多的农民对此已经不感兴趣。淡浦村在揭阳县算不上富裕，农户购买电视机、收音机或高档家具还不普遍，但很多农户家里设有书架，摆上文房四宝。追求科学知识，写字作画成为农民生活的一大乐趣。记者到农民叶龙芝、蔡封彬等家里串门，只见他们的院庭里摆着一盆盆花卉，四壁乌黑的厨房已贴上洁白的瓷砖。主妇们说，往时院庭里鸡飞猪叫，污水满地，眼下禽畜圈进笼舍，农家讲究环境美了。再看各家的厅堂，都挂着梅、兰、菊、竹等画，台几上放着精巧的潮汕工夫茶具。从田地里回家的农民刚放下锄头，又开始练笔了。

最近村里举办书画比赛，农民纵情挥毫，篆、草、行、楷书法作品和描绘山川田野、花鸟虫鱼的国画应有尽有，颇具时代感和乡土气息。入选的 200 多幅作品陈列在村农民文化宫的大厅中，有的作品将被选送到县、市、省参加评比。

乡村文化室的普遍兴办，给喜爱书、画、琴、棋的农民提供了学习、创作的条件。他们中涌现出一批版画、国画、书法好手。一旦发现谁的书画功底好，亲戚邻里就竞相上门索取作品，这已成了一种新时尚。华清乡农民林炎课练就一手豪放潇洒的楷书，他的作品不但在家乡被视为珍品，而且被裱挂在县城机关干部和专业书画工作者的客厅里。

（新华社广州 1986 年 11 月 3 日电）

广东侨乡澄海县灯谜会盛行

广东侨乡澄海县，城乡灯谜会广泛流行。这种灯谜会已成为当地群众的一种精神享受。

在澄海县的莲阳、东里、樟林等乡镇，记者不时地看到街头巷尾张贴着“射虎”（猜谜）的海报。中小学生放学时，经常三五成群地围在榕树下猜射诗谜、字谜。走进农家也常可看到主人把在灯谜会上猜中的谜语装饰起来，裱挂在厅堂上，有的还装订成册，引以为荣。

澄海城乡举办灯谜会的形式多样，内容丰富。近年来县里举办过闽穗十一市、县大型灯谜汇猜和谜艺交流会，并定期在中秋节、元宵节举办怀念台胞、侨胞等专题灯谜会。各乡镇、学校、机关团体也经常举办有关计划生育、尊师爱生、“三八”妇女节、“六一 ” 儿童节等主题的灯谜会。

眼下，灯谜会已进入普通农户家里。过去，许多家庭乔迁新居、婚姻嫁娶、生日祝寿、送子女上大学以及华侨回乡探亲等，往往要办筵席、请客送礼。现在，不少家庭已改变习俗，慢慢地代之以举办家庭灯谜会庆贺。

东里镇男青年林广穆是个灯谜爱好者，他在结婚当晚，邀请左邻右舍、亲戚朋友和谜友欢聚一堂，用灯谜会代替婚礼仪式。当“喜看良缘今日结”（猜电影片名二）的谜语一挂上，客人们就抢着说：这是猜《婚礼》和《欢欢笑笑》。灯谜会上，张挂的谜语有 100 多则，一旦哪则谜语被猜中，击鼓的咚咚声和人们的鼓掌声连成一片。新郎、新娘和猜谜者都沉浸在欢声笑语之中。

隆都区西洋村老人陈万青寿辰时举办了一个家庭灯谜晚会。那天晚上庭院里灯火通明，挤满了近百人。澄海县灯谜爱好者协会送上“祝万青老延年益寿”的灯谜，猜电影名《但愿人长久》。陈万青老人悬挂一个“喜迎谜友，共商春灯”的谜语，猜词牌有四：《文风盛》《相见欢》《集贤宾》《于中乐》。人们尽情猜射，中鹄之声不断，直至深夜。陈万青老人频频点头，乐呵呵地说生日过得很有意义。

随着文化教育事业的发展，澄海县的灯谜会已办得越来越盛。许多海外侨胞回国观光、省亲时，也都把参加灯谜会当做一件乐事，并称赞故乡文风兴盛，人民生活情操高尚。

（新华社广州 1986 年 11 月 19 日专电，与杨景文合作）

澄海县发许可证控制开会
把干部精力从会海中解放出来

广东省澄海县实行发开会许可证的审批制度，大刀阔斧砍掉可开可不开的会议，把干部的精力从文山会海中解脱出来。

澄海县去年撤销36个临时办事机构，但是会议仍然有增无减，省里开会要马上传达，市里开会要马上贯彻；上面各个职能部门召开的专业会议，事无巨细，也要县、镇（乡）第一、二把手参加不可。县里领导经常围着会议桌子忙得团团转，有时一个镇（乡）长竟接到同一天参加几个会议的通知。

澄海县委、县政府从今年2月开始，实行发开会许可证的办法，控制会议。规定凡召开有副镇（乡）长及县直机关副局长以上干部参加会议，主持单位都必须填报审批表，说明会议的时间、内容、规模、住宿人数以及在会上发言、报告占用时间等，报送给县委、县政府审批，获得批准的发给许可证。发开会通知的单位必须将许可证的编号告知参会者，否则可以拒绝到会。宾馆、招待所不得为没有领取许可证的单位或个人安排食宿，违者追究责任。

澄海县委、县政府对会议本着不可多开也不能不开的原则，统筹安排，加强计划性。县里原定于4月份分别召开精神文明建设、纪检工作和统战工作三个会议，会期五天，参会人数共370人。县里经过协商，把这三个会议合并起来，参会人数降为210人，用两天半的时间就较好地解决了问题。全县第二季度拟召开17个会议，会期共45天，参会达1 415人次。经过合并、压缩，减少会议五个、减少会期20多天，减少参会人数500人次。据初步统计，实行会议审批制度之后三个月，全县会议经费开支比去年同期减少一万多元，减少23%。

澄海县实行发许可证控制会议，正在实践中逐步完善，但也遇到很多实际困难。县委、县政府的同志说，会议许可证只能制约自己，制约不了上级单位，眼下还很难承受来自上层的会议压力。

（新华社广州 1987 年 7 月 15 日电，与王言彬合作）

侨眷夫妻寿星

粤东揭西县京溪园镇九斗埔村有一对年逾百岁的侨眷夫妻寿星。

这对夫妻男的叫汪北坤，出生于清代光绪年间，今年 103 岁。女的叫邹猜，今年 101 岁。日前，当地侨务部门派人上门慰问，京溪园镇政府还特意送去“夫妇寿星，荣享百年”的镜匾。

村民们概括这对寿星长寿的秘诀是：勤劳朴素，讲究卫生，食不厌粗，夫妻恩爱，豁达乐观，子孙贤孝等。

汪北坤 20 岁同邹猜结婚，80 多年来他俩吃住在一起。他们膝下有四男二女，大儿子早年往泰国谋生。现在他们一家五代同堂，达 80 多人。

汪北坤生活中爱洁净、不抽烟、不饮酒、不喝茶，不吃煮得过烂的食物和剩饭，偏爱吃粗食、番薯和空心菜。菜味道要淡之又淡，咸味稍重便不吃。他喜欢拉胡弦和吹笛子，一有空就吹拉起来。至今仍然目明，神志清醒。

邹猜心地善良，对丈夫体贴入微，勤劳俭朴，擅长养猪，生活习惯同一般农妇无异。如今她仍然步履稳健，甚至还经常帮助儿媳做点家务。

（新华社汕头 1992 年 3 月 6 日电，与刘逸合作）

潮汕方言仍保留许多古汉语词汇

此间的语言学家经过考证后认为，潮汕方言是当今保留着古汉语词汇较多的一种方言。

中山大学教授李新魁和汕头大学教师林伦伦说，目前的潮汕方言无论是语音还是词汇，仍然保留着古汉语的成分。

他们在《潮汕方言词考》这本合著中，考证出潮汕方言从先秦、汉魏六朝、唐宋乃至明清各个历史阶段的词语中，都可以找到语音、含意和潮汕方言相吻合的词语。

据介绍，从《尚书》《易经》《左传》《战国策》以及《诗经》中都可以找到很多此类的例证。

《潮汕方言词考》列举：从《诗经》中找到的“相好”“翘楚”“沃”“苞”等词语，至今仍然是潮汕地区男女老少的常用语。

如现在潮汕地区的妇妪、稚童仍经常使用“翘楚”这个词，动辄斥问对方：“你翘楚勿走。”（你好样的就不要离开）另外，当地农民把长得茂盛的农作物谓之“苞”，门户上贴着“竹苞松茂”的对联随处可见。

讲潮汕方言的区域除粤东的汕头、潮州、揭阳、汕尾和闽南的诏安、云霄、东山等地外，旅居海外的近千万潮汕籍侨胞，许多人至今仍然“乡音难变”。

（新华社汕头 1992 年 3 月 8 日电）

吴南生呼请海内外人士支持潮汕历史文化研究

广东省政协主席、潮汕历史文化研究中心名誉理事长吴南生呼请海内外专家学者对潮汕历史文化的研究给予更多的关注和支持。

吴南生日前在汕头表示，希望汕头、潮州、揭阳市和与潮汕历史文化有血缘关系及密切联系的邻近地区，在这方面通力合作，作长期努力。

潮汕地区的文化、历史悠久。旅居海外人数逾千万的潮籍华侨，历来都关心支持潮汕文化的研究，并把它传播到世界各地，又不断把海外的先进文化引进到潮汕。

从潮汕人的语言、服饰、饮食、宅院到音乐、潮剧、工艺以及风俗习惯等，其鲜明特色都引起海内外专家学者的兴趣。

1991 年 9 月，在法国巴黎召开的第六届国际潮团联谊会已决定着手筹建“国际潮人文化研究中心”，与此同时，汕头大学成立了“潮汕文化研究中心”，汕头市也成立了“潮汕文化对外传播中心”。最近，这两个“中心”还商定了学术研究规划，决定出版“潮汕文库”，准备在今后若干年内陆续整理出版一批丛书。

（新华社汕头 1992 年 3 月 16 日电）

许惠松 ——侨乡业余书画收藏家

在素有“国画之乡”美称的侨乡揭阳市，近年来涌现出一批酷爱收藏名家书画作品的爱好者。任职于揭阳市计划委员会的许惠松，以收藏书画数量多、质量高而名扬海内外。

藏品颇丰

许惠松偏爱收藏近代较有名气的书画代表作，目前，他家藏有苏曼殊、方人定、何香凝、齐白石、徐悲鸿、张大千、刘海粟、吴作人、曾国藩、李鸿章等几十位名家、名人的书画近百幅，其中仅艺术大师齐白石的墨宝便达30多件。

在许惠松的收藏室里，笔者欣赏到苏曼殊民国时期的作品《菊石图》，清代曾国藩手书的对联等珍品。许惠松介绍说，他收藏的张大千送给书法家潘伯英的一幅《拟唐人门草图》是大师30年代在敦煌写生时创作的。齐白石80多岁画了一幅《梅花茶具图》，他对这幅画颇得意。齐白石92岁时又画了一幅《梅花茶具图》。许惠松收藏的这两幅《梅花茶具图》虽同出自齐老先生之笔，但在构图、笔法上均有所不同。许惠松感慨地说：“每位画家不可能有完全相同的作品，这也是收藏者的兴趣所在。”

讲究品位

许惠松收藏书画的标准是：要真品、要上品、求精品、要完好。许惠松说，要达到这些标准，一要靠自己平时积累的知识去识别，二要靠地方艺术界名宿和艺友们的评审、鉴定。他收藏的张大千、傅抱石、吴作人、李可染等大师的作品，就是由国家文物鉴定小组组长徐邦达及专家苏庚春等人亲自鉴定的。

得之不易

许惠松收藏的许多作品都得之不易。他经常利用出差的机会访师拜友、寻珍觅宝，足迹遍及大江南北。他还经常自费到山乡农舍收集散失在民间的书画。一次到海外探亲，许惠松没有带回彩电、录像机，却带回了两幅赵少昂的作品。

年过不惑的许惠松从童年开始对书画感兴趣，长大后就开始收集书画。许惠松现在有很多亲人在海外办实业，他家里丰衣足食，“我收藏书画不图名利，而是小则陶冶性情，大则保护中华民族的文化遗产”。

（新华社汕头 1992 年 7 月 14 日电，与刘彦武合作）

南澳岛上跑“的士”

闽粤边海域中的南澳岛，如今也有了招手即停的出租车。

过去，南澳岛交通闭塞，形同孤岛。海内外游客和投资者来到这里往往因找不到车辆与住宿地点，只好当天乘船返回汕头或澄海。现在，人们可坐上出租车，沿着依山傍海、水泥路面的交通大道，游览宋井、大王山、雄镇关、青澳湾等名胜古迹。

南澳岛上第一个营运出租车的人，是个体户王荣金。他看准海岛开发的势头很好，上岛考察、旅游、洽谈生意的人越来越多，于去年 7 月毅然卖掉一座小楼房，筹资从汕头市承包了二辆“拉达”牌小“的士”上岛营运。目前，岛上的出租车已达 70 多辆。

去年 6 月，广东省政府批准设立“南澳岛开发试验区”之后，到岛上考察、洽谈土地开发项目、办实业的国内外客商已达 4 800 多人次，签订引进项目合同 143 宗，投资总额达 70 亿元。随着南澳岛经济的繁荣，交通业也成了发展的热点。一年来，岛上除新建扩建了环岛公路干线外，还开辟了汕头至南澳高速飞翔船并增设莱芜至南澳车轮渡等交通线路。

（新华社汕头 1993 年 5 月 14 日电）

李嘉诚捐千万建潮州“基础小学”

香港著名企业家李嘉诚日前捐赠 1 100 多万港元，用于自己的家乡潮州市兴建 50 所山区小学，并将这批小学定名为“基础小学”。

广东省副省长卢瑞华和潮州市委、市政府负责人对李嘉诚关心家乡山区兴学育才的义举表示感谢。李嘉诚日前在港会见赴港主持广东省 1994 高新科技项目贸易洽谈会的省、市领导人时，得知潮州市正筹措教育基金。他对家乡发展教育的做法十分赞赏，当即宣布这次捐赠。他满怀深情地说：“潮州是我的家乡，我的捐资助教从家乡做起，在贫困山区建小学。如果做好了，可以扩大到整个潮汕以至全省。”他说：“我真心实意要为社会、为祖国、为家乡的医疗和教育竭尽绵力。”他还说：“学校建设质量要好，要有特色，明年我一定回家乡去看一看。”

李嘉诚已在家乡兴办了许多社会公益事业。他捐赠巨资建成汕头大学，在潮州市捐建两座现代化的综合医院，捐建一大批居民“解困”住房，捐建韩江大桥、潮州体育馆等大型项目，去年又捐资兴建残疾人活动中心。

（新华社广州 1994 年 7 月 12 日电，与蔡文波合作）

饶平县农村古围寨风韵犹存

地处闽粤边的广东省饶平县，居民住宅中至今仍保留着一大批根据山势地形，建造成形态各异的明清古建筑的土围楼寨。

据不完全统计：饶平县目前尚保存古围寨458个，以北部山区居多，有圆形、半圆形、四方形、八角形等，有的是二三层楼。建筑材料为土、木、石结构，围墙多用红土、田泥、贝灰等。造型千姿百态，有的浑雄古朴，有的小巧玲珑，雕梁画栋，各具风韵。

三饶镇南联村的道韵楼，始建于明代万历年间，呈八角形，高大雄伟，坚固美观。黄冈镇楚巷附近的德馨堡，始建于清代乾隆年间，呈四方形，土木结构，二层楼，围寨里共有28间正房，寨内埕中间是一座厅堂，为公共活动场所。

饶平县的古围寨，目前大多保存完好，有的尚住着人家。当地居民认为：先民因地制宜建造这些围寨，省工省料，宗族亲戚往往数十人、上百人住在一起，大家互相照料，其乐融融。围寨还可防盗贼、防野兽、防风寒等。

（新华社北京1994年9月11日电）

中华白海豚成群嬉戏于南澳海湾

被列为国家一级保护野生动物的中华白海豚，最近成群嬉戏于南澳岛后江海湾。

8月上旬，南澳岛西北面猴澳的渔民发现20多条中华白海豚并排向内湾游来，还有10多条江豚尾随其后。这些白海豚不时跃出水面，当游近内湾浅滩时，便停下来互相嬉戏追逐。

此后在长达两个多月的时间里，这些白海豚一直逗留在海湾里。每天早晨，白海豚都游向内海湾觅食，追击海鱼。有时还游到水深只有40厘米的浅滩用腹部摩擦滩涂。直至最近，白海豚才悄然离去。

（新华社汕头 1994 年 11 月 6 日电）

中国公民可赴东南亚三国旅游

从现在起，凡是在新加坡、泰国、马来西亚或中国港澳地区有亲戚或朋友的中国公民，只要其亲友愿意担保和承付其旅游费用，都可以通过中国国际旅行社办理手续，到新、泰、马三国旅游。

这是中国国际旅行社今天在此间召开的一个会议上宣布的。这家旅行社开辟组织中国公民赴东南亚三国旅游业务，已经过国务院和国家旅游局以及有关部门的批准。

据介绍，在全国范围内组织中国公民到外国旅游尚属首次。这是我国进一步扩大对外开放和民间交往的一大举措。中国国际旅行社过去一直只引进、接待外国旅游者。

中国公民办理到东南亚三国旅游的办法是：先由中国公民在海外的亲友到海外及中国香港的代理机构填写委托书和担保书，并付清全部款项，然后中国公民凭亲友寄回的交款收据和担保书副本以及单位证明、本人身份证、户口簿和本人近照，到中国国际旅行社总社及其委托代理的支社办理有关手续；对旅行者的申请、审批和办理出国护照、签证等手续，都严格按照有关部门的规定办理；最后由中国国际旅行社总社统一组团出国旅游。

目前，中国国际旅行社已经确定了一批省区和城市的分支社作为委托代理点，负责组织客源，接受报名。旅游团队的出境口岸暂定为广州白云机场和北京首都机场。

（新华社汕头 1991 年 5 月 15 日电，与陈芸合作）

法国华裔妇女代表团访汕

以洪秀文女士为团长的法国华裔妇女代表团一行 15 人，于本月 13 日至 16 日在汕头参观访问。

该团成员多属旅法潮籍知名侨领或企业家夫人。在汕期间，她们先后参观访问汕头大学、广澳开发区、第三幼儿园，并游览了妈祖宫、关帝庙等，还到潮阳、揭阳观光探亲。

（新华社汕头 1992 年 3 月 17 日电）

广梅汕铁路向侨乡粤东推进

广梅汕铁路加快建设步伐，现正顺利向粤东地区推进。

据悉：今年第四季度在侨乡潮汕计划开工的重点工程有全长分别为 1 000 米、3 000 多米的莲花山一、二号隧道，横跨韩江、全长 1 200 米的潮州特大高架桥和位于庵埠至汕头北站间的梅溪特大桥。

广梅汕铁路于去年 5 月 31 日正式开工，年底铺轨过东江到达惠州车站，并计划从今年 7 月 1 日起开办试营运业务。

今年，广梅汕铁路工程指挥部安排从惠州铺轨到河源市的仙塘，全长 90 多公里。仙塘至兴宁全长 131 公里的所有路基、桥涵、隧道、房建等工程也将全面开工，为明年铺轨创造条件。

（新华社汕头 1992 年 4 月 9 日电）

陈世贤谈访问天津感想

结束对天津的访问后抵达汕头的泰华报人公益基金会主席、中国中华民族文化促进会副会长陈世贤，今天在汕头金海湾大酒店对记者畅谈他访问天津的感想。

陈世贤说，天津人性情温和、好客，爱好文艺，相当文明。在市场上很难看到掉在地上的烂菜叶，在马路上很难看到随便丢的烟头。他透露说，香港地产商会主席何鸿燊博士对到天津投资很感兴趣，最近将派辖下公司再到天津考察。

他说："我们在天津访问期间，看到天津有良好的港口，马路宽阔，交通四通八达，投资环境良好。"

他说："在天津，时常可以听到保定天津歌剧团演出的大型歌剧《唐宋风韵》，海外朋友赞不绝口。我们已定于 1993 年初邀请该团到东南亚访问演出。"

陈世贤这次来潮汕地区，将于 11 日主持《揭阳日报》大楼奠基典礼。他告诉记者，揭阳建制为市后，聘他任揭阳市政府顾问，他已邀请香港捷标企业集团到揭阳开发房地产业 1 600 亩。民政部门已同意支持揭阳建设 1 000 套补贴住宅。美国慈善团体将在揭阳设点建设一座造价 200 万至 300 万美元的养老院。

（新华社汕头 1992 年 5 月 5 日电，与刘彦武合作）

第二辑　中国农业高产区

概　述

潮汕地处亚热带，水暖土肥，人多地少，农业生产把传统的深耕细作和新的农业科学知识结合起来，形成新的生产力，成为全国农业高产区。外地人称誉潮汕农民种田同潮汕姑娘绣花一样，心灵手巧，寸土寸地皆锦绣。

冬天的阳光，暖烘烘地照在潮汕的土地上。在汕厦公路两旁，不时可以见到一些顽童，在河涌里抓鱼摸虾，泼水嬉戏。公路两旁的田地里，甘蔗、小麦、番薯、蔬菜和冬种绿肥，一片翠绿。更吸引人的是：田间地里的排水沟上，用芒秆、竹子搭起的棚架，爬满藤生的瓜豆。在同一块土地上，还实行间种、套种，提高复种指数。你看，田地里各种作物高矮相间，充分利用空间，和谐地竞相生长。农民把田里装扮成色彩缤纷的植物园。农业专家看了也啧啧称奇："理论上的立体农业，在这块神奇的土地见到了。"

早在1955年，全国第一批水稻千斤县和粮食千斤县，在潮汕地区涌现了。可贵的是，除了粮食稳产高产外，甘蔗、花生、番薯等其他经济作物也都获得高产。甘蔗亩产超10吨、番薯亩产超万斤，春秋种植两造花生，亩产榨花生油100斤。在汕（头）厦（门）公路边的南峙山下，用稻田轮作种植潮州柑，密密麻麻的硕果挂满枝头，压弯了枝丫，有的连枝带果铺在地面上，亩产达1万斤。

其实，潮汕农民没有高深莫测的农业生产本事，高产的手段既普通又简单：在水利条件基本过关后，坚持改土增肥，提高地力。潮汕农民能做到的，其他地区农民也一定能做好。改土增肥，加厚了耕作层和活土层，土地泥沙结构均匀。这样土层深厚、透气功能好，农作物根系发达。天旱时，根扎得深，较好地吸收深层的水肥；天涝时，滞水排得快，渗透也快。改土增肥，年年动工，岁岁受益。

令人又难以置信的是，在全国粮食高产区，过去农民却经常忍饥挨饿。土地改革时因粮食单位面积产量高，国家定下的粮食征购基数也高，鞭打快牛，长期不变。“百斤加百分，千斤加十难”这是农民实践中得出粮食增产的规律。导致农村到处喊着“人多地少无出路”的紧箍咒。其实，人多地少和贫穷只是表象，深层原因是农民“土改”时期分到的土地，经历过“穷过渡”，走合作化道路，又被夺走了。在极左思潮干扰下，到处叫嚷“人心归农，劳力归田”，把农民多种经营当作资本主义倾向而批判。结果以粮为纲，农民的生计活路被堵死了。经济来源纯农业、纯粮食、纯水稻的“三纯”社队，不计成本地投入大量的人力、物力、财力去增产粮食。增产粮食代价大，得不偿失。

“三纯”地区的农民，别无其他经济收入，衣食住行样样都得在粮食中打主意。宁可自己勒紧裤带，也要保质保量完成国家的粮食征购任务。结果，肚子填不饱，手里没钱花。有的农民连剃头（理发）的零钱都没有。“高产穷队”这个专有名词，就出自潮汕地区。

潮汕家乡的苦难，牵动着海外侨胞的心，他们纷纷向家乡捐资捐款。一些侨眷依赖海外亲人邮寄的粮、油、糖和衣物充饥御寒，勉强维持低标准的温饱生活。

中国农村长期受到极左思潮的影响，“四人帮”倒台后，农村干部和群众处于彷徨、观望之中。改革开放时期，一批自己较为满意的新闻作品在这个时期产生，其中一些稿件受到中南海的重视或中央领导人的批示。一批基层干部愤懑而又无处述说，想做而又无处下手的事情，记者通过述评、工作研究、采访、记者来信等政论性的新闻作品，来表达农民的心意。在潮汕地区有一定社会效果的稿子有《一场关于定额管理的辩论》《汕头地区认真落实政策、鼓励社员发展家庭副业》《高产稳产的秘诀——看黄厝尾大队怎么夺得农业全面丰收的》《汕头市“吨谷县”的启迪》等。这些作品多数收集在我的新闻作品丛书里面。

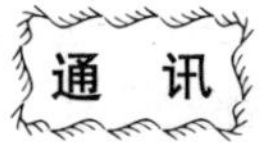

五分地的生产潜力有多大

五分地的生产潜力有多大？能够对国家、集体、个人做出什么样的贡献？近两年来，广东省澄海县的人民对这个问题做出了发人深思的回答。

平均每个农业人口只有五分地的澄海县，去年粮食平均亩产1 465 斤，总产3.478 亿斤。除了完成国家征购任务，留足种子和饲料外，社员平均全年口粮426 斤（不包括少量的冬种小麦），基本上做到低水平自给。与此同时，上调给国家大批油、糖、柑、蛋、猪、鸡、鹅、鸭等，价值1 590 多万元。平均每五分地给国家提供三斤半油、27 斤糖、23 斤柑、四斤猪肉、半只三鸟（鸡、鹅、鸭）和15 斤良种菜籽、芝麻、蒜头、西瓜等。每个社员平均分配84.5 元。

读者也许会问：平均每人只有五分地，怎么能够既养活自己，又对国家做出这么多贡献呢？这里面有什么奥秘？

澄海人民的回答是，只要批判林彪、“四人帮”的极左路线，认真落实党在农村的各项政策，因地制宜，合理布局，避害趋利，科学种田，在五分地这个小小的舞台上，可以演出五谷丰登、各业兴旺、经济繁荣、蒸蒸日上、多姿多彩的好戏来。

澄海县地处韩江下游，濒临南海，气候温和，雨量充沛，一年可种三造。全县面积390 多平方公里，人口60 万，耕地30 万亩多一点，平均每平方公里有1 500 多人，每人有五分耕地，是我国人口密度高、耕地少的县份之一。1949 年新中国成立时，这个县粮食总产才1.13 亿斤。国民经济恢复时期，粮食总产每年平均递增 9.35%。第一个五年计划时期，粮食总产每年平均递增 6.5%。早在 1955 年就成为我国第一个粮食平均亩产的千斤县。1966 年粮食总产上升到 2.86 亿斤。但是，此后十年，也就是到 1976 年，由于林彪、“四人帮”极左路线的干扰破坏，粮食产量徘徊不前。1976 年尽管粮食种植面积扩大了五万多亩，总产量比 1966 年也只增加 500 多万斤，每亩地平均产量还减少了 46 斤。而这段时间人口增加八万多，造成人民生活困难，各方面问题成堆。这就给人造成一个印象，像澄海这样人多地少的高产县，似乎生产潜力挖得差不多了，进一步发展没有多少空间了。

这当然是一种错觉。粉碎“四人帮”两年多来澄海人民的实践证明：生产潜力挖得差不多的看法是不符合事实的。只要我们有正确的路线、方针、政策，调动干部、社员的积极性，生产的门路是层出不穷的，五分地还会做出更多的贡献。粉碎“四人帮”后的 1977 年，澄海县的粮食平均亩产达到 1 364 斤，比上一年增加 149 斤。总产达到 3.33 亿斤，比上一年增长 14.2%。在这个基础上，1978 年全县粮食平均亩产又比上一年增加 100 多斤，总产增加 1 469 万斤。从而结束了粮食产量十年徘徊不前的局面。同时，各种经济作物也大幅度增长。1977 年，甘蔗总产量增长 45.9%，花生总产量增长 7.4%，潮州柑总产量增长 92%。随着生产的迅速发展，全县对国家的贡献越来越大，群众生活逐步有所改善。人们从中开阔了眼界，进一步解放了思想，相信潜力远远没有挖尽，生产还未到头。用县委书记陈燕发的话来说：“澄海大有前途！”

那么，澄海县委是怎么样领导全县人民在现有五分地上挖掘生产潜力的？

粉碎“四人帮”以后，澄海县委拨乱反正，做了许多工作。这些工作都直接或间接地在不同程度上调动了干部、社员的积极性，推动了农业生产的发展。其中，就挖掘土地的生产潜力来说，主要抓了两条：

一是全面推行间种套种。利用作物之间的上下造、前后期、高低秆、深浅根等不同特点，进行间种套种，做到见缝插针，寸土不让，一地多用，地尽其利。人们在花生地里间种玉米、套种甘薯，甘蔗地里间种大豆，晚稻田套种稻底薯，冬种豌豆间种早萝卜，过冬薯套种大小麦。许多高矮不同的作物，同时和谐地生长在一块田里，各自利用不同的空间和时间生长、发育、结实。当地群众饶有风趣地称之为“一主多仆”。他们还通过水旱轮作，提高地力，提高土地利用率。根据典型调查，一亩地三年轮作一遍，在同样的条件下，各种作物一造可以增产 100 多斤，成本降低 20% 左右。现在澄海全县土地的复种指数已经达到 75% 以上。整个田野就像美丽的潮汕抽纱那样，色彩缤纷，引人注目。

二是正确处理粮食生产与经济作物生产的关系。从前年开始，县委稳重而又大胆地把经济作物与粮食作物的比重，由二八开改为三七开，即压缩粮食作物的种植面积，增加经济作物的种植面积，使粮食和经济作物发挥互相促进的作用。县委负责同志为我们算了一笔账：澄海这个地方适宜种植花生，群众在长期生产斗争中积累了花生高产的经验。去年一亩春植花生的收获量可以榨 100 斤油。100 斤油卖给国家奖售 300 斤稻谷、80 斤化肥和 20 斤磷肥（超任务的还加价加奖）。100 斤油的价格 80 多元，相当于 900 斤稻谷。每亩花生苗和花生饼还可以作为二三亩稻田的肥料。有肥就有粮。把这么多的有机质肥和奖售化肥集中用于稻田，亩产就可以提高。因此，水稻种植面积虽然减少一些，总产还是能够增加的。所以，多种花生对国家、集体、农民都有利。澄海县去年春季种植花生四万多亩，今年扩大到七万多亩。

那么，把经济作物与粮食作物的种植面积调整为三七开，生产布局是不是就合理了呢？就澄海一个县来说，着眼于粮食自给，这种三七开还是比较妥当的。但是，就一个省或全国来说，如何贯彻“以粮为纲，全面发展，因地制宜，适当集中”的方针，做到合理布局，使地尽其利，就大有文章可作了。像澄海这样的地方，只要国家适当调给它一些粮食，真正把它作为花生生产基地，全县花生的种植面积全年早晚两造可以扩大到20万亩。收获之后，除留足种子外，最少可以榨1 500万斤油。1 500万斤油拿到国际市场可以换回多少粮食，可以供应城市多少人食用？这笔账有利无利是很容易算清楚的。

目前，在我们的同志中间有一种情况，就是办点什么事情都要讲投资，好像钱不多就寸步难移。那么，像澄海县那样调整生产布局，总不必像搞农业机械化那样需要大量投资了吧！如果必要的投资需要一点，那也是一本万利的，何乐而不为呢？

（新华社广州1979年5月26日电，与柳梆合作）

附：解读神奇的土地

当北国千里冰封，万里雪飘，而在南海之滨，素来被视为省尾国角的广东省澄海县，阳光却照得人暖烘烘的。这里，不时还可以见到一些顽童，光着屁股在河涌里抓鱼摸虾，泼水嬉戏。

阡陌笔直，林网相间的田地里，甘蔗、小麦、番薯、瓜豆、蔬菜和紫云英等绿肥，一片翠绿。更逗人的是，田间地里的排水沟上，用芒秆、竹子搭起棚子，爬满藤生的瓜豆……同一块土地，还实行间种、套种，农民戏称为“一主多仆”。你看，各种农作物高矮相间，充分利用空间时间，和谐地竞相长生。农民的精耕细作，把田野装扮成色彩缤纷的植物园，寸土寸地皆锦绣。农业战线的专家也啧啧称奇，他们说理论上的立体农业，在这块神奇的土地上实现了。

日前，泰国农业考察团到澄海访问，被眼前的景致吸引住了。一位团员感触万端地说：“我到过世界好多地方，从未见过这种场面。联合国粮农组织的官员没到过这里考察，不是失败，也是失误。”

一

有人曾饶有风趣地说：“在这块神奇的土地上，你把筷子插下地，不久筷子生根长叶变成一棵竹子。”这当然是夸张。

澄海，早在1955年就成为全国第一个水稻亩产千斤县。1978年，全县粮食平均亩产已达到1 740斤，一批高产的乡镇、村庄，年亩产已达一吨。除了粮食稳产高产外，其他经济作物也全面获得高产，而且产量之高更是出乎人们的意料。

甘蔗是澄海的主要经济作物之一。莲上、莲下镇，在海边连片种植甘蔗，亩产达10吨。当你踏进蔗园时，又粗又高的甘蔗遮天蔽日，密不透风。

在湾头、坝头等镇，一年可种早、晚两造番薯。晚造番薯亩产超万斤是寻常事。这里种植的萝卜，单造高产可达一万斤。倘若你把拔起来的萝卜铺在地面，几乎把泥土都掩盖住了。

在汕（头）厦（门）公路旁的南峙山下，用稻田轮作种潮州柑，连片亩产可达一万斤。密密麻麻的硕果挂满枝头，压弯了枝丫，有的连枝带果铺在地面上。

澄海县是广东省花生商品生产基地，也是全国的花生良种基地，一年可种春、秋两季花生。1978年全县共种春花生四万多亩，除了留足种子和小量食用外，平均每亩花生榨油100斤。

你见过公鹅能像狗一样起守门的作用吗？澄海是我国最大型鹅种狮头鹅产地。河涌池塘里，岸边草地里，一群群银灰色、棕黑色的狮头鹅或悠闲啃着青草，或展翼扑拍，引颈嘶鸣时足有半人高，成熟的公鹅体重可达30多斤。陌生人经过农家门口时，公鹅神气十足地对着你“哦！哦！哦”地吼叫，好像在警告，倘若你再迫近些，就请尝试鹅坚硬的巨喙吧！它能像狗一样为农户守门。瘦小的孩子还可以胯在鹅背上骑。

目前，除潮汕平原和广东各地普遍饲养狮头鹅外，北京、天津、新疆、黑龙江、陕西、四川等18个省、市、自治区也先后引进、推广狮头鹅。它在海外也颇负盛名，鹅胚蛋经常坐飞机飞越关山，远运到罗马尼亚等东欧国家。

在澄海这块神秘的土地上，居住着70多万人，平均每个农业人口只有五分地。除了完成国家的征购任务，留作种子和饲料粮外，平均每人每年口粮426斤。此外，平均每五分地，一年向国家提供三斤半花生、27斤蔗糖，32斤潮州柑，四斤猪肉和15斤菜籽、芝麻、蒜头等。

二

如何揭开这块神秘土地的面纱？其实，这里的农民没有高深莫测的本事，夺高产的手段既普通又简单，这就是：平整土地，掺沙入泥，改良土壤，提高地力。

大凡一个地方的农业能够年年保持稳产高产，基本的先决条件是：良好的自然地理环境，人的勤劳和实行科学种田。具备上述先决条件，夺取粮食或经济作物高产并非难事。澄海县可是无论粮食和经济作物，都全面夺得高产，而且单产都居全国前列，正像球类或体操运动比赛那样，既夺得单项第一，又夺得团体冠军，这是难能可贵的。

澄海县地处韩江三角洲下游，气候温和，日照长，雨量充沛。虽然自然地理环境好，但水暖土不肥，雨多水不均，海风刮地皮，咸潮毁庄稼。春旱、夏涝、秋潮、冬涸四大灾害长期威胁着农业生产。

澄海县的农田，基本上是沙质土和红壤土。沿海一带沙滩、沙包连绵起伏，水土流失严重，秋风起，风沙吹得人睁不开眼。滨海一带的沙田经常受到咸潮倒灌的威胁，一年只能种植一季水稻，产量很低。西部一带丘陵起伏，耕地属板结的红土壤，经常受旱，一片片的“望天田”像鱼鳞一样贴在山坡上。新中国成立后，澄海人民大力兴修水利，整治排灌系统，实现排灌自如，保障农业旱涝保收，稳产高产。1955年，澄海一跃成为全国第一个水稻千斤县。此后，靠吃改善水利条件的老本，农业生产一直徘徊不前。为寻求农业增产的突破点，全县的干部群众都在思考、探索。

莲上镇是澄海的一个缩影。莲上是一个人多地少，既苦旱又苦涝的纯农业镇。东边是直贯全镇的数尺高的沙垅，布满荒坟、荒埔，长着零零星星的仙人掌、假剑麻。沙垅间为数不多枯藤老树，周围荆棘丛生，成了飞禽走兽的安乐窝。这里蜥蜴、蝼蛄爬行，成群的蜻蜓、蜂蝶、金龟子飞飞叫叫，夜里山狗、狐狸哀鸣，村妇以兽声怔住夜啼儿。西边靠南峙山一带，山坡是“望天田”，山下坑坑洼洼，布满水氹，荒塘和阻塞的河沟，是水蛇、田蟹、蛤蚌、蚂蟥的滋生地。在“农业学大寨”高潮中，莲上镇因地制宜平整土地，削高填低，扩大一些耕地面积。殊不知带来了意想不到的收获，新平整扩大的耕地，当年种植，当年受益，一般都比周围的耕地增产15%。既增面积又增产，一举两得。

莲上镇的干部群众深受启发，从此，干群心往一处想，劲往一处使，年复一年，在全镇的土地上，坚持削高填低，掺沙入泥，咬定“改土”不放松。一直坚持了七八年，东边的沙垅、沙包被削平了，西边的坑坑洼洼被填平了，全镇新增了数千亩耕地。

莲上镇在平整土地，改良土壤的同时，又对全镇的河溪、道路进行了裁弯取直。笔者童年时，农忙季节到海边的“火烧洲”“李厝洲”点豆、锄草、插秧、刈禾，途中要踏过多个荒埔，绕过多个沙包，还要涉过两道河，花两个多小时的行程。现在道路笔直，田园平坦，河流改道或填平，边远的田地就在眼前。过去“火烧洲”“李厝洲”一年一造的沙田，经常受咸潮袭击，减产或失收。现在被改造成亦田亦园，稳产高产。

莲上镇在“改土”过程中，实行旱、涝、风、潮综合治理，绿化沙滩，营造防护林带，增强了土地的保水、保土、保肥能力，实现了农业良性循环生产。连年来，莲上镇水稻平均年亩产超过一吨粮，甘蔗、花生、番薯、瓜菜等的单位面积产量，也都居全县前列。

三

榜样的力量是无穷的。澄海县委、县政府在发展农业生产方面不标新立异，也不搞新道路，而是推广莲上镇的经验，有计划有步骤，分期分批，实行长短结合，眼前利益和长远利益结合，扎扎实实坚持平整土地，掺沙入泥，改土增肥。年年动工，岁岁受益。

此间农业战线的专家学者已经论证过，在水利条件基本过关的情况下，土壤问题被提升到农业增产措施的首位。土地泥沙结构均匀，土层深厚，透光透气功能良好，农作物的根系发达。天旱时，根扎得深，较好地吸收深层的水肥；天涝时，积水排得快，渗透也快，防止农作物烂根，根深叶茂结实好，从而取得事半功倍的效果。专家学者认为，澄海县的经验，在广东或全国都有普遍意义，有条件的地方，应当积极推广。

1978 年，当潮汕平原的晚稻已抽穗扬花，开始灌浆结粒时，遭到了来自北方强烈寒露风的袭击，晚稻普遍减了产。但是奇迹出现了，澄海县的晚稻却增了产。全县 30 多万亩水稻，单位面积产量却比上年增加 100 多斤。

澄海县平整土地，掺沙入泥，加深加厚耕作层和活土层，营造了防护林，改变了小气候，提高了土地的保温能力。加上在寒露风来临前夕，追施了晚造的壮尾肥，从而有效地抗击了寒露风。这里，有经验的农民打一个比方说：“养地同养人的道理一样，体质衰弱的人，稍受点风寒，就伤风感冒；身强体壮的人，经受得起寒风冷雨。地力强弱、耕作层深浅的田地，在遇到自然灾害的节骨眼，就暴露得清清楚楚了。”

四

你见过“南海长城”吗？六七尺高的巨浪以排山倒海之势直

向海堤扑过来，噼啪！轰隆！后浪推前浪，一个接一个，汹涌澎湃，卷上岸的浪花四贱。海堤岿然不动，雄伟地屹立在南海之滨，海内外人士叹为观止，称誉它为“南海长城”。见此场面，一位法国籍华裔感慨地说：“这韩江观浪的景致完全可以和‘钱塘观潮’相媲美，为什么不开辟为旅游点呢?”

澄海县全长70多公里的海堤，全部用大块石头垒砌而成，其中60公里的石堤高达八米。“南海长城”，能正面挡住十一级强台风和大海潮的冲击。它是农业合作化以来，澄海农民在县里的统一指挥下，自带粮食、自带劳动工具垒筑起来的。没有现代化的机械设备和运输工具，他们到十里、二十里外的山岭采凿石头，用肩膀挑，用板车推，用木船运。偶尔见到几辆手扶拖拉机，载满石头，跋涉在小道上。年复一年，不断加厚加宽，筑起了名副其实的“南海长城”。

在筑堤过程中，年年都有一批强悍的青年农民骑着自行车担当运输石头突击队。每辆自行车后架载着五六百斤重的大石头，一辆接一辆，前不见排头，后不见排尾，直奔工地。眼见此惊险场面，一对来自泰国的归侨夫归，女的说头脑有点晕眩，男的说简直是马戏团耍杂技!

正是这座“南海长城”年年岁岁保护人民生命财产的安全，岁岁年年保护着农作物的稳产高产。

眼下澄海县的30多万亩耕地，经削高填低，掺沙入泥，加厚了耕作层、活土层，改良了土壤结构，真正做到既种地又养地。现在澄海县的耕地，亦田亦园，达到一年三熟。群众还根据农作物之间的上下造、前后期、高低秆、深浅根的不同，充分利用时间和空间全面推行间套种。有的还在稻田里养鱼、养鸭……合理地提高了土地利用率，全县耕地的复种指数达到275%。土地有限，潜力无穷!

一方水土养一方人。在澄海县农村的祠堂边、榕树下、村头巷尾，漂亮的姑娘三三两两围坐在一起，心灵手巧地飞针走线。

她们绣出来的潮汕抽纱，以高超的艺术造型、细腻逼真的针法饮誉海内外。强悍豪放、胆大心细的农民，挥锄飞镰“绣地球”（耕作田地），镰锄落处，寸土寸地皆锦绣。

人多地少的地区农业生产怎样布局

人多地少的地区农业生产怎样布局？长久以来存在着不同的认识。有的人认为应当集中全力种植粮食作物，解决农民的吃饭问题；有的人认为吃饭问题是要解决的，但仅仅抓粮食不行，只有因地制宜，使粮食和经济作物全面发展，农业生产的道路才会越走越宽。

广东省汕头地区，以人多地少出名，吃单一抓粮食的苦头也出了名。最近这里的干部群众在学习三中全会决议，讨论怎么样尽快地把农业搞上去的问题时，总结经验教训，迫切要求合理安排生产布局。他们认为，越是人多地少，越要坚持最大限度地发挥人力、地力的作用，在有限的土地上努力做到既解决吃饭问题，又增加收入，为国家多做贡献。

地处闽粤边界、濒临南海的广东省汕头地区，共有 980 多万人口，每人平均只有五分耕地。解放初期，农业生产全面发展，五业兴旺，物阜民丰。全国第一批粮食千斤县就是在这里首先涌现的。但是，“文化大革命”中，林彪、“四人帮”推行极左路线，地区一些领导人把发展粮食生产同发展经济作物对立起来，错误地提出经济作物统统让路，为粮食生产鸣锣开道的口号。一时间，砍柑拔麻、铲蔗填塘成了风。不少公社粮食作物种植面积占总耕地面积的 95% 左右。这样，尽管粮食亩产 1 300 斤左右，农民还是粮紧钱少，困难得很。因为每亩地每年要完成国家粮食征购任务 300 斤，再加上留足种子和饲料，农民实际上每人每月的口粮只有 30 多斤。每个农业人口平均每年分配 60 元。这样单打一抓粮食，经济作物受到严重破坏，农民收入减少，扩大再生产缺少资金，粮食生产也上不去。近十年来，汕头地区粮食产量一直徘徊不前。土地肥沃，物产丰富，人民勤劳的汕头地区，人们却在感叹："人多地少无出路!"

人多地少的汕头地区真的没有出路了吗? 回答是，只要肃清林彪、"四人帮"极左路线的流毒，认真落实党的政策，正确执行"以粮为纲，全面发展"方针，出路就在眼前。这个地区的澄海县，近年来在有限的土地上正确贯彻执行"以粮为纲，全面发展"方针，改革单一经济，向合理的生产布局要面积、要产量、要资金，做出了一些成绩，发人深思。

早在 1955 年，澄海县就成为全国的第一个水稻平均亩产千斤县。后来由于极左路线的干扰破坏，经济作物被挤掉，生产缺乏资金，挫伤了农民的积极性，结果 1964 年至 1974 年这十年中，粮食亩产只增加了三斤。全县人口不断增长，社员平均口粮日益减少，有的生产队连维持简单再生产也有困难。1977 年以来，澄海县委带领群众拨乱反正，按照客观经济规律办事，尊重生产队的自主权，一手抓粮，一手抓钱。在全县 28 万多亩耕地中，全面进行调整，合理布局，减少粮食种植面积，扩种了传统的经济作物。全年的种植安排是，水稻、小麦等粮食作物占总耕地面积的 70% 多；经济作物的种植面积接近总面积的 30%。合理的生产布局使农民缓了一口气，看到了经济利益，发挥了积极性和创造性，加强田间管理，抗击自然灾害，实行间种套种，充分挖掘土地潜力。这样，粮食与经济作物互相促进，在同等的土地上，不断提高粮食和经济作物的单产和总产。全县连年夺得农业全面丰收。1977 年，全县粮食平均亩产 1 364 斤，总产和单产比历史最高水平分别增长 7.3% 和 11.1%，甘蔗总产增长 42%，花生总产增长 7.4%，其他经济作物也有较大幅度的增长。1978 年，粮食亩产达 1 463 斤，总产又比上一年增长 4.4%，甘蔗和花生等的总产和单产也都增加了。这两年，澄海县在农业总收入中，粮食的收入占65%，经济作物的收入占35%。社员的粮食和现金分配水平都有显著的提高。

澄海县的变化使人们开阔了眼界，也使汕头地委的同志受到启发。在制订今年的生产计划时，汕头地区各级党组织注意因地制宜，调整作物布局。今年，全地区适当减少粮食种植面积10.5万多亩，发展了花生、大豆、柑橘等经济作物。广大干部和群众认为，要彻底改变汕头地区农业生产的落后状态，必须进一步解放思想，打破农业生产布局上的条条框框。在有条件的地方，要迅速建立经济作物基地，进行专业化生产，汕头地区发展经济作物的潜力是很大的。

汕头地区的农民，在长期的生产实践中，创造出一套经济作物的科学栽培、管理方法和高产的经验。近两年来，甘蔗亩产超五吨，花生亩产500多斤，潮州柑亩产一万斤的大队不断涌现，经济作物这样的大面积高产，在全国是屈指可数的。有了这样的优越条件，应该大力发展经济作物，做到人尽其才，地尽其利，物尽其用。事实上，每亩花生、甘蔗、潮州柑的经济价值，比每亩粮食的经济价值大好几倍。国家需要粮食，国家同样也需要油、糖，眼睛光盯粮食是不行的。诚然，要把汕头地区建成经济作物基地，不解决粮食问题，就会成为“无米之炊”。汕头地区历史就有从外地调进粮食的习惯。汕头地委的同志说，如果国家能够统筹兼顾，给汕头地区多下达油、糖征购任务，减少粮食征购任务，或调进一些粮食，汕头地区的农民将会对国家做出更大的贡献。如果这种做法目前条件还不许可，就应该给汕头地区一些自主权，允许他们在对外贸易中，发展补偿贸易，换回粮食。如果这样做，汕头地区的农业很快就会发展起来，农村经济很快就会活跃起来。

（新华社广州1979年4月18日电）

汕头市“吨谷县”的启迪

人勤春来早。90 年代第一春的“立春”刚过，还未闹“元宵”，韩江两岸、南海之滨、潮汕平原上的农民就忙着浸种、催芽，只待“雨水”过后就开耕、播种、灌水、施肥……一年的收获，一年的衣食，一年的希望，就从这里开始。

真是“年年岁岁花相似，岁岁年年人不同”。今年潮汕平原的春耕与往年就有不同的特点。去年汕头市出现了“吨谷县”——澄海、潮阳，以及一个“吨粮县”——南澳。“吨谷县”是指全县早、晚两造水稻总产量加起来，除以相应的水稻耕地面积、平均亩产达到或超过一吨。不算水稻耕地冬种春收杂粮的产量。“吨粮县”则计入冬种春收杂粮的产量。它标志着汕头市粮食生产正在快步迈上一个新台阶。这就引起全省、全国各级有关部门的重视。广东省政府在汕头召开全省粮食创高产现场会，农业部、中国农业科学院和 24 个省市的有关领导、农业专家也来这里参观。一个学汕头、创高产的群众性活动在南粤大地蓬勃兴起。而汕头农民，今春的任务除了保持“吨谷县”“吨粮县”继续处于领先地位外，正在小面积试验多种耕作制度，以进一步探索亩产一吨半粮食的奥秘。

“吨谷县”的出现有什么意义呢？用中共广东省委副书记郭荣昌的话来说就是：“使我们开阔了眼界，解放了思想，看到了前景，增强了信心。增产没有到顶，潜力还很大啊！”

事实的确如此。去年广东农业是一个丰收的年景，但全省水稻平均亩产才 670 公斤，比澄海、潮阳的“吨谷”还差 330 公斤。如果能在近期内从 670 公斤的基础上提高到 800 公斤，也就是说每亩增加 130 公斤，全省就可以增产稻谷 30 亿公斤。许多人可能还不知道，去年广东短缺的粮食也就是30亿公斤左右。为了从外地调进30亿公斤粮食，有关人员费尽了九牛二虎之力。看来，与其求别人，不如反求自己。把澄海、潮阳的今天变成全省的明天或后天，相信不是太难的事情。因为澄海、潮阳的客观自然条件在全省并不是最优越的。

当然，“吨谷县”的意义远不止于此。不仅汕头市、广东省要走“吨谷”之路，全国要实现人均有粮400公斤，其根本途径也只能走精耕细作、提高单产、增加总产这条路，舍此别无他途。

我国是一个农业大国，同时也是一个农业资源相对短缺的大国，人均占有的耕地仅相当于世界人均耕地面积的1/5。我国人民一直为人多地少、粮食不足所困扰。对此，潮汕人民感受尤为深刻。只要看看下面三个简单的数字就明白了。

我国现在人均耕地1.3亩，具体到广东人均只有耕地0.635亩，仅及全国平均数的一半，具体到汕头市，人均只有耕地0.33亩，仅及全省的一半。三分三耕地的生产潜力有多大？能够创造多少物质财富？如何充分利用这一极其有限的土地发展农村经济，走出一条既能吃饱穿暖有钱花，又对国家有所贡献的道路来？

这可以说是历届潮汕父母官为之殚精竭虑、绞尽脑汁，但从未获得妥善解决的难题。

然而，改革开放十年，潮汕的干部群众用自己的实践对这个难题做出了令人鼓舞、发人深思的解答。

两种做法　两种结果

人是要吃饭的，这是常识。粮食生产抓得好与坏，关系到一国、一省、一市、一县人民的吃饭问题。必须千方百计把粮食生产抓上去，这是毫无疑义的。问题是怎样抓才能抓上去？

潮汕人民走过一段曲折的路，那就是“以粮为纲，其他砍光”的年代。那是鱼塘被填平，果树被挖掉，农田山坡几乎清一色种上粮食作物，连汕头市中山公园也种上番薯。那时抓粮食可谓抓得紧！殊不知农业生产中有一条规律——综合发展，违反它是要受惩罚的。单打一搞粮食的经济结构，既难以维持经济平衡，又破坏了生态平衡。只抓粮食，势必缺少资金、物质投入，粮食产量就上不去。同时耕作那三四分地，那时的种田人就吃不饱也无钱可花。农民要剃头还得带上一把米。潮汕人吃尽了苦头。怨谁？怨人多地少。于是有的地方把“多”的人成批地迁移到海南岛，曰：“志在宝岛创新业。”结果有的人连生命也搭上了，新的事业并没有创出来。

改革开放使人们的视野豁然开朗，头脑变聪明了，潮汕农民懂得种田得按规律办事。正像当时汕头地区领导人感慨万端说的那样：抓生产，光抓农业，不抓林牧副渔工商不行；抓农业，光抓粮食，不抓油糖茶麻菜等多种经营不行；抓粮食，光抓水稻，不抓薯豆等杂粮不行。正确的做法是，合理布局，综合发展。相辅相成，互相促进。从那时起，汕头市及所属各县都在探索扬地处亚热带、一年三熟之长，避人多地少之短，努力开辟新的生产领域，从各自的实际出发调整种植业内部的粮食与经济作物比重，兴办乡镇企业，实行“以工补农”“以经养粮”，在提高粮食单产上下功夫。以首创“吨谷县”的澄海为例，这个县早在50年代就因水稻、粮食亩产超千斤而出名，但一直是个高产穷县，粮食问题也未根本解决。近十年他们果敢地调整了农业布局，粮食比例从八二开调整为六四开。粮食播种面积从58.236万亩减少为40.554万亩。粮食平均年亩产由732.6公斤提高到1 153公斤，总产由17.39万吨增加到21.54万吨。全县人口69.5万人均有粮308.2公斤，基本上解决了温饱问题。腾出的近20万亩良田（播种面积）用来种植花生、柑橘、蔬菜等，提高了农业的商品率和耕地的创值率。1989年每亩耕地产值464.05元，按1980年不变价格计算，比1978年增长40%。农业总产值由多年徘徊在1

亿元左右，去年增加到2.2亿元，相当于十年前全县工农业的总产值，由于兴办了许多农业企业，全县非耕地经营的农业产值占农业总产值的比重，由37%上升到52.5%。去年全县人均收入从十年前的144元上升到970元。近几年来，农民用于盖新居的资金达2.34亿元。去年人均在银行存款247.4元。更出人意料的是，一向以人多地少、不胜负担的澄海县，近年来居然雇用外地工4 000—5 000人之多（主要是乡镇企业），这不能不说是一个历史性的变化。

澄海是汕头市的缩影，汕头市是澄海的放大。1989年，全市八县一个郊区粮经比例大体上是七三开。粮食播种面积比改革开放前减少27%，粮食耕地年平均亩产提高到926公斤，增长37.6%，总产值比1978年增加1.53亿公斤。水果、蔬菜、水产品、畜产品均大幅度地增长。光“三鸟”就养了4 200万只，人均十多只。农村人均收入880元。摆脱了“以粮为纲”的桎梏，合理调整了生产布局，这就为发展大商品经济和创业型农业打下牢固的基础并揭开了广阔的前景。现在在全市已经建成初具规模的果菜、水产、畜牧、加工四大商品基地。每当收获季节，人们来到潮汕平原，不但可以看到一望无际、整齐划一、穗大粒饱、金黄耀眼的稻海，还能欣赏到山前岭下林茂果红牛羊壮，海边塘里鱼游虾跳鹅鸭飞的喜人景象。

要想粮食高产，农民富裕，就得走综合发展的道路。这是“吨谷县”给人的启迪。

双层经营　统一服务

十年前，记者听到一件有点离奇但并非荒诞的实事：有一个社员一天清晨扛着锄头去上工，半路上不慎摔了一跤，看到脚下有枚五分钱的硬币，急忙捡了起来，喜滋滋地向后转，回家了。因为那时干一天农活所得的工分值也不外五分钱。

十年后的今天，在汕头市听主管农业的陈喜臣副市长介绍，现在汕头农村社会服务搞得好的地方，农业劳动的相对效益提高，农民干一天农活也能有十几二十元的收入。所以农民不存在不愿从事农业劳动的问题。

“有这么多吗?”

怀着将信将疑的心情，记者来到澄海县莲上镇盛洲村，接待我们的是“种田状元”李大林。他是村委会主任、党总支副书记、省人大代表，已经60多岁了，从1953年办互助组开始，一直是村里的带头人。在他的带领下，这个村从1982年起，连续八年16造，造造水稻亩产超千斤，去年两造平均亩产达到1 224公斤，虽然全村人均只有0. 38亩地，但人均收入达1 034元。

盛洲素以高产量、高收入、耕作精细而久负盛名。去年早、晚造收割季节，来这里参观的人无一不为眼前万顷田畴似金黄稻海所折服。一位参加过17省水稻鉴定会的专家称赞道：“联产承包到户后，很难找到像你们这样连片的稻田，长得如此整齐，分不出村界和户界，看不出一家一户小生产的痕迹。”泰国农业代表团也来这里考察，农业部副部长作仑先生对眼前的景象，既表示赞赏，也不无怀疑。他问身旁的一个农民：“哪一块地是你承包耕种的?”那个农民跳进稻田里，比比画画，从第几厢到第几行第几棵，回答得清清楚楚。

“为什么你种的水稻和别人的一模一样?”

“我们实行品种、植期、肥水管理、病虫防治等几个统一，严格按县上的《杂交稻千斤栽培技术规程》办事。”

“是不是强制的?”

“这样做有利于节约劳力和提高产量，大家乐意，不用强制。”

这就是盛洲之所以能够久负盛名的秘诀。他们把分田到户、联产承包、调动千军万马的生产积极性，同双层经营、统一服务、加强管理结合起来，从而实际上收到适度规模经营的效果。有人把他们的做法概括为一个公式：行政指令+科学技术+群众

积极性 = 生产力。

盛洲在制订全年生产计划时，对全村耕地各个片段和各种作物的种植作了统一布局和安排。大宗的农事活动，如机耕办田和排灌水等由集体的专业服务组承担；施肥、防治病虫害由农技站统一指挥，各户按时保质保量实施。做到千家万户种植区域化，作物连片。为了使水稻品种保持杂优，村里安排了 20 亩制种田，由五名精通技术的农民负责制种，然后每斤两元钱的优惠价卖给农民，做到水稻品种统一杂优化。村里有 24 头耕牛，由有经验的人喂养，季节一到就配合拖拉机为农户无偿犁田耙地。田里插上秧后，由六名管水员负责统一排水灌水。保证庄稼规格整齐不零乱，农活一致不参差。村里还设有生产资料供应组和产品销售服务组，为农户提供产前、产中、产后服务。因此，在整个水稻生产过程中，承包耕地的农户实际上只负担插秧、施肥、除虫和收割等几项农活，大大减轻了劳动强度，提高了生产效率。过去全村插秧、收割分别需要用半个月时间，现在缩短到两三天内插好秧、收完谷。大量的劳动力可以腾出来从事第二、第三产业。目前村里的 2 118 个劳动力中，已有 1 305 人脱产或半脱产转而务工经商。

盛洲的情况使人不得不相信，一个农民干一天农活是可以有 10—20 元收入的。我们粗略算了一笔账：一亩稻田一年两造平均一吨谷，公价加议价共可卖 1 000 元。成本一般占 45%，村里的社会服务这一部分约可减轻成本 1/3，一亩水稻田一年两造约需 50 个工作日。这样一个工作日值 14 元左右。

农村实行家庭联产承包责任制，农民有了土地经营自主权以后，价值规律驱使他们根据市场信息安排生产，许多地方出现只注重种植高值的经济作物，忽视或不愿种经济效益低的粮食作物（粮食产值只占农业总产值的 25. 6%）。这就需要寻求和推广一种适应千家万户生产粮食、能够不断吸引农民在粮田采用农科技术的机制。盛洲做法的重要意义就在这里。

盛洲的双层经营和社会服务之所以做得好，首先在于镇、村两个层次的集体经济有较强的实力，保留了对若干生产资料的使用权。原先的集体家当不像一些地方那样，分光吃净成为“空壳”，而且近年又有新的变化，拥有一定的物质基础和技术手段，能够自我积累和自我发展。类似盛洲这样的村镇，在汕头比比皆是。他们都建有服务系统，能够为农民提供服务的项目大体是：第一，提供优质种苗，包括水稻、水果、蔬菜、禽畜、鱼虾等；第二，提供农药、化肥、农用薄膜等生产资料；第三，提供技术指导，包括作物栽培技术；第四，提供机械或畜力犁耙；第五，提供农田排灌水管理服务；第六，为农副产品提供储存运销服务。以上这些服务，有的是无偿的，有的是廉价的，因而受到农民普遍欢迎。

这就是“吨谷县”给人以另一个有益的启迪。他们在深化农村改革声中，已经走出一条在千家万户分散经营的条件下也可以获得规模效益的路子。他们的实践证明，农业生产水平的提高，主要不是靠“归大堆”，扩大耕地面积，而是靠提高耕作质量。像澄海这样，耕地是小规模的，产出却是高产量的。应该说，规模效益指的是各种生产要素的适当配置和优化组合，除了耕地多少大小外，还取决于物质的投入、劳动者的正确决策、新技术的采用和科学的经营管理等。只要在这方面下功夫，耕地虽有限，潜力却是巨大的。

农业恒温　基础稳固

记者来到有“人县”之称的潮阳。

为什么叫“人县”？极言其人多也！全县 42 万亩粮田，要养活 187 万人。尽管种植粮食作物经济效益较差，但粮食生产依然牵动着这里千万人的心，也关系到党政各级领导的政绩和威信。难怪县里的负责人刚一见面就对我们说：“潮阳县近 200 万人，吃一天就是 200 万斤粮食。如果自己不生产粮食，有钱也买不来。就算国家有粮可供，光运输一天就得上千辆大卡车不停地拉。这无论如何是办不到的。所以我们县的各级领导一直把粮食生产看作基础中的基础，抓得紧之又紧，不存在升温降温的问题。”

这就是潮阳去年登上“吨谷县”高地的客观需求和内在动力。

记者在潮阳农村跑了几天，回到县招待所，又巧遇陈喜臣副市长。一问之下才知道他的“点”就在潮阳。他是来检查新的一年丰收计划落实的情况。

汕头市各级党政和部门领导干部到基层挂钩办粮食高产示范点，实行已有多年，有力地推动广大农民开展粮食创高产活动。去年，从市委书记林兴胜起，全市参加高产活动的干部和技术人员达1.3万多人，创办水稻高产示范田达63万亩，占总面积的三成多。在这些高产田的带动下，一批中低产地区迎头赶上来，有效地促进了大面积平衡增产。去年全市粮食耕地平均亩产达926公斤，距离“吨粮市”只差一步之遥。

记者问陈副市长：“汕头市什么时候成为‘吨粮市’‘吨谷市’?”

他略加思索后答道：“只要全市粮食耕地每亩平均年产量增加74公斤，就是1 000公斤。我们正朝着这个方向努力。只要工作做好了，近期实现‘吨粮市’有把握，实现‘吨谷市’也有希望。”

记者问：“去年汕头市出现两个‘吨谷县’、一个‘吨粮县’，有人说全靠风调雨顺，如果今年老天不作美，已有的‘吨谷县’‘吨粮县’能否巩固和发展?”

陈喜臣答：“粮食作物现时还只能露天生产，受大自然制约，老天爷的‘配合’和‘赞助’无疑是重要的。但人们从来就不是靠大自然的恩赐过日子。去年澄海和潮阳双双成为‘吨谷县’固然与气候好有密切关系，可并不是全靠天公，而是靠比较稳固的农业基础建设，靠不断改善生产条件，靠农民的精耕细作传统加现代化科学技术。一个是客观条件，一个是主观努力。我们提倡通过主观努力去改变客观条件，抗御自然灾害，夺取粮食高产。正如你们已经看到的，潮阳县关埠镇连续七年水稻亩产造造超千斤。这个镇的巷内村，连续11年，22造水稻，不管什么天气，造造亩产超千斤。还有澄海县莲上镇盛洲村，连续8年16造，也是造造超千斤。为什么水、旱、风等自然灾害没有造成他们这些地方粮食减产，而别的地方则减产了？这的确是一个值得想一想的问题。根据汕头市目前农田基本建设的状况，特大的自然灾害还难以抗拒，一般的自然灾害还不至于造成重大损失，因此，在新的一年里，两个'吨谷县'继续保持领先的趋势并有新的进展，我对此抱乐观态度。"

是的，我们对汕头市粮食高产、再高产同样也是抱乐观态度的。因为它不是靠"碰运气"，而是建立在扎扎实实的水利、土壤、生态等基础工程上面的。谈起这些，记者想起了一件往事。已故的广东省陈郁省长，生前曾到潮汕视察。他看到让他十分不安的一幕：在韩江急流中忽然漂来一枝带着树叶的树杈，有个十来岁的男孩见状，不假思索裤子一脱，扑通一声跳下江去，奋勇游到江心，捞起树杈，喜出望外地抱回家去。陈郁省长深为潮汕缺少烧柴而忧心忡忡，表示回到省里要设法帮助解决。当时的潮汕，收完稻谷，稻草基本上进了灶底，当燃料烧掉了，再不够，就上山砍树枝、捡树叶、挖草根、刨草皮，以致许多山头光秃秃的，水土流失严重。今天的景象全然不同了。全市绿化取得可喜的成绩。无论走到哪里，举目四望，一派郁郁苍苍，到处林茂竹绿。全市170万亩果树70%上了山。潮阳县的森林覆盖率达到36%，被评为平原绿化先进县。至于惠来、揭西、普宁、饶平等山区面积较大的县，林木的茂盛程度就更可观了。今天的潮汕农户，宁可每年花上几百元买高价煤炭、高价煤气来烧水煮饭，也要让稻草回田沤肥，改良土壤。许多农村修建沼气池，解决照明、烧饭和肥田问题。至于水利，只要看看江海沿岸的堤围就令人豪情满怀。饶平、澄海、潮阳上百公里的石砌海堤简直是“南海长城”，足以抗御11级强风和暴潮。韩、榕、练三江沿岸的堤围也雄伟壮观，能够同几十年一遇的洪水较量。堤内形成一个排得出、降得下、灌得上的农田水利网络，基本上实现自流灌溉。记者此次在潮汕平原乘车走马观花，行程上千公里，竟看不到“踏水车”、使用戽斗的农民。要欣赏昔日的潮汕田园风光，只能画中求了。在庆幸潮汕农田水利建设基本过关的同时，这不能不算是一点小小的遗憾。

澄海粮食保持高产的奥秘

当前，南方粮食生产处在国家要保持粮食生产稳定、而农民种粮积极性下降的“两难”境地，一些粮食高产区的产量下降。在市场经济大潮的冲击下，粮食高产能保持多久？不久前，记者到因粮食高产而闻名全国的广东省澄海市调查，在那里看到了希望。

位于粤东韩江三角洲的澄海市，早在1955年就成为全国第一个“水稻千斤县”（年平均亩产稻谷1 000斤）。1989年，又实现双季水稻平均亩产2 000斤，成为全省第一个“吨谷县”。近几年来，在市场经济大潮的冲击下，到1993年，仍连续五年保持“吨谷县”的称号，去年平均每亩稻田产谷1 076公斤。澄海为何会出现这种令人欣喜的局面？主要是这里的干部、群众识大体、顾大局，把种粮创高产看作是对国家应尽的义务。同时，他们着眼于提高单产，强化社会服务，发展多种经营，形成经济效益的自我补偿机制，从而稳定粮农的心，使粮食生产走良性循环的道路。

首先是努力提高粮食单位面积产量，确保粮食总产不下降，为调整农业生产布局，提高经济效益打下良好的基础。从1986年开始，澄海就深入开展粮食创高产活动，由市委副书记和副县长、农委主任、农业局长分别担任“创双季年亩产吨粮活动指挥部”的正、副总指挥，乡镇、管理区（即村）相应成立指挥所、指挥组，对活动进行具体组织、指导、协调、管理。主要积极推广晚型杂交稻新组合“协优3550”等产量高、米质好、抗病虫害能力强的良种作为当家品种，和早稻尼龙薄膜育秧等先进栽培技术，杂交稻良种的种植面积占播种总面积的80%—90%。组织科技人员下基层，创办万亩、千亩、百亩高产示范片，并制定地方法规给予保障，不准随意占用。还通过租地、承包等办法使粮田集中到种粮能手那里，实现规模经营，全县高产示范片的面积，占当季水稻种植总面积的一半左右。总结历年高产的实践经验，编制了种植一季亩产千万斤稻的规程，便于规范化操作，普遍提高粮农科技种粮的水平。纠正“重用地、轻养地”和“重化肥、轻有机质肥”的倾向，引导粮农大力积施土杂肥，有效地遏制土壤有机质含量下降的趋势，进一步提高粮田的地力。通过采取各种有力措施提高单产，全县粮食和经济作物种植的比例，从1978年的75∶25调整为55∶45，粮食播种面积从58.2万亩调整为去年的31.96万亩，但粮食总产量仍比1978年略有增加。去年与1978年相比，全市人口从59.4万增至77.4万，增加30%，而大多数农户家都储备了够吃半年至一年的粮食，多的能吃两年。由于食物结构变化，人们每月口粮需要量也减少30%左右。这样，就可腾出部分耕地发展多种经营，提高种粮的比较效益，增加粮农收入，从而“军心”比较稳定。

与此同时，澄海还致力于建立完善、配套的社会服务体系。市里设立农业技术推广中心，全市13个镇都有农业技术推广站，213个管理区（即村）中95%有农业技术组。还建立了农业技术员、水利管养员、农机管理员和畜牧兽医技术员四支队伍，加上农民科普协会，形成了比较完整的社会服务网络。这个网络除了培训农技积极分子，推广新技术、新品种之外，还兴办种苗繁育供应基地，开展农作物技术承包等，为粮农提供秧苗、犁耙田、排灌水、田间管理和修复农田水利设施等项目服务。这样，粮农每种一季水稻，通常仅负担插秧、施肥、喷药和收割四道工序，实际只有十多个劳动日。粮农家的剩余劳力便可外出打工、做生意或种植经济作物、从事水产养殖，使粮农家庭收入呈多元化，而且多种经营收入大大超过粮食收入，弥补种粮效益低的缺陷。

由于澄海在落实承包制时，既重视调动家庭经营的积极性，又注意使集体保持一定的经济实力，因此，大宗的农机具和其他生产设施仍归集体所有。1984 年延长承包，全县还保留着占总耕地面积 16.3% 的 4.5 万亩地，由集体实行承包经营。还积极引导管理区组织好开发性生产，创办集体企业增加收入，种粮社会化服务部分的支出，集体就有能力承担。据统计，每亩水稻一年的年产成本约 150 元左右，其中社会化服务部分的 50 元由集体支付。种粮既省工、又省钱，还能腾出劳力再赚钱，粮农感到不太吃亏，心理也就比较平衡了。

在努力提高粮食单产、加强社会化服务的基础上，澄海市充分利用腾出的耕地、劳力和冬闲地发展多种经营，增强扶持粮食生产的总体经济实力。主要是大力发展高产、优质、高效农业。几年来，澄海通过集体成片开发，农民土地报价入股和资金参股等方式，多渠道集资 1.5 亿元，开发浅海滩涂、改造低洼田 2.4 万亩，其中 1.8 万亩用于养殖对虾、鲈鱼、鳗鱼、甲鱼、青蟹、牛蛙、珍珠等高值水产新品种。投入 8 000 多万元，开发山坡地、高旱地 1.6 万亩，种植林檎、草莓、芒果、香蕉、番石榴等优稀品种的水果；种植大芥菜、荷兰豆、日本毛豆、白玉苦瓜等上百种蔬菜新品种，使全县常年蔬菜面积达 20 多万亩，并利用 10 万亩冬闲地种蔬菜，每亩年创值 4 000 多元。还饲养传统的狮头鹅并引进肉鸽、海狸、七彩鸡等珍稀良种禽畜。

同时，通过外引内联，增加对“两高一优”农业的有效投入，加快发展速度，提高深度加工的能力，以获得更大的经济效益。目前已有来自新加坡、泰国和中国香港、台湾等地的 20 多位客商在澄海兴办农产品加工企业 21 家，利用外资 3 600 多万美元，引进新技术、新品种 200 多项。如昂泰集团公司已发展成为集养鳗、成鳗出口、加工，鳗骨提炼、饲料生产和其他农副产品加工于一体的企业集团，去年的经营总值超过亿元。海隆水产有限公司建成 160 亩的养鳗场，引进日本烤鳗生产线，产品年出口创汇 1 200 万美元。澄海还与汕头海洋集团、汕头农机公司等 10 多家专业公司联手投资 6 800 多万元，创办各类水果、蔬菜生产出口基地 12 个，使“两高一优”农业初步形成集约化、规模化、企业化的经营新格局。去年，全县农业人口平均年纯收入达 1 639 元，比 1978 年的 144 元增长 10 倍多。

（新华社 1994 年 4 月 18 日讯，与王炜中、许霆合作）

汕头地区认真落实鼓励社员发展副业生产政策，出现一派生机勃勃，欣欣向荣的景象

在极左路线干扰下百业凋零、经济萧条的广东省汕头地区农村，经过三年拨乱反正，广开社会主义的“生财之道”，在发展集体经济的同时，鼓励社员发展家庭副业，给农民一点“小自由”，把农村经济搞活了。整个地区出现一派生气勃勃、欣欣向荣的景象。

汕头地区位于富饶的潮汕平原，倚山面海，人多地少，劳动力充裕，发展家庭副业的门路多，条件好，过去就是靠百业俱兴来达到物阜民丰的。可是，前些年这里大割“资本主义尾巴”，

自留地、开荒地被砍，四旁五边地被毁，五匠杂工被禁，集市贸易被堵，正当的家庭副业被视为非法，连社员贴在门上的“劳动致富，生产发家”的春联都被当作资本主义倾向被批判。有的人索性把它改为“闲着致穷，坐吃败家”，气愤地说，人闲得心发慌，连锄头也闲得生锈了。社员家庭搞穷了，集体经济也被挖空了。即使碰上丰收年景，也很难解决社员的吃饭、用钱问题。结果，集体经济和社员家庭两败俱伤。

在批判林彪、“四人帮”极左路线的过程中，中共汕头地委总结了前几年的教训，开始认识到搞社会主义经济建设，不能事事都由国家、集体包起来，统得死死的，不利于调动社员的积极性，会使当地富饶的自然资源得不到充分的利用。他们决心在大力发展集体经济的同时，把认真落实好鼓励社员发展家庭副业的政策作为农村拨乱反正的一项重要工作来抓。各地废除了各种限制社员“小自由”的土政策，明确宣布集体不便经营或在目前条件下不经营的项目，都放手让社员去干。在有条件的地方，经社队统一安排，允许社员开垦少量荒地，谁种谁收。允许生产队把冬种留下的空闲地，借给社员种植越冬作物。沿海地区集体没有经营的零星塭田、滩涂可以让社员种植、捕捞；集体没有利用的沟渠水面、溪边河畔，让社员种植经济作物和放养水生植物。集体果林下的空隙地，允许社员间种套种短期生长的粮油作物。

这些措施顺时势、合民心，极大地调动了广大农民的生产积极性。汕头地区过去有不少所谓“三纯”（纯平原、纯粮食、纯水稻）公社，虽然稻谷的单位面积产量不低，但由于生产单一化，收入不多，集体经济薄弱，年年要靠国家救济。近几年来，社员家庭副业发展起来了，相对地减轻了集体的负担，使生产队能拿出较多资金扩大再生产。这些公社开始甩掉靠国家救济的帽子，年年向国家做贡献了。自 1977 年以来，这个地区农业生产连续三年获得全面丰收，粮食增产 6.7 亿多斤，花生和木薯各增产 1 亿斤以上，甘蔗、黄麻、大豆、潮州柑、生猪和家禽也都全面增产，年年提前或超额完成农副产品的征购任务。1979 年同 1978 年相比，农贸市场上的粮、油、糖、肉类、家禽、蛋品等20多种主要商品的价格，都下降了 10% 以上，成交额增长 30% 左右。全地区每个农业人口在集市上出售农副产品的收入就达 60 多元。多年来粮食和农副产品供应紧张的汕头地区，又恢复了经济繁荣、五业兴旺的状况。

汕头地区在落实这项政策时，有些干部担心家庭副业多了，会同集体争劳力、争肥料、争时间。地委针对这些顾虑，引导大家分析当前农村形势：现在广大农村普遍实行按劳分配的劳动管理制度，社员只有在工余时间从事家庭副业，不存在“三争”的问题。至于在落实政策中出现的一些具体问题，主要应靠加强政治思想工作来解决。地委明确指出，农民在完成集体生产任务的同时，靠自己辛勤劳动增加经济收入，一不搞投机倒把，二不损害集体利益，这绝不是什么资本主义，应该大力提倡。

（新华社广州 1980 年 1 月 11 日电）

新型潮汕老农沈济波

广东省汕头市农科所高级农艺师沈济波是一位农民化的知识分子。他扎根农村 30 多年，在实践中创造出一套水稻高产栽培经验，被农民称为新型潮汕老农。

潮汕地区是全国著名的水稻高产区。早在 60 年代，大批潮汕老农被输送到南方水稻产区传授水稻高产栽培经验，到处受到敬重。现在，被尊称为潮汕老农的，已不是那些整天扛锄头、面向泥土背朝天的农民，而是一批农民化的农业科技人员。沈济波就是其中一个典型。

插秧时节，在澄海县溪南镇田畴上，一位年过半百的长者双脚踩在泥水里，长满老茧的手捻着稻秧，正在向农民讲解疏播育壮秧的知识。他有一张古铜色的脸，穿一身粗布衣服，腰间扎着一条潮州巾（水布），俨然一个地地道道的潮汕老农。他就是沈济波。溪南镇是广东省农业厅今年办的万亩连片水稻中产变高产的示范点。沈济波来这里蹲点，当技术指导。他除了带上电视机、农科书籍外，还把锄头扛下乡。开耕办田季节，他起早摸黑，冒着寒风冷雨，泡在水田里指导农民整地、播种、灌水、施肥……

沈济波 1952 年毕业于潮汕农林学校。30 多年来，他一直生活、工作在农村，与农民同甘共苦，在劳动生产中，摸索水稻的生长规律。60 年代，他在潮安县内畔村、黄厝尾村一带蹲点近十年之久，既推广了农科技术，又总结了农民中的先进生产经验，把潮汕传统的精耕细作经验同现代农科技术结合起来，形成了独特的水稻高产栽培技术。当时，内畔、黄厝尾曾以水稻高产名扬省内外。

70 年代，沈济波潜心办水稻高产试验田。从揭阳、潮阳、澄海县到潮州市，到处都留下了他的足迹和汗水。他办的水稻高产试验田，七年 13 造，造造亩产超过 700 公斤。去年晚造，他在潮阳县西胪镇东凤村办 100 亩高产示范田，平均亩产达 676 公斤。他先后撰写出“水稻高产稳产的探索”“杂交稻低群体健身栽培试验总结”等一批专论，刊登在省、市级的农业刊物上。他长期坚持一边办高产试验田，一边向农民推广、传艺，并亲自为农民讲课，以小区试验带动大田生产，形成群众性粮食创高产竞赛活动。去年，汕头市出现了澄海、潮阳两个双季稻年亩产超过 1 000 公斤的“吨谷县”。

“杂交稻低群体健身栽培技术”是沈济波钻研水稻高产的一项建树。它通过调整、改善水稻群体结构，使群体与个体协调发展，提高光能利用率，使稻株矮壮、秆硬叶厚、叶片挺直、穗大粒多、谷粒饱满，达到“低群体、高成穗、夺高产”的目的。这一杂交稻高产综合栽培技术，比一般栽培方法每亩增产稻谷 40 公斤以上，并可降低生产成本，减少氮肥施用量。现在已在广东省一部分地区推广，并结下累累硕果。

连年来，沈济波先后荣获农业部颁发的农科推广荣誉证书和奖章，被评为广东省科技界先进工作者，成为汕头市种田能手“十佳”之一。在一片赞扬声中，沈济波说：“我所取得的成绩是潮汕农民在长期实践中创造出来的。我只是先当学生，后当老师，将农民的实践经验加以总结整理，再交还给农民。”

沈济波数十年默默地耕耘在潮汕平原的土地上。他不但为人民奉献了数不清的金灿灿稻谷，也向农科人员奉献了可贵的精神食粮。

（新华社广州 1990 年 4 月 10 日电）

八仙山下　霞光璀璨

——记饶平县霞光大队坚持靠山养山建设山区事迹

初夏，细雨霏霏。汽车在闽粤边境的崇山峻岭间缓慢地爬行着。我们得有机会探首窗外，欣赏绚丽多彩的山乡景色。

连绵起伏的八仙山，满坡遍岭，杉松滴翠，桐花吐白，绿竹在迎风弄姿，果树枝头一片殷红；半山腰，梯田层层，茶林如带；山坳里，稻禾挺秀，碧绿如茵。汽车猛地来了个急转弯，眼前出现一幅更加动人的图景：碧波荡漾的大潭水库横卧在半山腰。水库上边，依山傍水间，一排排崭新的楼房掩映在绿树翠竹丛中。这就是饶平县新墟公社霞光大队。

从“穷下蔡”到新霞光

霞光大队的村名从前叫下蔡，附近的人都轻蔑地叫它“穷下蔡”。为什么要改名呢？看看这个山村日新月异的变化就不难理解了。

过去，这里穷在“山”字上，如今是富在“山”字上。同是一座山，过去山光露石头，如今地尽其利，物尽其用，荒山变成万宝山。去年全大队粮食平均亩产达到2 125斤，总产量比1 964年增长三倍多。

1964年以前，这里的3 000多亩山地中只有600亩自生疏林。15年来，他们开山种竹1 760亩，种杉250亩，种油茶400亩，种柑橘135亩，种杂果250亩，种茶100亩，种其他经济林600亩。这几个数字加起来是3 495亩。原来的荒山如今寸土尺地都为社会主义服务了。

去年，全大队农工副业总收入达18.2万多元，比1964年增加八倍多。去年，全大队向国家交售的糖、油、水果、茶叶、木材、竹器、生猪等农副产品的产值达13万多元，平均每户1 580多元，小小的偏僻山村为国家做出的贡献是如此巨大！

随着生产的发展，集体经济日益壮大，社员生活有很大提高，集体福利事业也相应地兴办起来了。队里已有载重汽车、拖拉机、发电机、电动机等农业机械，耕翻、脱粒、植保、运输和农副产品加工实现机械化、半机械化。从1970年起，社员平均每人集体分配年年都在180元以上，去年增加到190元。全大队86户，户户有存款，家家住新楼房。这里的供销店，一年的销售额达4万多元，平均每户500多元。现在社员看病、儿童上学、照明用电、农副产品加工和饮用自来水的费用，全部由集体支付。全大队四十几名丧失劳动能力的老年人，由集体免费供给口粮、食油、蔬菜、燃料等生活必需品，每人每年还领到十几元服装费。我们和社员们谈起从“穷下蔡”到新霞光的变化时，他们都感慨万端地说："方针、政策不对头，山光露石头，方针、政策对了头，荒山放霞光，穷队能变富。"

靠山吃山　吃山养山　荒山变宝山

霞光大队由穷变富的原因，可以简单地概括为一句话：靠山吃山。

1958 年，毗邻社队要在霞光村前兴建大潭水库，霞光的群众毅然把自己的家园和耕地让了出来，从八仙山下迁居到山梁上。全村大部分农田被淹没了，只剩 22 间破房旧屋、50 亩瘠薄的山坑田和 3 000 多亩荒山。人们一时看不到前途，有的外出谋生，有的要求搬迁。

困难在考验着大队党支部书记、雇农出身的张光水。一天，张光水到素有竹乡之称的东山公社水美大队他姨丈家作客。一路上，看到这里的山山岭岭长满绿竹，他那打了几个"结"的心豁然舒展开朗了：霞光有的是荒山，只要有建设山区的雄心壮志，开山种竹，三年五载之后集体经济不就可以发展起来吗？回来后，他把干部们招呼到一块，讨论并制订了一个靠山吃山、吃山养山、让荒山变成宝山、建设社会主义新家园的规划，提出封山育林、开山种竹、种果、种茶的战斗口号。从实际出发的建设方针，使广大社员欢欣鼓舞，大家斩钉截铁地表示：决心艰苦奋斗，建设社会主义新山区。

1964 年春天，张光水等大队干部带领社员群众上山，一鼓作气挖了几千担老树头和老竹头，卖给供销社换回一笔钱，请来两个铁匠，日夜赶打开山锄，集中全队力量向荒山进军。第二年种下竹子 500 亩，木薯 10 万棵，培育了 100 万棵茶苗，建一座砖瓦窑，养了 54 盒木薯蚕。这年社员分配平均每人从上一年的 37 元增加到 92. 9 元。3 000 多亩山地在霞光人民面前展开了创造美好生活的广阔道路。社员们看到社会主义有奔头，越干心越欢，越干越有劲。

张光水善于经营管理，有经济头脑，群众夸他“心肝头吊着三四个算盘”。三年过后，山上的竹子长高了，可以砍伐了。张光水到县果菜公司借来一担竹筐，组织社员学编竹器，迅速办起了竹器厂。现在这个厂共有32人，其中三分之一是老弱劳力，但他们一年创造的产值达六七万元，占全大队总收入的三分之一。

去年大队发动群众在四旁五边地上种大豆，收获了一万多斤豆。他们就办起豆干厂，就地加工豆制品，提高产值。目前，霞光大队已拥有四厂（竹器厂、制茶厂、农副产品加工厂、豆干厂）、三场（猪场、牛场、果林场）、一队（运输队）、一组（农具修配组）。队办企业越来越兴旺发达，集体家当约在百万元以上。去年，山林、果木和其他工副业的收入，已占全大队总收入的82.6%。张光水深有体会地对我们说：“靠山要吃山，发挥山区的特长，走农工副综合发展的道路，集体才能迅速富裕起来，社员生活才能不断改善，社会主义才能像一块磁铁，把贫下中农紧紧地吸引在自己周围。如果老是像当年那样，靠山不养山，穷得连买煤油点灯的钱都没有，谁还热爱你这个‘社会主义’！经营方针对不对头，也关系到社会主义的大局啊!”

顶住极左干扰　山区四季飘香

15年来，霞光人民在3 000多亩山地上合理规划，精心经营，使八仙山上“满山霞光，四季飘香”。可是谁料得到，1967年，当林彪、“四人帮”极左路线横行的时候，霞光大队的好带头人张光水却遭到残酷迫害，被指责为“抓钱不抓纲的走资派”，让他靠边站，把他赶到林场“劳动改造”。

张光水没有屈服。他坚信霞光因地制宜，建设山区，走农工副综合发展的道路没有错。在林场劳动时，他还同社员一起商讨，要大种潮州柑，争取十年后每年收它1000担。当时在汕头地区，大砍果树成风，硬是把柑和资本主义捆在一起批判。人们谈“柑”色变时，张光水却坚持自己的想法，他不信“只有大腹便便的人才吃柑”的歪理，同四个社员悄悄地开辟起柑园来，并冲破重重难关，从外地弄来 700 棵柑苗，精心细栽在人迹罕至的山窝里。

就在张光水靠边站的一年半时间里，霞光大队被当成“重钱轻粮”的典型，被批了又批。在种种责难和重重压力下，霞光的社员不得不忍痛把大潭径的 70 多亩竹林和经济林毁掉，造田种粮。结果，其中 20 多亩种了小麦后颗粒无收。霞光的山林果树遭到严重破坏。正如当地群众说的“山林一坏人心散”，1968 年，全大队粮食大幅度减产，集体分配每人由 133. 3 元下降为 60. 7 元。面对这活生生的事实，真正热爱社会主义的霞光贫下中农，再也压不住心头的怒火，他们不畏林彪、“四人帮”的嚣张气焰，断然把张光水从林场接回来，让他重新领导全大队治山养山。张光水恢复职务后，带领群众把原来“非法”引进栽在山窝里的柑苗，理直气壮地移种上山坡。如今，霞光大队已有 1. 3 万多株柑树，1977 年收获潮州柑 1 026 担，张光水十年前的愿望实现了。

斗争的实践使霞光的干部群众懂得这样一个道理：只有批判极左路线，从实际出发，因地制宜安排生产，使人尽其才、地尽其利、物尽其用，才能高速度地发展社会主义农业。

乌云散开了，雨霁天晴。归途中回首遥望八仙山，但见霞光万道，璀璨夺目。它不仅吸引了我们，也吸引着附近方圆数百里成千上万的群众，大家在学它，赶它。

（新华社广州 1979 年 6 月 11 日电，与柳梆合作）

粤桂边四时花果飘香

依山临海，地处亚热带的闽粤边，过去重重叠叠的荒山野岭，已变成我国著名的果林带。放眼望去，远远近近，郁郁葱葱。“远山高山森林山，近山低山花果山”，一幅四时鸟语、花果飘香的画卷，呈现在人们眼前。

“草县”变脸成“果县”

昔时绵延的荒山野岭，杂草丛生，蛇鼠结窝，被称为“草县”的惠来，已变脸成“果县”，是岭南荔枝主要产地之一。

春寒料峭，北国天寒地冻，雪花飞舞。可是在惠来县境内，从葵潭至靖海数十里的公路两边的果林带，荔枝花开，蜂蝶纷飞。果园里，不时还可以见到李花、梅花竞相怒放，白色的花瓣随风飞扬，宛如雪花飘飘，令人赏心悦目。过去，公路边远远近近山坡上贴着萧索破旧的村庄。现在，满眼“半是树荫半是楼”，一幢幢崭新的小洋楼是劳动致富的果农兴建的，农民戏称为“荔枝楼”“香蕉楼”。好事者拟了对子贴在“荔枝楼”门前：“昔日宿泥屋、食番薯、配咸鱼；今天住洋楼、食米饭、配海鲜。”

初夏，漫山遍野红的荔枝、黄的芒果；深秋，橙黄橘绿，香蕉成熟，龙眼逗人。惠来，四季花开，佳果不断，成为名副其实的一座大果园。蝉鸣荔熟时节，公路上车声不绝，满载荔枝的汽车，奔赴汕头、惠州、深圳、珠海、广州等城市。过路人经过荔枝园，好客的主人往往任你采摘吃个够。

在惠来境内，现在果园连片，荔枝、龙眼、香蕉、柑橘、芒果、菠萝、青梅等岭南佳果一年四季不断。据统计，目前全县水果种植总面积已达 28 万亩，今年仅荔枝总产量超过 1 万吨，产值超 1 亿元。连年来每年种植芥菜、大蒜、大葱、萝卜等瓜菜面积均超过 10 万亩，仅今年春收瓜菜产值就达 1. 2 亿元。

惠来县在资金紧缺的情况下，积极引进国内外资金，开发农业，种果种菜。并引导农民采用资金入股、劳力入股和土地入股等办法，兴办股份制果菜生产基地。荔枝是惠来县传统的水果，由于拓展多元化经营管理，调动多方面的积极性，连片种植，目前新种荔枝面积超过 10 万亩。

为了开展水果的综合利用，目前惠来县兴办了国营、集体和个体的水果加工企业 160 家，年加工水果 3 200 多吨。全县还办起蔬菜腌制加工厂 100 多家，产品畅销国内外。

穿越闽粤边林果带

你如果从广东汕头乘车赴福建厦门，穿越于闽粤边国道公路线上，准会惊喜地发现，这条丘陵起伏的滨海长廊，过去满山石头，稀稀疏疏长着杂草、灌木，现在已成为一座名副其实的大果园，其面积之大、发展之快，为我国所少见。

从汕头到厦门，途经澄海、饶平、诏安、云霄、津浦、漳州、龙海等市县。300 公里的公路线上，远山深秀，近处葱绿，果林一片连一片，一年四季佳果不断。这里，除了柑橘、荔枝、菠萝、香蕉岭南四大佳果外，富有地方特色的龙眼、枇杷、柚子、番石榴也是高产优质的拳头产品。从汕头往西，沿广汕公路途径潮阳、普宁、惠来等县，潮州柑、荔枝、阳桃、杨梅、芒果、油甘、橄榄及桃、柿、梅、李、梨等杂果，更惹人喜爱。当地利用杨梅、油甘、橄榄、梅、李加工为名牌凉果，行销海内外。闽粤果林带，南方所有水果品种，这里几乎一应俱全。福建省诏安县沿公路线建立 20 万亩优质茶、果、蔬菜基地，实施“绿色长廊”计划；汕头辖下的潮阳市连片种植了数万亩潮州柑。

暮春时节，闽粤边果林带杜鹃啼叫，柑树白色的花蕾布满枝头，芳香扑鼻。这时，香蕉、菠萝、枇杷、李子陆续登场。沿途的水果批发市场也随之兴旺起来。汽车经过云霄、津浦路段，旅客不时看到路旁的水果摊档。细心的果农将一把把香蕉和用塑料袋网着的菠萝吊挂在树丫上，还把黄澄澄的枇杷用竹篮、竹篓盛着，招徕生意，方便顾客携带。

别小看路旁这些不起眼的一根扁担两只箩筐挑得完的摊点，其实这是果农展示产品的活广告，既零售又批发。运销户倘若相中哪个品种，果农便把他带进果园现场，双方经过一番讨价还价，大笔买卖就在果树下拍板成交了。

蝉鸣荔熟季节，闽粤边公路旁的临时摊档，又摆着一篓篓的荔枝、杨梅、番石榴、香蕉等，惹得乘客们不时停车购买。

揭阳建成果园百万亩

时令已是深秋时节，广东揭阳市的果园仍然郁郁葱葱，橙黄橘绿、香蕉吐蕾、橄榄等挂满枝头。

揭阳已成为名副其实的“水果之乡”。从沿海、平原到丘陵、山地，全年佳果不断。据统计，全市已建成荔枝、潮州柑、香蕉、龙眼、橄榄、青梅、油甘及杨梅、阳桃、黄皮、桃、李等水果生产基地逾 100 万亩，年产水果 35 万多吨，创值 5 亿多元，出口创汇达 2 500 万多美元。

揭阳市辖下的普宁目前已建成潮州柑、青梅、橄榄、油甘为主的四大水果基地，总面积达 53 万亩，形成长 100 多公里的果林带和 23 个连片 5 000 亩以上的果林基地，家庭式的小果园上万户。水果及其加工品行销全国各地，去年出口创汇超过 1 000 万美元。

揭阳市根据境内有山有海有平原的不同地形、气候特点和自然资源优势，合理调整生产布局，形成各自的水果拳头产品。属下各县因地制宜，分别建立青梅、油甘、橄榄、柑橘、荔枝、香蕉、龙眼生产基地。农业科技部门建立一批良种繁育基地和试管苗生产基地，年培育各类苗木 7 000 多万株，促进水果生产发展。

目前，揭阳市水果生产已向规模化、集约化方面发展。种果在 20 亩以上的达 1 683 户。惠来县专业户田建伟先后投资 150 多万元，种植优质荔枝 1 600 多亩，被誉为“种果大王”。揭阳市还着力发展水果加工业，目前，全市水果加工企业 221 家。台商独资企业大立食品有限公司，年加工青梅等 1 000 多吨。

（新华社汕头 1994 年 12 月 1 日讯）

一场关于“定额管理”的辩论

广东省潮安县枫溪公社陈桥大队，在潮汕平原上以善于经营闻名。这个大队有6 000多人，3 000多劳动力，平均每人只有四分多耕地。1977年，这个大队的粮食平均亩产达到了1 712斤，除交售国家粮食50多万斤以外，每人平均分粮食500多斤，每人平均分配现金140元。全大队拥有储备粮65万斤，拥有集体财产365万元。这个大队农业发达，副业繁荣，社员的劳动生产率较高。它能够做到这一点，是由于社员觉悟高、爱集体、争出勤、出满勤，而且讲求质量。多年来这个大队逐渐形成了一套比较完善的“定额管理”制度，所以陈桥大队又以善于管理闻名。

一

可是，陈桥大队实行“定额管理”并不是一帆风顺的。这中间有激烈的“两条路线”斗争。

林彪、“四人帮”出于篡党夺权的目的，搞假共产主义，幻想“羊腿跑马步”，他们指责按劳分配是“物质刺激”，指责“定额管理”是“管、卡、压”，胡说定额管理已经完成了历史使命，再搞下去就会束缚群众的手脚。种种谬论把干部、群众的思想搞乱了。加以实行“定额管理”之初不尽完善，某些坏人便攻其一点，全盘否定，弄得干部不敢管，群众不敢评，许多队就来了个大拉平。结果“出勤一窝蜂，迟出早收工”。还出现过这样的事情：有的社员劳动老老实实，挑土杂肥挑得满，跑得快。有的社员不太老实，挑八成，慢慢来。只因后者能说会道，满口“革命”，在评工分时竟被评为“十分”，而前者老实，笨嘴笨舌不会说漂亮话，被认为“政治落后”，只评了“八分”。是非这么一颠倒，社员的劳动积极性大受挫伤。

以后，“四人帮”的资产阶级帮派体系的人，攻击陈桥讲定额是“工分挂帅”的典型，这样一来，陈桥大队的出勤率降低了，生产出现了严重的下降趋势。

二

社会主义集体经济到底要不要坚持按劳分配、“定额管理”和多劳多得？这个问题在陈桥大队进行过一场辩论。

这里介绍一下第十七生产队的辩论。这个队的社员摆事实、讲道理，说明没有“定额管理”就是搞不好。这个队过去有“定额管理”时，一个劳动力给稻田耘草四小时能够保质保量地耘一亩半。受“四人帮”干扰取消“定额管理”以后，五小时也耘不了一亩，而且不顾质量。社员们说，这么劳动，哪能不减产！

陈桥大队有个搞副业生产的竹器场，也一度受“四人帮”之害。有一个时期他们取消了定额，结果工效大减，一个熟练劳动力每天才编一只竹筐，老牛破车慢慢拖。你想编快也不行，有人说你是“工分挂帅”“唯生产力论”“落后分子”等，又是讽刺，又是打击。你热爱集体、热爱劳动也不行，只好呕着气陪那些耍嘴皮的“积极分子”。后来大队见这么干下去不行，他们坚决顶住“四人帮”，恢复了“定额管理”。这样一来，同样一个人，每天却编三只竹筐，生龙活虎干劲足。事实说明，“定额管理”是提高人们的社会主义积极性，创造社会主义物质财富的好制度，任何人也抹杀不了。

是些什么人反对“定额管理”呢？“四人帮”反对定额管理代表什么人的利益呢？从陈桥大队社员的辩论中可以看出，反对“定额管理”的，一是懒人，劳动人民天性不懒，懒是受不劳而食的地主、资产阶级的影响；二是走资本主义道路搞投机倒把的人；三是资本主义思想严重，老是想占便宜、投机取巧的尖滑人；四是想搞垮集体的人。总之，是一些不老实的人，其中还有阶级敌人。

经过这场辩论，大队党支部的腰板更硬了，他们坚决排除“四人帮”的干扰破坏，把“定额管理”巩固起来，发展下去。

三

陈桥大队的经验是：实行“定额管理”之初，虽然经过社员讨论，干部试工，也难以一下子就定得完全公平合理，因此要注意不断修改、不断完善。这中间社员提意见，并不是坏事，一定要听这些意见，修订定额。如果有的农活人们抢着干，有的农活人们不愿干，那也是由于定额不公平。当然，定额应该力求简便易行，不要拖泥带水，过分烦琐。“四人帮”给“定额管理”扣了许多帽子，如“烦琐哲学”“工分挂帅”“斤斤计较”。陈桥的社员认为，这些帽子得统统丢掉。有的人不搞定额，多吃多占，却批评别人“斤斤计较”，这合理吗？事实证明，“四人帮”反对搞“定额管理”是假共产主义、真资本主义。

陈桥的经验说明，要解决争工分或不顾劳动质量的问题，既要有思想教育，又要有定额管理，单靠一项是不行的。只要定额合理，管理得法，干部办事公平，就不会出现争工分和不顾质量的现象，即使有个把过分尖滑的人，也会自觉孤单，对他进行教育，也才会起作用。思想好和劳动好是一致的，哪有好人不热爱劳动的！至于说争工分和不顾质量是“定额管理”制度造成的，陈桥的社员认为，这完全是“四人帮”不顾事实的谬论。

陈桥大队党支部在实行“定额管理”中，坚持走群众路线，工作越做越细，真正做到了人尽其才，社员积极性高，劳动生产率高。陈桥大队的生产好，社员觉悟也高。这个事实就是对“四人帮”这种假左派的有力驳斥。

（新华社广州 1978 年 3 月 22 日电）

附：形左实右的“政治评工”

1978年3月22日，新华社播发了我采写的通讯《一场关于“定额管理”的辩论》。全国的新闻媒体普遍采用，在社会上引起了较大的反响。

这是一篇“闯禁区”的报道。从各地反馈到新华社的信息看，读者毁誉参半。是不是我的独立思考错了呢？从地域上看，长江以北、黄河流域等地区来信指责的居多，有的甚至说这是“砍红旗，反大寨”。有一封来信指责说：此稿混淆视听，拨乱反正，“越拨越乱，越反越不正”。

其实，在全国沸沸扬扬学大寨的运动中，广东农村坚持“定额管理”生产责任制何止一个陈桥大队，它们明里学大寨“政治评工”，暗里都坚持“定额管理”。1964年，陈桥大队在潮汕平原以善于经营、善于管理而出了名，新华社记者王焕斗、国昭先曾采写了陈桥大队在“四分地上闹革命”的报道，获得良好的效果。“定额管理”曾一度在广东各地推广。

我这个人不是存心同大寨过不去，总认为尽管大队的“政治评工”在全国没有普遍意义，造成农民“劳动一窝蜂，迟出早收工。出勤不出力，田中磨洋工”，严重违背按劳分配原则，挫伤了农民的生产积极性。当时，我总认为“定额管理”是正确的，大寨式的“政治评工”不分析事物内存联系的片面认识而强行推广，祸害无穷，不宜推广。我不存在“砍红旗”“反大寨”的动机。

当时，正是改革开放初期，中国农村刮“共产风”，搞穷过渡的歪风尚未完全被制止，有人借机指责陈桥的干部和群众搞资本主义复辟。他们不信邪、重新完善、巩固、发展“定额管理”的生产责任制。

陈桥大队的干部和群众讲道理，肯定了“定额管理”责任制，我很快地把稿子发函到编辑部。处理此稿件的编辑邵挺军（原新华社四川分社社长），也很快把大样传回广州征求意见，题目是“假共产主义可以休矣”。当时，我觉得稿件的分量还不足以用这个题目，建议编辑部斟酌一下。后来，稿子播发出来的题目是“一场关于‘定额管理’的辩论”。

想得宽些　搞得活些　上得快些

——汕头地区农业生产迈开新步记事

我国第一个平均亩产粮食千斤的地区——广东省汕头地区，生产徘徊、停滞了十多年之后，近两年开始迈出新的步伐。1977年粮食总产达到52.1亿斤，比上一年增加4亿多斤，创造了历史最高水平。1978年又继续上升到53.6亿斤，比上一年增加1.5亿斤。更为可喜的是，农业经济结构单一化的状况有所改变，各种经济作物大幅度增产。去年同上一年相比，甘蔗增长30%，黄、红麻增长10%，潮州柑增长18.6%，木薯增长了四倍。外贸出口总值达4.3亿多元，比1976年增长68%。现在，全区出现五业兴旺，干部社员心情舒畅、干劲高涨的生动局面。

这一切，都是以粉碎“四人帮”为转机，通过批判极左路线，解放思想，落实党的农村政策才取得的。

汕头地区是我国著名的粮食高产区。新中国成立后多年的历史证明，不论是风调雨顺还是自然灾害比较严重的年代，汕头地区都能够高产稳产。人们越来越清楚地看到，林彪、“四人帮”极左路线的干扰破坏，远比自然灾害凶恶。从1966年到1976年，汕头地区粮食平均亩产一直停留在千斤上下，十年总产只增加11%。按人口平均的粮食产量还减少55斤。林牧副渔和经济作物几乎无一不遭破坏，使集体经济薄弱，社员收入减少，口粮水平很低。

错误和挫折教训了人们。汕头地区的干部社员在揭批林彪、“四人帮”极左路线中开始认识到：造成汕头地区农业生产十年停滞不前的症结，撇开政治上的不安定、不团结等因素不讲，仅就经济而言，一是对农业想得太窄，两眼只盯着一个“粮”字；二是政策上限制得太死，唯恐农民“富”起来。正像中共汕头地委一位领导同志最近对记者说的那样：现在这一条逐渐明确了，抓生产，光抓农业，不抓林、牧、副、渔，不行；抓农业，光抓粮食，不开展多种经营，不行；抓粮食，光抓水稻，不注意薯类杂粮，不行；总之，单打一不行。对群众管得太死，更不行。

人是要吃饭的。抓紧粮食生产，这是理所当然。但要看到，农、林、牧、副、渔，粮、油、糖、麻、烟、茶等，都是互相依存、互相促进的。你如果是真想要粮食，或者想得厉害一点，你就要想得宽些，不能一“稻”障目，必须使农、林、牧、副、渔和粮、油、糖、麻、烟、茶等，合理布局，全面发展。汕头地区就提供了大量的有关这方面的发人深思的典型事例。请看潮安县庵埠公社的盛衰史。

在庵埠公社，每个农业人口平均只有四分四厘地。50 年代这里是潮安县的粮食高产公社，60 年代初期农业继续稳步上升，人们在四分多地上生活得并不坏。1966 年粮食平均亩产 1 465 斤，每人平均分配 78 元，全社还给国家上调 720 万斤公购粮。所以能够这样，在生产布局上有两个合理：一是以粮为纲，全面发展。二万多亩耕地，83% 种植粮食作物，17% 种植经济作物，冬季 70% 种蔬菜，产菜 170 多万担。二是以农为主，适当发展工副业。全公社有 32 个五香厂，生产胡椒粉、沙茶酱等，产品远销十几个省、市。1966 年以后，在林彪、“四人帮”极左路线的干扰破坏下，“两个合理”被废弃了。经济作物面积剩下一半还不到，32 个五香厂被关闭掉 31 个。结果，十年间粮食亩产不仅没有增加，反而减少了 100 多斤。社员分配下降为 60. 3 元。从 1968 年起，连续九年无法完成国家的征购任务，还要吃回销粮。欠国家贷款 90 多万元。粉碎“四人帮”后的 1977 年，在县委的支持下，公社党委稍为调整一下布局，把经济作物种植面积从 8. 1% 扩大到 12. 9%，恢复 17 家五香厂，当年就初见成效，粮食亩产上升到1 485斤，超过历史最高水平。总产增加 380 万斤。去年，他们进一步恢复“两个合理”，又增产 140 万斤粮食。工副业收入从 350 万元增加到 721 万元，翻了一番。社员分配每人增加到 69. 5 元。从这里可以清楚地看到，那种认为粮田面积神圣不可侵犯的观点是站不住脚的。在不影响粮食征购和社员口粮的前提下，有计划地适当地提高经济作物种植比例，只会有利于促进整个农业的发展。

汕头地区总面积 2 168 万亩，其中山地 1 180 万亩。耕地 5 155 200 万亩，其中水田只有 3 928 000 亩。因此，要合理安排农林牧副渔的生产布局，就必须正确处理山区、平原和沿海的关系。

长期以来，这里山区群众因地制宜发展生产，为国家提供大量的竹、木、水果、茶叶、药材等山货；沿海社员捕鱼、捞蠕（烧贝灰的原料）、晒盐、养贝、种水草，也对国家做出贡献。但是，这样的经济结构在林彪、“四人帮”横行时期，也同样遭到了破坏。饶平县东山公社水美大队是有名的竹乡。当时大批资本主义之风刮到这里，砍掉竹园，开山造田。竹子减产，社员分配由 1966 年的 110 元下降到 1975 年的 49 元。素有“水果之乡”之称的普宁县，当时大挖“修”根，大砍果树，仅潮州柑一项，全县收购量由 1968 年的 4 600 万斤下降到 1973 年的 600 万斤。加上其他因素，去年社员分配平均每人只有 44 元。

汕头地区的干部社员打破了极左思潮的精神枷锁之后，对根据山区、平原、沿海特点组织生产的问题认识得比较清楚了。山地面积占全县面积五分之四的饶平县，县委主要领导干部带队，一个山头一个山头地进行勘查，广泛倾听群众意见，在充分调查研究的基础上，向各山区公社提出大力造林、种果、种茶、种药材的规划。揭西县委也专门召开山区建设和多种经营工作会议，在全县吹响了向山区进军的号角。

只要领导思想解放，广阔的生产门路就会摆在眼前。汕头地区劳动力多，历史上商品经济比较发达，轻工业、手工业、农副产品加工工业基础比较好。搞掉林彪、“四人帮”横加在社队企业头上的“集体经济内部的资本主义”的帽子后，各级党委正在利用汕头地区的这一特点，大力发展社队企业，决心把它建成外贸出口加工区。在潮安的枫溪和饶平的新丰，社员们农忙种田，农闲烧瓷。设备简单的社队企业却生产出雅致精美的工艺瓷和日用瓷。新丰瓷器年产量已由解放初期的 2 946 万只，增加到 9 000 多万只。年收入占公社总收入的 60%。在澄海县上华公社下窖大队，几百名小姑娘和青年妇女，利用过去弃之于地的橄榄核、苦楝子、野生竹，加工成玲珑别致的珠帘，远销海外，一年产值数以万计。在潮安县东凤公社李美大队，记者惊讶地听说，这个每人只有二分八厘地的大队，去年每个工分值 1. 24 元，平均每人分配 226 元。原来他们的“秘密”所在就是办好社队企业，大队的收入 88. 7% 来自竹器编织。

至于抽纱、织网服装和小五金加工等社队企业，在汕头地区可谓比比皆是。1978 年，全地区社队企业劳动力发展到 60 多万人；总收入达 5. 56 亿元，比 1977 年增加近 2 000 万元。

因此，想得宽些，一个重要的方面，就是大力发展社队企业。它对于解决劳动力出路，改善人民生活，增加国家外汇收入，为农业提供资金，促进农业生产，都起着举足轻重的作用。

现在的问题是，究竟汕头地区发展社队企业潜力还有多大？劳动力当然是不成问题的。经营项目呢？除了向山向海进军和办好以种养为主的社队企业外，发展外贸出口的传统产品也是大有可为的。记者从有关部门获悉，现在国际市场上，光是织网这一项，就有一大笔生意可做。

汕头地区去年晚稻因遭到寒露风而减产，今年春雨连绵，春季作物收成也欠佳。然而，农村集市贸易上的粮价却比前几年平稳，蔬菜只有几分钱一斤。值此青黄不接之际，所以能够这样，这是汕头地委去年以来正确处理“大集体、小自由”的关系，政策搞得活的直接反映。早在去年5月，地委就下发文件，重申《农村人民公社工作条例（试行草案）》即《六十条》精神，允许山区和半山区的社员开垦零星小量荒地种木薯。对集体种植的林、果、药材，在统一规划后也允许社员间种豆类等短期农作物。在平原和沿海地区，集体不种或不宜种的四旁五边地，统一规划后允许社员种杂粮或经济作物。允许社员在海边捕点鱼虾。对于作为社会主义集体经济必要补充的社员家庭副业，只要不影响集体定勤、定肥，不损害集体利益，不破坏资源，不搞投机剥削，就是正当的。这一条抓活了，农村经济也就平添了生机。以潮安县为例，猪、鸡、鹅、鸭，社员饲养的占90%，木薯、蘑菇等产品，社员生产的占60%—70%。记者在几个县作过一些调查，目前社员家庭副业收入一般约占总收入的30%—40%。

想得宽些，搞得活些，全地区的农业才有希望上得快些！汕头地委一位领导同志的这个经验之谈，有助于人们去思考面临的新问题。

（新华社广州1979年6月7日电，与柳梆合作）

高产稳产的秘诀

——看黄厝尾大队是怎样夺得农业全面丰收的

全国农业先进单位——广东省潮安县东凤公社黄厝尾大队，已经连续多年在正常的年景下获得高产，在受灾的时候能够保丰收。他们高产稳产的秘诀是什么？最根本的一条是种田要养田，培肥了地力。

1978 年，当晚稻在灌浆结粒的关键时刻，潮汕平原遭到了强寒露风的袭击，黄厝尾周围的社队普遍减产，而黄厝尾大队却获得丰收，平均亩产 1 100 斤左右。这是为什么？大队党支部副书记陈仰国打了个比方："庄稼像人一样，体质衰弱，营养差的人，遇到点风寒，就病倒了；而营养好身体壮健的人，就不怕风吹雨打。田地土壤的好坏，在这种节骨眼上就见出高低啦！"

近十年来，黄厝尾大队的粮食和经济作物，一直高产稳产。1971 年粮食平均亩产 1 814 斤，1973 年上升到 2 231 斤，1977 年为 2 629 斤，1979 年达到 2 728 斤。各项经济作物产量也大幅度增长，1979 年花生亩产 1 038 斤，总产比 1970 年增长三倍，甘蔗亩产 1 万斤，总产比 1970 年增长五成。

近几年，四面八方到黄厝尾参观、考察、跟班学习的人络绎不绝，大家都希望把它的经验学到手。黄厝尾的干部和社员常用"万丈高楼平地起，高产稳产要有好土层"来概括他们的经验。总之，要想年年高产，就一定要妥善解决用地和养地的矛盾，在培肥地力上下功夫。

黄厝尾大队地处潮汕平原韩江之畔，平均每人只有五分地。新中国成立前这里是："冬春干旱秋夏涝，坟墓沙堆如山包，人穷地瘦难耕种，一遇灾害往外逃。"新中国成立后，经过兴修水利，改变生产条件和改革耕作制度，农业生产节节上升。到 1966 年，已基本解除旱涝威胁，粮食亩产达 1 800 斤。可是，由于一度片面、单一地追求粮食产量，滥施化肥，土壤越来越板结，致使 1967 年至 1970 年这段时间，粮食亩产一直在 1 500 斤左右徘徊，其他作物也生长不好。

自然规律的惩罚使黄厝尾得到了教训。70 年代开始，他们根据本地的土层结构和耕作条件，展开了以改土增肥为中心综合治理的农田基本建设，分期分批逐年逐片进行改良。他们注意讲求实效，做到当年平整改土，当年受益。他们的具体做法是：第一，全面整顿排灌系统，降低地下水位。现在，可以做到“及时灌，及时排，降得下，泄得出”。第二，平整土地，改良土壤。黄厝尾大队针对原有耕地泥沙比例不合理、耕作层浅、土质结构差的状况，掺沙入泥，削高填低，分段平整，统一田块走向。八年来，全大队700多亩耕地，经过改土的有600多亩，泥沙比例为七比三，加厚耕作层，活土层达到一尺二寸左右。第三，大搞土肥建设，增加土地有机质肥料。他们广开肥源，采取积、种、养、制等措施；大积土杂肥和泥肥；利用闲地或四旁五边地间种套种绿肥和粮肥兼收的作物；大养禽畜，全大队生猪饲养量每年保持在1 500头左右，狮头鹅4 000多只，还有牛、鸡、鸭等；全大队建造了12个肥料加工室，沤制各种土杂肥，定期收购家庭肥料。这样，平均每亩耕地每年有泥肥500担，绿肥20多担，优质干粪肥22担，其他土杂肥200多担。再加上多产农副产品向国家换购的化肥，每亩地每年有200斤固体氮肥和200斤氨水、磷肥，保证了作物高产的需肥量。

黄厝尾把调整作物布局作为培养地力的一项重要措施。党支部书记陈玩为在干部和社员的支持下，坚定不移地按照自然规律和经济规律办事，在保证完成国家粮食征购任务、增加社员口粮的前提下，逐年扩大全大队经济作物的种植面积。从1977年以来，粮食和经济作物的比例已调整为七比三，实行亦田亦园，水旱轮作，全大队的土地基本上做到三年轮作一次。这样，有效地改良了土质结构，保持地力，既种地又养地。尽管粮食面积减少了，但总产量却逐年增加，经济作物也大幅度发展。合理的作物布局，一举多得，用社员的话说，可以向有限的土地“要面积、要产量、要资金、要地力”。

1979年春天，广东省委一位负责同志来到黄厝尾，看到寸土寸地皆锦绣，赞叹地说：“真是匠心独运，巧夺天工，土地有限，创造无穷！”1979年，他们平均每人为国家提供200多斤粮食，

120 多元农副产品，社员每人平均分配到现金 180 元。现在，全大队户户有存款，家家有余粮，90% 的家庭盖了新房。

（新华社广州 1980 年 1 月 21 日电）

普宁县“包产到户”调查

中国共产党九届三中全会前后，正加紧酝酿、确立改革开放的国策，也是扭转中国农村经济发展的历史阶段。满目疮痍、百废待兴的农村，直接影响着农民的切身经济利益，农村不少地方，在贫穷线上挣扎。实行何种生产责任制？“包产到户”是姓“资”还是姓“社”？两种截然不同的观点正在激烈的辩论着。

广东省农村很多社队实行以“包产到户”为主的多种形式的生产责任制，在全国像安徽省农村实行“大包干”一样引起争论。新华社派了一批记者到广东省紫金县和普宁县，专题调查了解“包产到户”是否适应当前农村生产力的发展水平，农民乐不乐意接受，经济效益和社会效益怎么样？总社记者张洪斌、柯林渭等，由我陪着到普宁县调查。我们对“包产到户”毫无保留地作了充分的肯定。

1980 年清明时节，我们一行四人从广州乘长途汽车直达普宁县。进入普宁县境，但见山坡到处是柑橘、荔枝、油甘、橄榄、梨等果树，蜂蝶纷飞，繁花飘香，生机盎然。到达普宁县城流沙镇，首先映入眼帘的是男女老少衣着整齐，青年男女打扮入时，同广州、汕头等大、中城市相比毫不逊色。流沙镇窄狭的街道上人来人往，热闹非凡。农副产品种类繁多，应有尽有，购销两旺。街路边的商店、摊档，大多是摆卖成衣、布料的，一档挨一档，纵横成阵，吸引着操南腔北调的大批客商前来进货。流沙镇已形成南方有一定规模的服装、布匹市场。普宁县给我们留下美好的印象，让我们感到这里改革开放的清风扑面而来。

普宁县是著名的侨乡，从地域划分上它属潮汕平原。可是，全县有 14 个山区公社、林场，占全县土地总面积的四分之三，而人口只占四分之一。这里曾受到极“左”思潮的干扰，片面强调发展粮食生产，搞强迫命令和瞎指挥，农业生产遭受毁灭性的破坏。普宁县是粤东著名的水果之乡，以“潮州柑”为主的岭南佳果应有尽有。由优质杂果加工而成的凉果，畅销全国各地并出口到东南亚各国。“文革”中，凉果出口被诬为取悦洋人迎合外国人的口味，潮州柑则是供大肚腩的人吃的，因而到处砍果树，挖“修”根，毁果种粮。造成水土流失，农业生产和生态环境遭受严重破坏。粮食生产十年在原地踏步，社员群众的温饱问题一直得不到解决。池尾、占陇、南径等公社，甚至出现了农民逃荒到外地求乞的现象。

普宁县农村什么时候开始搞“包产到户”？为什么要搞“包产到户”？县里领导人是支持还是反对？今后是否还要继续搞“包产到户”？带着这些问题，我们先后采访了燎原、云落、占陇、洪阳、里湖等公社及一部分大队、生产队，同基层干部和社员群众座谈。结合社队的粮食、经济作物发展情况和经济收入情况、社员的分配水平等，引导他们说心里话，倾听农民的呼声。

在调查中，我们尽量把握分寸，多听少说或只听不说，避免以我们的观点去影响他们的观点。为了准确掌握第一手材料，往往打破砂锅问到底。有时，引起被采访者的不理解而出现顶撞现象。我是潮汕人，自然能够融通南腔北调人的对话，向双方做出解释，从而化解了不必要的矛盾。

占陇、燎原等公社经济结构单一，纯农、纯粮、纯稻使之成为高产穷社。许多生产队每个劳动日只有一两毛钱，平均每人每月口粮只有 25 斤左右，吃不饱又没零钱花，对集体经济失去了信心。燎原公社的老农民说：“我们是土地改革的过来人，那时我们分得土地后，做梦也想着‘劳动致富、生产发家’，让子孙过上好日子。但希望落空了，搞‘穷过渡’的农业生产合作社、‘人民公社’接踵而来，我们分到的土地又被收回去了，土地被‘集体化’了，当不了家做不了主了，还有什么生产积极性呢?”农民说，农村的经济受到严重破坏，一直到“文化大革命”，农民挣扎在温饱线上。农村贫困的根源在哪里，大家都心中有数。农民说，集体经济无法让大家有积极性，为了寻求活路，只能“包产到户”各显神通了。

云落公社的变化是普宁县“包产到户”的一个缩影。这个公社曾经是普宁县重点的果林带，漫山遍野一片片的果树郁郁葱葱。“文革”前水果总产量连年都超过 10 多万担。“文革”中由于连年砍果树，挖“修”根，水果产量逐年减少，到 1796 年，水果年产量降为 4 万担。一个富裕的公社沦为一个靠国家救济的公社。1977 年以前，每年要吃国家的救济粮、返销粮、退购粮 200 多万斤，累欠国家贷款 20 多万元（这在当年是一个巨大的数目）。“穷过渡”调动不了农民的生产积极性，坐吃山空，山空人穷，许多生产队连扩大再生产的资金都没有，集体固定资产散失，生产队变成名存实亡的空架子。前几年，一些边远的生产队，农民自发地进行“包产到户”。公社干部想管也无能为力，只好睁一只眼，闭一只眼，既不点头也不摇头。

云落公社实行“包产到户”之后，农民气顺劲足，农村出现了土地改革后的第二波劳动生产热潮，安排生产项目同自己的切身利益结合，宜粮则粮，宜林则林，长短结合发展生产。在发展水稻生产的同时，又广种生长期较短、季节性强的杂粮、瓜菜。水果生产也迅速得到恢复发展，农民除了垦复残留下来的老果林外，还新种植各种果树 6000 多亩，并在林地间种、套种上番薯、木薯、大豆、花生、玉米等杂粮和其他经济作物。杂粮、果菜多了，家禽家畜也随之发展起来。贫穷落后的山区，恢复发展成为五谷丰登、六畜兴旺的新气象。“包产到户”一包就灵。1979 年，云落公社粮食总产量增长19%，多种经营收入达120万元，不仅一举还清了国家的贷款，还有880多户社员存在银行11万元。社员不仅不吃返销粮、救济粮，还有余粮上农贸市场出售，有500多户人家盖了新房子。农民说，只要政策不变，上面不再出馊主意，好日子还在后头呢！云落公社的变化，充分说明农民为什么欢迎包产到户！

那一天，记者组到里湖公社采访，却引起里湖镇的轰动。原来，记者柯林渭的父亲是里湖人。柯林渭从小在陕北、北京长大，这次因公出差到普宁县算是巧合，第一次到故乡寻根问祖，领略故乡的风情。

里湖公社与揭阳县的渔湖公社、揭西县的棉湖公社，这“三湖”历来是庶富的鱼米之乡。由于遭受“文革”的破坏，里湖公社的农业生产十年徘徊，在操场踏步转圈子。这里基层干部的经营管理水平较高，生产责任制的形式多样化，从不搞“一刀切”。公社干部认为，在实践过程中，很难找到一种大家都满意的方法，家庭劳动力强弱的社员想法不同，真是众口难调。执行哪种形式，我们都尊重生产队自主安排。劳动工种多样化，有的适宜“大兵团”作战，有的适宜“单兵作战”。绝不能简单地把多数人在一起锄地就说成是“搞集体”“姓社”；把单家独户或一个人锄地就说成是“单干”“姓资”。不拘一格，社员群众乐于接受，能调动社员的生产积极性就是好的形式。

在这种思想指导下，里湖公社的生产责任制五花八门：定额计酬、联产承包、包产到户、民主评工等同时在一个公社实行。各有长处和不足，也没有一成不变的固定形式，往往随着生产的发展而调整、变更。在同一个生产队里，往往随着季节变化和劳动工种更新，计酬和分配的形式也随之变化。“包产到户”不意味着把生产队的土地分光包光。里湖公社有一部分生产队在实行“包产到户”时，保留一部分土地作为“任务田”由生产队统一安排社员耕种，确保向国家上缴征购粮任务和留足种子，饲料粮和储备粮。社员说这些做法好，兼顾了国家、集体、个人三者的利益，有效地防止分光吃光。

1978 年，安徽省凤阳县小岗村的农民，在严酷的事实面前，为了温饱，冒着风险，顶住层层压力实行“大包干”（包产到户）。农民说“大包干”的劳动成果看得见、摸得着：“完成国家的、留足集体的、剩下来全是自己的。”劳动生产的积极性高涨，获得了好收成。那时，安徽省委第一书记万里，肯定了小岗村农民的做法，媒体也大力配合宣传。“大包干”很快跨过县界、省界，在全国农村各地效仿实行。点燃一盏灯，照亮一大批，小岗村农民功不可没。

在经济困难时期，“包产到户”一直在广东农村延续，从未中止。广东农村除了经济较发达的珠江三角洲和潮汕平原外，从粤北山区到海南岛（1982 年之前海南岛属广东省管辖），农村很多社、队一直“钟情”于“包产到户”。普宁县农村 1978 年之前，一些社队已开始实行“包产到户”了。“大包干”（包产到户）其实并非安徽省凤阳县小岗村单独的发明创造。小岗村可贵之处是不屈服于层层压力，敢于闯禁区，把“大包干”公开化，在全国农村起到带头作用。广东人务实、不张扬，办事情多干少说，或只干不说，不计较也不去争发明权、发言权。早在 1976 年春，新华社广东分社记者杜锦章到清远县调查“包产到户”的问题，在县委新闻秘书梁戈文的协助下，在洲心公社等地广泛听取农民意见，权衡利弊，肯定“包产到户”符合农村生产力发展情况和农民的思想觉悟水平。

普宁县农村在实行“包产到户”过程中，不断发现新情况、新问题，实事求是地解决工作中出现的新矛盾。过去劳动生产由生产队长排工，安排生产“扎大堆”，实行“民主评工”“政治评工”，培养了懒人，出勤不出力。那些耍嘴皮、钻空子的人占便宜，而勤劳、老实巴结的人吃了亏，严重挫伤群众的劳动生产积极性。“包产到户”虽然能体现“按配取酬、多劳多得”的分配原则，激励社员群众的生产积极性，但是，每个家庭人口不同、劳动力强弱不同、生产技术高低不同、承包土地多少不同，经济收入也截然不同，农村又出现了新矛盾。这些现实任其自然发展下去，农村势必两极分化，劳动力少的穷苦人家永远翻不了身。

在分配问题上，怎样体现既要承认差别，又要逐步缩小差别，体现社会主义的优越性，走共同富裕的道路？普宁县既坚定实行“包产到户”的信心，又坚决采取扶持贫困农户的有力措施。他们因势利导，不强求一律，定期检查督促社、队，根据实际情况和经济能力，区别对待。有的生产队或自然村制订“乡规民约”，对孤寡老人、困难户，以帮工形式无偿为他们耕种土地，扶持他们发展家庭饲养业。经济基础较好的社队，从资金、种子、肥料、农药等生产资料给予困难户优惠照顾，帮助他们扩大再生产。已办种养业或其他工副业的社队，优先安排困难户就业。通过一系列行之有效的经济措施，避免农村“不患寡而患不均”的局面。

那个年代，农村各地“大包干”一哄而起。有的地方甚至为赶时髦，不顾当地的实际情况，瞎折腾、“翻烧饼”，把原来实行多年、比较完善的生产责任制也给予否定了。其实，“大包干”也并非灵丹妙药，做法有待继续完善。各地出现了不同形式的“小包”“大包”“真包”“假包”“老包”“新包”，都是以有发言权者的意志去解释、去实施。但是，事物的好坏是有一定客观标准的，不然就陷入不可知论。普宁县农村实行“包产到户”多年，其发展过程也是在不断完善，在名目繁多的“包”中，算是“老包”“真包”，是比较得人心的。这也是记者组经过调查后，向上面汇报的一致看法。

普宁县有见识、有胆量，他们在放手让农村实行“包产到户”的同时，积极调整农业内部结构和生产布局，实行农、林、牧、副、渔并举的方针，粮食和经济作物并重。山区以林果业为主的生产方针，引导山区社队积极开展多种经营，并根据山区社员居住分散的特点，鼓励大家利用荒地、四旁五边地自由种植，谁种谁收。为了减轻农民的负担，普宁县采取措施，堵住了四面八方以支农名义向生产队伸手，把农民当成“唐僧肉”的漏洞，还富于民，给农民休养生息的机会。短短一年，普宁县山区经济恢复了元气。

（新华社广州 1980 年 4 月讯）

饶平县霞光大队靠山吃山养山，五业兴旺

广东省饶平县新圩公社霞光大队坚持靠山吃山养山，集体经济不断壮大，社员收入逐年提高。

去年，霞光大队农工副业总收入达 18.2 万多元，比 1964 年增加八倍多。去年，全大队向国家交售的糖、油、水果、茶叶、木材、竹器、生猪等农副产品产值达 13 万多元，平均每户 1 580 多元。从 1970 年起，社员平均每人集体分配年年都在 180 元以上。全大队 86 户，户户有存款，家家住新楼。

随着生产的发展，集体经济日益壮大，福利事业也兴办起来。全大队已拥有载重汽车、拖拉机、发电机、电动机等一批农业机械，耕翻、脱粒、植保、运输和农副产品加工实现机械化、半机械化。社员看病、儿童上学、照明用电、农副产品加工和自来水饮用，全部由集体支付。

大队党支部书记张光水说："我们大队由穷变富的秘诀是'靠山、吃山、养山'，而最重要的是养山，做到青山常在，永续利用。过去政策不对头，光山露石头；政策上了山，荒山变宝山。"

十年前，在极左路线横行的时候，霞光大队被当成"重钱重粮""重副轻农"的资本主义倾向的典型，挨批挨整。社员不得不忍痛把 70 多亩竹林和经济林毁掉，造田种粮，结果粮食不是减产就是颗粒无收。"山林一毁人心散"，社员连年过着苦日子。批判极左路线之后，霞光大队的干部和群众经过反复讨论，制定了一个靠山吃山、吃山养山、让荒山变成宝山、建设社会主义新家园的规划。从山区的实际出发，封山育林、种竹、种果、种杂粮。种下竹子500亩，木薯10万棵，培育100万棵茶苗，建一座破瓦厂，养了54箱木薯蚕。霞光的社员群众面前展现了创造美好生活的广阔前景。

三年后，山上的竹子长高可以砍伐了。张光水到县里果菜公司借来一担竹筐，组织社员学编竹器，并迅速办起竹器厂。现在，竹器厂共有32人，其中三分之一是老弱劳动力，他们一年创造了产值六七万元，占全大队总收入的三分之一。霞光大队做到人人有工做，户户无闲人。

去年，霞光大队发动群众在四旁五边地种上大豆，收获了1万多斤豆。办起豆干厂，就地加工豆制品，提高产值。目前，霞光大队已拥有四厂（竹器厂、制茶厂、农副产品加工厂、豆干厂）、三场（猪场、牛场、果林场）和运输队、农具修配厂。去年，山林、果木和其他工副业的收入，已占全大队总收入的82.6%。

如今，霞光大队漫山遍野杉松滴翠，桐花吐白，绿竹在迎风弄姿，枝头硕果累累；半山腰，梯田层层，茶林如带；山坳里，稻禾挺秀，碧绿如茵。碧波荡漾的水库横卧在半山腰。依山傍水间，一排排崭新的楼房掩映在茂林修竹之中。霞光洒满山，社员喜洋洋。

（新华社广州1979年5月28日电）

政策放宽，汕头地区农业生产全面丰收

广东省汕头地区认真落实农村经济政策，放得宽、搞得活，农业生产迈开新步伐。

汕头地区是我国第一个粮食亩产超千斤的地区。遭受“文

革”的重创，农业生产徘徊十年之后，1977 年粮食总产达到 52.1 亿多斤，比 1976 年增产 4 亿多斤，创造了历史最高水平。1978 年又比 1977 年增产 1.5 亿多斤。主要经济作物也大幅度增产：甘蔗增长 30%，黄红麻增长 16%，柑橘增长了四倍。

汕头地区农业生产获得全面丰收，是在批判极左思潮，落实党在农村的经济政策而取得的。汕头地区总面积 2 168 万亩，其中山地 1 180 多万亩；耕地 515 万亩，其中稻田只有 392.8万亩。通过拨乱反正，正本清源，广大干部和社员打破了极左思潮的精神枷锁，根据山区、平原、沿海的特点，因地制宜，扬长避短制定生产计划，安排种植。山地面积占全县总面积五分之四的饶平县，在“四人帮”横行的日子里，砍果树、挖“修”根，开山造田，限制社员发展家庭副业，农村经济遭受严重破坏。去年，饶平县委主要领导干部带队，一个山头一个山头进行勘查，广泛听取群众意见，在充分调查研究的基础上，吹响了向山区进军的口号：大力造林种果，垦复残林迹地、种茶、种油茶、种药林。并利用荒山坡，大种木薯、番薯、玉米、豆类等旱粮作物和甘蔗、花生、黄红麻等经济作物。在沿海地区，充分利用滩涂、水面，发展海水养鱼、养虾、养蟹和养殖贝类、藻类以及晒盐、种水草（编织原料）等。饶平县委对平原、沿海、山区实行分类指导，发挥了各自的优势，合理安排农林牧副渔的生产布局，全县五谷丰登、六畜兴旺。

思想解放，广阔的生产门路就在眼前。汕头地区人多田地少，历来商品经济比较发达，轻工业、手工业和农副产品加工业的基础较好。可是，在“四害”横行的日子里，各地批判了“重钱轻农”“重副轻粮”的所谓资本主义倾向，工副业的路子被堵死了，使汕头地区长期背着“人多地少无出路”的思想包袱。现在，把包袱变为动力，大力恢复发展潮汕抽纱、竹器编织、织网、儿童玩具等手工艺术品和陶瓷、小五金及凉果等农副产品加工业。潮安县枫溪镇和饶平县新丰镇，瓷土资源丰富，当地社员群众农忙种田，农闲烧瓷。设备简陋的社队企业却生产出雅致精美的工艺美术瓷和日用瓷。枫溪工艺美术瓷产品行销海内外。新丰镇日用瓷年产量达 9 000 多万只，占公社年总收入的 60%。

据统计，1978 年，汕头地区从事社队企业的劳动力发展到 60 多万人，总收入达 5.56 多亿元。这样，既解决了大批劳动力的出路，改善农民生活，增加国家的外汇收入，又为农村提供资金，促进了农业生产快速发展。

想得宽就搞得活。汕头地委去年以来认真落实农村经济政策，正确处理“大集体”和“小自由”的关系，允许山区和半山区社员开垦小量荒地，种植木薯、番薯、豆类、杂粮等，谁种谁收。在平原和沿海地区，集体不种的四旁五边地，允许社员种杂粮或经济作物。汕头地委认为：作为社会主义集体经济必要补充的社员家庭副业，只要不影响集体的定勤、定肥，不损害集体利益，不破坏资源，不搞投机倒把，都是正当的，放手让社员群众去做。这下子真灵，把农村经济整盘棋都下活了。据初步统计，汕头地区目前农村社员家庭副业收入占收入的 30%—40%。

汕头是我国农业生产的高产区，农民历来有精耕细作的传统。这里无论是粮食或经济作物，无论是在风调雨顺年景下还是在自然灾害比较严重的年景，都能获得稳产高产。极左路线的干扰破坏，比自然灾害更加凶猛，这是造成从 1966 年至 1976 年，农业生产十年停滞不前的症结所在。撇开政治上不安定的因素，仅就经济而言，过去对发展农业生产想得太窄，只盯着粮食；政策上卡得太死，处处跟农民作对，恐怕农民富了就走资本主义道路。汕头地委的同志现在明确了，抓农村经济光抓农业不行，抓农业光抓粮食不行，抓粮食光抓水稻不行。农、林、牧、副、渔，粮、油、棉、麻、糖、茶、果、杂等，都是互相依存，互相促进的。

（新华社广州 1979 年 6 月 3 日电）

饶平县从实际出发调整生产布局，农林牧副渔五业兴旺

中共广东省饶平县委正确理解和执行“以粮为纲，全面发展”方针，按照本县实际情况调整生产布局，在短时间内收到了较好的效果。

去年，尽管遭受自然灾害，全县粮食总产仍然比历史最好水平增长4.5%，经济作物有了较大增产，林、牧、副、渔各业都有了新的发展。全县增产、增收、增分配。为国家提供的粮食、糖、油、生猪、水果、水产品越来越多。

饶平县背山面海，地形复杂。全县总面积200多万亩，耕地面积只占20%，发展多种经营的潜力很大。但是，前几年在林彪、“四人帮”极左路线的干扰破坏下，办了一些脱离实际的事，挫伤了社员的积极性，粮食生产发展缓慢，多种经营也徘徊不前，有的传统产品甚至严重减产。

在深入揭批林彪、“四人帮”的斗争中，饶平县委拨乱反正，决心改变落后状态，尽快把农业生产搞上去。他们首先遇到的一个问题是，怎样才算对国家有贡献？新墟公社霞光大队平均每人有七亩山地，两分多稻田。他们在粮食自给的基础上，每年为国家提供相当数量的糖、油、水果、茶叶、木材、竹器、生猪等农副产品，产值达10万多元，平均每户1 200多元。县委决定在全县推广他们的经验，然而有人指责这个大队是“粮食只能自给，对国家没有贡献”。“为什么在干部社员中会有这种‘只有交售粮食才算对国家有贡献’的思想？”县委反躬自问，并找到过去在领导工作中有不少片面的提法和做法在干部和群众中产生了影响。例如：抓生产只重视抓农业，忽视林、牧、副、渔；抓农业

只重视抓粮食，忽视多种经营；抓粮食只抓水稻，忽视薯类杂粮。领导力量的安排上，把主要精力放在只占全县土地面积五分之一的耕地上，忽视了占全县五分之四的山地。县委决定把这些不正常的情况改变过来，按照山区、平原、沿海的不同自然条件和生产特点组织生产，努力做到宜粮则粮，宜林则林，宜牧则牧，宜渔则渔。

县委这个决策得到广大基层干部和社员的拥护。大家纷纷联系本单位的实际，总结经验教训，重新制订生产规划。地处山区的渔村公社，总面积 3.7 万多亩，其中耕地面积只有 2 500 亩。多年来，这个公社两眼盯在“粮”字上，一年到头开山造粮田。结果，社员收入减少，分配不能兑现。公社党委因地制宜地重新确定以种植林果为主，林、果、粮、牧、副全面发展的生产方针，扩大了经济作物面积。去年全公社粮食产量虽比前年略为减少，但是总收入却增加了 19 万多元，社员分配平均每人由 91 元上升到 110 元。

海山公社是个风大、沙粗、地旱、水咸的海岛，人多田少。长期以来这个公社靠海吃海，每年为国家提供三四百万元的鱼、盐、贝灰等海产品，同时也要国家供应一部分粮食。在“四人帮”横行的日子里，这里大搞“渔农合并”，迫使渔民弃渔就农，使原来合乎自然规律的生产布局遭到破坏。粮食产量虽然增加一点，但集体收入却减少了，群众生活困难。去年公社党委重新调整了生产布局，农林牧副渔全面获得丰收。不仅向国家交售的鱼、盐、贝灰等价值 323 万元的产品，和 1977 年相比社员的口粮也增加了 97 斤，每人平均收入增加了 11.8 元。

在贯彻党的十一届三中全会精神过程中，饶平县委在总结去年实践经验的基础上，对全县生产布局又进一步地作了合理的调整。决心切实抓好 150 万亩山地的开发，大力发展山区经济；平原地区实行农林牧副结合；沿海地区抓好渔、盐、贝灰和海水养殖。既使粮食总产量可能增加，又使经济作物能够大幅度发展。

县委在领导力量上既注意抓粮，又理直气壮地抓多种经营，既注意抓平原地区，又加强对山区的领导。目前，饶平的田野各种作物长势喜人，如无特大自然灾害，早造可望丰收，全年将可能出现一个农、林、牧、副、渔全面兴旺发展的大好局面。

（新华社广州 1979 年 6 月 17 日电，与柳梆合作）

政策落实面貌大变
揭阳县农业生产全面丰收

广东省揭阳县今年粮食生产和多种经营全面丰收，产量超过历史最高水平。全县城乡出现了多年未见的经济活跃、市场兴旺的大好形势。今年，揭阳全县 42.7 万多亩早稻，平均亩产达到 813 斤，单产和总产分别比历史最高水平的去年同期增长 16.6% 和 13%；5.3 万亩春花生，平均亩产 300 斤，总产和单产分别增长 50% 和 23.5%。晚稻正在开镰收割，估计平均亩产可达 760 斤，比去年同期增长 14% 左右。截至 10 月底，全县生猪和家禽的饲养量也分别比去年同期增长 25% 和 29%；甘蔗、黄麻、红麻、水草等经济作物长势也都很好。

揭阳县今年农业生产项项丰收的最根本的原因是，落实政策带来政治上的安定团结，使农民心情舒畅，生产有劲。社员群众说，我们的国家再也不能折腾了，没有安定团结，我们什么也没有。多年来，揭阳县的政治运动一个接着一个，一次比一次激烈。而且每次运动一来，这里都是地委和省里的“试点”或“重点”县。本来，1959 年揭阳县就已成为粮食千斤县，可是由于连年搞政治运动，人为地搞阶级斗争扩大化，广大干部和群众吃尽了林彪、“四人帮”极左路线的苦头。党的三中全会以来，揭阳县广大干部群众用“实践是检验真理的唯一标准”这一武器总结了过去的教训，认为人为地把阶级斗争扩大化，把政策搞乱了，把干部队伍搞垮了，把人心搞散了，把农民搞穷了。这是永远值得汲取的教训。

为了保证政治上有个安定团结的局面，中共揭阳县委在粉碎“四人帮”以后，就领导全县人民坚决地批判极左思潮，大力拨乱反正，纠正了历次政治运动中的冤、假、错案，落实了干部政策，重新起用了一批有经验的老干部。全县已有 722 名老干部回到了领导岗位上来，农业生产第一线的领导力量得到了加强。有了这个安定团结的政治局面，就为把工作重点转移到社会主义现代化建设上来，集中力量大办农业，创造了有利的条件。

揭阳县过去不但是搞政治运动的“重点”县，而且在指挥生产上搞强迫命令、“一刀切”也是出了名的。这个县素以“水稻良种之乡”著称，从 50 年代以来，就培育出“木泉种”“炎城择”“溪南矮”“揭选十四号”“珍珠四号”等水稻优良品种，曾先后在南方水稻产区大面积推广。这个县的农民对因地制宜培育和使用良种很有经验，不少老农是真正的水稻专家。可是前些年在林彪、“四人帮”“突出政治”的口号下，农民丰富的生产经验被斥之为“唯生产力论”和“技术挂帅”，生产搞得好的社员受到批判。后来一些人又大搞强迫命令，说什么要在揭阳县搞出一个“全省、全国、全世界的高产水平来”。他们不顾当地自然条件的差异，只准种一个水稻品种“科六”，并且规定了统一的插秧规格，事先插一丘田作“示范”，然后依样画葫芦，谁插得走了样就拔苗重插，甚至被批斗。1972 年种晚稻时，这个县一下子推广了 28 万亩“科六”，使得适合这个县自然条件的其他晚稻良种都被挤掉了。由于这种强迫命令、瞎指挥，这一年全县粮食总产量比 1971 年减产 20%，损失 1 亿多斤。群众抱怨说：“‘科六’是种来看的，不是种来吃的!”可是，推行极左路线的人继续一意孤行，仍要坚持这样做。1973 年到 1975

年，仍然继续强迫农民搞单一品种，闹得这个粤东地区有名的“米县”变成了穷县。

打倒“四人帮”以后，经过拨乱反正，尤其是党的三中全会以来，落实了各项农村经济政策，干部作风也有很大改变，现在揭阳县的情况大变了。生产队有了自主权，能够根据本地的自然条件，因地制宜地种植水稻良种，粮食产量逐年增加。1978 年比 1976 年增产 1.2 亿多万斤。今年早稻种植的“桂朝二号”良种，是经过多年的试验，取得经验后才在全县大面积推广的。全县共种植 20 多万亩，占早稻总面积的七成左右，单产比其他品种要增长 100 多斤。

这个县过去在极左路线影响下搞“以粮唯一”，许多经济作物都被挤掉了。今年，在种好粮食作物的同时，县委还采取有效措施，扶植各地发展社队企业，鼓励集体和社员大养家禽家畜，充分利用四旁五边地种瓜果、蔬菜、豆类、黄麻等，生产门路越来越宽，农村经济越来越活。农民高兴地说：“现在生产顺心了，农业生产大有奔头。往后只要这样办，就会连年大丰收。”

（新华社广州 1979 年 11 月 22 日电，与翁作祥合作）

饶平县积极抓好分配工作，做到政策落实，分配兑现，增产增收，社员越干越有劲

广东省饶平县积极抓好秋收分配工作。全县预算结果，社员口粮分配平均每人每月比去年增加一成以上，收入增长二成多。广大社员高兴地说：“政策落实，分配兑现，增产增收，越干越有劲。”

今年，饶平农村经过贯彻党的三中全会精神和中央关于发展

农业的两个文件，调动了广大干部社员的积极性，农业生产获得全面丰收，社员家庭副业也有较大的发展，加上国家提高部分农副产品收购价格，增加了农业收入，为搞好秋收分配打下了厚实的物质基础。为了搞好今年的分配工作，从 10 月以来，中共饶平县委负责人就深入基层，多次召集干部、社员座谈，摸清秋收分配情况和问题。广大群众迫切要求搞好秋收分配，真正做到增产增收。但是，有些干部却认为现在不忙搞分配，将来收多少就分多少；有的认为是例行公事，到时拨拨算盘珠子就行了。县委认为，要搞好分配工作，就必须扫清思想障碍，统一认识。于是，县委先后召开了公社党委书记会议和分配工作会议，反复强调今年秋收分配工作是落实三中全会精神和贯彻中央有关发展农业两个文件的头一年，是全党工作着重点转移的头一年，是执行党的路线、方针、政策情况的一次检查和总结，意义十分重大。接着，县委常委和各公社党委领导成员实行分片包干，认真抓好分配工作。县委还从直属机关抽调了 80 多名干部，到社队协助搞好分配工作，并且对全县 1 300 多名财务新手进行培训，提高他们的业务水平。

饶平县委明确指出，今年秋收分配必须做到增产、增收、增分配、增积累、增贡献，使绝大多数社员口粮和收入水平都有较大的提高。同时，县委重申，年初实行哪种形式的生产责任制，就按哪种形式计算，坚决兑现奖罚，取信于民。钱东公社党委在下浮山大队搞分配试点。他们一边把党的政策交给群众，由群众自己决定分配方案，一边进行估产估收，清工结账，清理财物，试算到户，公布上墙。预分结果，除完成国家征购粮任务外，还多卖了 6 万斤超购粮，留了 4 万多斤储备粮，实现“五增”。公社党委总结推广了他们的经验，使全社秋收分配工作做得更加扎实。全社预分试算，每人平均每月口粮 48.8 斤，比去年同期提高 11.6%，收入达到 102 元，比去年增加 31.4%。全县 28 个公社（场）、360 个大队，绝大多数社队都可做到

“五增”。

在抓好秋收分配工作中，饶平县委认识到，能不能兑现当年劳动结余，一个关键的问题是回收超支欠款，使农民得到更多的物质实惠。他们分析了今年来由于实行了超产奖励制度等政策，群众手里资金多了，只要决心大，措施得力，回收超支欠款是完全能够做到的。因此县委先从县级机关做起，对直属机关、企业、厂矿干部、职工有超支欠款的全面进行摸底，开列清单，并由有关单位教育他们分期归还。这样一来，对社、队干部社员起到了很好的带动作用。

饶平县通过秋收分配，不仅有力地推动了当前的秋收冬种生产，而且使党员在农村的各项工作中起到带动作用。

饶平县通过秋收分配，不仅有力地推动了当前的秋收冬种生产，而且使农村的各项经济政策得到了进一步的落实。

（新华社广州 1979 年 12 月 15 日电）

潮阳县掌握自然规律改善生态环境，促进了农业生产稳产高产

广东省潮阳县努力掌握自然规律，改善生态环境，为农业生产高产稳产开辟了一条新途径。

去年，这个县 54 万多亩水稻平均亩产达到 1 698 斤，居全省首位。花生、甘蔗等经济作物也相应得到发展。全县还出现了三个粮食平均亩产 1 900 斤以上的公社，37 个粮食平均为产超过 2 000斤的大队。

潮阳县依山临海，历史上是一个旱、涝、风、潮四害俱全的穷县。“文化大革命”前，潮阳经过多年的农业基本建设，改变

了生产条件，成为广东省的粮食高产县之一。可是后来在林彪、“四人帮”极左路线干扰下，这个县想在粮食生产上一鸣惊人，就违背自然规律，在生产方针上搞“以粮唯一”，挤掉经济作物，毁林开荒；在生产措施上搞“两稻一麦”“稻薯间种”，无休止地扩大冬种小麦面积。结果，这带来了土壤板结、地力减退、水土流失、地下水位升高等严重后果，生态平衡受到破坏，自然灾害频繁，粮食产量不仅没有上去，多种经营也开展不起来，农业生产十年徘徊不前。

粉碎“四人帮”后，潮阳县委尊重农业科技人员的意见，认真总结经验教训，努力掌握自然规律，改善生态环境，夺得了领导生产的主动权。这个县有一个叫“龟头海”的地方，有 2.8 万多亩稻田，周围是飞鸟不落脚的秃堤，作物雨季受冲刷，夏季受暴晒，还要经常受到台风的袭击和海潮咸水的渗透，加上土地没有平整，水稻平均亩产不到1 000 斤，是全县的“拖腿田”。近几年，县委首先抓平整土地，又在这里营造防护林带 130 多公里，植树 44 万多株，从而有效地保护了农田，改变了小气候，为农作物的生长创造了良好的自然条件，使这片稻田亩产达到了全县的平均水平。

县委从实际出发，按照建设现代化农业的要求，在全县进行山、水、林、路、电统一规划，旱、涝、风、潮综合治理的大规模农业基本建设活动，实现大地园林化，扎扎实实地为农业稳产高产创造条件。全县在抓好新建、续建和现有水利、水电工程配套的同时，全面整顿了排灌系统，做到排灌分家，降低了地下水位。现在全县的农田，已经基本上解除了旱、涝威胁，做到了排灌自流。全县各个社、队狠抓改土增肥，提高地力，合理调整作物布局，做到种田养地相结合。这个县还非常重视发展林业和畜牧业。全县在管好已经造林的 73 万亩荒山的基础上，三年来重点抓好垦复迹地，补植疏林，绿化海滩，营造防护林带，并充分利用机耕道路和堤围、渠道两旁植树，形成了农田和林网相间，增强了土地保水、保土、保肥、保温的能力，减轻了台风、寒露风的侵害，确保农业高产稳产。

（新华社广州 1980 年 3 月 4 日电）

汕头市在外地搞建筑的人员回乡投资数亿元兴办实业

广东省汕头市一批在外地承包建筑工程的人员，于压缩基建规模之后，纷纷回乡投资办实业。

达濠区在外承包建筑工程的工程队长林荣华回乡创办了装潢印刷厂，去年 5 月又投资与人合作兴办塑料企业。在林荣华的带动下，达濠区已有 20 多名在外搞建筑的施工队长和工程承包人员回乡投资达 2 000 多万元，兴办了塑料厂、印刷厂、粮油加工厂和养鸡场、养猪场，或承包滩涂水面、荒山坡地，造林种果、养鱼养虾，搞开发性农业生产。据悉，去年以来，汕头市在外地承包建筑工程的人员，回乡办实业所投放的资金数以亿元计。

一些回乡投资办实业的工程承包人员风趣地说："以往我们忙着在外地城镇兴建高楼大厦，这回应该为家乡办些实事了。"

汕头市有 6 万多人长期在外地从事建筑业，足迹遍及全国各地。压缩基建规模以来，大批建筑队伍陆续返回农村。汕头市各级党政机关及有关部门因势利导，鼓励他们把搞建筑所赚的钱投向兴办实业方面来，并为他们提供良好的投资环境。由于他们视野开阔，信息灵通，又善于经营管理，目前他们所创办的实业，多数已经获得较好的经济效益。

（新华社广州 1989 年 5 月 9 日电）

澄海县发挥优势成为广东省商品花生生产基地

广东省澄海县今年种植春花生 7 万多亩，成为广东省商品花生生产基地。

澄海县总耕地面积 30 万亩左右，去年共种花生 5.6 万多亩（春、秋两造播种面积 11.3 万多亩）。当时有的同志顾虑重重，认为在国家还没有减少澄海县粮食征购任务的情况下，花生种得太多，会影响粮食征购任务的完成和农民的口粮。但是实践的结果表明，情况并非如此。这个县去年粮食种植面积虽然减少 12%，但由于科学种田搞得好，单产比上一年增加，总产虽然略有减少，可是由于扩种了花生，仅交售给国家的 440 万斤花生油这一项就换购奖售粮 2 900 万斤。相抵之后，全县粮食实际还比前年增加 1 000 多万斤。同时，花生的经济收入高，去年 5 万多亩花生比同样面积的水稻经济收入要增加 500 多万元，还有花生藤、花生麸饼可以做肥料、饲料。去年全县不仅完成了国家粮食征购任务，社员的现金和口粮分配水平也都得到提高。

早在 1955 年，澄海县就是全国第一个粮食千斤县，也是广东省花生高产县。可是后来有的人认为澄海县人多地少，主张集中全力种粮，搞自给性生产。农民多种花生，就受到指责。结果造成十多年来农业生产徘徊不前，农民吃饭问题一直得不到解决。

去年，澄海县贯彻党的十一届三中全会和中央关于发展农业的两个文件精神以后，从“万事不求人”的思想束缚下解脱出来，因地制宜，发挥当地的优势，扩大花生生产。他们分析了扩种花生的有利条件，认为全县有一部分不适宜种粮食作物的沙质田，可以种花生，农民历来又有栽培花生的丰富经验，多年来花生单位面积产量居全省首位。同时，澄海县有同外地用花生油换粮食的习惯，这就为调整作物布局，扩种花生提供了有利条件。所以，今年全县决定继续发展花生生产，扩大花生种植面积。

（新华社广州 1980 年 6 月 15 日电）

普宁县根据山区特点确定生产方针
一年山区大变样

广东省普宁县发挥山区的优势，在确定生产方针上不搞山区、平原“一刀切”，一年山区面貌就大变样。

普宁县地处潮汕平原西部，全县除平原外，还有相当一部分山区。14 个山区公社和农场、林场，占全县土地总面积的四分之三，而人口只占四分之一。县有关部门过去在安排生产时，不考虑山区特点，山区、平原“一刀切”，片面强调抓粮食生产，结果毁林开荒，造“小平原”。这种劳民伤财的做法，把林砍光，把人搞穷，仅水果一项，1976 年就比 1967 年总产量由 100 万担下降到 40 万担。多年来山区社员的分配水平停留在 40 元上下，每月口粮只有 30 斤，成为全县的“拖腿社”。

为了改变山区的落后面貌，去年，中共普宁县委在贯彻党的十一届三中全会精神和落实中央关于发展农业的两个文件时，明确提出山区应以“果林为主”的生产方针。帮助社队办起了潮州柑、菠萝、青梅、橄榄、油茶、油桐、毛竹、杉松等八个各连片 1 万亩以上的生产基地。各社队还因地制宜，调整生产布局，大种木薯、花生、大豆等经济作物和番薯、芋头、玉米等旱粮作物。根据山区社员居住分散的特点，全面实行联系产量计酬的生产责任制，贯彻“大集体”和“小自由”政策。在生产队的统一规划下，鼓励社员利用荒地和四旁五边地自由种植，谁种谁收。并鼓励社员发展家禽家畜。为了减轻生产队的负担，县委还采取措施，堵塞四面八方向生产队伸手的漏洞，分轻重缓急安排好农业基本建设，压缩非生产性开支。县委还从财力、物力上予以大力支持。去年先后拨给山区社队的生产资金和耕牛贷款就将近100 万元，减少征购粮和拨回返销粮、退购粮共 400 多万斤，还拨给山区社队一批水稻专用化肥。

普宁县委因地制宜发展山区建设后，很快使山区生产出现了全面活跃的局面。索有“水果之乡”称号的云落公社，由于一度砍果树种水稻，山林资源受到严重破坏，一个富裕的公社变成靠救济过日子的穷社。1977 年以前，每年要吃国家救济粮、返销粮、退购粮共 200 万斤上下，累欠国家贷款 18 万多元。去年以来，云落公社落实了包括生产队自主权在内的一系列经济政策以后，农民气顺劲足，充分发挥当地优势，广开生产门路。除了垦复残留下来的老果林外，还新种植各种果树 6 000 多亩，漫山遍野种上旱粮和花生、大豆等经济作物。去年，全社粮食总产年增长19%，多种经营收入达 120 万元。不仅还清了国家的贷款，还有880 多户社员在银行存款 11 万元。社员不仅不吃返销粮、救济粮，还有余粮上农贸市场出售，有 500 多户人家盖了新房子。云落大队一位老汉高兴地说：“只要政策不变，好日子还在后头呢!”

（新华社广州 1980 年 6 月 23 日电）

附：政策上山、财宝下山

《普宁县根据山区特点确定生产方针　一年山区大变样》，说的是在确定生产方针，安排种植计划时，认真落实政策，不搞行政命令“一刀切”，普宁山区一年大变样。用群众的话说：“政策上山，财宝下山”。

普宁县14个山区公社（场）占全县土地面积的四分之三，而人口只占四分之一。过去片面强调发展粮食生产，搞强迫命令，瞎指挥，毁林开荒，学大寨开山造田，搞人造“小平原”。这种劳民伤财的做法，造成水土流失，生态环境受到严重破坏。群众编了顺口溜：“开荒、开荒，东开西荒，年年开荒年年荒，良田不种种山冈，裤袋无钱米缺空。”

普宁县在贯彻党的十一届三中全会精神和落实中央关于发展农业的两个文件时，排除极左思潮的干扰，把被颠倒的农村经济政策恢复原来的面貌。广大干部和社员群众认识到：农业生产光抓粮食，不抓多种经营不行；抓粮食光抓水稻，不抓薯、麦、豆、杂粮不行。要看到农、林、牧、副、渔是互相依存、互相促进的，不能一“稻”障目。不能再搞“割私有制尾巴”、搞“穷过渡”。要放宽政策，让农村、农业、农民有休养生息的机会，发展生产，增加收入。

为了彻底改变山区的落后面貌，普宁县有见识、有胆量，提出发展山区经济应因地制宜，发挥优势，钱粮并重，以“果林为主”的生产方针，引导社、队积极调整农业内部结构和生产布局。素有“水果之乡”称号的云落公社，曾一度砍果树种水稻，山林遭受严重破坏，好端端的一个富裕公社，却沦落为靠救济过日子的穷社。云落公社落实了尊重生产队自主权等一系列政策后，农民气顺劲足，充分发挥当地优势，广开生产门路，除了垦复残留下来的老果林外，新种果树6 000多亩，漫山遍野种上旱粮和花生、大豆等经济作物。云落公社又走上富裕的道路。

普宁县根据山区社员居住分散的特点，“闯禁区”，全面实行联系产量计酬的生产责任制，并鼓励社员利用荒地和四旁五边地自由种植，谁种谁收。为了减轻生产队的负担，县里采取措施，堵塞了四面八方都向生产队伸手的漏洞，还富于民。

短短一年，普宁县山区经济恢复了元气。各社、队先后办起了潮州柑、青梅、橄榄、油桐、油茶、毛竹、杉松等八个各万亩以上的生产基地，并大种木薯、花生、大豆、番薯、芋头、玉米等经济作物和旱粮作物。各社、队还安排劳动力，趁农闲上山采集山货、土特产。群众高兴地说："政策上山，财宝下山"。

2010 年 4 月 12 日

人多地少的汕头地区积极发展抽纱手工业

平均每人只有五分地的广东省汕头地区，发挥劳动力多的优势，积极发展抽纱手工业，既为国家增加外汇收入，又改善了群众生活，有效地解决了人多地少地区劳动力出路的问题。

目前，汕头地区从事抽纱的劳动妇女近 100 万人，遍布 180 多个公社，2 400 多个大队。去年，全地区抽纱手工业收入 1.1 亿元，国有收购总值达 2 亿元，创外汇 7 200 多万美元。今年汕头地区抽纱生产又有了新的发展。

被誉为"南国名花"的潮汕抽纱，历史悠久，早在唐朝初年，就出现梭织花鸟虫鱼等简单刺绣工艺，经过历代的技术改革，到 19 世纪 40 年代，又吸取欧美的图案花纹艺术，逐步形成别具一格的潮州抽纱。它以图案新颖、绣工精巧、针法多变、色彩和谐、美观大方著称。抽纱的品种主要有手帕、台布、绣衣、枕袋、被套五大类，畅销世界 80 多个国家和地区。

抽纱是汕头地区一项大宗的社队企业和社员家庭副业，由抽纱公司提供原料给社员分散加工。在潮汕平原各地，无论是在村头巷尾或树荫下，随处可见三五成群的妇女在飞针走线，年近六旬的老大娘和十多岁的小姑娘都可以参加这项劳动。她们农忙时务农，农闲或雨天就从事抽纱生产，工前饭后还可以利用空隙时间见缝插针。现在，汕头地区 70% 以上的妇女劳动力都能做到亦工亦农，种田抽纱两不误。

随着我国对外贸易的发展，近年来潮汕抽纱出口量也逐年增加。老产区潮安、澄海、潮阳、揭阳、普宁等县，继续巩固提高，增加花色品种。新产区海丰、陆丰、惠来、饶平等县也积极培训骨干，扩大抽纱队伍。前些年，由于抽纱公款的分配政策不落实，影响了群众的积极性，现在，各地普遍实行“任务到户，定额到人，超奖缺罚，逐月兑现”的责任制，抽纱生产有了新发展。去年，潮安县和澄海县有一部分生产队，平均每个抽纱女工收入五六百元，最高的达 700 多元。

（新华社广州 1980 年 7 月 9 日电）

亩产吨粮梦想成真

广东省有关部门最近组织专家验收小组，到澄海县莲上镇盛洲村进行早稻产量验收，结果表明，这个村 1 200 亩早稻，平均亩产 654. 5 公斤，一亩田双茬超吨粮，再次成为广东省水稻高产“状元”村。村党支部书记李大林的 1. 17 亩高产示范田，早稻平均亩产竟达 765 公斤。

地处韩江口南海滨的盛洲村，土地属沙质，昔日是一个春旱、夏涝、秋潮、冬涸和自然灾害频繁的穷地方。他们经过多年花大力气搞农田基本建设，改变了生产条件，基本上达到稳产高产、旱涝保收。为了达到亩产一吨粮，盛洲村坚持不懈培养地力。他们坚持农田掺沙入泥，实行水旱轮作和区域化种植，每茬都安排部分田地种植花生，花生藤回田沤肥。今年全村共种植春花生400多亩，平均亩产干果350公斤，获取水稻、花生双丰收。

盛洲村提高地力的另一重要措施是每茬增施土杂肥，增加土壤的有机质和团粒结构。他们采取以“化肥换土杂肥”的重奖措施，用化肥向农户换回土杂肥，通过规定民约形成制度。今年早茬，全村平均每亩稻田施土杂肥1.5吨。

盛洲村坚持以传统的精耕细作和新的水稻高产栽培技术相结合。他们实施了深翻土、培育壮秧、中耕除草、增施壮尾肥等行之有效的增产措施。同时，建立了一支专业的植保员、水利员队伍，作为推广、应用农业新技术的骨干力量。统一机耕、插秧、灌溉，并指导农户防治病虫害、配方施肥、科学除草等。今年早稻，全部采用杂交稻“青优早”良种，用薄膜充秧苗，并施用增产菌。

（《人民日报》1989年11月14日，与郑俊英合作）

亩产“一吨粮”从何而来

90年代第一春，南海之滨传来了令人振奋的消息：广东省汕头市的澄海、潮阳和南澳县，粮食亩产超过“一吨粮”。亩产“一吨粮”从何而来，这引起全国各地的关注。

据统计：汕头市辖下的澄海、潮阳是“吨谷县”，指的是早、晚两造水稻加起来，平均亩产超过1 000公斤。南澳县是“吨谷县”，除了早、晚两造水稻的产量外，还加上这些水稻种植面积的冬种春收的小麦、番薯等杂粮。

亩产“一吨粮”标志着全国著名的水稻高产区，生产没有到顶，潜力没有挖尽，粮食生产正在快速迈上一个新台阶，这引起全省、全国农业战线的高度重视。省里在汕头市召开了全省粮食创高产的现场会，国家农业部、中国农业科学院和24个省、市、区的有关领导、农业专家也来汕头参观学习。

汕头市的澄海、潮阳、南澳县粮食亩产“一吨粮”，有人说是全靠风调雨顺的年景，倘若天公不作美，能继续巩固、发展吗？回答是肯定的。汕头市主管农业的副市长陈喜臣说：“粮食作物现时还只能够露天生产，受大自然的制约。老天爷的‘配合’和‘赞助’无疑是重要的。但绝不是光靠大自然的恩赐，而是靠比较稳固的农业基础建设，靠不断改善生产条件，靠农民精耕细作传统加现代化农业科学技术。一个是客观条件，一个是主观努力，我们通过主观努力去改变客观条件，夺得粮食稳产高产。”

陈喜臣这席话是很有说服力的。记者在采访过程中得到第一手材料：潮阳县关埠镇连续七年水稻亩产超过一吨。澄海县莲上镇盛洲村，水稻生产连续八年十六造，造造亩产超千斤。为什么遇上较严重的水、旱、风、虫等自然灾害，别的地方粮食减了产，而关埠、盛洲却依然保持粮食稳产高产，这的确是一个值得深思的问题。

在那“以粮为纲，其他砍光”的年代，汕头农村鱼塘被填平，果树被砍掉，田地里清一色种上粮食作物，连汕头市中山公园也种上番薯。单一的经济结构，既破坏经济平衡发展，也破坏了生态平衡，许多社队穷得连扩大生产的资金都没有，农民剃头也要带上一把米作为交换。改革开放以来，汕头市农业生产走出了死胡同。各地从实际出发，扬长避短，调整农业内部结构和生产布局，腾出一部分粮田来种植高产值的经济作物，一手抓粮，一手抓钱。兴办乡镇企业，实行“以工补农”“以副养粮”，实行农工副业综合发展，开拓农业生产新领域，取得了良好的经济效益。

现在，人们来到汕头农村，看到这里精耕细作的绣花式农业，寸土寸地皆锦绣，莫不点头称赞。不但可以看到一望无际、整齐划一、青枝腊稿、穗大粒饱的稻田，也能欣赏到山前岭下林茂、果大、牛羊壮和海边塘里鱼游、虾跳、鹅鸭飞的田园风光。

汕头农村的实践证明，要实施农业的稳产高产，就要有过硬的措施，增产粮食和增加投入是成正比的，光喊政治口号是行不通的。稳产高产的秘诀是：种田要养田，平整土地，改良土壤，培养地力。各社、队的普遍做法是：第一，全面整治排灌系统，降低地下水位，排灌自如。做到“及时灌、及时排、降得下、泄得出”。第二，平整土地，削高填低。根据土壤成分，掺沙入泥，调整泥沙比例，加厚耕作层和活土层。第三，通过积、种、养、制等措施，大搞土杂肥，增加土地有机肥料。第四，绿化荒山、海滩，营造防护林带，改变小气候，提高土地的保土、保水、保肥、保温能力。

汕头市农村实行家庭联产承包制之后，农民有了经营土地的自主权，价值规律驱使他们根据市场信息安排生产。为了避免出现只注重种植高价经济作物，忽视或不愿种植经济效益较低的粮食作物，各社队采取一系列扶持粮食生产的措施，吸引农民采取农业科学技术，从而达到提高单位面积产量，保证粮食总产量的目的。各地建立了产前、产中、产后社会化服务体系：第一，提供农药、化肥、优良稻种、农用薄膜等生产资料；第二，提供技术指导，包括水稻的栽培技术、防治病虫害方法等；第三，提供稻田机耕服务和农田排灌水管理服务；第四，为粮食提供储存和运销服务。并实行“以工补农”“以副养粮”的办法，运用经济杠杆，使从事粮食生产和搞多种经营的社员经济收入大体相同。

“吨粮县”的出现有什么意义？中共广东省委副书记郭荣昌在接受记者采访时说：“这使我们开阔了眼界，解放了思想，看到了前景，增强了信心。同时也看到了差距，各地发展不平衡，增产没有到顶，潜力还很大啊！”

郭荣昌的话是令人深思的。1989 年，广东省水稻平均亩产 1 340 斤，比汕头市的澄海、潮阳、南澳县尚差 660 斤。省里有关部门算了一笔账：广东省是全国的缺粮大户，每年都要从外地调进30亿公斤粮食，倘若全省粮食的单位面积产量能赶上汕头市现在的水平，那么，广东就可以由缺粮省变为余粮省了。

（新华社广州1990年2月23日电）

广东省揭阳县工业交通部门采取多种形式帮助农村社队培训农机技术人员

广东省揭阳县工业交通部门采取多种形式，积极帮助农村社、队培训农机技术人员。近几年来，他们已为社、队培训各种农机技术人员近4 000名。这批农机技术人员全心全意地战斗在农业生产第一线，使全县农机完好率和出勤率都达到95%以上。

揭阳县近几年来农业机械化程度迅速提高。目前，全县已拥有大、中、小型拖拉机800台、农用柴油机1 000多台、打谷机和农副产品加工机械等共有几万部。县工交领导部门在支农实践中认识到：农村农业机械增多了，使用、管理和维修这些机械的技术人员也必须相应增加，而培训这些技术人员，只靠农机主管部门是远远不够的，必须充分调动县、企业的积极性，大家一起来办。根据这种认识，从1972年以来，他们采取县、社、队一齐动手的办法，每年为农村培训农机技术人员近1 000名。他们的具体做法是：第一，以县带社，以社带队，县、社分工，级级培训。县农机部门和各支农工厂每年定期举办短期训练班，为社、队培训大、中型拖拉机驾驶员。县有关部门同时培训手扶拖拉机手的教学人员，使这些教学人员懂得机械原理，会操作，会排除故障，有一定修理能力，又会教学，然后回到公社，和公社农业机械厂结合，为大队、生产队培训手扶拖拉机手。第二，请进来，在工厂里传、带、帮。县、社的支农工厂每年举办训练班，吸收与这些工厂挂钩的生产大队的社员，到厂里来向工人师傅学习拖拉机、柴油机、电力、电机、加工机械的使用和维修技术。每期半年，学员掌握基本知识和操作方法后，回到农村在实践中提高。第三，派出去，在田头传、帮、带。每年机耕季节，由县、社两级厂矿抽调一批技术力量，组成维修队到农村，在机耕第一线，一边帮助修理农机具，一边在修理现场有针对性地传授技术知识，进行专题辅导，提高社、队农机修理人员的技术水平。第四，武装维修点，提高社、队的修理能力。揭阳县已形成了县、社、队三级农机维修网，公社有农业机械厂，一部分大队有维修点、修理组。为了巩固和提高这支维修力量，县支农工厂分工协作，每年定期为社、队修理网培训技术人员和管理干部。同时，还从设备、材料上进行支援，使社、队维修能力大大增强。

经过几年的努力，目前，揭阳县已基本做到农机具“小修不出队，中修不出社”，有三分之一的公社做到了“中修不出队，大修不出社”。

（新华社广州 1975 年 7 月 23 日电，与庞道基合作）

广东省贯彻今年中央农村工作会议精神
开发性农业生产掀起高潮

广东省贯彻今年中央农村工作会议精神，深入开展农村第二步改革，出现了以开发性农业生产为特征，千家万户从事高投入、高产出、高效益的开发荒山、荒坡、滩涂、水面的高潮。

在广东开发性农业高潮中，沿海地区一马当先，一起步就办商品生产基地，主攻创汇农业。初步形成了以珠江三角洲为主体、粤东的汕头市和粤西的湛江市为两翼的“鸟型结构”，展示出天地宽阔任飞翔的前景。各地因地制宜制订“水果上山，养殖下海”的开发农业规划。农民追加土地投入，兴办塘鱼、畜牧、水果、蔬菜、花卉、对虾、鳗鱼、海贝、海藻等农副产品加工基地。各地还引进外资、优良种苗、先进加工技术设备，瞄准国际市场，发展高、精、尖、稀、优、偏产品。地处雷州半岛的湛江市，去冬今春，每天出动30多万劳动力，开发黄金海岸。农民上山垦地、打穴、填肥种果；下海修围筑堤，兴建标准虾池，精养对虾。湛江现已建成全省最大的对虾养殖基地，面积10多万亩，其中70%已经投放虾苗。湛江还种植名优产品“红江橙”和香蕉、菠萝等热带、亚热带水果，面积达20多万亩。

广东“七山二水一分田”，人均不足八分耕地，但全省还有6 000多万亩荒山、荒坡、滩涂、水面尚待开发利用。广东农民过去把荒坡、荒滩视为“破棉袄”，一看就发愁，丢掉却又舍不得。现在农民把“破棉袄”当成传家宝。沿海一带的农民花本钱兴建标准化养殖场或发展浅海网箱吊养业，精养对虾、鳗鱼、龙虾、膏蟹、鲻鱼、石斑鱼和牡蛎、蚶、珍珠贝、紫菜等高档水产品。这些产品成为市场抢手货，直接出口或销往大中城市的宾馆、酒楼。在山区和丘陵地带，农民已不满足于零零星星开垦小块荒地，种一点豆类、杂粮等低产低值作物，而是把生态效益和经济效益结合起来，大面积连片造林种果，使四季佳果不断，满足市场的需要。各地根据不同的自然条件，重点建立两三个拳头产品基地。如湛江的“红江橙”，汕头的潮州柑，珠江三角洲的荔枝、香蕉，粤北的沙田柚、三华李、板栗，海南岛的椰子、菠萝。这些产品都在国内外市场具有竞争能力。

为搞好开发性农业生产，广东由外贸、财贸、农业等部门牵头，同生产单位挂钩，以乡村为单位进行全面规划。在生产布局上，根据沿海、丘陵、平原等不同区域主攻不同项目，集中连片种养。在经营方法上，采取投标承包的形式，分别由独户、联户或跨乡村、跨地区联合经营。鳗鱼是国际市场的抢手货。汕头沿海鳗苗资源丰富，兴建一亩标准池精养鳗鱼，一般年亩产一吨半，可创汇一万多美元。但建成一亩鳗池要投资一万多元，农民可望而不可即。汕头经济特区养鳗联合公司引进烤鳗生产线，积极开展横向联合，在七个县布点办养鳗基地，现在已建成养鳗池423亩。这个公司为基地提供资金、技术、种苗、饲料，并组织产品加工、出口，形成了以公司为龙头，以生产基地为依托的产、供、销、加工、出口一条龙的生产体系。

据统计，去年广东种果178万多亩，相当于全省原有果园面积的42%；海水养殖面积达15.3万亩，是历史上最多的一年。今年预计全省种果300多万亩，海水养殖面积20多万亩。

（新华社广州1987年7月14日电）

广东省初步形成外向型农业生产体系

广东省农村在开放改革中积极发展外向型农业，现已初步形成以珠江三角洲为主体，以粤东的汕头市和粤西的湛江市为两翼的“贸工农型”生产体系，展示出起飞的前景。

党的十一届三中全会以来，广东各地连年投入和追加外向型农业基础设施的投资。据不完全统计：全省已投入农业出口商品生产基地建设和农副产品加工设施的资金约20亿元，外汇一亿多美元，新建、扩建县一级农副产品出口生产基地1 760多个、农村加工企业318家。去年，全省农副产品出口创汇达12亿多美元，占全省出口创汇总额的25%。这些生产基地和加工企业正在继续发展壮大并全面发挥效益，今年出口创汇将比去年大幅度增长。

广东传统上每年都有农副产品出口，但过去生产部门和经营部门偏重于考虑完成出口生产任务指标，哪里有什么就出口什么，多为低值的资源性产品，换汇率低。近年来，广东现代化农业的要求建设基础设施，从港澳和远洋国际市场的需要出发，确定种养生产项目。出口产品从低档品位向高档品位转变，从粗加工、粗包装向精加工、精包装转变，从分散粗放经营向集约化经营转变。

珠江三角洲是我国农业优质高产的黄金带，而且毗邻港澳，信息灵通，水陆交通方便。各地在发展当地名优土特产的同时，引进国外新品种和先进加工技术设备，发展高、精、尖、稀、优、偏（冷门货）产品，大大提高了产品在国际市场的竞争能力和应变能力，出口创汇一直走在全省的前列。珠江三角洲的江门市，从1985年以来，先后建立了优质稻米、水果、蔬菜、花卉、水产、畜牧等99个出口商品生产基地，种养面积达103万亩，一年四季出口产品不断。去年，江门市鲜活农副产品及其加工品出口创汇达1.5亿美元，占全市出口创汇总额的60%左右。

适应创汇农业资金投放大，技术要求高，需要相当规模的集约化经营的特点，各地还涌现了一批多种形式的新经济组织。汕头市由外贸、财贸、农业等部门牵头，同乡村联合组成专业公司等经济实体，建立水果、蔬菜、鳗鱼、对虾、茶叶等出口商品生产基地，连片集中种养，把千家万户分散经营纳入集约化经营的轨道。专业公司为生产基地提供信息、资金、技术、种苗、饲料和调运产品、加工出口，形成以公司为龙头，以生产基地为依托的产、供、销、加工、出口一条龙的生产体系。去年，汕头市农副产品出口创汇达1.4亿多美元。深圳市农村兴办了国营、集体、联合体、个体的小型农场900多个，各个小型农场重点发展一两个出口产品，去年共提供禽畜、果菜、塘鱼等出口产品总值5.1亿港元，占全市农副产品出口总值的85%。

（新华社广州1987年8月10日电，与李建扬合作）

广东省探索“贸技工农”一体化的创汇农业新格局

广东省不断探索“贸技工农”一体化新格局，打破外贸部门一家垄断的局面，促进创汇农业的发展。去年，全省农副产品及其加工品出口创汇达 17 亿美元，占全省出口创汇总额的 33%。

据广东省人民政府“贸技工农”生产结构办公室称：办公室的职能是发挥“四家一体”的综合功能优势，组织大专院校、科研单位，联合外经、外贸、农业、金融等部门，到农村建立种植业、养殖业及其加工基地。按照国际市场需要什么就加工出口什么、加工什么就种养什么的程序，发展创汇农业。

汕头市由科研、农业、外贸、金融等部门联合组成养鳗专业公司，引进“烤鳗”先进加工技术设备，为农民提供资金、鳗苗、饲料和技术服务。以养鳗专业公司为龙头，以生产基地为依托，把农民分散经营纳入规模经营的轨道，形成了生产、收购、加工、销售一条龙的系列化出口生产基地。1987 年，汕头市养鳗面积已发展到 880 多亩，鳗鱼产量达 1 000 多吨，出口创汇 837 万多美元。

像汕头市养鳗一样的种养、加工出口基地，在广东各地已涌现出一大批，尤其是珠江三角洲地区更为突出。南海县里水镇引进蔬菜加工、保鲜、包装生产线，每年可生产急冻小包装成品蔬菜 1. 38 万吨、精选保鲜菜 3 000 吨。产品不仅销往港澳市场，还打进远洋国际市场。加工业带动种植业的发展，现在，里水镇已发展成为万亩连片的菜蔬基地。顺德县桂洲镇建立兔毛生产加工基地，从引进兔种、繁殖、剪毛到加工为兔毛混纺高档布料，都实行专业分工协作的系列化生产。目前，这个基地兔毛出口每年创汇四五百万美元。

此间的农业专家说：由外贸部门垄断出口的弊病很多，农副产品出口生产、出口经营和科学研究相脱节，农民辛辛苦苦生产出来的产品往往不能出口。即使出口了，也大多作为廉价的原料，创汇能力很低。新型的创汇农业生产体系的出现，从宏观上协调外贸、科研和生产单位的统一行动，避免生产单位同经营单位之间的倾轧、内耗。现在，大家的经济利益联结在一起，致力于更新换代产品和进行深度加工，提高产品档次，增强创汇能力。例如岭南佳果长期由外贸部门垄断出口，农民不了解市场，科研部门也插不了手，使水果的品种、质量、外观、保鲜等愈来愈不适应市场的需要，造成绝大多数品种被挤出港澳市场，外贸部门急得干瞪眼也无济于事。新型的生产体系建立起来后，科研单位到水果产区培育新品种和改良传统品种，并研究、推广保鲜、贮藏等新技术。去年，在香港举办的水果展销会上，外商、港商对珍稀的岭南佳果新品种刮目相看，当场签订达 100 万美元的购货合同。一度声誉不佳的岭南佳果开始恢复名誉了。

（新华社广州 1988 年 6 月 11 日电）

汕头市早稻平均亩产超过 800 斤

广东省汕头市今年种植的 232 万多亩早稻，平均亩产达到 823 斤，比历史最高水平的 1983 年同期增产 26 斤。

汕头市管辖九个县（市），许多县是全国闻名的水稻高产区。党的十一届三中全会以来，汕头市积极调整农业内部结构和生产布局，腾出一部分土地发展经济作物。五年来，全市累计共减少粮田面积 90 多万亩，但是，由于单位面积产量不断提高，粮食总产量不仅没有减少，五年累计反而增加三亿多斤。

汕头市去年早稻平均亩产达790多斤，在全省、全国都名列前茅。今年以来，汕头市通过贯彻中央1984年一号文件，延长土地承包期，农民积极向土地投工投资，大面积推广良种，促进了早稻增产。澄海县的农业和科技部门，派人到农村同许多生产单位签订技术承包合同，在水稻栽培上推行良种良法，夺得早稻大丰收。全县17万多亩早稻，平均亩产达930斤。

（新华社广州1984年8月15日电）

普宁县搞好水果加工和贮藏保鲜工作
果业产值大增

广东省普宁县从加工和贮藏、保鲜起步，为发展水果生产开路，使产品优势变为商品优势，增值增收。

去年，普宁县水果获得丰收，总产量超过7.5万吨。在水果收获旺季，普宁县把鲜果运销各地的同时，就地进行加工、贮藏、保鲜，没有出现积压、跌价的现象，保护了果农的经济利益。据统计，去年全县共加工和贮藏、保鲜水果4.5万吨，比出售鲜果增值3 420万元，增值九成多。去年全县水果的产值超过一亿元，占农业总产值的20%。

现在，普宁县水果加工和贮藏、保鲜网点遍布各个区乡，全县国营、集体、个体和联营水果加工厂已发展到380多家，加工的各种蜜饯等就有300多种。去年共加工水果两万多吨，蜜饯酥梅、化皮榄、五香榄等品种畅销国内市场，部分产品还远销东南亚和欧美市场，创汇50多万美元。

水果的收获期比较集中，过去，普宁县每逢鲜果登场，山区和部分丘陵区经常出现卖果难的现象，影响了果农的生产积极性。针对这种情况，这个县在开放水果市场，疏理流通渠道的同时，采取就地收果、就地加工的措施。县乡镇企业管理局和工商、银行、税收等部门在农民办厂开业的审批、发证手续和贷款、税收等方面提供方便和给予优惠，主动积极协助加工厂搞好经营管理、提供信息、培训技术人员等，促进水果加工业的发展。这个县还把发展水果的贮藏、保鲜作为科研的攻关项目，县科委同上级科研单位挂钩，研制、推广水果的保鲜技术，使香蕉的保鲜时间达到一个月，潮州柑的保鲜时间可达半年以上。

（新华社广州 1986 年 5 月 11 日电）

粤东灾区群众积极恢复生产重整家园

遭受今年第七号强台风和大暴雨、大海潮袭击的汕头市和梅县、惠阳地区的干部和群众，受灾后全力以赴恢复生产，自力更生消除灾害影响。

7 月 14 日，粤东很多乡镇还在洪水包围之中，中共广东省委和省政府的一些领导同志先后分赴灾区了解灾情，同当地干部群众一起安排抗灾抢险工作，制定生产自救措施。省里的农业、水电、交通、财贸、民政、医疗卫生等十多个部门，也派出工作组深入灾区展开调查研究，同时调拨生产资金、医药、种苗及化肥、农药、建筑材料等，帮助灾民解决重整家园、恢复生产的各种具体问题。

目前，粤东灾区已经恢复正常的生活、生产秩序。被洪水淹浸过的梅县市、汕头市、揭阳县等地，虽然还可看到树梢上缠挂的稻草、蔗叶、碎布等灾痕，但大街小巷已经打扫得干干净净。

这些城镇工厂正常开工，商店恢复营业，集市贸易兴旺，物价稳定。灾区各地的上万户因房屋倒塌而无家可归的灾民，已全部得到安置。

“大暑”前后正是夏收夏种大忙季节，粤东灾区每天出动300多万劳动力，抢收水稻、番薯、花生；扶正倒伏的甘蔗、香蕉等高秆作物，同时进行培土和追肥。据不完全统计：灾区目前已收割的水稻面积约占八成；补播被洪水浸死的晚稻秧苗约九万多亩。海丰县提出“早造损失晚造补，粮食损失经济作物补，农业损失工副业补，自力更生消除灾痕”的口号，全县上下一条心、亲帮亲、邻帮邻，轻灾的乡村支援重灾的乡村，提早完成了早稻收割任务，还想方设法扩大晚稻种植面积，利用坡地抢种番薯、杂粮。这个县的大部分渔船，台风暴雨过后就扬帆出海，五天时间共捕鱼2 680多吨。

灾区各地在抢收抢种的同时，还安排劳动力维修被损坏的水利设施。汕头市所属各县群众，夜以继日投入堵口复堤。全市180多处崩塌的重点堤围，目前已堵复约100处。人民解放军广东省军区除驻守在灾区的部队全力以赴参加抢险抗灾外，还调集指战员700多人，车辆200多部及一批工程机械赶到灾区，参加修筑桥梁和堵口复堤工作。

（新华社广州1986年7月28日电）

澄海县加高加固江海堤围

广东省澄海县坚持维修加固江海堤围，增强防灾抗灾能力。

今年第七号强台风伴随着大暴雨、大海潮袭击粤东地区，许多市、县堤围决口，洪水泛滥成灾。在同样的自然灾害袭击下，澄海县境内的140多公里江河堤围和70多公里海堤，却没有一处决口，确保了人民群众生命财产的安全。

澄海县六合围有拦海石堤30多公里，在今年第七号强台风袭击中，石堤段多处出现险情。今年“寒露”时节，记者来到六合围，只见堤围险段已全部维修加固。民工们运来大石块，把原来标高六七米的石堤，砌高为八米，并用水泥砂浆填缝。大堤外坡用石块砌成，延伸至海底，内坡用优质黏土培成，铺上草皮。澄海县水利局的干部对记者说：“眼下，全县的70多公里海堤，全部砌成石堤，其中八成石堤的标高达八米，能正面挡住十一级台风和大海潮的冲击。”

澄海县濒临南海，地势低洼，韩江下游四条支流横穿县境出海，防风、防潮、防洪的任务相当艰巨。虽然这个县水利设施基础较好，县人民政府和水利部门仍然居安思危，年年开展以加高培厚江海堤围为中心的水利建设。历史上多次遭受崩堤决口之苦的澄海县农民，把修水利当作农业的生命线。在开展水利建设中，澄海县坚持“民办公助，合理负担”的原则：县里筹集一部分资金、器材，并按农田受益面积，把派工、派钱、派物的任务分配到区、乡；区、乡根据实际情况落实到户。据统计：自1981年以来，全县平均每年集资400多万元，投工240多万个劳动日，完成土石方120多万立方米。

澄海县还重视江海堤围的管理保护工作。县里每年在汛期到来前都对堤防安全进行检查，做到及时排除隐患。县里还组织起一支一万多人的常年抗灾抢险队伍，定段定点备足抗灾抢险物资，落实了堤围防守责任制。

（新华社广州1986年10月23日电，与李建扬合作）

个体户开辟出粤赣边粮食通道
普宁县粮食虽减产但米价平稳

广东省普宁县洪阳区的个体户翻山越水开辟出了粤赣边粮食通道。正当粤东缺粮区青黄不接的时节，记者来到洪阳区，但见公路上、江河里满载江西稻米的机动车船络绎不绝。

眼下，洪阳区公所附近十多家碾米场坊的机器日夜不停地运转。白天，100 多个个体粮食摊遍布街头路口。小小的洪阳区，现在竟成了赣南地区议购议销粮食的一个集散地，也是粤东农村最大的粮食集市，仅年经营粮食约 100 万公斤的个体户就有近 20 家。据粮食部门的统计：这里一年经营的议价粮不下 3 000 万公斤，其中个体户经营的达 2 500 万公斤。这些个体户有的到产地随行就市直接收购；有的与江西省各县的粮油贸易公司签订购销合同；还有的同产地粮油贸易公司联合经营，所得利润按比例分成。然后他们通过公路、铁路、水路把粮食运回广东。粤赣边粮食通道就这样开辟出来了。区公所的一位干部说，这里虽然今年遭灾减产，但市场米价一直保持平稳，农民心里踏实，这应该给个体户记一大功。

（新华社广州 1986 年 11 月 10 日电）

附：粮食渠道畅通　秋荒人心不慌

《个体户开辟出粤赣边粮食通道　普宁县粮食虽然减产但米价平稳》，全篇不足 400 字，乍看平淡无奇，但它向读者提供了粮食购销体制将进行重大改革的重要信息。

粮、油、糖等主要农产品一直是属国家统购统销的产品。中国是缺粮大户，改革开放先走一步的广东省，粮食的购销问题也不允许完全放开，只允许采取灵活措施，在历来缺粮的地区开一个小窗口、有计划、有节制地实行市场调节，实行多渠道经营购销。这种做法虽不算“闯红灯”，却被戏称为打“擦边球”。

1986 年的夏秋间，粤东地区多次遭受强台风和暴雨的袭击，向来缺粮的普宁县雪上加霜，粮食减了产，青黄不接的秋荒抬头，集市的粮价暴涨，人心浮动。起初，市场管理部门采取强硬措施打击哄抬粮价，限价销售。这本来是正常的做法，殊不知事与愿违，更加重了供求矛盾。究其原因：小商贩和运销户觉得乏利，消极对待，外地的粮食运不进来，集市上粮食储备少，米价非但降不下来，反而转入黑市交易，价格更昂贵，缺粮户怨声载道。

普宁县洪阳区市场管理部门认真总结了以往市场“一放就乱，一管就死”的经验教训，运用经济杠杆，在合理限定米价的同时，放开经营。这样一来，运销户和小商贩觉得有利可图，积极开辟粮源，到江西省粮产区随行就市直接收购粮食，源源不断运回洪阳区销售。价值规律起作用，用不着施行行政手段，粮价自行降下来了。尽管是青黄不接的秋荒，但粮价稳定，人心也稳定。

小小的洪阳区，竟发展成为粤赣两省议购议销粮食的重要集散地，也是粤东农村最大的粮食集市。十多家碾米场坊的机器日夜运转，100 多家米店遍布街头巷口。但见这边厢江河里满载江西稻米的机动船艇首尾相随；那边厢公路上从福建省漳厦地区、广东省珠江三角洲地区来洪阳购买稻米的汽车络绎不绝。

2010 年 4 月 25 日

澄海县用河沙贝灰烧砖不毁田挖土

广东省澄海县采用机械蒸制新工艺，以河沙贝灰为原料烧砖，不再毁田挖土，为生产砖瓦提供新经验。

澄海县地处韩江三角洲下游，河流纵横交错，河沙和海贝壳资源丰富。第一条贝灰砂砖生产线在澄海试产获得成功后，县政府统筹规划，合理布局，先后在义丰河、莲阳河、新津河出海口建立10条制作贝灰砂砖生产线，改变了以往用黏土制砖的做法。现在，澄海县形成年产贝灰砂砖9 800万块的能力。经鉴定：贝灰砂砖的硬度、抗拉指标均达到国家规定的质量标准，而且造价低廉，规格整齐，便于堆砌。

（新华社广州1990年6月7日电）

潜海捕捞和浅海养殖在粤东悄然兴起

一种新的捕捞方式潜海作业，在粤东海丰、陆丰等县渔村悄然兴起。

现在，渔民身着潜水服，头戴氧气罩，潜水深度可达十多米，作业时间可持续一整天。

陆丰县湖东镇新洲村去年潜海捕捞海胆、鲍鱼、海螺达8.7万公斤。全村潜水捕捞队已发展到340多人，其中180多人远达粤西、海南、福建海域开拓新的捕捞场地。

南澳县渔民充分利用浅海水层，发展人工饲养鱼、蚝、蟹和海藻、海贝，被誉称为“海上菜园”，成为海鲜出口基地。

地处闽粤海上交通咽喉的南澳岛是广东省面积最小，人口最少的一个岛县。太平洋牡蛎养殖面积居全国之首，养殖龙虾、石斑鱼也有相当规模，还在广东省率先兴办人工育苗养殖鲍鱼，先后放养仔鲍 6.5 万粒，长势喜人。

深澳湾养殖场发展海水养殖从生长期短，生长快入手，发展牡蛎、贻贝、紫菜、花蛤，一年半载就可以收获，投资经济效益高，成本低。去年，这个养殖场养殖蛤、贻贝、牡蛎约 1 000 亩，还养殖石斑鱼、鲷鱼、龙虾、对虾等，其中养殖石斑鱼 2 080 箱，产量 1 000 多吨，创值 1 000 多万元。

（新华社广州 1990 年 6 月 18 日电）

广东侨乡澄海县建立起外向型经济结构

广东侨乡澄海县建立起外向型经济结构。

据统计，去年澄海县“三资”企业产值，正常对外贸易、来料加工缴费共达五亿多元，外向型经济比重占工农业总产值的 43%。今年外贸出口继续保持良好势头，头五个月出口商品收购总值比去年同期增长 16%。

现在，澄海全县 13 个镇，各镇都有外向型企业，并建立了一大批出口商品生产基地，出口产品主要有毛织品、小五金、小塑料制品、渔网、抽纱、服装、工艺品、粮油、果蔬、土特产等，行销 20 多个国家和地区。

（新华社汕头 1991 年 7 月 18 日电）

潮汕灾区迅速恢复生产

严重遭受台风暴雨袭击的潮汕地区，党政军民齐心协力抗灾，迅速恢复生产。

今年第七号强台风在汕头市区登陆后，连日来，汕头市迅速组织力量抢修被毁坏的输变电线路及通讯交通设施。各工厂、企业全力以赴维修受损厂房、机器设备，安排生产。汕头经济特区管委会组织突击队，帮助“三资”企业维修受损厂房和机械设备，把原材料、半成品转移到安全地点。现在，特区的400多家“三资”企业都已恢复生产，其中80%已恢复原来的生产能力。

汕头农村每天出动200多万人次，起早摸黑抢种秋薯等农作物，对倒伏的甘蔗、香蕉等高秆经济作物进行扶正培土。澄海、饶平、潮阳等县集中人力、物力、财力，抢在下次风潮灾害发生前全面抢修和加高加固受损的水利工程设施和海堤、河堤险段。

（新华社汕头1991年7月26日电）

侨乡潮阳面貌可望三年发生巨变

中国著名侨乡——广东省潮阳县的面貌可望三年内发生巨变。该县为此制订的一个庞大的发展计划，目前进展顺利。

潮阳是个拥有200万人口的大县，地处潮汕平原，人多地少，历史上到港澳及东南亚、欧美地区谋生者众多，全县旅外同胞逾百万人。

中共潮阳县委书记郑睦鑫日前在接受本社记者采访时表示，要“内外同心、实干三年、振兴潮阳”。

郑睦鑫说，潮阳县在1992年要力争实现社会总产值43亿元，工农业总产值22亿元。

据介绍，根据实际情况，目前潮阳县主要办好五件事，即一个县城、两个港口、三个市场、四个产业区、五个配套。“一个县城”就是对棉城进行改造、建设；“两个港口”是改造在搞活潮阳经济中具有重要意义的海门港和关埠港；“三个市场”是进一步搞活峡山、两英和谷饶市场；“四个产业区”是开发工业加工区、水产养殖区、粮食高产区和林果试验区；“五个配套”是电信、能源、交通、供水和服务的配套。

目前，潮阳县城——棉城的改造、建设正在紧锣密鼓地进行。县政府最近在组织修编《县城总体规划》中，确定以30万至50万人口规模的中等城市格局进行建设，并已聘请中国城市规划设计研究院承担修编任务。

郑睦鑫说，今年棉城规划建设的主要项目有21个，其中包括新建和拓宽改造五条主要道路，五个住宅区，以及扩建和新建电视台（塔）、中学、公园、宾馆、文化设施和若干经济发展中心等。这些项目完成后，将使潮阳县城面貌大大改观。

陪同记者参观的一位当地官员介绍说，按照城区改造规划，在1991年至1993年三年内，每年将新建商品房十万平方米，今年年底可完成十万平方米，到明年三月累计可达15万平方米，这个建筑规模相当于新中国成立后至1990年40年间棉城住房建筑面积的总和。

中国实行改革开放以来，特别是1987年国务院批准潮阳为对外经济开放区后，潮阳经济持续发展，农业连续三年丰收，并成为全国两个“吨谷县”之一。

目前，潮阳这个农业县已形成了电子、机械、轻工、食品、玩具、纺织、服装、制药、音像材料、塑料制品、工艺美术、建筑材料等门类比较齐全的工业体系。去年，全县工农业总产值达16.2亿多元，比前年增长16.4%。

（新华社汕头1991年10月8日电，与姚达添、胡创伟合作）

侨乡潮阳外向型经济迅速发展

今年以来，中国著名侨乡潮阳外向型经济迅速发展，并出现了新办企业多、投资规模大的喜人趋势。

据统计，上半年全县新办外向型企业72家，其中“三资”企业16家，“三来一补”企业49家，吸引外资6 000多万港元，引进设备3 000多台（套）。

该县的峡山镇，重视改善投资环境，外向型企业有较快发展，上半年新办了中外合资企业九家，“三来一补”企业14家，总投资6 700多万港元，其中吸引外商投资4 600多万港元。

近年来，潮阳县注重引进科技人才和对涉外企业管理人员的培训，提高人员素质。全县从外地聘用工程师、技师等500多名，担任企业顾问和老师，为乡镇企业培养出一支10万人的技术队伍。该县司马浦镇今年以来已举办涉外企业管理干部、计量管理、质检员等专业培训班十多期。

中国实行对外开放以来，特别是1987年国务院批准潮阳为对外经济开放区后，潮阳对外经济贸易迅速发展。

1979年至1990年，全县共利用外资2 300多万美元，工业生产设备得到更新改造，产品档次不断提高；兴办“三来一补”企业300多家，“三资企业”71家，从事对外加工生产人员3.7万多人。

目前，全县建成了11个出口商品生产基地，拥有六家专业进出口公司，600多家出口生产企业，有十大类140多个出口商品远销欧美、中东和东南亚地区，近几年每年外贸出口商品收购总值均超两亿元人民币。

（新华社汕头1991年10月11日电）

于若木呼吁开发海藻类资源

“希望我国沿海各地大力开发海藻类食品，为国民体质的提高做出贡献，因为它是价廉物美、男女老少咸宜的食品。”

这番话是著名营养学专家、中国保健食品协会名誉会长于若木在此间召开的南澳县汕头海植保食品饮料厂开发海藻晶、海带晶、海萝晶系列新产品新闻发布会上说的。

于若木说，海藻类不仅含有较高的蛋白质、碳水化合物，而且维生素、矿物质和微量元素也比较齐全而平衡。现代海洋学、医学、营养学都证明了海藻类的营养价值和医药治疗价值。

（新华社汕头1992年2月12日电）

谢绍河培育有核珍珠成功

广东澄海县新溪珍珠场场长谢绍河人工培育淡水有核珍珠获得成功。

谢绍河首批收获的有核珍珠达50多公斤，每粒直径7到8毫米。行家说这种有核珍珠产量之高、质量之好均属罕见。

培养淡水有核珍珠是一项高科技项目。淡水有核珍珠产品质量档次高，色彩多样，珠层厚和使用寿命长。

1991 年 6 月，在广州召开的第六届中国珠宝首饰交易会，云集了海内外各地的珠宝行家里手。当谢绍河提着晶莹夺目的淡水有核珍珠走过来时，外商们眼前一亮。在洽谈生意时，纷纷表示愿意成为淡水有核珍珠的经销商。

（新华社汕头 1992 年 4 月 13 日电）

广东潮汕地区暴雨成灾

受今年第十二号强热带风暴的影响，潮汕地区汕头、揭阳、潮州市普降暴雨至特大暴雨，造成灾害。

这个强热带风暴自生成起就在汕头海面回旋了几天，于 19 日 8 时在闽粤边饶平县沿海登陆。自 16 日至 19 日，潮汕地区三市沿海普遍降暴雨至特大暴雨。澄海县降雨量 327 毫米；南澳县降雨量 514 毫米，其强度为百年一遇。

大暴雨使潮汕地区遭受灾害。324 国道樟林至盐鸿路段漫水达一米深；南澳县城后宅积水深达一米多；饶平县有 2.2 万多人被洪水包围，且有伤亡。沿海地区造成不同程度农田受浸、鱼塘漫基、房屋倒塌、堤围决口、水利设施受损坏。

灾情一出现，各市、县立即组织人力物力到灾区第一线抢险抗灾。眼下各地正全力以赴排除积水、查苗补苗、复修堤围，妥善安排灾民的生活。抗灾复产工作正在加紧进行中。

（新华社汕头 1992 年 8 月 20 日电）

广东揭阳设经济开发试验区

广东省人民政府日前批准设立“揭阳经济开发试验区”。

揭阳是新设立的地级市，辖揭东、揭西、普宁、惠来县和榕城区。该市政府主要负责人、揭阳经济开发区管委会主任陈喜臣向新闻界宣布：“热诚欢迎海内外客商到‘试验区’投资办厂。”

陈喜臣说：“试验区将坚持多形式、多渠道、多层次吸引外资和先进技术，允许海外客商在试验区内进行多元化的投资和经营；鼓励外商投资基础设施建设项目，高新产业和出口加工业；同时允许外商投资房地产开发、商业贸易、旅游服务以及开发性出口创汇企业等。”

据悉，揭阳市政府已批准试验区 19 平方公里总体规划，地点设在市区东南部、三面环江的渔湖半岛。首期开发四平方公里，一批供水、供电、通信、道路、桥梁、港口等基础设施项目即将动工兴建。

陈喜臣说，为鼓励更多客商到试验区投资，兴办实体经济，市政府正在制定一系列的外商投资的优惠办法和措施，从用地、用电、用工、税收、结汇等方面对客商予以优惠。

（新华社汕头 1992 年 9 月 24 日电）

专家为侨乡潮州确立经济发展新思路

经济界专家、学者为侨乡潮州市出谋献策，提出破除古城意识，发展外向型经济的新思路。

11 月 2 日至 5 日，来自北京、上海、天津、广州、重庆、汕头等地的一大批经济专家、学者，在潮州市经济社会发展战略研讨会上提出，潮州市发展外向型经济，重点应建设“一港三区三大市场三大基地”。

“一港”即综合开发柘林湾三百门港区，集交通、能源和原材料基地建设于一身，兴建二座大型发电厂和一批化工原料等基础产业，形成一个新兴的港口城市。“三区”即兴办市区、庵埠（潮安县）、黄冈（饶平县）三个经济技术开发区。“三大市场”即兴办饶平粤东农副产品批发市场、庵埠食品市场、市区中心市场。“三大基地”即发展以凤凰单丛茶、岭头白叶单丛茶为主的茶叶生产基地，以鳗鱼养殖为主的水产基地，以果蔬加工为主的农副产品加工基地。

（新华社广州 1992 年 11 月 6 日电）

侨乡潮阳县跻身全国百强县之列

广东省潮阳县最近被评为全国百强县之一，居第 14 位，在广东省内仅次于南海和顺德。

潮阳县地处粤东，隶属汕头经济特区，是一个置县于 1595 年的文明古县，也是全国经济开发区和著名侨乡之一，人口 207 万，旅外华侨、港澳台同胞 200 余万。

这次评选全国综合实力百强县的活动，是由国家统计局、国务院发展研究中心联合举办的。他们根据 12 项指标的完成情况从全国 2 000 多个建制县中评选出 100 个综合实力最强县，并排列出名次。

中国实行改革开放政策以来，潮阳县经济建设和社会事业取得了令人瞩目的成就。据统计，13 年中该县国民经济主要指标平均每年递增 14% 左右。

据介绍，潮阳县粮食生产 1989 年至 1991 年连续三年实现“吨谷县”；绿化造林三次被评为全国先进县；全县建成商品化、出口型的水果种植、水产养殖基地 20 多个；海门渔港年捕捞量超过四万吨，产量居广东省各渔港第二，整个农村由“单纯的农业型”向“农工建运商综合型”转变，1991 年农业商品率达 72. 3%，从事非农业劳动力占农村劳动力的比重，已从 1978 年的 8% 提高到 45. 8%。

潮阳县工业发展速度快，1991 年工业总产值达 18. 5 亿元人民币，比 1978 年增长 10. 3 倍。今年 1 月至 10 月工业产值达 20. 29 亿元人民币，比去年同期增长三成以上。该县现有工业企业 7 000 多家、产品 3 000 多种，形成了门类较为齐全的工业体系。有 27 项产品获部优、省优称号，18 种产品填补国家和广东省的空白。

潮阳县外向型经济发展迅速。全县兴办“三来一补”企业 300 多家，“三资”企业 158 家，累计利用外资 8 300 多万美元。全县建成对外加工区 16 个。有三家投资超亿元外商独资项目已经签约，今年年底前将开工建设。外贸出口活跃，全县拥有出口生产企业 600 多家，出口商品生产基地 11 个，设有进出口货物装卸点和海关办事处，每年有十大类 140 多个商品远销海外市场。1991 年外贸出口收购值比 1978 年增长七倍。今年 1 至 9 月外贸出口收购值达 2. 53 亿元人民币，比去年同期增长三成。

中共汕头市委常委、潮阳县委书记郑睦鑫对本社记者说，近几年内，潮阳要围绕发展经济这个中心，着力抓好基础设施建设，城镇建设和其他配套建设，其中包括加紧县城——棉城旧城区的改造和新城区的开发；把海门港和关埠港改造为深水港；建设粮食、水产、水果、工业加工等四个产业区；抓好能源、交通、电信、供水、服务五个方面的配套建设等。

（新华社汕头1992年11月8日电，与姚达添合作）

普宁水果年创汇千万美元

广东省普宁市已成为华南水果生产基地之一，目前水果及其加工品年出口创汇超过1 000万美元。

据统计，普宁目前已建成了以潮州柑、青梅、橄榄、油甘为主的四大水果生产基地，总面积达53万亩，形成总长100多公里的果林带和23个连片5 000亩以上的果林基地，家庭式的小果园上万户。水果及其加工品行销全国各地，去年出口创汇超过1 000万美元。

普宁水果生产已逐步形成贸工农一体化的格局。这个市改进了保鲜和包装技术，拓展了流通渠道，1992年至1993年，普宁供销（集团）公司销售柑橙2.8万多吨，其中出口1.2万多吨，创汇达800万美元。水果加工也从传统的初级加工向深度加工转变，不断增值。

（新华社广州1993年10月31日电，与林金弟合作）

闽粤赣边兴起边界贸易

广东省饶平县，积极建设市场，省际边界贸易日益繁荣。

据饶平工商行政管理部门统计：1993年1月至10月，饶平省际边界贸易总额达 1.2 亿元，占全县集市贸易 31%。现在，这个县省际边贸辐射已伸延到福建、江西、浙江、山东、湖北等省市。

饶平县地处闽粤交界处，县城黄冈镇历史上曾是闽西、赣南、粤东的农副产品集散地之一。每天过往机动车辆数以万计，当地的水果、水产品、山货、南药资源丰富。

饶平县不失时机地搞好市场建设，为南来北往的商贩提供完善的服务措施，建设理想的贸易场所。目前，总面积八万多平方米的 33 个市场，形成大中小型结合，专业、综合、批发、零售结合的市场网络。

位于闽粤赣三省交界处的侨乡梅州市，利用外资建设一批贸易市场，为发展闽粤赣边际贸易，繁荣山区经济做出贡献。

梅州历史上是闽粤赣边山区农副产品的集散地之一。福建、江西大批山货土特产运到这里参加贸易，梅州的小百货也通过边际贸易进入福建、江西内地。为了适应边际贸易迅速发展的需要，梅州市吸引外商和港澳台商合资或合作建设贸易市场。去年以来，先后有十多家外商、港澳台商参与梅州的市场建设。全市计划今明两年新建、改建和扩建市场共 125 个。

（新华社汕头 1994 年 1 月 1 日电）

汕头市再创全国早稻单产纪录

水稻单产多年来居全国领先地位的汕头市，立足于防灾抗灾夺丰收，今年再创早稻高产纪录。

汕头市辖下的澄海市，荣获全国双季稻“吨谷县”五连冠，今年全市 13.42 万亩早稻平均亩产 555 公斤，比去年同期增产 6

公斤。盛洲、石头坑两个管理区早稻平均亩产都超过650公斤。

汕头市辖下的潮阳市，今年33.24万亩早稻，平均亩产525公斤，总产和单产项创历史同期最高水平。关埠镇2.3万亩早稻，平均亩产超过600公斤。

今年，汕头市立足于防灾抗灾夺丰收，各级领导机关和职能部门继续开展粮食高产示范田活动，采取推广良种、培育壮秧、机耕办田、提高地力等增产措施，获得明显的增产效果。

（新华社汕头1994年8月1日电）

饶平县拓展远洋捕捞业

广东省饶平县拓展远洋捕捞业，显示出现代化捕捞生产能力。

饶平县地处闽粤交界处，濒临南海，发展海洋捕捞条件优越。目前，全县从事海捕生产超过一万人，拥有机动渔船1 519艘，具备了拖围刺钓各种捕捞形式和深中浅海渔场作业能力。

近年来，县里选派一批吨位大、功率高、网具较先进的机动渔船，跨出家门口的浅海，到汕尾、甲子、万山、台湾浅滩等中深海渔场试捕，并取得了良好的经济效益。

饶平县渔船过港生产取得了经验后，千帆竞发，到东海、黄海、渤海捕捞。1993年，有八艘远洋渔轮出国打鱼。这样，使全县海洋捕捞产量节节上升，1993年海捕总产量39 986吨，产值超亿元。今年上半年，虽受不正常气候的影响，产值仍比去年同期增长10%。

（新华社汕头1994年8月11日电）

潮州市抓好基础建设　促进经济发展

广东省潮州市着力搞好基础设施建设，促进经济发展。

两年多来，全市共投入30亿元兴办一批重点基础设施项目。境内主要公路全部拓宽；广梅汕铁路潮州路段正在兴建；凤城火力发电厂首期工程已建成投产，永明发电厂工程和潮安发电厂正加紧建设；市区自来水厂正在扩建；市、县和大部分乡镇实现电话程控化并开通移动电话。

抓基础设施建设，改善了投资环境，使潮州市对外商的吸引力增强。两年多来，全市新办“三资”企业778家，实际利用外资3.3亿美元，分别为前13年总和的6.7倍和11倍。引进外资促进了外向型经济的发展。去年，全市外贸出口总值3.35亿美元，比1991年增长1.6倍。

（新华社汕头1994年9月15日电）

岭南佳果富惠来

历来以山多、草多而被称为“草县”的惠来县，现在已变成了四季佳果飘香的“水果县”。

在惠来境内，昔日连绵的荒山秃岭，现在果园连片，荔枝、龙眼、香蕉、柑橘、芒果、菠萝、青梅等岭南佳果一年四季不断。据统计，目前全县水果种植总面积已达28万亩，今年仅荔枝总产量就超过1万吨，产值超1亿元。连年来每年种植芥菜、大蒜、大葱、萝卜等瓜菜面积均超过 10 万亩，仅今年春收瓜菜产值就达 1.2 亿元。

惠来县在资金紧缺的情况下，积极引进国内外资金，开发农业，种果种菜。并引导农民采用资金入股、劳力入股和土地入股等办法，兴办股份制果菜生产基地。荔枝是惠来县传统的水果，由于拓展多元化经营管理，调动多方面的积极性，连片种植，目前新种荔枝面积超过 10 万亩。

为了开展水果的综合利用，目前惠来县兴办了国营、集体和个体的水果加工企业 160 家，年加工水果 3 200 多吨。全县还办起蔬菜腌制加工厂场 100 多家，产品畅销国内外。

（新华社汕头 1994 年 9 月 26 日电）

普宁洪阳镇有个“电话街”

普宁市洪阳镇一条不足 400 户的狭窄小街道，目前安装上程控电话的达 348 户，占整条街住户的九成以上。人们称它为“电话街”。

这条街叫中山街，宽仅五六米，沿街两边尽是并排着参差不齐的二三层楼房。别看它外表简陋陈旧，各个店铺里的装修却很时髦，时装、塑料制品、小五金、家用电器及山货土特产等，琳琅满目。夜晚，色彩缤纷的霓虹灯把街道装扮成一条彩带，一派繁荣景象。

洪阳镇繁荣的商贸活动和通信设施建设互相促进、共同发展。用户说：“电话通四方，商家不出门。”

古老圩镇洪阳的新崛起，把原来的 120 门的人工磁石交换机送到陈列馆。1992 年电话扩容到 1 600 门，仍远远跟不上商贸活动发展的需要。去年，他们投资 1 200 多万元，兴建起综合通信大楼，并上程控电话 4 000 门，缓和了电话的供求关系。目前，洪阳镇装上程控电话的达 2 600 多户。

（新华社汕头 1994 年 10 月 10 日电）

汕头今年水稻亩产达 1 048 公斤

汕头市今年水稻再创高产纪录，连续四年实现亩产稻谷过一吨。

据统计，汕头市辖下的潮阳市、澄海市和南澳县，今年晚稻种植面积达 45. 88 万亩，平均亩产达 510 公斤，亩产比去年同期增加 16 公斤。加上早稻产量，全市双季稻年均亩产达 1 048 公斤，举全国前列。

（新华社汕头 1994 年 11 月 24 日电）

四季有果全年飘香，揭阳建成果园百万亩

时令已是小雪，广东揭阳市的果园仍然郁郁葱葱，香蕉吐蕾，柑橘、橄榄等挂满枝头。

揭阳已成为名副其实的“水果之乡”。从沿海、平原到丘陵、山地，四季飞花，全年佳果不断。据统计，全市已建成荔枝、潮州柑、香蕉、龙眼、橄榄、青梅、油甘及杨梅、阳桃、黄皮、桃、李等水果生产基地逾 100 万亩，年产水果 35 万多吨，创值 5

亿多元，出口创汇达 2 500 万多美元。

揭阳市根据境内有山有海有平原的不同地形、气候特点和自然资源优势，合理调整生产布局，形成各自的水果拳头产品。普宁市建立以青梅、油甘、橄榄、柑橘为主的生产基地；惠来县建立以荔枝为主的生产基地；揭东县、揭西县和榕城区则建立香蕉、龙眼生产基地。农业科技部门建立一批良种繁育基地和试管苗生产基地，年培育各类苗木 7 000 多万株，促进水果生产发展。

目前，揭阳市水果生产已向规模化、集约化方面发展。种果在 20 亩以上的达 1 683 户。惠来县专业户田建伟先后投资 150 多万元，种植优质荔枝 1 600 多亩，被誉为“种果大王”。揭阳市还着力发展水果加工业，目前，全市水果加工企业 221 家。台商独资企业大立食品有限公司，年加工青梅等 1 000 多吨。

（新华社汕头 1994 年 12 月 1 日电）

澄海市崛起混合型经济实体

澄海市崛起一批多种经济成分兼蓄的混合型经济实体，显示出旺盛的生命力。

在激烈的市场竞争中，澄海市的一部分企业因规模小、资金少、技术低、人才缺而经不起冲击。为了企业的生存，他们寻求合作伙伴，实行多种经济成分之间的双边合作或多重合作，顺应了市场经济的发展。目前，全市已有各种混合型企业 200 多家，今年 1 月至 11 月，创产值 7 亿多元，占全市乡镇企业总产值的 25%。

（新华社汕头 1994 年 12 月 13 日电）

野生动物重返潮州山林

广东省潮州市封山育林取得成效，一批濒临绝迹的珍稀野生动物重返山林，繁衍生息。

在潮州市下辖的潮安县及饶平县北部山区，山民们已经陆续发现山羊、大灵猫、小灵猫、穿山甲、巨蜥、大蟒的踪影，成群的鹦鹉、白鹭等在这里嬉戏翱翔，绝迹多年的金钱豹等珍稀野生动物近来也多次在山民眼前出现。

潮州市北部群山逶迤，山林面积达 17.4 万公顷。由于历史上曾毁林造田及缺乏保护野生动物措施，许多珍稀野生动物绝迹或濒临绝迹。近年来潮州市坚持封山育林，坚决贯彻“野生动物保护法”，有步骤地建立野生动物保护区，为野生动物重返潮州山林繁衍生息创造了良好条件。饶平县柘林镇的岛屿鸟类保护区，已发现60多种珍稀鸟类在此栖息。

（新华社汕头 1995 年 3 月 6 日电）

潮汕农民提早闹春耕

我国农业高产区的广东省潮汕地区，目前春耕生产正热气腾腾地全面展开。

今年，潮汕地区各级政府精心组织和安排春耕生产，广大农民元宵节前就冒着料峭春寒，整地耕田，培育壮秧。农资部门对春耕生产所需化肥、农药等生产资料，按时按质及时保证供应。

连续六年成为“吨谷县（市）”的澄海市，现已落实早造粮食种植面积16.15万亩，其中早稻13.5万亩，98%采用杂交稻良种，元宵节时就已全部播种完毕，目前秧苗嫩绿茁壮。澄海市今年建立了六个万亩高产片和三个千亩技术示范片，加上各级办的高产示范田，总面积达八万亩，占早稻总面积六成左右。

潮安县已落实早稻种植面积23.5万亩，比去年略有增加。为确保增产增收，潮安县大力增加投入，目前县里和上级投资农业的700万元已全部到位。镇一级也投资190万元，发展早造粮食生产。

（新华社汕头1995年3月9日电）

汕头加强冬种作物田间管理

广东省汕头农村下大力抓好田间管理，目前冬种作物长势喜人。据统计，全市共完成冬种面积42.54万亩，其中粮食作物16.53万亩，蔬菜22.76万亩，为夺取今年早造作物丰收打下基础。

汕头农业部门积极引导农民因地制宜发展市场适销对路产品，提高经济效益。广大农民改变过去“重种轻管”倾向，去冬今春对麦类、薯类、豆类等粮食作物普遍增施肥料；对冬种蔬菜勤浇水、施肥或中耕除草。目前，各地冬种作物已转入中、后期田间管理，蔬菜已陆续收获上市。

（新华社汕头1995年3月11日电）

广东大力恢复发展名茶——凤凰茶的生产

广东省潮安县凤凰公社，积极恢复和发展名茶——凤凰茶的生产。去冬今春，这个公社在凤凰山区新开茶园800多亩，又垦复老茶园4 000亩，新种的小茶树已吐芽长叶。

凤凰山海拔在1 300米以上，宜发展茶叶生产。当地群众有悠久的种茶历史。这里出产的凤凰茶历来畅销国内外，其中“单丛”“乌龙”等，为全国优等名茶品种。东南亚各国的许多华侨，把凤凰茶作为待客的上品。特级的“单丛”或“乌龙”茶具有很高的经济价值。

新中国成立后凤凰茶有很大发展。1966年前后，茶园已发展到一万亩左右，每年交售给国家的茶叶在2 500担上下。但是后来在林彪、“四人帮”的干扰破坏下，有人胡说“凤凰茶是专门为大肚佬服务的”，鼓吹所谓茶农不吃商品粮，加上茶叶的收购奖售政策不合理，结果大量毁茶种粮，茶叶生产一直处于徘徊倒退的状态，国家、集体、社员的经济收入都受到严重的损失。

党的十一届三中全会以后，凤凰公社党委在学习讨论党的工作着重点转移到四个现代化建设上来时，联系实际，总结经验教训，因地制宜地制订了山区生产发展规划，决定恢复和发展凤凰茶的生产。凤凰公社地处山区，耕地面积只有1.7万多亩，而可以建设茶园和种植其他林木的山地就有20多万亩，根据山区的自然特点，这个公社决定在全社32个大队中，把石古坪等11个在海拔800米以上的大队，定为以种茶为主的大队。这个规划制订后，山区群众情绪很高，纷纷上山垦荒，开辟新茶园，同时积极修复老茶园。石古坪大队最近新种了茶苗12万株。

（新华社广州1979年4月10日电）

汕头市农村已初步建成农产品出口生产基地

广东省汕头农村努力发展以创汇为主的开发性生产，已初步建成以鳗鱼、对虾、蔬菜、潮州柑、乌龙茶和农副产品加工等门类比较齐全的农产品出口商品生产基地。去年，全市农业出口创汇达 1.4 亿多美元，产品远销北美、西欧、东南亚、日本和中国港澳地区。

汕头在发展创汇农业中，充分发挥汕头经济特区的“窗口”辐射功能。他们将引进的优良种苗和先进加工技术设备，先在特区试种（养）、试用、筛选，择优向潮汕腹地推广。潮汕传统的出口蔬菜多为大路货，现在大面积种芦笋、甜玉米、西兰花、豌豆苗等高档蔬菜，成为国际市场的抢手货。潮汕沿海水产资源丰富，过去靠出口资源性产品，又受到季节、运距诸因素的限制，创汇能力很低，现在通过深加工和改进包装，把低值的资源性产品变成高档的出口商品。过去沿海的梭子蟹都在产地贱价出售，现在特区引进了梭子蟹加工生产线，渔民捕捞后就地进行初加工，再运到特区精加工为罐头，产品增值五六倍。去年共加工梭子蟹 3 000 多吨，产品在欧美市场供不应求。

汕头创汇农业的经营形式不拘一格，既鼓励单家独户经营，分散采集产品，又提倡集体、联合体集中连片种养。在生产布局和品种安排上，按沿海、丘陵、平原等不同地域发展不同项目，以乡村为单位连片集中种养，采取投标承包的形式，独户，联户，跨乡村、跨地区联合经营，把千家万户分散经营纳入基地建设的轨道。澄海县外砂镇大衙村以村为单位集体经营，统一安排品种、供应生产资料和收购产品，由个人承包管理。全村 1 620 亩蔬菜、水果连成一片。这个村还加工腌制出口凉果、咸水青豆、酸芥菜、贡菜等十多个产品，去年全村农业创汇达298万多美元。

汕头农村出口商品生产基地形成后，外贸、财贸、农业等部门也入股同生产单位联合结成经济实体，按产品门类建立起水产、水果、蔬菜、畜牧、茶叶等专业公司。专业公司的职能为基地提供信息、技术、资金、种苗、饲料和组织产品出口。形成了以专业公司为龙头、以生产基地为依托的产、供、销、加工、出口“一条龙”的商品生产体系。

（新华社广州1987年7月7日电，与王言彬合作）

昔日靠侨汇，今日争创汇

近来从海外回故乡探亲访友的潮汕籍侨胞都有一个共同的发现：许多过去依赖侨汇的侨属，现在已投入发展商品生产出口创汇的行列。

在人口稠密的潮汕平原上，上百个发展外向型轻工业、农副产品加工业的新城镇星罗棋布，成为网络汕头市的卫星镇。它们既是重点侨乡，又是创汇大户。

保留着古朴优雅的明清建筑风格的澄海县东里镇，向来默默无闻。现在这里生产的小五金工具、食品、塑料制品、抽纱、工艺服装等数十种产品，远销40多个国家和地区，出现了一批年创汇超过100万美元的镇办企业。

东里凉果厂的凉果出口量占广东省的三分之一，去年创汇达190万美元。凉果厂的职工大部分是侨眷属妇女。一位女工自豪地说：“俺以往依赖侨汇赡养，现在自食其力。”

盛夏的潮汕农村，妇女三五成群地围坐在榕荫下制作抽纱工艺品。抽纱是潮汕地区的传统手工艺，已从城镇扩散到农村千家万户。去年抽纱制品出口换汇约9 000万美元。

潮汕是著名的侨乡。这里人多地少，过去经济封闭萧条，许多侨属谋生无法，不得不依赖海外侨汇来维持家计。但是，开放促进了潮汕的开发。这里充分发挥侨乡的优势，引进外资、先进技术设备，发展“三来一补”企业和创汇农业，外向型经济迅速发展。据不完全统计，眼下潮汕从事外贸产品生产的单位不下3 000个，从业人员超过150万人。广大归侨、侨属已成为发展外向经济的主力军。

（新华社广州1988年8月3日电）

广东澄海实行家庭和集体承包效果好

广东澄海县农村近年来在实行家庭联产承包责任制的基础上，摸索出一条既调动家庭经营积极性，又依靠集体经济为农业生产提供系列服务的双层经营新路子，使小规模分散经营的耕地产出获得了规模效益。

所谓农村双层经营体制，是指在联产承包责任制的基础上，农民家庭承包经营和统一的社会化服务这两个层次的结合。澄海县根据本县情况，既鼓励农民实行家庭联产承包责任制，又保留部分耕地（占全县土地的15%），由集体承包管理。这样做可以进一步做好社会服务，使单家独户办不到的事情，由集体办。如对投资多、技术性强、规模大的农田基本建设等项目，则由集体经营。

地处潮汕平原的澄海县，水暖土肥，但平均每人只有0.35亩耕地。农民以六成的土地种水稻，四成的土地种甘蔗、花生、潮州柑、蔬菜等经济作物。去年，全县水稻平均亩产达1 153 公斤，人均年收入达1 000 元人民币。

该县莲上镇盛洲村村主任李大林介绍说，他们村的大宗农事活动，如机耕田地和浇灌农田等项目，都由村里的专业服务组承担；播种、育秧、施肥、防治病虫害等项目，则由农技站统一指挥，各户按时保质保量实施。这些服务受到了农民的欢迎，并取得了比过去一家一户经营好得多的经济效益。

这个县的盛洲村，把联产承包这种千家万户分散经营同双层经营、统一服务、加强管理结合起来，从而实际上适度减轻了农民的劳动强度，提高了劳动生产率。过去全村插秧和割稻分别需要十多天的时间，现在分别缩短到两三天内就可全部完成。已建立起农业生产服务系统的村镇，已占全县村镇的九成左右。澄海县农业局长赵世洋介绍说，这些服务系统能够为农民提供服务的项目包括：提供优良种苗种畜；提供农药、化肥、农用薄膜、小型农机具等；提供技术指导，包括作物栽培技术、禽畜和水产饲养技术、病虫害防治技术；提供机耕或畜力犁耕、农田电动排灌；为农户提供农副产品储存、运销或加工服务；为农户提供经济信息和定期聘请农科技术人员举办作物栽培、禽畜饲养专题技术讲座等。

专家们对澄海县实现以家庭联产承包责任制为基础的双层经营的评价是：以家庭联产承包责任制为基础的双层经营、统一服务，适应现阶段生产力水平和农民的觉悟水平，可取得较好的经济效益并有效地提高应用劳动生产率。

（新华社广州 1990 年 5 月 16 日电）

汕头集市持续兴旺　30 万农民参与经商

商品经济的发展使汕头农民有了双重身份：下地是农民，上市是商人。

目前，汕头农村各地已建成一大批开放型集贸市场，30 多万农民参与流通，加速了商品流通的速度。据统计，汕头全市 300 多个集贸市场，年成交额超过 26 亿元。

汕头各地的集市大多实行“店前销售，店后生产”的做法。由乡镇企业、个体工业户、种养专业户向市场提供产品，在市场摆摊设档推销，或由生产者与市场经营户实行联产联销，形成独特的经营方式。揭阳县进贤门市场的服装、塑料制品、小五金制品千姿百态，当地上千家乡镇企业、家庭工业制造的各种产品，通过市场源源不断销往全国各地，去年销售额超过两亿元。

汕头各地集贸市场在商品流通过程中充分发挥吸引功能和辐射作用，既输出本地产品，也引进外地产品。当地盛产的水果、蔬菜、禽畜、水产品及各种山货土特产和乡镇企业生产的服装、陶瓷制品、塑料制品、小五金制品、竹木制品等都大量批发运销全国各地。据工商管理部门统计，今年第一季度仅 39 个专业市场的成交额就达 3. 2 亿元。

（新华社汕头 1991 年 5 月 22 日电）

南澎岛成为海鸟的乐园

地处台湾海峡南端海面、昔日曾经战火纷飞的南澳县南澎岛，如今已成为海鸟过冬、繁殖的乐园。

踏上这座面积仅 0.3 平方米的南澎岛，但见小岛上空和海域，一群群羽色各异的白鹭、海燕、海鸥、鲣鸟竞相追风逐浪，嬉戏觅食。夏天正是海鸟聚集配偶、繁殖的季节，茂密的草丛、灌木丛中布满海鸟筑起的巢窝，鸟蛋和叽叽喳喳的雏鸟也随处可见。

据统计：现在南澎岛上已成为 60 多种珍稀候鸟的天然繁殖场，已发现的属国家重点保护的一、二级野生动物有短尾信天翁、白腹军舰鸟、黄嘴白鹭等共 15 种。最近，以南澎岛为中心的列岛海域被列为广东省候鸟自然保护区的重点实验区。

南澎岛处于亚洲鸟类南飞迁徙的海域必经之路，常年有 130 多种海鸟在这里落脚栖息、觅食。驻守在岛上的解放军某部指战员，恪守着爱鸟、护鸟的美德。他们从不捕鸟、拾蛋作菜肴。台风季节，指战员们经常冒着狂风暴雨，前往草丛中寻觅受伤的小鸟，带回军营救助。

（新华社汕头 1991 年 6 月 24 日电）

广东南澳县兴建风力发电场

素有“风县”之称的广东南澳岛，借助风力兴建了一批风力发电场，为工农业生产和人民生活服务。

日前，三座气势雄伟、高度各为26米的130千瓦风车发电机耸立于南澳中部的松岭山顶，风力发电第二期工程安装完毕，试机运行后发电。这是从丹麦引进的三部现代化的风机，总装机容量为300千瓦。

南澳第一期风力发电工程是于1989年从丹麦引进三部风能发动机，年发电量可达100万千瓦时。

南澳岛是我国利用风力资源的一个最佳风场。据气象部门测算：南澳在一年之中近300天有六级以上的风力。

据悉，由国家投资的南澳风力发电第三期工程，即将引进容量达3 000千瓦的风力发电机群，以每台150千瓦计算，可安装20台。连同前二期工程的风力发电机群，南澳将成为独具一格的风车县，构成我国当代规模最大的新能源——风力并网发电场。

（新华社汕头1991年7月7日电）

侨乡潮阳近六万农民成为“小老板”

过去长期背着“人多地少无出路”思想包袱的侨乡广东省潮阳县，开拓生产新领域，目前已有5.9万多户农民先后办起家庭工业或手工作坊，全县基本上达到户户有工做，村村无闲人。

潮阳县农民兴办的家庭工业或手工作坊主要加工生产服装、针织、美术工艺品、小五金、小塑料制品和建筑材料等产品。产品销往国内各地，有的还打入国际市场。据不完全统计：今年上半年全县农民家庭工业产品的产值达五亿多元。

过去长期有大批劳力流出外地当杂工的陈店镇港后村，如今已成为制作塑料花、尼龙花、丝花的专业村，全村有八成农民成了“小老板”，不仅有许多外出的劳力返回来，还吸收了一批外地工。港后村生产的丝花以工艺精美而远销全国各地以及欧洲、美洲、日本等20多个国家和地区，年产值达900多万元。

竹、草编织是潮阳县的传统手工艺品。潮阳制作的竹花篮等工艺品在中国港澳地区及东南亚和欧美各国十分畅销。

粤东侨乡潮阳，有203万人口，人口之多为全国各县之冠，平均每人不足三分耕地。过去这里的群众吃饭都成问题。改革开放以来，该县政府充分发挥农民心灵手巧、多才多艺的优势，鼓励、扶持农民发展家庭工副业生产。海外华侨也给予了大力支持。这里的家庭工场或手工作坊大多以当地土特产为原料，加工千姿百态的家庭日用品和手工艺品。

（新华社汕头1991年7月14日电，与郭亨渠合作）

澄海县年年修堤围岁岁保平安

经常遭受台风、海潮、洪涝等自然灾害袭击的广东省澄海县，年年修堤围，岁岁保安全。

去年，澄海县连续四次遭受台风暴雨的袭击，韩江水位先后四次超过警戒线，但境内210多公里江海堤围没有出现险情，只有极少数水利设施受到损坏。

然而，澄海县干部群众没有因此掉以轻心。今年，全县继续维修加固堤围19处，长达28.3公里；新衬砌渠道防崩防渗石护坡29.5公里，并维修配套大小涵闸275座。

今年第七号台风于7月19日在澄海正面登陆，风力超过12级。江海堤围饱受狂风巨浪的冲刷，尽管出现几处险段，但没有造成决口。县里的干部说，年年维修加固堤围很有必要，不然澄海将变成汪洋大海。

饱尝台风、洪涝灾害之苦的澄海人民，把常年当灾年，无灾当有灾，年年维修加固堤围。从 1988 年开始，县财政每年确保 110 万元作为水利工程专用款。1991 年度水利建设资金达 245 万元，占全县财政收入的 61%。

在澄海县，维修加固堤围已成为群众的自觉行动。各村镇建立和完善劳动积累工制度，每年每个农村劳动力投入水利劳动积累工 15 个至 20 个。今年全县已投入水利劳动积累工 562 万多个，平均每个农村劳动力投入 29 个工日。

澄海县在维修加固堤围过程中，坚持高标准高质量，经过整治加固的江海堤围，外坡全部石堤化，内坡主体铺种草皮，堤脚砌导渗石篱，有效地提高了堤围的抗灾能力。

（新华社汕头 1991 年 8 月 3 日电）

立体农业在潮汕

眼下北国已是冰天雪地，而南国的潮汕平原仍风和日丽，水暖土肥。优越的地理气候为当地农民建立立体农业奠定了基础。

当晚稻收割刚刚结束，小麦、蔬菜、甘蔗、柑橘的繁忙季节又开始。踏入潮汕平原的万顷田畴，人们看到阡陌笔直，作物碧绿，繁花竞放，塘边、河岸鹅鸭成群。甘蔗、柑橘、香蕉、蔬菜、番薯等各种作物高矮相间。初到潮汕的人说，这里寸土寸地皆锦绣。

揭西县京北村农民实行立体种植，全村 4 000 多亩耕地，复种指数达 299%，平均每亩地年产稻谷 810 多公斤、番薯 1 300 多公斤、小麦 35 公斤、柑橘 361.5 公斤、香蕉 250 公斤、蔬菜 200

多公斤，每亩耕地创利1 500多元。

汕头市农业部门的行家介绍说，立体农业的理论与模式是农科人员与农民在生产实践中摸索出来的。在这里试验和示范推广的组合模式主要是：庄园式的种养、加工组合的立体；稻薯豆果间种套种立体；山区、海滩林果结合立体，库区种养立体等。

农业专家认为，潮汕地区目前实行立体农业组合模式，大幅度提高了资源利用率、创值率和商品率，达到了投入少、产出多、效益大的目的。

（新华社汕头1991年月13日电，与刘锦庭合作）

侨乡澄海农村人人享受卫生保健

中国著名侨乡——广东澄海县农村时兴集资医疗制度，确保男女老少都能享受初级卫生保健，并普及农村饮食卫生和防治疫病知识。

中国农村实行家庭联产承包责任制之后，经济还不富裕的家庭，一旦有人患病住进医院治疗，往往为支付费用而发愁。

澄海农村实行集资医疗制度，就是采取个人负担一部分，集体经济补助一部分的筹措医疗基金方法，按照各个村自筹基金款项多少制定住院就医费用的报销比例。

隆都镇樟籍村按每个村民每年交纳五元医疗基金，然后集体经济再拨款补助。这样，村民患病住院治疗时，医疗费就可报销60%。樟籍村的做法在全县有代表性。

据悉，澄海县眼下除了大衙村（管理区）已连续坚持20多年的合作医疗制度外，樟籍、银北、埭头、和洲、内厝等50多个村都先后办起了集资医疗制度，从而使常见病、多发病的发病率逐渐下降。

澄海县农村实行集资医疗制度之后，各村（管理区）都根据各自的实际情况逐步健全医疗规章制度，严格掌握住院、转院手续，药品报销范围和审批手续，受到农民欢迎。

（新华社汕头 1992 年 1 月 19 日电）

侨乡潮州成为中国最大的鳗鱼生产基地

侨乡潮州养鳗业发展迅速，现在已成为中国最大的鳗鱼生产基地和出口创汇企业。

目前，潮州水产集团公司已拥有 13 个养鳗场，总面积 100 公顷。去年，该公司总产值超过 2 亿元，出口创汇超过 2 000 万美元，分别比前年增长 64. 4% 和 57. 5% 。

鳗鱼又名鳗鲡。盛产于潮汕地区的乌耳鳗，是鳗鲡类的珍品。当地的韩江出海口具有丰富的乌耳鳗资源。

据潮州水产集团公司匡算：一公顷鳗池一年创值相当于 99. 9 公顷水稻一年的收入。这对人多地少的潮汕地区来说，是一条“高投入、高产出、高效益”的发展现代养殖业的成功之路。

去年，潮州水产集团公司研究探索养鳗新技术，利用低洼地建设“软式”鳗池，具有基建投资少、养鳗成本低、投料省、成活率高等效益。该公司去年烤鳗出口量达 1 400 吨，活鳗出口量达 234 吨，占全国鳗鱼出口量的 20% 以上。

（新华社汕头 1992 年 1 月 25 日电）

南澳县兴办“海上菜园”

南澳县渔民充分利用浅海水层，发展人工饲养鱼、蚝、蟹和海藻、海贝，被誉称为“海上菜园”，成为海鲜出口基地。

地处闽粤海上交通咽喉的南澳岛是广东省面积最小，人口最少的一个岛县，但太平洋牡蛎养殖面积居全国之首，养殖龙虾、石斑鱼也有相当规模。还在广东省率先兴办人工育苗养殖鲍鱼，先后放养仔鲍 6.5 万粒，长势喜人。

深澳湾养殖场发展海水养殖从生长期短、生长快入手，发展牡蛎、贻贝、紫菜、花蛤，一年半载就可以收获，投资经济效益高，成本低。去年，这个养殖场养殖蛤、贻贝、牡蛎约 1 000 亩，还养殖石斑鱼、鲷鱼、龙虾、对虾等，其中养殖石斑鱼 2 080 箱，产量 1 000 多吨，创值 1 000 多万元。

（新华社汕头 1992 年 3 月 12 日电）

陈远睦谈潮州经济发展前景

新任中共潮州市委书记陈远睦对记者说，潮州市去年 12 月升格为地级市后，扩大了自主权，增加了人文资源和自然资源，为加速这里的经济发展创造了更加有利的条件。

升格后的潮州市总面积由原来的 1 400 平方公里扩大到 3 000 多平方公里，在辖湘桥区（市区）、潮安县和饶平县（原汕头市管辖），总人口翻一番，达 217 万。

陈远睦说，如今的潮州市，既有沿海港口，又有平原和山区，水产、矿产资源丰富，建成后的广梅汕铁路从这里穿过，具有良好的开发前景。

陈远睦祖籍潮州。他曾任中共潮阳县委书记、汕头市副市长、中共汕尾市委书记等职，去年底回潮州工作。

潮州是有着 1 600 多年历史的文化名城，历史上一直是潮汕地区的政治、经济、文化中心。50 年代开始，这个中心逐步向汕头市转移。近十几年来，潮州市一直以传统工业为主，主要有陶瓷、刺绣、抽纱、制药、食品、服装、工艺首饰等行业，经济发展较邻近的汕头市缓慢。

陈远睦表示，潮州今后要在扩大传统工业的基础上，大规模地发展新兴工业，如电子、机械、化工、建材等，形成集团化生产，力争在今后四年内，经济发展按 20% 的速度递增，1995 年工农业生产总值要在去年 67 亿元的基础上翻一番。

陈远睦说，潮州是中国重点侨乡，利用外资发展外向型经济大有潜力可挖。目前，这里只有外资企业 142 家，外商投资合同金额一亿多美元，远远满足不了侨乡建设的需要。升格后的潮州市扩大了外资企业审批权和进出口贸易权。陈远睦表示要加强对外联系，提高办事效率，把最好的土地提供给外商投资开发办实业。他希望逾百万潮籍海外同胞，踊跃回乡投资，推动家乡经济起飞。

谈到近期规划和长期规划时，陈远睦说，潮州将重点建设好三百门海港和庵埠、枫溪、黄冈三个经济开发区。

陈远睦介绍说，近年来潮州市的交通能源有了较大改善，供水供电基本能保证工业发展的需要。潮汕公路今年内拓宽后，潮州和汕头的来往将更加便利。特别是改善潮汕地区投资环境的八大基础工程先后动工，为潮州和汕头的共同发展创造了条件。

（新华社潮州 1992 年 4 月 12 日电，与王传真合作）

侨乡揭阳正加速向工业化转变

过去一直以农业为主的广东侨乡揭阳市，如今正加速向工业化转变。

新任中共揭阳市委书记陈燕发日前在接受记者采访时说，揭阳建市后的首要任务是大力发展工业，让国营、集体、乡镇、私营和外资企业一起上，力争在三年之内把工业水平提高一个档次。去年12月，国务院决定调整潮汕地区行政区域，揭阳成立了继汕头、潮州之后第三个地级市，下辖四县一区，原属汕头市范围。

据陈燕发介绍，揭阳市现有土地5 200多平方公里，占原汕头市总面积近六成；人口450多万，占原汕头市总人口的一半。但是，揭阳市去年工农业总产值80亿元、外贸出口1.9亿元、利用外资3 200万美元，分别只占原汕头市的33%、14%和12%。

陈燕发说，造成这种局面的主要原因是，揭阳市长期以农业为主，国营和集体工业只占本地的三分之一，还没有形成外向型经济格局。

目前，揭阳的工业包括机械、塑料、建材、电子、钟表、纺织、服装、化工、食品等行业。其中较大的威达医疗器械厂去年产值为1.3亿元，利润超千万元。陈燕发说这些行业今后要向大规模、集团化生产迈进。

揭阳市引进外资、发展外向型经济大有潜力可挖。陈燕发说，揭阳是重点侨乡，海外同胞与本地人同为400多万。揭阳劳动力素质好、土地面积大是一大优势。

据悉，揭阳建市后，已拥有外资企业审批权、进出口贸易权。由计委、外经委、工商局、城建局、国土局等单位组成的

“外商投资办公室”也已成立。一个办公室、一个图章，一天时间就能办完投资手续，由市长亲自负责。最近，揭阳已与外商签订了独资办发电厂的合同，装机容量十万千瓦，外商投资额为五亿港元。

揭阳现有1 000吨至3 000吨级码头八个，计划扩建万吨级码头一个，已开通直航香港、广州、上海的货轮。206国道、广汕公路和正在施工的广梅汕铁路从揭阳城区通过。这里历来是粤、闽、赣三省的主要交通枢纽和商品重要集散地。现已设立海关、商检局、动植物检验等口岸联检机构。

（新华社汕头1992年4月19日电，与王传真合作）

广东南澳广招台商

随着海峡两岸交往加强，昔日的军事禁区、海防前哨南澳，现已建立起台商投资区和对台贸易区，上岛投资的台商日渐增多。

素有“闽粤咽喉”之称的南澳，是广东省唯一的海岛县，它同台湾地缘相近，血缘相亲，居住在台湾的南澳籍同胞约十万人，超过了本土人口的一半。

南澳长期作为军事禁区，涉足该岛的外地人必须由县以上公安局出具证明，直到1984年才宣告取消这个规定。1988年，南澳被列为广东省经济开发区，从此风生水起，每年都有大批南澳籍台胞来寻根问祖，旅游观光；大批台湾渔船到南澳避风、补充给养；南澳对台的小额贸易也活跃起来了。

今年以来，南澳进一步发展对台关系，积极引进台资建设海岛。现在，已在县城（后宅）北郊建立台商投资区，划分为电子、食品、医药、五金、机械、造船、轻纺及塑胶等片区。在云澳港西段建立海峡两岸商品市场。并在烟墩湾设立对台贸易区，拟兴建深水港码头，为过往的国际货轮提供食品和供油、供水等补给业务，开设保税油库，建立大型冷冻仓库及其他港口配套设施等。

台商到南澳投资出现了良好的势头。据不完全统计，今年以来，台商、外商进岛洽谈投资的客户近100家400多人次，签订合同、意向书20多项，客商协议投资额逾3 500万美元。海内外投资者看好南澳的土地开发，已有30多家参与开发，已签订合同开发用地一平方公里，总投资额超过两亿元。

南澳县由23个岛屿组成，其中主岛106平方公里，是国际主航线必经之地，每天都有大批货轮经过。南澳可开发的渔场五万平方公里，可供养殖的滩涂1 100多公顷，可开发为深水港的自然海湾十多处，风力资源属世界最佳风场之列。海湾洁净，自然景观好，是旅游度假胜地。

南澳的投资环境不断改善，供电、供水、道路、通信等基础设施继续配套完善。目前已建立了海关、商检、边检等口岸联检机构。此外，南澳还正着手修订关于鼓励台商、外商来岛投资的措施。

（新华社汕头1992年6月19日电，与余为宏合作）

潮汕平原崛起一批明星工业镇

潮汕地区农村加快工业化进程，近年来涌现出一批专业分工较为明确的明星工业镇。

据悉，潮州的枫溪镇和庵埠镇、汕头的峡山镇、揭阳的流沙镇，去年工农业总产值均超过五亿元人民币。

据当地官员介绍，这四个镇不仅工业发展快，农业基础也很好，至今仍保持粮食亩产超千斤的“吨谷镇”荣誉称号。据称，今年这四个镇仍将以30%的工业增长速度向前发展。

“陶瓷之乡”枫溪镇是广东省两大陶瓷生产基地之一。全镇工业企业已发展到6 000多家，去年乡镇企业总收入5.16亿元人民币，其中陶瓷企业5 000余家，产值三亿多元，陶瓷产品八成以上销往海外。

“食品之乡”庵埠镇被列为广东省重点工业“卫星镇”，去年工业产值超四亿元。这个镇充分利用潮汕地区柑橘资源丰富的条件，将原来多被废弃的柑橘皮研制成保健食品“九制陈皮”。这一产品获国家轻工部和农业部优质奖，并畅销全国各地，出口泰国、新加坡、美国及中国港澳地区。该镇生产的凉果蜜饯、腌制瓜菜、腊味肉脯、鱼干、饼干、糖果、调味品等食品也颇受市场欢迎。食品工业的兴旺，同时还带动了镇上的包装、印刷、运输等行业的发展。

峡山镇贸易繁荣，每天都有两万多名全国各地的客商前来购物，日成交额50万元人民币左右。这里建成了占地三万多平方米的规范化大市场，内设1 000多个店档，流行的电子产品、服装、布料、装饰品、化妆品、皮革和塑料制品，以及农副产品一应俱全。在发展贸易的同时，峡山镇还利用海外乡亲捐赠的4 000多台（套）生产设备办起了1 000多家乡镇企业，年工业产值近三亿元人民币。

流沙镇的经济格局与峡山镇相似，由于发展迅速，今年初流沙镇已成为普宁县城所在地。

紧随其后的海门、东里、澄城、两英等几个明星镇，也以不同的发展形势崛起于潮汕平原。

汕头市和潮州市负责人指出，潮汕地区的乡镇工业正从传统型向新兴工业转化。这些明星镇的工业、贸易发展经验正在向潮汕近百个镇推广。

（新华社汕头 1992 年 6 月 23 日电，与王传真合作）

侨乡澄海成为“华南大菜园”

历来以农业高产著称的侨乡澄海县，如今已成为华南地区闻名的蔬菜生产基地。

澄海县曾因双季水稻年亩产超过一吨而成为中国第一个“吨谷县”。目前澄海县蔬菜和水稻种植面积不相上下。据农业部门统计：去年全县蔬菜种植面积达 14.76 万亩，总产量达 40.1 万吨，蔬菜及其加工产品行销海内外，年出口创汇达 1 000 万美元。

地处韩江三角洲下游的澄海县，水暖土肥，一年四季瓜、茄、豆、叶菜上市不断。这里历来是华南地区蔬菜优良品种繁殖基地，传统的萝卜籽、包心大芥菜籽饮誉海内外。近年来，县政府把蔬菜生产作为发展优质高效农业的突破口，建立了大衙、湾头、莲上、溪南等生产基地，形成规模经营效益。他们还从中国台湾和美国、日本、泰国等地引进大批蔬菜新品种，实行科学栽培管理，如地膜育菜、遮光网栽培、大棚设施栽培，喷灌遮光综合使用等，提高了劳动生产率和经济效益。

此外，这个镇的涂城村还率先引进台湾的联株番茄、月华银色苦瓜等新品种，现在已大面积种植。

澄海县现已建立蔬菜交易场所 30 多处，形成专业公司、集体商业和个体贩运的多层次、多渠道的销售网络。全县还建立蔬菜腌制加工厂 300 多家，每年加工盐渍芥菜、黄瓜等 30 多个品种，产量达三万多吨。

（新华社汕头 1992 年 7 月 23 日电，与郑俊英合作）

广东南澳被辟为海岛开发试验区

广东省政府日前批准把南澳岛（县）辟为开发试验区，重点发展对台贸易和引进台资，并享受某些自由港性质的政策。

据悉，这个试验区将依据南澳优越的自然地理条件和潜在优势，在规划建设对台贸易区、台商投资区的同时，引进外资发展旅游业和建立水产、农副产品加工出口基地。

南澳是汕头市辖下的一个县，面积达109平方公里，在历史上是对台及海外贸易的重要通道。南澳与台湾语言相通、习俗相近，旅居台湾的南澳籍同胞达十多万人，大大超过本土的人口。

目前，南澳已在云澳镇开办了小商品市场，以促进对台贸易的开展。同时还设立台商投资加工区。眼下正在洽谈投资的加工项目有十多个，另有一些项目已建成投产。

据悉，南澳已筹集巨资修建码头、公路，加速改善投资环境。此外，设立南澳试验区的配套政策也将出台。

（新华社汕头1992年7月30日电）

侨乡有条“样品街”

广东侨乡潮阳县峡山镇有条专门陈列乡镇企业产品的“样品街”，因其特色鲜明而闻名遐迩。

峡山镇的“样品街”长达一公里，两旁紧挨着一幢幢三层至五层的崭新楼房，楼下作铺面，楼上住人家。铺面陈列的产品有服装、针织品、塑料制品、小五金、电器和录音、录像带等约2 000个花色品种。镇长李光盛说："商店里的这些商品，都是峡山的乡镇企业生产的。"

改革开放以来，位于广（州）汕（头）公路边的峡山镇农民办的工场、作坊迅速发展。由于这些小企业分散办在村庄中，使前来订购产品的外地客商觉得不方便。为此，镇里通过多渠道筹集资金，在山坡下兴建一条宽阔的水泥路，个体、集体企业竞相在两旁建楼房，陈列和销售本企业的产品。这样，一条名副其实的"样品街"出现了。

现在，"样品街"从早到晚，车水马龙，穿各种服式、操南腔北调的人们摩肩接踵。每天到这里订购货物的国内外客商不下两万人。客商们先上街逛一逛，一番实地考察之后，全镇各企业的产品一目了然。客商们需要选购何种产品，可以在店里或到工厂、茶楼饭店同经理们签订合同，拍板成交。

眼下，"样品街"上的很多店铺除了拥有摩托车等交通工具外，还装置电话。店主可以直拨电话同全国各地和世界 100 多个国家和地区的客商洽谈生意。

据了解，"样品街"带动了乡镇企业大发展，现在峡山拥有乡镇企业 1 100 多家，产品的档次逐步提高，不少产品先后被评为省优产品，还有一批产品获得国家专利局的专利。

（新华社汕头 1992 年 8 月 11 日电，与郭亨渠合作）

汕头依靠科技发展高产高效优质农业

全国著名的农业高产区汕头市，依靠科技进步和辅以传统的精耕细作，农业生产从过去只重视产量向高产优质高效转化，促进农村商品经济的发展。

汕头农村阡陌笔直的万顷田畴四季花开，寸土寸地皆锦绣。澄海县和潮阳县连续三年双季水稻亩产超过一吨谷；在南峙山下、练江畔，出现了成片潮州柑亩产超五吨的奇迹；甘蔗、花生、蔬菜等经济作物样样都稳产高产。沿海地区利用网箱养鱼和挖池养鳗，每亩水面一年可创值几万元至十多万元。

汕头地少人多，平均每人只有 0.22 亩耕地，农民种田如绣花，全国第一个双季粮食亩产“千斤县”和第一批双季水稻亩产“吨谷县”都出在这里，传播农业高产技术的汕头老农足迹遍布江南各省区。汕头市在调整生产布局和经济结构中，利用山地种植水果 11 万多亩，占水果总面积 44%；已开发利用滩涂水面 8.82 万亩，占可开发面积的 90%。各地还出现了鱼塘、果林、蕉稻、薯稻立体生产等各种农业组合模式，一地多用，综合经营，实行良性循环生产。这样，既发展了多种经营，又做到少占用粮食耕地，保证了粮食总产的基本稳定。

汕头市在加速实现产品良种化的同时，有规划地实行种养规范化、生产区域化、加工系列化。目前，全市拥有直接为农业生产服务的专业公司 59 家，牵头联合农民兴办生产基地，向农民提供产前、产中、产后服务，实行生产、加工、科研、销售一条龙。市养鳗联合公司联合农民办起养鳗场 32 家，养鳗面积 920 亩，年产活鳗 3 000 多吨、烤鳗 1 500 多吨，去年出口创汇 2 002 万美元。

（新华社汕头 1992 年 9 月 23 日电，与张肄文合作）

古镇棉城展新姿

棉城自古只有一条街，如今已形成四通八达的公路网；昔日破旧的房屋，如今正在被一批批新的高层建筑物所取代；综合经济实力显著增强；各项基础设施不断完善，一座新型的现代化城镇正在逐步形成。

棉城是全国著名侨乡潮阳县的县城。自唐朝至今作为县治已有1 170多年的历史，现有人口22.4万。这里地处粤东，濒临南海，毗邻港澳，紧靠汕头经济特区，地理位置优越，交通方便。

工农业发展迅速

中华人民共和国成立以来，特别是1978年中国实行改革开放以来，棉城工农业生产发生了巨大变化。1991年镇属工业产值达2.34亿元人民币，是1978年的11倍。粮食亩产量从1978年的700余公斤增至1991年的920多公斤。农村商品经济蓬勃发展，建成了对虾、膏蟹、蔬菜、水果、禽畜五大商品生产基地，并使开发性生产向科技化、高值化、出口型、深加工型的方向发展。

引进外资成绩斐然

据统计，截至1991年底，棉城已兴办“三资”企业十家，“三来一补”企业27家。其中，棉港合资的宏盛羽毛球厂投资600万港元，年生产羽毛球40万打以上，90%以上的产品销往世界各地。棉港合资的潮阳县兴潮音像有限公司，投资300万美元，年设计生产磁带5.12亿米，70%的产品外销。投产以来，连续五年产值指标年均增长近六成。

据棉城镇领导人郭大钦、郑镇清介绍，今年以来，外商前来棉城投资更活跃，已兴办“三资”企业20家。其中，前来举办独资企业的跨国集团有两家：香港马华隆独资经营的马华隆（潮阳）纺织有限公司，总投资上亿美元，首期工程投资3 000万美元，即将动工建设，明年6月正式投产；由港台客商组成的独资经营企业金发光碟科技有限公司，总投资一亿多美元，生产激光音碟、声碟等高科技产品，首期工程投资3 000万美元，已于今年9月动工建设，明年上半年投产。

为适应外商投资设厂的需要，棉城投资5 000万元人民币，兴办一个面积为100平方公里的工业城，目前正在加紧施工。

棉城旧貌换新颜

棉城为粤东名城。改革开放以来，棉城镇投资近十亿元人民币，新增建筑物200多万平方米。新建变电站、火电厂、自来水厂、邮政电信大楼和电视台、体育馆、东山公园、文化中心以及一批金融、商业、市场设施；修葺名胜古迹十多处；兴建林百欣中学等13所中学，以及一批小学、幼儿园和敬老院。

特别是近几年来，棉城进行了大规模的改造开发。拓宽和新修主干道五条；改造旧城小区14个，新建住宅楼94幢25万平方米，这个建筑规模比新中国成立后至1990年40年间棉城住房建筑面积的总和还要多；新辟出口加工区六个，兴建通用厂房15万平方米。此外，迎宾馆和海关、电力、建委大楼等20多个重点项目，目前正在加紧施工。环城公路也将于明年底开通。

（新华社汕头1992年11月10日电，与姚达添合作）

侨乡潮州加速现代化经济建设

新当选的广东省潮州市市长黄福永日前对记者说，潮州市扩大区域一周年来，加快现代化经济建设步伐，形成了全方位开放的新格局。

潮州原为内陆古城，去年12月7日经国务院批准升格为地级市后，人口翻一番达217万，总面积由原来的1 400平方公里扩大到3 000平方公里。

黄福永介绍说，潮州成为地级市后，首先发展了交通、能源等基础设施，切实改善了投资环境。今年来，全市重点工程建设已投入资金十多亿元。拓宽了通往汕头、揭阳、澄海的三条主要公路；建成三座11万伏输变电站和三座小水电站；三个新发电厂工程进展顺利，其中四万千瓦煤电厂明年5月可投入使用，与港商合资的十万千瓦燃油电厂将于两年后竣工。三百门深水港三万吨码头正在建设，可望于1995年内启用。

黄福永说，潮州还制订了高标准、长期性的发展规划。新设立了潮州市经济开发试验区、庵埠经济开发试验区和黄冈台商投资试验区，吸引外资势头强劲。今年1月至11月，全市新批“三资”企业185五家，合同规定外商投资额达1.55亿美元，分别超过1979年至1991年共13年的总和。本月8日，黄福永与中共潮州市委书记陈远睦又将率团前往香港举行招商洽谈会。

扩大后的潮州市为适应外向型经济发展建立了全新的政府机构，经济主管部门撤销了11个，真正向企业放权，允许它们有独立自主经营权。全市工农业生产呈现大规模、高效益的发展态势。今年以来，已有12家国有大企业转变成股份制企业或企业集团，形成了支柱行业和一批产值超亿元的企业集团，其中金鳗集团今年产值超过2.5亿元。黄福永表示欢迎外商收购、兼并、改造国营老企业。

据统计，1月至11月，潮州市工农业总产值达77亿多元，其中，工业产值为56.2亿元，超过去年全年的48.6亿元。农业产值也超过去年的19.2亿元。前11个月工农业产品出口1.85亿美元，比去年同期增长近七成。黄福永称今后三年工农业生产将以20%以上的速度发展。

潮州市今年市政建设已投入资金七亿元，改造市内交通要道，更新水电设施，新装程控电话2.8万门。市政府正与国家旅游局合作投资11亿元开发新城区，兴建商场、酒店、金融贸易中心、办公楼、住宅等综合建筑群。目前，市区在建和筹建的高层建筑有20多栋。黄福永表示欢迎外商投资改造旧城区。

（新华社潮州1992年12月7日电，与王传真合作）

潮汕陶瓷业再现生机

港商独资的华达宝陶瓷制作厂有限公司，积极推进潮汕地区陶瓷业的技术革新，使古老的潮汕陶瓷业焕发青春。

华达宝陶瓷制作厂有限公司是香港恒晖实业（集团）有限公司于1984年在汕头经济特区兴办的一家分公司。几年来，他们将大部分利润及增资用于引进新工艺、新技术，开拓新产品。陶瓷产品已从原来的200多种增至目前的一万多种，年生产能力为产值5 000万港元，产品全部出口。

潮汕地区盛产优质瓷土，枫溪更是一个历史悠久的南国瓷都，其通雕花瓶、花篮、仕女、动物等工艺美术瓷名扬海内外。但是，由于多年一贯制的传统烧制方法、传统工艺造型、传统产品已不能适应现代国内外市场的激烈竞争，使许多企业步履艰难，潮汕陶瓷业走入低谷。

由于潮汕地区有着历史悠久的制瓷历史和拥有丰富的优质瓷土资源，1984 年秋，香港恒晖实业（集团）有限公司老板郑士彦、郑士楷兄弟到汕头经济特区兴办陶瓷公司。他们率先引进技术设备、制瓷工艺和使用液化石油气窑，改变了潮汕地区用柴、煤作电能和盒钵烧瓷的旧工艺，使产品耗能低、污染少、质量高，当地瓷厂生产的白坯胎瓷能够适应多种花面装饰等新工艺、新技术。

与此同时，他们还投资 4 000 多万港元，共培训技术工人 2 000多名。并协助潮汕 20 多家陶瓷厂进行技术改造和开拓新产品，提高产品档次，使潮汕陶瓷产品进入欧美、东南亚、日本等市场。

华达宝陶瓷制作厂有限公司成立以来，成绩斐然，在海内外的知名度越来越高。这几年，江泽民总书记、李鹏总理、万里委员长以及李瑞环、姚依林、谷牧等领导人，先后到该公司视察，勉励他们继续做出新成绩。

继华达宝陶瓷制作厂有限公司之后，恒晖实业（集团）有限公司于 1987 年以来先后以合资、独资等形式兴办了建华陶瓷厂、潮州枫华陶瓷制作厂、珠海帝豪彩瓷厂、恒晖工艺美术制品厂等一批企业，总投资达 1.2 亿多港元。

（新华社北京 1992 年 12 月 9 日消息，与姚达添、王传真合作）

侨乡揭阳建市一年经济发展迅速

广东省揭阳市第一任市长陈喜臣近日在接受本社记者采访时

说，过去一直以农业为主的中国重点侨乡揭阳市，建市一年来加速工业化进程，现已形成了全方位对外开放的新格局。

1991 年 12 月，国务院决定调整潮汕地区行政区域，揭阳成立了继汕头、潮州之后的第三个地级市。

陈喜臣说，作为一个新市，揭阳首先建立了按国际惯例办事、适应外向型经济发展的运行机制，组成了精简高效的政府机构。

据介绍，揭阳市把引进外资发展新兴产业当作发展重点，力争在短时期内改变经济落后面貌。市政府主要领导人亲自迎接外商，并赴香港、东南亚等地招商洽谈。由市长负责的“外商投资办公室”一个图章、一天时间就能办完投资手续。去年全市新批利用外资项目 532 宗，合同规定外商投资额 5.4 亿美元，实际利用外资 1.4 亿美元，相当于前 12 年总和的三倍多。陈喜臣说，揭阳现有土地 5 200 多平方公里，自然资源丰富，海外乡亲近 300 万，今后利用外资还大有潜力。

为推动揭阳向工业、金融、商业、贸易、旅游等一体化方向发展，培育新的外向型经济群体，广东省去年批准成立了揭阳经济开发试验区，总开发面积 19 平方公里。试验区去年 10 月底挂牌至今，已筹措资金 16.7 亿元，港口工业城、集装箱码头、跨江大桥、综合管理大厦、商贸中心等十项工程春节后将进入全面施工阶段，其中半数为中外合资项目。陈喜臣说，试验区将建成辐射全市的对外开放窗口和出口基地。

揭阳建市后还制定了高标准、长期性工业发展规划，让国营、集体、乡镇、私营和外资企业共同走向市场。去年国营和集体企业扭亏为盈；新增“三资”企业 30 家、内联企业 38 家，乡镇企业呈大规模、高科技发展态势。据统计，去年全市完成工业产值 62 亿元，比上年增长 23%，占工农业总产值六成，初步完成从农业向工业化转变。目前，全市拥有工业企业近五万家，形成了机械、塑料、建材、电子、纺织、服装、钟表、化工、食品等门类较齐全的行业。

揭阳历来是粤、闽、赣三省主要交通枢纽和商品重要集散地。为了增强经济发展后劲，揭阳市计划重点投资兴建基础设施。目前已拓宽通往汕头和潮州的公路；正在建设的有广梅汕铁路揭阳路段和装机容量24万千瓦的三座发电厂等项目；准备兴建揭汕高速公路；此外，粤东国际机场将建在揭阳境内，据悉，中国南方航空公司目前已通过可行性计划。陈喜臣说，揭阳正迈开大步发展经济，力争三年内上一个新档次。

（新华社揭阳1993年1月18日电，与黄扬略、王传真合作）

洗脚上田为致富　重返田头走新路
广东潮阳农民发展高效种养业

科学技术的泉水注入田野，给“三高农业”带来希望，广东潮阳市1 000多名曾“洗脚上田”务工经商的农民，又重返田头，开始了新的创业。

这些农民在务工经商中积累了一定的资金，捕捉到一些市场信息，他们返乡后采取专业承包和合股经营方式从事种养业。有的还引进外资和先进技术、设备，与大专院校或农科部门挂钩，聘请专家任技术指导。陈店镇农民蔡镇炎向村里租用0.8公顷土地，与台湾养兰花专家合作，开办兰艺公司，一年兰花出口创汇50多万美元。河溪镇农民周鸿城原来在深圳做生意，去年春天与新加坡商人合作，双方投资500万港元，在河溪镇海滩上兴建了40亩面积的乌耳鳗养殖场，至今已收获鳗鱼160多吨，总收入1 100多万元。今年，他们又投资2 000多万元，养鳗面积可扩大到300亩。贵屿镇把荒废的溪港河滩承包给专业户养鱼、养鹅鸭，办起八家熏鸭加工厂，一年加工熏鸭脯50多万只，年收入

800 多万元。潮阳市很多专业户在发展种养业中致富，今年头五个月，全市种养专业户收入已达 4.7 亿多元。

（新华社汕头 1993 年 8 月 16 日电）

拆卡撤关　共同繁荣闽粤边际建起贸易走廊

闽粤边区开辟了畅通无阻的贸易通道，初步建成一条共同繁荣的经济走廊。

在计划经济的旧体制下，屹立在闽粤边的汾水关，割断两地贸易往来。现在，两地纷纷拆卡撤关。在国道 324 线汕（头）诏（安）路段，满载着农副产品、轻工业品的车辆往来络绎不绝。汕头的轻工业品运到诏安，诏安的农副产品运到汕头，双边除了在当地销售外，大批产品又通过市场批发到外地。两地资源互补、市场相通，建立起紧密的经济协作关系。

这几年，汕头经济特区的辐射力已到了边界。福建诏安县制定了“敞开大门，对接特区”的发展经济战略措施，互相“攀亲结缘”，使诏安的经济体系同粤东经济圈衔接在一起。

为了主动接受汕头经济特区的辐射，诏安县在闽粤交通大动脉国道 324 线境内路段，先后建立起 29 个农副产品专业批发市场。这些市场的流通网络延伸到全县各地，大批农副产品销往粤东各地。

随着闽粤边际贸易日益发展，诏安县大批生意人到粤东办公司、设供销网点。据统计：目前诏安县已有 40 多个企业在汕头经济特区设立办事处或创办贸易公司。全县还有 2 000 多名经纪人活跃在边贸市场上，他们往返于城乡之间，传递信息，帮运帮销。

闽粤边贸易发展起来后，诏安县把建立生产基地，发展名优农副产品放在实现与特区市场“接轨”的高度上来认识。目前，他们正加紧在通往汕头的公路沿线建立20万亩名优茶、果、蔬菜的“绿色长廊”；在沿海建立16万亩水产养殖的“蓝色长廊”。他们除了源源不断向汕头供应优质鲜活农副产品外，还借助汕头一些大企业的资金、技术设备和人才，加工农副产品，出口创汇。

（新华社汕头1994年8月10日电）

潮汕七成以上的农民住上新房

侨乡潮汕如今已有七成以上的农民住上了新房。

外地人到潮汕地区，第一个印象往往是农村那融合南北不同流派的建筑和中西合璧式的崭新民居。

潮汕地区的农宅传统上是以保留着明清古建筑风格的平房为主。如当地俗称的“四点金”和“下山虎”等。而今新建的农宅，款式不断更新，质量档次也逐步提高。新颖别致的小洋楼，小巧玲珑的中式砖楼，古朴大方的“四点金”和雕梁画栋的宫殿式古楼等，应有尽有。

在潮阳市峡山镇，昔日的荒山坡地，现在已出现一排排错落有致的楼房，形成了梯级楼群带。近十年来，当地农民共投资七亿多元，先后共建成3 000多座规格不一、形态各异的楼房，其中大部分是楼下开档做生意、楼上住家的“商居两用”楼。澄海市沿国道324公路线的外砂、澄城、莲上、莲下、东里镇，绵延近20公里，各镇土洋结合、雅俗共赏的农宅楼房群接连不断，景象十分壮观。许多楼房的凉台上摆满花卉、盆景，小院子里或天井中摆着大龙缸，养着荷花。

但记者也注意到，普宁市的农村，建新居仍喜爱“下山虎”或“四点金”，有的采用石梁石柱和用方石块砌墙，加以彩绘，地面上铺砌传统的红砖，格调古朴大方。

侨乡潮汕地区有数十万农村劳动力在全国各地从事工程建筑，出现一批颇有造诣的建筑技术人才。他们把各地施工单位的图纸带回家乡，依样建楼房。潮阳市西胪镇乌石村原是一个穷山村，现在全村有300多人在外地从事建筑业，年收入逾500万元。富裕起来的农民日益讲究住宅，村里涌现一幢幢小楼房，成为侨乡潮汕地区独特的民宅建筑。

（新华社汕头1994年11月10日电）

粤东有个“食品城”

粤东汕头市庵埠镇，人称“食品城”。在全镇1 700家各类企业中，食品及其配套的包装企业就占了1 200多家，产品包括糖果、饼干、肉脯、凉果、腌菜等八大类、400多个品种。镇委书记黄光明说，庵埠去年镇属企业总收入和工农业总产值实现双跨十亿元，小食品做出了大贡献。

佳宝集团公司的壮大之路，是庵埠“食品城”崛起的缩影。这个集团的前身是“佳味食品厂”，1983年创办时仅能生产胡椒粉、五香粉、芥末粉等调味品，规模不大，又没有自己的特色，年产值不到30万元。1985年转产凉果后，厂长杨应林借鉴外地经验，运用他以前掌握的腌制出口菜的技术，大胆改造苏式陈皮，研制出既保持了陈皮原味，又去掉了苦辣味，回味持久、入口含化、冲饮均可的广式凉果——九制陈皮，投放市场后一炮打响，1987年即获得全国旅游食品“天马奖”。这一产品很快由国内销向国外，在六个国家和地区有了总代理。

佳宝集团副总经理杨启豪介绍，有了九制陈皮这个“拳头产品”，他们又陆续开发出佳宝梅、佳宝桃、佳宝芒果、佳宝应子等八个系列产品，在浙江、福建、广西及广东饶平建起四条半成品生产线。企业越“滚”越大，由十家企业组成的“佳宝集团公司”应运而生，1994 年实现总产值 7 400 万元，上缴税金 417 万元，其中仅佳味食品厂产值就达 4 000 万元。

佳宝集团只是庵埠镇食品工业由过去“群星型”迈向“规模型”的代表之一。为了优化生产结构，发挥群体优势，庵埠镇 1993 年以来共投入技术改造资金近亿元，新建、扩建厂房 5. 5 万平方米，增添生产设备 330 多台套，使食品生产企业配套了电控抽湿、外线干燥、蒸汽烘干和紫外线杀菌等现代化生产设备。在此基础上，引导骨干企业走集团化生产之路，先后成立了佳宝、佳香、安乐、华丰、康辉五个集工贸于一体跨地区、跨行业的集团企业。这些集团组建后，优势互补，产销旺盛，迅速形成规模效益，成为带动全镇食品工业上档次的“龙头”。据统计，1994 年全镇 24 家规模企业共创产值两亿元，上缴税金 1 000 多万元，分别占全镇的 20% 和 24% 。

（新华社广州 1995 年 3 月 15 日电）

汕头集贸市场辐射全国

广东省汕头市城乡集市贸易日益兴旺，流通渠道不断扩大，吸引力和辐射力已从赣南、粤东、闽西南地区逐渐扩展到全国各地。据工商行政管理部门统计，去年全市集市贸易成交额达 37. 7 亿元，比前年增长 36. 4% ，其中农村集市贸易成交额约占 50% ，增长 47%；农副产品成交额 25.7 亿元，增长 23%。服装、手工艺术品、日用小百货等“汕货”销往全国各地。

汕头城乡迄今已拥有各种类型的集贸市场 183 个。仅去年一年，全市投放集贸市场建设的资金达 2.3 亿元，新建市场 21 个，总面积超过 30 万平方米。在集市贸易中，骨干市场的经济效益十分显著，去年成交额超过 5 000 万元的市场有 16 个，其中金凤城市场、广场服装市场、龙眼路市场、澄城中心市场和澄城水产批发市场等，成交额都超过一亿元。

（新华社汕头 1995 年 3 月 18 日电）

粤东陆河县加紧筹建台商投资区

地处粤东山区的陆河县，根据当地台胞众多、资源丰富的有利条件，加紧筹建台商投资区。

据不完全统计，祖籍在陆河县的台胞达 20 万人。近三年来，回到陆河寻根问祖的台胞达 60 多批，共有 3 500 多人次。

陆河县劳力富余，自然资源丰富，已探明储量可开发的资源有高级石板材、矿泉水、锡矿、铅锌矿、高岭土等。当地政府提出，将大力引进先进技术设备，开发资源，并发展水果、山货、中药材、食品加工和造纸、日用陶瓷等轻工业。

为了建立适应吸引台商投资的管理体制，陆河县将相应设立台商投资管理委员会，负责投资区内的建设规划、税务、治安、环境保护等工作，以及处理涉外事务，协商海关、边检等部门的关系，并提供有关投资、生产、产出等环节的服务工作。

（新华社汕头 1992 年 4 月 9 日电）

汕尾发展成为多功能港口

崛起于粤东南海边的汕尾港，已逐步发展成为集商业、渔业、外贸、客运为一体的多功能港口。

汕尾港与名扬海内外的汕头港是一对“姐妹花”。早在清代末年，汕尾港已被辟为对外通商口岸。孙中山在《建国方略》中将汕尾列为全国重点开放港口之一。1978 年之前汕尾港已被列为全国 18 个对外开放口岸之一。

改革开放以来，八方舟楫纷至沓来。据悉，今年 1 月至 10 月，汕尾港进出境船舶比去年同期增长 36%，进出口货物比去年同期增长三倍，进出境旅客比去年同期增长 39%。

依托港口而形成的汕尾渔业区，是全国两个渔业经济综合改革试验区之一。据渔业管理部门透露：目前，全港拥有机动渔船总马力达到 75 957 千瓦，去年产鱼量达 58 940 吨。泊港的外来渔船也越来越多，加入汕尾市流动渔民协会的港澳台渔船已达 188 只。

汕尾港原是海丰县辖下的一个镇，1988 年建制为地级市，除市区外，还管辖海丰、陆丰和陆河县。建市后，迅速建立和完善了海关、港暨、边检、商检、动植物检等职能机构。同时，加强了口岸的规划和建设，其中两个 5 000 吨级码头正在加紧施工中，预计年底可简易投产，明年 7 月全面竣工。

汕尾建市后，外向型经济迅速发展。近几年，海外客商投资办企业日益增多。仅今年上半年，在海关登记备案的外资企业就达 139 家，新签合同 288 份，协议投资总额逾十亿美元。

（新华社汕头 1992 年 11 月 18 日电，与海耀志合作）

汕尾市引进外资兴农业

依山临海、自然资源丰富的汕尾市，积极引进外资兴办上规模、上档次的农业生产项目。

据统计，今年1月至5月，汕尾市引进外资兴办种植、养殖项目达58个，投资总额以数亿美元计。由泰国顺和成（集团）公司独资兴办的营造速生丰产林项目，计划造林面积达2.86万公顷，还配套兴建木片厂、纸浆厂、纤维板厂等，第一期将投资1.12亿美元。

汕尾市以泰商独资兴办营造林这个大项目为龙头，推动外向型农业迅速发展。所辖县、区利用世界银行贷款，共投入资金1.038亿元，陆续兴办对虾生产基地4 950亩，牡蛎生产基地6 600亩，还兴办起一批与此相配套的水产培苗厂和饲料厂等项目。

（新华社广州1993年7月2日电）

第三辑　汕头经济特区如何“特”起来

概　述

1981 年 11 月，国务院宣布广东和福建创办深圳、珠海、汕头、厦门经济特区，向全世界展示中国改革开放的决心。

1991 年，我奉命到汕头筹建新华社汕头支社。在创办四个经济特区时，先后建立新华社深圳、珠海、厦门三个支社，唯独没有汕头支社。我百思不得其解，为什么新华社汕头支社一直拖到十年后才筹办呢？

十年弹指一挥间，各个经济特区的发展都突飞猛进，踌躇满志的汕头经济特区，国家给予其他经济特区同样的政策，但是汕头经济特区怎么也“特”不起来。基本在原操场踏步，缺乏勇气冲出操场，杀上战场。有人怨天尤人，散布消极情绪，说深圳经济特区是全国改革开放的橱窗，接受中央和全国的输血、扶持；珠海经济特区是广东省创办的，环境、地理位置条件好，受到广东省的呵护；厦门经济特区是福建省的独生子，理所当然地受到爹娘的宠爱，精心培养。上面三个经济特区，从领导力量的安排，财政支持和人才流向等方面都有吃“营养餐”的先决条件。而地处省尾国角的汕头，没有得到应有的重视，靠小商小贩经济条件来创办特区。一句话，这是客观条件造成的，好像落后有理！使人觉得难堪的是，特区的一位领导人却自满地说：“我们特区的经济显然谈不上突飞猛进，但年年都有所发展，对国家贡献不算大，却年年有所增加。”我听后忍不住心想：“向后看，有进步，向前看要跑步啊！千万个可惜，汕头却错失十年发展的良机。其实，汕头十年工商业的总产值，兴许只有深圳的零头。”

话还得说回来，汕头经济特区由于受到地理环境及交通能源等客观条件的制约和自筹资金遇到困难，特区制定了自我安慰的建设方针：搞建设时不能盲目铺摊子，争速度。在引进外资企业方面，不贪大求全，即便规模小一点、技术含量低一点的企业，来者不拒，一视同仁。物质的东西靠物质去改变，精神只能起促进作用。知彼知己，并非全怪特区领导无所作为，不敢想大的，引大的，人家看不起你，凑合不了，徒叹奈何！

其实，外因通过内因起作用，人的主观能动性的发挥和干部的领导艺术、管理水平等综合素质怎么样？国家给予的特殊政策、灵活措施，你应用得怎么样？试想：各地若都躺在国家身上要钱、要物，行吗？国家不给钱就办不了事吗？十年“文革”，国家百废待兴，只能根据各地的实际情况，分清轻重缓急发展经济，绝不能到处“撒胡椒粉”！国家给予经济特区的特殊政策，灵活措施，这就是最大的投资。政策理解得深，运用得好，经济就飞快发展。发挥人的聪明才智，就能得到事半功倍的效果，否则就停滞落后，不能怨天尤人，只能怪自己！

汕头经济特区创办十年

旅居新加坡的潮籍老华侨林世仙前些时回归梓里探亲访友。当他乘坐的飞机在南海之滨的汕头市上空徐徐降落时，透过窗口往下望，只见绿树红瓦交相辉映的新住宅区错落有致，一片连一片；笔直的道路车水马龙，两旁的高楼大厦鳞次栉比，一派繁荣景象。林世仙简直不敢相信自己的眼睛，疑惑地询问邻座的乘客："这是汕头吗？是否我搭错了班机？"

在林世仙的记忆中，位于省尾国角的汕头十多年前还是荒沙滩包围着的一座低矮、窄陋的小城，他想不到在不长的时间内，它已成为一座新型的滨海城市。

汕头经济特区创建十周年，发生了翻天覆地的变化。如今朵朵改革开放之花竞相怒放。这块不起眼的地方，现在已成为粤东、闽西、赣南一个实力雄厚的对外经济贸易的活动中心。

十年间，特区的年工农业总产值从 40 多万元增至 35 亿元；1984 年，全区出口创汇总值只有 449 万美元，到现在已达到 5.5 亿美元，占全地区工业出口总值的 70% 以上；特区实际利用外资金额平均每年以 48.5% 的速度增长。

十年间，汕头经济特区建立了以出口为目标的工农业生产体系，先后同 36 个国家和地区直接建立了贸易合作关系。主要的出口商品有服装、医药、机电、食品、陶瓷、塑料制品等 20 大类约 1 000 个品种。对外贸易已形成直接贸易与间接贸易结合、转口贸易与远洋贸易结合的多渠道、多形式的外贸格局。

1991 年 4 月，国务院批准汕头经济特区的区域扩大到整个市区，即由原来的 52.6 平方公里扩大到 234 平方公里，并于 11 月 1 日正式实施，市长陈燕发说，这绝不仅是地域范围的扩大，更重要的是表明中国坚持改革开放的信心，表明中国创办经济特区的成功和信心。

艰苦创业　开拓新路

没有改革开放，没有一批开拓者的披荆斩棘，就没有汕头特区的今天。特区对外商业总公司就是汕头经济特区艰苦创业、开拓奋进的一个缩影。

说起来令人难以置信，如今规模宏大的对外商业总公司 1983 年创业时，只有五个人，一座简陋的旧汽车房就是办公室，以致人们取笑他们是摆地摊的行当。

但是，他们并不气馁。做生意真正恪守“货真价实、信誉第一”的原则，经营业务由小到大；由单一品种向多品种发展。现在他们同国内各省、市、区的几十个口岸和 1 000 多家工商企业建立了稳固的贸易关系，对外贸易领域从港澳地区发展到东南亚、日本、澳大利亚、美国、英国、巴西等几十个国家和地区。几年来，他们开辟了 30 多个出口商品货物基地，拥有 19 家直属公司，28 家中外合资合作和国内联营公司，40 多家工厂、商场、车队、保税仓等，形成多层次、多功能的外向型企业集团，年创汇达3 000多万美元。该公司今年投资 1 000 多万元，兴建了面积 26 000 平方米的工业城，兴办食品、印花胶浆、颜料、皮制品等工业。投产后，每年新增产值可达 5 000 多万元。

汕头经济特区物资总公司也是从“小打小闹”的贸易入手终成大器的。该公司设立于 1983 年国庆前夕，开业时只有一间办公室、18 个人、9 000 元钱的开办费。目前它已兴办的生产性企业有 20 多家，年营业额数亿元，形成了一个多层次、多功能的外向型集团公司。

陈书燕，这个昔日的公社干部，如今是汕头经济特区物资总公司总经理。他在回顾走过的历程时深有感触地说："国际市场是一个陌生而又布满急流险滩的环境，我们没有保护伞，而是在风风雨雨中摔打前进。他说：改革开放是我们强大的思想武器；没有改革开放，我们的思想在因循守旧的老路上走，谈不上开拓。"

求实的科学态度

十年前，当汕头经济特区在布满野仙人掌的荒沙滩诞生时，它在全国还默默无闻。而今，来汕头求"经"取"宝"的人络绎不绝。汕头经济特区的建设者靠科学的求实精神，取得了引人注目的成就。用汕头经济特区管理委员会主任吴波的话说，就是"坚持从实际出发，量力而行，尽力而为，讲求效益"的方针。

由于受地理位置，以及交通、能源等客观条件的制约和资金筹措遇到的困难，特区决定搞建设时不盲目地铺摊子、争速度。在资金的筹集上，他们坚持以自筹和利用外资为主、国家帮助为辅，截至今年9月底，特区在累计完成的22.55亿元基本建设中，45.8%是自我积累的资金，13.3%是内联企业的投资，20.6%的资金来自外商的直接投资，贷款只占16.6%（其中外借款占57.5%），国家的拨款只占3.7%。在资金投向上，75.1%的基建资金用于市基础设施和工农业生产建设。在开发建设上，实行"开发一片，建设一片，投产一片，获益一片"的滚动式发展方针。

"形象广告"

在引进外资企业方面，他们并不"贪大求洋"，即使是规模小一点，技术水平低一点的投资，只要符合国家投资方向的项目也一视同仁，搞好引进，并让外商有利可图。这样做的结果是：获得经济效益后，外商投资意愿高涨，生产规模一而再，再而三地扩大。这是吸引外资的最有说服力的"形象广告"。截至今年9

月底，已先后有中国港、澳、台地区以及日本、美国、泰国、法国、加拿大、新加坡等20多个国家和地区的客商，在汕头特区兴办“三资”企业526家。其中外商独资企业246家。“三资”企业占汕头特区工业经济值65%以上，其产品80%以上外销。

原打算在外地投资办企业的日本东京元件工业株式会社的日商代表，1988年到汕头经济特区考察。在同特区代表洽谈合资兴办电子元件企业时，日方代表就特区优惠政策、投资环境、产品销售等，连珠炮似地提出近100个质疑点，均一一得到中方代表明确而有说服力的答复。日方代表很满意，当即签订了投资1 000万港元的合同书。汕头特区首家日商合资企业东京元件有限公司就此诞生。

三年过去了，以生产电子元件为主要产品的东京元件有限公司，职工已从250人增加到1 100多人，厂房也增加了两倍，产品从六个规格品种发展到30个规格品种，成为日商在汕头经济特区投资的佼佼者。总经理奥田一幸满意地说：“当初决定在充满求实精神的汕头特区投资办企业是完全正确的。”

被誉为南国陶瓷奇葩的华达宝陶瓷制作有限公司的老板，也是慕名而来。潮汕地区具有悠久的陶瓷生产历史，然而，许多昔日熠熠生辉的传统陶瓷产品已不适应现代国内外消费者的需求了。出生于潮汕瓷都，后移居澳门的恒晖彩瓷有限公司的老板郑士彦、郑士楷兄弟俩，在1985年春暖花开时节兴办了华达宝陶瓷制作有限公司。他们实行生产力诸因素的最佳结合：把特区对海外投资者的优惠政策、故乡枫溪镇几十家陶瓷厂拥有白坯胎瓷造型生产能力和他们自己信息灵敏、产品销路通畅的优势结合在一起，把潮汕的白瓷坯胎在特区设计并加工成古色古香、光彩夺目的仿古瓷器，产品远销欧美，收到良好的经济效果。现在华达宝家业大了，已拥有一幢六层楼、总面积3.4万平方米的工业厂房，职工2 000多人，产品的品种发展到1.35万多个，许多产品供不应求。

仍需继续奋进

在庆祝汕头经济特区创建十周年暨特区扩大范围之际，中共汕头市委书记林兴胜明确地向海内外人士表示：“过去的十年汕头特区建设已打下一定的基础，也摸索出一定的经验。现在国务院批准把汕头经济特区的范围扩大到整个市区，这无疑为汕头的建设创造了更好的条件，也提出了更高的要求。展望特区的发展前景，我们深感责任之重大，也充满着希望和信心。”

汕头特区的决策者们已作出规划，从发展汕头外向型经济的特点出发，充分发挥侨乡优势，工业以发展“新、轻、精”为主；在多渠道筹集资金方面，以利用外资为主；在国家计划的宏观指挥下，以市场调节为主。走出一条符合汕头实际，具有侨乡特色的发展路子，把汕头建设成为一个经济繁荣、社会文明、环境优美、生活富裕的新型港口城市，成为粤东的经济、金融、贸易、旅游、文化、技术和信息中心。

汕头人既看到成绩，也清醒地看到自己的不足。他们现在把搞基础设施建设放在突出的位置，集中力量抓好关系到汕头建设大局的深水港、大型煤电厂、海湾大桥、广汕公路改造和广梅汕铁路、深汕专用公路等七大基础设施建设项目。同时，还将增辟一批通往国内外的航空线路和海上货客航线，进一进完善汕头直通国内外各地的通信网络。为国内外投资者提供一个良好的生产和生活环境，增强对外的吸引力。

[《瞭望周刊》（海外版）1991 年 12 月 9 日，与舒格合作]

汕头经济特区创汇农业引人注目

广东省汕头市经济特区的创汇型农业分外引人注目。

汕头经济特区虽面积较小，但它的腹地是著名的农业高产区——潮汕平原。特区成立后就注意利用这一优势，发展创汇型农业，先后建立起园艺场、蔬菜场、柑橘场、畜牧场、水产养殖场和农副产品加工场，引进外资、先进加工技术设备和管理方法，以及优良品苗种畜等，在特区进行试验、示范、鉴定，然后择其成功者向内地推广，把汕头“绣花式”的精耕细作传统农业同国外的先进农业科学技术结合起来，形成一种新的生产力。去年汕头特区农业创汇达5 000多万美元。

特种农艺园探秘

春寒料峭，可是在汕头特区的特种农艺开发中心，却满园奇花异卉、秀木珍果、嫣红姹紫、赏心悦目。人们说它是特区农业的一个缩影。

特种农艺开发中心于1985年建立，有试验场地100多亩，是一个科研、生产、销售一体化的经济实体。这里成为现代农业的科学实验和示范基地，设立了蔬菜、果树、花卉等技术应用研究组，先后建起了科研大楼，设有植物组织培育研究室、无土培植实验室、水果保鲜实验室和蔬菜腌制加工实验室等。还办起了一批塑料薄膜大棚、雾化育苗室、玻璃温室等。

开发中心不断从国外引进蔬菜、果树、花卉优良品种及其科学的栽培经验、管理方法，首先在农艺园中表种、观察、鉴定，从中筛选出那些能适应本地的自然气候、在国际市场上有竞争能力的品种，进行快速繁殖，然后在特区外农村布点，有计划地大面积种植，使新品种、新技术逐步向内地幅射转移、扩大生产。

这几年，开发中心先后从国外引进 200 多个蔬菜、果树、花卉新品种和良种品系，从中筛选出青花菜、甜白菜、甜豌豆、甜玉米、蝴蝶菜、甜椒和红玛瑙番茄等 16 个外销高档蔬菜品种，生产出口后，在国际市场上很有竞争能力，取得了较好的经济效益。开发中心与国内有关科研究部门密切合作，开创农业科研新领域，提高果树、蔬菜、花卉等园艺生产水平。已采用植物的组织培养技术进行快速育种和用试管苗繁殖的方法，先后育出台湾姜、日本草莓、非洲紫罗兰、荷兰香石竹、美国蕨类及观赏菠萝等，供大田生产和盆栽培植。他们还引进繁殖了国际市场上较为畅销的 300 多个玫瑰花品种，进行畦栽切花，供应市场。

从鳗鲡洄游到烤鳗飘香

当秋天的季风从海洋吹上潮汕平原时，生殖在赣江、榕江、练江等河流的鳗鲡就成群结队游到海里，受精、产卵之后，大批精疲力竭的亲鳗便完成历史任务，心安理得地葬身于茫茫大海中。卵子孵化出来的仔鳗，等来年春风一吹，就溯江洄游，在长满水草、浮萍的江河栖息、成长。鳗鲡就这样年复一年、一代传一代地洄游于咸淡水间，生长繁衍。

过去，汕头沿江海的农民有时在河海交汇处捞到一篓半桶鳗苗，只不过是作为鸡鸭的饲料罢了。至 70 年代初期，外贸部门开始收购鳗苗出口，农民才懂得这些不显眼的鳗苗原来是“黄金”。从此鳗苗身价百倍，每公斤（约 6 500 尾）价值数千元。由于鳗苗资源日益枯竭，近年每公斤竟暴涨到万多元。

1985 年，汕头经济特区养鳗联合公司诞生了，潮汕人不再出卖鳗苗，而是自己通过养鳗、烤鳗来增值、出口创汇。

“鳗联”成立前，汕头市虽然已建立了几百亩养鳗池，但由于受自然条件、资金、技术、饲料、销售渠道和价格等因素的制约，养鳗者经不起风险，造成不少鳗池荒废，任其长水草、藏水蛇。“鳗联”成立后就从服务入手，让利联营，把分散在饶平、惠来、揭西、澄海等县，国营的、集体办的、个体办的养鳗场联结起来，由“鳗联”摆龙头，提供资金、技术、饲料、鳗苗和包销产品等产前、产中、产后服务。倘若遇到自然灾害等意外事故，由“鳗联”承担风险。这样，各个养鳗场都觉得有利可图，一心一意同“鳗联”结亲。一个场所分散、产品集中的养鳗集团形成了，养鳗业焕发了生机。用“鳗联”总经理王励的话说：“我们是为了服务而赚钱，不是为了赚钱而服务。这是‘鳗联’兴旺发达的法宝。”

中国人近年开始把鳗鱼视为高级补品，而日本人早就把鳗鱼当作“水中人参”了。日本男女老少皆偏爱在盛夏吃鳗，而这个季节成鳗上市正值青黄不接时期，价格看涨。中国销往日本的成鳗要等到秋凉才能大量上市，这时市场销售较淡，鳗价下跌。为了使鳗鱼均衡出口，保证养鳗者的经济利益，对“鳗联”来说，兴办烤鳗厂是迫不及待之事。1986 年“鳗联”从国外引进了烤鳗生产线。这条生产线长达 48 米，包括屠鳗、白烧机、焙烤机、急冻室等先进设备，投产后，每小时可生产烤鳗 200 公斤。经过烤制，使鳗鱼增值 20% 以上，而且每吨烤鳗的运费比活鳗降低 1 000 美元。

现在，“鳗联”已先后同分散在特区周围各地的 19 个养鳗场签订联营合同，结成稳固的经济伙伴，养鳗生产基地总面积达 570 多亩，形成生产、加工、出口一条龙体系。1989 年出口创汇达到 1 100 多万美元。

“窗口”的辐射半径在延伸

侨乡汕头自然条件优越，水暖土肥，是全国闻名的农业高产区。经营农副产品出口是这里的传统，也是这里的优势。在汕头特区的 204 宗主要出口产品中，农副产品及其加工产品占 144 宗。特区办农业，顺应国情、乡情、民意，是汕头农村经济发展的客观要求。特区办农业的战略方针是，利用外资、侨资，为开发农村资源穿针引线，搭桥铺路。去年新投入的外资达 500 多万美元。

汕头特区的实践表明，特区办农业，不但可以在当地农村开花结果，而且逐步辐射到粤东、闽西、赣南等地农村。特区利用加工技术和销售渠道的优势，同内地农村的丰富资源结合起来，运用经济杠杆、实行多种形式的经济联合，使沿海和内地经济的发展相辅相成。

在汕头特区粤华速冻果蔬有限公司的工厂里，记者看到那些翠绿欲滴的蔬菜，经过选择、清洗、切割、急冻和包装等工序，前后不过十分钟就成为成品速冻菜了，保留了色、香、味和营养成分。这两年公司先后引进两条生产线，生产速冻蘑菇、芦笋、豆类等蔬菜出口，产品畅销北美、西欧和中东等十多个国家和地区。两条生产线一年可生产 2 500 吨速冻蔬菜，创汇 250 万美元。公司正筹备引进第三条生产线，进一步扩大生产。现在不仅汕头市所属八县可为这个速冻厂提供蔬菜原料，福建省的东山、诏安、漳浦等县也源源不断地为这个工厂输送芦笋、蘑菇、毛豆等。公司经理深情地说："生产速冻蔬菜出口创汇，带动农村发展生产，国家和农民都得利，经济效益的大头留给农民。"

汕头沿海盛产梭子蟹。传统上视这种蟹为"不值钱"的东西，一斤只卖一角多钱。由于低值、难以保鲜，销路不畅，渔民往往把大批已捕捞上来的梭子蟹又倒回大海去。1986 年，特区水产部门引进梭子蟹加工生产线，制出高档梭子蟹肉罐头，产品销往美、英、法等国家，增值十多倍。现在，每逢梭子蟹捕捞季节，粤东沿海设有十多个收购点，有 5 000 多人从事梭子蟹的初加工，然后运到汕头特区进行精加工，梳妆打扮后出口。眼下，特区梭子蟹的原料收购点已延伸到闽、浙沿海的一些渔村。

[《瞭望周刊》(海外版) 1990 年 4 月 2 日，和柳梆合作]

江泽民在汕头经济特区

1991 年 12 月 16 日，中共中央总书记江泽民莅临汕头经济特区，同海外侨胞和潮汕人民一起，参加汕头经济特区创办十周年暨汕头经济特区范围扩大庆祝活动。江泽民日理万机，能亲临汕头，使潮汕人民深受鼓舞。

12 月 17 日下午 3 时，滨海城市汕头风和日丽，神采奕奕的江泽民在田纪云、温家宝、谢非、朱森林（广东省代省长）和汕头市委书记林兴胜的陪同下，兴致勃勃驱车来到工地，参加了汕头海湾大桥的开工典礼。汕头海湾大桥全长 2 430 米，是当时国内工程规模最大的跨海大桥。过去，从广州等地开来汕头的汽车，到达汕头后都要排长龙等坐轮渡过海。海湾大桥建成后，将对汕头经济的发展、贯通闽粤两省公路交通产生重大影响。

江泽民初次来汕头，被这里的自然气候和风物景象吸引住了。他微笑着抬头向四环望着。时令已临近元旦，北京正是雪花纷飞，天寒地冻，而亚热带气候的滨海城市汕头，灿烂的阳光却照得人暖烘烘的。江泽民头上戴着遮阳鸭舌帽，挥铲健步向前为海湾大桥奠基培土后，又为海湾大桥基础动工开钻按下电钮，工地响起了热烈的掌声和欢呼声。江泽民应当地干部留下墨宝的请求，挥毫题写“汕头海湾大桥”，字迹苍劲端庄，装裱、印刻后，将永远立在海湾大桥两端。

江泽民参加了汕头海湾大桥开工典礼后，又匆匆赶到龙湖展览馆，参加汕头经济特区十年建设成就展览。

随着改革开放和汕头经济特区建设的发展，以潮汕传统的“轻、巧、精”为特点的特区工业，如今已出现一批“名、优、新”产品，不少产品已先后打进国际市场，已经同 36 个国家和地区建立了贸易合作关系。主要出口商品有服装、医药和医疗器材、机电、食品、陶瓷、塑料制品、玩具等20大类1 000多个品种。同时，还利用特区的对外贸易渠道，帮助、带动潮汕地区一大批传统的抽纱、珠绣、织网、美术陶瓷、凉果、副食品等出口创汇。特区对外贸易已经形成直接贸易与间接贸易结合，转口贸易与远洋贸易结合的多渠道、多形式的对外贸易格局。

江泽民对参展的产品都仔细观看，并询问有关产品的产、供、销状况。他对潮汕地区的传统手工艺术品抽纱、珠绣、陶瓷、金漆木雕等大加称赞，并鼓励职工们产品要精益求精，多出口，多创汇！他对潮汕抽纱的印象深刻，说："抽纱产品十分精美，绝大部分出自农村姑娘之手，她们心灵手巧，真了不起!"他问站在旁边的中共中央政治局委员、广东省委书记谢非："目前抽纱的销路怎么样?"谢非回答说："抽纱出口的势头还好，主要是销往欧美等几十个国家和地区，国外的需求量大。现在抽纱已不再是潮汕姑娘的专利产品，已扩散到海陆丰地区，听说山东省的烟台地区也开始发展抽纱了。"

汕头公元感光厂的产品感光相纸，多年来一直是国内的优质名牌产品，产品基本上满足全国的需要，是我国民族工业的骄傲，而现在销声匿迹了。江泽民问起这个厂的状况，谢非回答说："我们曾经把这个厂作为民族工业看待、扶持，每年都要花大笔钱帮其进行技术改造和设备更新。但技术和工艺都陈旧、落后了，稀泥扶不上壁。汕头地方财政无法再填这个越来越深的窟窿了。现在，该厂已经倒闭了。"江泽民说："现在'柯达''富士'胶卷充斥中国市场，竞争激烈，强手如林，优胜劣汰是必然的趋势。谁落后，谁就要挨打!"

汕头经济特区的创汇农业，引起江泽民的兴趣。特区先后兴办了果菜场、畜牧场、水产养殖场和农副产品加工场。充分利用特区的政策，引进外资、优良种苗、种畜和先进加工技术设备及管理方法，在特区试验、示范、鉴定，然后筛选出一批能适应当地气候、土壤的品种，向内地推广。这样，有效地把潮汕地区“绣花式”的精耕细作传统农业同国外的先进农业科学技术结合起来，形成一种新的生产力。江泽民对特区兴办创汇农业十分满意，他说，农业是国民经济的基础，特区办创汇农业的路子走对了，把特区作为窗口，带动内地农业生产的发展，这正是我们所希望的。希望你们再接再厉，把创汇农业办得更好，创造出新成绩和新经验。

当天晚上，江泽民和田纪云、温家宝等中央领导在潮汕体育馆亲切会见来汕头参加“汕头经济特区创办十周年暨汕头经济特区扩大范围”庆典活动的潮汕籍港澳同胞及旅居海外侨胞知名人士的代表李嘉诚、庄世平、陈有庆等。江泽民称赞他们爱国爱乡，捐巨资为发展家乡的教育、医疗等社会公益事业做出了贡献，勉励他们到汕头经济特区投资办企业，促进汕头经济特区经济发展。接见后，江泽民同汕头各界人士、华侨和港澳同胞一起观看晚会文艺表演。他认为潮州音乐、潮州大锣鼓、潮剧及潮汕民间舞蹈等传统节目，既富有地方特色，又保留着中华民族发祥地黄河流域的文化底蕴。

参加汕头经济特区庆典活动的嘉宾，其中有的住宿在坐落于南海之滨的汕头宾馆。他们趁早、晚空暇时间在周围散步，莫不称赞椰风海韵把这座亚热带滨海城市装扮得分外妖娆。特别是海岸边的十里长廊，错落有致布局着亭阁、水榭等古色古香的具有潮汕传统特色的建筑物，以及雕塑、花木、绿茵、小桥流水等。这里成为汕头市亮丽的名片。十里长廊原是沿海岸边的滩涂，汕头人民年复一年填沙石、泥土，硬是把海滩垫成平地，并搬运来大块石头，在海岸垒砌成能抗击 12 级台风的石头海堤。把堤面开辟为宽阔的马路，岸边建设成为现在的十里长廊。秋日早晚间，市民携老带幼从四面八方来到这里，散步、做体操、打太极拳，或看书，或下棋，或聊天，或弹唱，自得其乐。静坐或凭栏杆眺望，迎海风，听海潮，微浪轻涌，波光粼粼。海面远远近近的轮船、渔船和小艇载沉载浮。海鸥飞翔在海面，宛如点点白帆。

江泽民及中央领导人在警卫人员的保护下，晚间有时在宾馆庭园散步，被周围景致吸引。江泽民有所感地说：“汕头海边十里长廊，比上海外滩的景致毫不逊色！”

（新华社广州讯 1992 年 1 月）

港澳台商偏爱汕头

汕头市是一个充满魅力和活力的地方！

它是著名的侨乡，在外的华侨、华裔以及港澳台同胞有 300 多万人：它是我国最早的通商口岸之一。至今已有 130 多年的历史；它拥有我国最早设立的经济特区之一的汕头经济特区；它是粤东地区经济、政治、文化中心；它已进入“中国城市综合实力 50 强”和我国“首批投资硬环境 40 优城市”之列……

汕头在我国对外经济开放格局中占有重要的位置。因此，它一直受到港澳台商们的青睐。

李嘉诚又对汕头建设投下大手笔

“我们刚刚在香港与李嘉诚先生又签了三个重要项目的合约。”汕头市副市长陈友烈在他那简朴的办公室里，喜滋滋地对记者这样介绍说。这些都是大手笔：

与汕头市人民政府合作开发“汕头第一城”，现正在加紧筹建中。“汕头第一城”预计总投资 12 亿元人民币，占地10. 6 万平方米，规划兴建 18 层办公楼 2 幢，20 层至 30 层住宅楼 20 幢，设大型商场两座，幼儿园三座，还有综合俱乐部、游泳池、网球场、停车场，以及配套服务设施。总建筑面积为 45. 8 万平方米。该项目所得利润全部捐赠汕头大学使用。

与汕头市电力开发公司合作经营长潮、长海、长浦三大发电厂，总投资额 15 亿元人民币，总装机容量 28 万千瓦时，接近于现有汕头电网用电负荷，已进入建设阶段，预计明年 6 月底建成发电。

参与汕头海湾大桥、深汕高速公路东段、现代化集装箱码头等汕头重点基础设施项目的建设。最近与汕头市人民政府达成意向书，合作兴建广澳火电厂，分期建设一座 82 600 兆瓦的大型燃煤发电厂，年发电量超过 300 亿千瓦时，为汕头目前总发电量的十多倍。

陈副市长说，李嘉诚先生看好中国的前景，对在内地投资充满信心。

港澳台商投资汕头新趋势

陈友烈这位主管对外经济事务的副市长告诉记者，自 1991 年 11 月汕头经济特区范围扩大到 234 平方公里后，港澳台商的投资也迅速纷至沓来。到 9 月份止，全市已有外资企业 2 808 家，投资总额达 44 亿多美元，其中港澳台资企业就有 2 606 家，投资额近 40 亿美元。仅今年 1 月至 9 月份，新批的就有 900 家。投资规模也在不断地扩大，新办的企业投资额平均在 200 万美元左右，超 500 万美元的就有近百家。锦荣企业有限公司是香港锦荣有限公司在汕头最早创办的企业，近几年它的规模不断扩大，目前独资注册资本已达 1. 5 亿元以上，成为拥有制衣、印花、工艺、塑胶、厂房开发、酒店等多品种、多行业的经济实体。这是第一个趋势。

投资结构已由原来的劳动密集型向技术含量高、附加值高的生产性项目发展，这是第二个趋势。过去投资多集中在服装、食品加工、塑料等轻工业类，现在已逐步出现了高分辨显示器、手提式电脑、微波通信设备、彩色超声显像仪和液晶显示器等高精尖技术产品。香港汕华公司与汕头超声电子集团合作兴建的多画面彩色电视功能板和笔式输入显示板生产线等，就具有较高的技术档次。由台商投资 2 000 万美元创办的一个科技有限公司，生产的卫星电视接收器及家用电脑、彩色液晶电子游戏机等，远销欧美，在国内更是供不应求。

近几年，不少港澳台商投资参与对老企业进行技术改造，促使其产品更新换代，取得较好的经济效益，这是第三个趋势。汕头超声仪器工业集团公司原是我国“超声产品之母”，但由于多年设备、技术、管理没有更新，逐步落伍。自从香港汕华发展有限公司对其注入资金，帮助引进超声印刷板等先进设备、管理技术后，一跃成为我国超声行业数一数二的超声工业集团公司。香港恒晖实业（集团）有限公司除于 1984 年独资兴办华达宝陶瓷制作有限公司外，还投资了 4 000 多万港元，为潮汕培训技术工人 2 000 多名，并协助潮汕 20 多家陶瓷厂进行技术改造、开拓新产品、提高产品档次，使拥有悠久历史的潮汕陶瓷产品面貌一新，进入了欧美、东南亚和日本等市场。

第四个趋势，投资重点已从“三来一补”转向交通、电力、电信、能源等基础设施方面，汕头市正在建设的发电厂、高速公路、跨海大桥等，无一没有港台商的投资。到目前为止，批准兴建的火力发电项目就有七个，投资额达 20 多亿美元。第一期工程很快就能投入试运转的 15 万千瓦的煤电厂，就是由香港五丰祥贸易有限公司投资 5 000 万美元兴建的。台湾四个财团已决定合资 15 亿元人民币，承建连接南澳与澄海总长 7 480 米的跨海大桥。

第五个趋势，投资区域已从中心地带向边远山区和荒地海滩地带扩散。现在汕头市所辖一个经济特区和潮阳市、澄海县、南澳县的几乎每个镇和管区、街道内，都充满着由港澳台商投资企业带动其他行业发展的活力。台湾欧陆经济技术开发公司投资 8 亿元，与澄海县合作，开发沿海荒滩地 3 500 亩，筹建“金叶岛国际花园”。有台商还准备投资把南澳县的青澳湾的 12 平方公里山坡建设成为开发区。

这里特别要提的是南澳岛。该岛在台湾的同胞就有十万人，因此该岛成为台商投资的热点，已有台资（独资、合资、合作）企业 200 多家。还有不少台胞拟集资在岛上筹建“台湾街”“台湾小商品市场”。由十多家台商投资一亿多元的 16 层“台湾大厦”已动工兴建。

（《瞭望》1994 年第 1 期，与韩舞燕合作）

发展高科技，特区面临新挑战

——访全国人大代表、汕头超声仪器所所长姚锦钟

“我认为，在发展特区经济的种种措施中，当前应十分重视加快高科技产业的发展。”来自特区又在高科技领域摸爬滚打了几十年的全国人大代表姚锦钟深有感触地说。

正在此间出席七届全国人大五次会议的汕头超声仪器所所长姚锦钟日前接受记者采访，就特区的科技发展问题发表了自己的见解。他认为，从世界发达国家发展的规律来看，经济发达国家发展到一定程度之后，一定会把劳动密集的低技术产业扩散到经济落后的国家或地区，而大陆的沿海地区，有一些企业正从事着从国外转移过来的低技术、低附加值的生产。

“这种状况应该尽早改变。”这位中国著名的超声专家的话中，透露出一股强烈的责任感。

姚锦钟认为，特区要发展高科技，首先必须解决人才和资金问题。目前大陆的科技人员面临着出国深造或投资兴厂等种种诱惑，而高科技的发展则需要科技人员潜心研究。一般来说，只有实力雄厚的国营研究所才能在高科技领域中大显身手。姚锦钟

说，要克服目前特区发展高科技面临的种种困难，一方面国家要真正从生活方面关心科技知识分子，解除他们的后顾之忧，同时要在资金方面保证他们的研究项目顺利进行；另一方面，科技人员也应具备为国分忧、以身报国的奉献精神。

近三年来，姚锦钟领导的汕头超声仪器所，曾冒着风险贷款3 000多万元人民币从事开发研究，他们研制利用超声波显示人体内部脏器断层图像的仪器，获得成功，赢得了国内外同行的好评。这个研究所去年取得了产值2 680万元人民币、利润300多万元人民币的实绩。

姚锦钟认为，高科技的发展关系到国家未来的命运和前途，关系到中华民族能否立于世界之林。他说，李鹏总理在政府工作报告中提出要努力办好高新技术产业开发区，这给从事高科技研究的知识分子以很大鼓舞。他说：“国家正朝着好的方向发展，我们这一代科技人员应该不停地探索追求，大胆开拓。”

（新华社北京1992年4月2日电，与夏日合作）

汕头加快实施“科教兴市”战略

著名侨乡汕头目前正在加快实施“科教兴市”战略，以期为经济的发展提供更多、更适用的人才。

汕头经济特区自1981年设立后，于1984年、1991年两度扩大特区范围。良好的政策环境使汕头经济得到持续、快速、稳定发展，特别是外向型经济发展迅速；对外开放层次得到提高。

然而，由于过去汕头以农业为主，城市化水平不高，市民受教育的程度也相对较低。随着当前经济的迅猛发展，人才贫乏已日渐凸现，且人才类型和知识结构也与社会需要不相适应，从而制约着特区经济和社会的发展。

汕头市今年提出了“把汕头建成现代国际港口”的目标，为此新上任的市委书记许德立提出“创一流教育，把汕头建成教育之城”的整体构想，并且被汕头市委、市政府确定为“科教兴市”战略予以实施。“科教兴市”又被汕头人誉为“教育曙光计划”。

目前，汕头正在加快教育结构的改革，以逐步适应产业结构的调整，为特区经济发展的需要培养各类合格人才。他们采取的措施主要包括五个方面。

一是大力发展职业技术教育，尤其是加快涉外经济、外语、电子、电脑人才的培养。到 1995 年，职业技术学校与普通高中在校生数的比例达到一比一。

二是一批职业技术学校开始转办成各类专业化的中专学校，在普通中专学校中，迅速调整一些已与社会经济发展不相适应的专业设置。同时允许并鼓励普通中学开办各种职业技术班，鼓励社会团体、私人有偿兴办普通基础教育和特殊教育。

三是加快发展成人教育，提高劳动者素质。此外，进一步加强“扫盲”工作。市政府提出，要高标准完成“扫盲”任务，力争在 1994 年前青壮年非文盲率达到 95% 以上。

四是成立教育基金会。上个月宣布成立汕头教育基金会后，各界人士踊跃捐款，不少大企业捐资都逾百万元。市财政局则拨出 100 万元作为基金会本金。

汕头重教兴学之举，也得到旅居海外侨胞的大力支持。据汕头市教育局一位官员介绍，目前潮汕地区几乎每个乡镇都有侨胞捐资兴办的中小学校。

为资助潮汕贫穷地区的学生，泰华报人公益基金会主席陈世贤先生今年发起创办了“潮汕贫困地区助学基金会”。至 11 月，这个基金会已收到捐款 550 万元。

五是完善地方教育法规，确保“教育曙光计划”的顺利实施。汕头市正在加紧拟定一个教育事业发展规划的法规，其中一项就是规定了地方财政每年必须保证的教育经费增长的比例。

（新华社汕头1994年3月15日电）

附：经济的“生命工程”是教育

开发利用人才，是现代社会经济发展的最关键的因素。经济的“生命工程”是教育，这已成为当今海内外人士的共识。素有“尊师重教，兴学育才”传统的汕头市，这些年的教育事业滞后了，同其他经济特区比较，经济发展的节奏慢了半拍，究其深层原因就是人才匮乏。

幸好，汕头人猛醒了，不再踌躇满志，有自知之明地审视教育的现状，客观地认识到“向后看，有进步；向前看，要跑步”。汕头市委、市政府把“兴学育才”作为建市方略，想方设法，采取行之有效措施，快步跟上。

汕头经济特区是我国最早创办的四个经济特区之一。十多年过去了，深圳、珠海、厦门经济特区都飞跃发展着，而汕头经济特区却举步维艰。有人怨天尤人，说深圳经济特区是全国的经济橱窗；珠海经济特区是广东省创办的；厦门经济特区是福建省的“独生子”。从领导力量的安排、经济来源、人才流向等方面，这三个特区都有优惠的先决条件。而汕头地处“省尾国角”，靠小商小贩的资金来创办经济特区。一句话，“落后有理”。

汕头，被誉为“海滨邹鲁”，历代人才辈出。汕头，“百载商埠，楼船万国”，30年代仅次于上海、广州而位列全国第三大港口。然而，由于种种原因，城市化水平却变低了，市民受教育的程度也不高。“海滨邹鲁”被戏称为“海边粗鲁”了，“百载商埠”的商业色彩也褪落了。能够拿得出手的是，农业生产水平高，粮食和经济作物的单位面积产量，都居于全国的前列。在强手如林的竞争中，汕头各类人才贫乏的现象日渐突现，各个层次的知识结构也与当前的社会经济发展不协调，从而制约了经济的发展。这就是汕头经济特区为何被深圳、珠海、厦门经济特区抛在后面的深层原因。

1993 年 3 月，新上任的汕头市委书记许德立，深入工厂、农村、学校、机关团体调查研究，探索汕头强市之路。曾在高等院校和宣传、教育部门工作的许德立，坚信科技和人才决定经济建设的发展。出乎他意料之外的一个无情的事实摆在他的眼前：汕头对教育事业的投资，还比不上韶关、梅县等山区。他深刻认识到：要做到科技兴、人才旺，改变汕头的面貌，就必须把各级领导的注意力和忧患意识引导到教育上来。他提出发展汕头教育的目标：创一流教育，把汕头建成“教育之城”。

一批海内外汕头籍有识之士，历来都热心家乡的教育事业，除了李嘉诚捐资办汕头大学外，汕头辖下的潮阳、澄海，几乎每个乡镇都有海外同胞捐资创办的中、小学。汕头市在继续抓好全日制中、小学教育的同时，于 1993 年底，全市确定了以中级职业技术教育为重点的教育布局。根据汕头的现实情况，把现有职业学校改办为中等专业学校，培养急需的技工、外语、旅游的技术人才。一套吸纳人才的措施也陆续制定出来。例如：凡自费出国留学的，市里资助每人两万元，学成归来不用偿还；以优惠的待遇在全国公开招聘中、小学和职业中学校长及高级老师来汕头任教等。

增加对教育工作的投入是“兴学育才”的重要保证。1993 年，汕头各级财政投入改建校舍的资金 2.35 亿元。并成立汕头教育基金会，半年来已收到海内外捐款约 8 000 万元。

汕头市教育局预测：到 1995 年，全市职工全员培训率将达到 35%；达到大专以上文化水平占职工总人数的 20%；农村劳动力中有 15% 接受专业技术培训和初、中级技术教育。人们已看到汕头“科教兴市”的曙光。

为了显示“科教兴市”的决心，汕头市作为构筑新型教育体系的宏观保障措施也陆续出台，其中包括义务教育实施办法、学校人事管理暂行办法和调整中等教育结构等的行政规划，作为依法办学的依据。汕头人不仅意识到“人才”的重要性，可喜的是，汕头已经从不断“流出”人才变成不断“输入”人才。

随着形势的发展，潮汕地区最高学府——汕头大学，也是“兴学育才”的希望所在。由李嘉诚捐资兴办的汕头大学，已发展成为海内外有一定影响、颇具特色的综合性大学。1986 年建校之初，邓小平在北京接见李嘉诚时，希望把汕头大学办得更开放些。1991 年，江泽民在汕头接见李嘉诚时，也勉励他把汕头大学办得更好。

汕头大学改变了传统的办学方式，吸取国际办学的有益经验，高薪聘请了中国科学院院士王梓坤、戴尔为、孙均、陆启铿、丁夏畦及著名的高等教育理论家潘懋元教授到汕头大学任教。一大批博士、硕士也陆续来到汕头大学深造。汕头大学近年来多次举办国际性的学术研讨会，扩大了汕头大学在海外的影响。汕头大学已先后建立了文学院、法商学院、理学院、工学院、医学院和成人教育学院，共设 13 个系，19 个本科专业和 17 个专科专业。已有 19 个学科招收硕士研究生，学校可与其他大学联合招收博士研究生。目前，已有 6 000 多名学生从汕头大学毕业，走出校门，踏进社会。

汕头市通过地方财政投资、群众集资、海外侨胞和港澳同胞捐款等途径，扩大了教育资金来源。全市一大批中、小学校舍，正在兴建或改建、维修、扩建中。现在，汕头市已基本形成了从幼儿园教育到大学教育，从普通教育到成人教育的完整、协调发展的教育体系。“科教兴市”的路子坚定走下去，汕头成为名副其实的“海滨邹鲁”，经济兴旺发达指日可待。

（2007 年 3 月 15 日）

汕头“大港口经济”发展势头看好

广东省汕头市去年提出以建设现代化国际港口城市为战略目标以来，经济发展势头看好。

汕头作为全国第一批四个经济特区之一，改革开放以来，传统的商贸优势得到了充分发挥，市场发育较为顺利。但汕头过去突出的特点是“小商贩经济”，所以外界有“小商小贩办特区”的说法。去年初，汕头市委、市政府研究汕头经济发展的战略，认为汕头经济最大的弱点是经营分散、规模过小、缺乏战略性的经营策略。经过分析，他们认为汕头最大的优势是靠海，要围绕海洋做文章。去年6月汕头市第六次党代会正式提出汕头的战略目标是：经过20年的努力，把汕头建成现代化国际港口城市，并制定了“海洋活市，工贸富市、科教兴市、法制治市”的四项战略方针。实施这一战略以来，汕头市的经济形势在三方面发生了重大变化。

其一，经济总体布局明晰，重点区域建设进展迅速，出现了高新技术产业为主体的工业体系。

确立“大港口经济”的战略目标后，汕头市把经济发展分为两个层次，一个是特区（汕头市区范围），另一个是特区所管辖的潮阳市（县级市）、澄海县、南澳县，即以特区为中心，南澳岛（县）为前沿，潮阳、澄海为两翼，把特区优势辐射到特区以外，如允许企业在特区内登记，特区外开业。

在这个总体布局前提下，汕头市确立了90年代三个重点开发区域：第一个是占特区总面积1%的保税区，已于去年底封关运行。这个保税区借鉴国际“自由贸易区”模式，经济、行政管理按国际惯例动作，享有货物、资金、人员、外汇的进出自由，是目前国内开放度最高的区域之一。这个保税区的设立将加快汕头与国际市场接轨的速度。第二个是省级高新技术产业开发区，这是汕头现代工业体系的希望所在，已落实进区项目 65 宗，总投资 31 亿元。第三个是面积为 109 平方公里的南澳岛开发试验区，已铺开 74 宗建设项目，投入资金 7.6 亿元。汕头市设想这个扼守西太平洋通道的岛县在搞好基础设施建设以后，争取成为对台“三通”口岸，并实行自由港政策。

另外，工业结构开始向以高新技术产业为主体调整。去年汕头在香港举办的招商会上所签订的 166 项合同（协议）中，70%为高新技术项目。同时市政府开始从资金、政策上重点扶持 10 户龙头企业、10 个拳头产品的发展，其中包括技术含量很高的超声波仪器，聚酯切片等项目。

其二，基础设施建设进展快。

汕头过去地处战备前沿，基础设施建设十分薄弱，30 年代就位列全国第三大港口的汕头港，一直只能通过 5 000 吨级以下轮船。围绕“大港口经济”目标，汕头市去年重新修订基础设施建设的总体框架：以深水港为中心，以发展海运为重点，以铁路和高等级公路为骨架，形成海陆空并举的立体交通运输网络。

去年，汕头固定资产投资的七成用于基础设施建设，投资额 29.7 亿元，比上年增长 1.5 倍，深水港、煤电厂、海湾大桥、广（州）梅（州）汕（头）铁路、深（圳）汕（头）高速公路等八大“心脏工程”进展顺利，将在 1995 年前后竣工。

港口作为汕头“大港口经济”的依托，已从港口单体向港口群体发展。除已能直通万吨轮的汕头旧港外，已做出在特区兴建五万吨港、广澳湾十万吨港和南澳岛烟墩湾 12 万吨港的三角形深水港群的规划，并开始了前期工作。

其三，利用外资大幅度上升，境外大财团开始进入汕头。

汕头过去由于基础设施条件差、缺乏支柱工业，吸引外资相对乏力，如潮汕籍的香港巨富李嘉诚捐资 8 亿港元创办汕头大学，却没有投资汕头实业。去年，汕头利用外资 1 435 宗，合同投资额 21.5 亿美元，相当于前 14 年利用外资总和的三分之二。而且，去年外商投资规模大，项目多，1 月至 11 月登记注册的外资企业中，投资额在 1 000 万美元以上的 22 家。李嘉诚亦大举投资汕头多项大型建设项目，仅投资 2.5 万吨集装码头的资金就近一亿美元。

汕头市距西太平洋主要国际航线的最近处仅七海里，地处香港—厦门—高雄的海上金三角的中心点。汕头市委书记许德立说：“深水港建起来后，可发展转口贸易、远洋运输，不仅转运粤东、赣南、闽西和港澳的货物，还可以通过广梅汕铁路、京九铁路做到海陆相连，形成北上北京、南接深圳和海外的大通道。”广阔的经济腹地将使汕头的港口经济具备坚实的后盾。

汕头经济界自去年以来对形成“大港口经济”进行了持续的讨论，提出了一些希望中央在政策上给予支持的建议：①允许汕头铁路直通香港九龙，这样汕头深水港、集装箱码头建设前景更加广阔。②发挥汕头的对台优势。去年底台湾“行政院”来了一些人，对汕头很感兴趣，在与台湾“三通”成为现实之时，希望中央批准汕头成为首批与台湾“三通”的城市。③汕头保税区、南澳岛开发试验区的特殊条件，使汕头有建成自由港的优越条件，中央逐步给予汕头自由港政策，将推进汕头尽快形成国际港口城市。

（新华社讯 1994 年 6 月 14 日，与胡国华、叶俊东合作）

汕头对外开放的缩影

——记崛起中的汕头国际贸易发展公司

在汕头，人称这里的国际贸易发展公司是“汕头开放的缩影”“侨乡建设的架桥人”，如今，这家公司正在向跨国集团公司迈进。

汕头国际贸易发展公司的前身是成立于1981年的汕头国际信托服务公司。当时，该公司只有两万元的流动资金，八名员工。十年来，它艰苦创业，在改革开放中坚持为地方经济发展和侨乡建设服务的经营宗旨，充分利用经济特区、沿海开放城市及著名侨乡等诸多有利条件，引进外资，发展多种经营，兴办企业和跨国经营。

目前它已发展成为汕头口岸一家外向型集团性跨国经营企业，拥有员工240多名，注册资本达1.5亿元，拥有固定资产4.8亿元。截至1990年底，该公司购销总额达13.8亿多万元，自筹外汇收支总额达1.7亿多美元。

尤其是近几年来，这家公司业务发展很快，先后与国家、地方和香港多家经济实力雄厚的企业发展横向联合，并同日本、美国、苏联、德国、意大利、法国、澳大利亚、泰国等国家的工商界、金融界加强广泛的交往，初步形成了“汕头—北京—香港”“香港—美国—泰国”的业务网络。

目前，该公司在我国汕头、广州、深圳、香港及美国、泰国等地已有全资属下及合资合作企业25家，遍及交通、能源、机械、五金矿产、电子、轻工、纺织、塑料化学、旅游、房地产、酒店等行业。这家公司已连续五年被广东省和汕头市政府授予“重合同，守信用”荣誉单位的称号。

该公司靠发展跨国经营、开拓国际市场壮大。香港润汕贸易有限公司是汕头国际贸易公司在境外最先创办的一家合资公司。它是该公司引进外资、兴办实业的主要窗口和桥梁，也是对外贸易和开拓国际市场的前沿阵地和跳板，在公司走向跨国经营中发挥了重要而又特殊的作用。1989 年初，汕头国贸联合浙江、厦门两家公司，投资 3 300 万美元，收购了美国凯曼公司属下一家聚丙烯工厂 50% 的股权，从而使中方每年获得了十多万吨聚丙烯产品的经销权。这个直接利用外资、利用国外先进技术、设备和管理的项目，具有投资少、见效快的优点。

汕头国贸总经理郑延高在对本社记者谈到该公司壮大发展的历程时指出，汕头的对外开放造就了汕头国贸；同时，汕头国贸的发展支持了汕头的对外开放。随着汕头特区范围的进一步扩大，汕头国贸将拥有更广泛的业务空间。目前，他们公司正在为此规划更宏伟的蓝图。

（新华社北京 1991 年 10 月 10 日电，与姚达添、胡创伟合作）

江泽民总书记参加汕头经济特区创办十周年暨特区范围扩大庆祝活动

中共中央总书记江泽民今天在汕头，同海内外各界人士、人民群众一道参加汕头经济特区创办十周年暨特区范围扩大庆祝活动。

滨海城市汕头今天风和日丽。下午三时，江泽民在中共中央政治局委员、国务院副总理田纪云，中共中央书记处候补书记、中央办公厅主任温家宝和中共广东省委书记谢非、代省长朱森林、汕头市委书记林兴胜等陪同下，参加了汕头海湾大桥开工典礼。汕头海湾大桥全长 2 430 米，是目前国内规模最大的海湾大桥，它的建设对汕头经济的发展将发挥重大作用。出席开工典礼的领导为海湾大桥奠基培土后，江泽民按动电钮，为大桥基础动工开钻。江泽民还挥毫书写了“汕头海湾大桥”。

参加汕头海湾大桥开工典礼后，江泽民兴致勃勃地参观了汕头经济特区十年建设成就展览。随着改革开放和汕头经济特区建设的发展，以传统的“轻、巧、精”为特点的汕头工业，如今已出现一批“名、优、新”产品，不少产品已进入国际市场。在展览馆里，江泽民仔细地观看、询问有关情况，并鼓励特区的建设者们再接再厉，不断取得新成绩。

晚上，江泽民等领导人与汕头各界人士一起出席了汕头经济特区创办十周年暨特区范围扩大庆祝大会，并观看了文艺演出。

大会开始前，江泽民、田纪云、温家宝等亲切会见了来汕头参加庆祝活动的港澳知名人士和旅居海外的侨胞代表李嘉诚、庄世平、陈有庆等。

参加汕头经济特区今天庆祝活动的还有：中顾委常委陈丕显，全国人大常委会副委员长叶飞，全国政协副主席谷牧、王光英、叶选平，全国政协原副主席杨成武以及中央党政机关有关部门负责同志和广东省、广州军区的负责同志等。

（新华社汕头1991年12月17日电）

江泽民总书记会见李嘉诚

中共中央总书记江泽民今天下午在汕头迎宾馆，亲切会见前来参加汕头经济特区创建十周年庆典活动的香港长江实业集团董事局主席李嘉诚。

李嘉诚对再次见到江泽民感到十分高兴。他对江泽民说：“你这次来汕头参加庆典活动，是对潮汕人民很大的鼓舞。”

江泽民赞扬了李嘉诚捐资兴办汕头大学的精神。他说：“去年我来汕头，参观了汕头大学，感到很满意。经济要发展，教育一定要搞上去。”

李嘉诚表示，今后要继续支持把汕头大学办好。他告诉江泽民，他还在语重心长地教导自己的两个儿子，将来在办实业、抓经济的同时，一定要为支持教育、医疗事业尽心尽力。江总书记听了，点头表示赞许。

中共中央书记处候补书记温家宝，国务院副秘书长、国务院特区办主任何椿霖，中共广东省委书记谢非，广东省代省长朱森林，广东省政协主席吴南生，中共汕头市委书记林兴胜等会见时在座。

（新华社汕头1991年12月17日电）

汕头市长谈今后十年汕头发展规划

在汕头经济特区面积行将扩大之际，汕头市政府制定的总体发展规划表明，在今后十年内，特区的工业产值将增长两倍。

汕头市市长陈燕发日前在接受记者采访时说，今后十年的目标是把汕头建设成为外向型、综合性、多功能、具有侨乡特色的社会主义经济特区，使其成为经济繁荣、社会文明、环境优美、生活富裕的新型港口城市。

汕头是中国著名的侨乡。人多地少、华侨众多、外向经济、商贸发达是汕头经济的特点。1981 年，中国正式设立汕头经济特区，面积为 1. 6 平方公里。三年后，又将其面积扩大到 52. 6 平方公里。

陈燕发说，从今年 11 月 1 日起，汕头经济特区的面积将再次扩大到 234 平方公里。这为加快汕头的建设创造了更好的条件。市政府为此制定了今后十年的发展规划。

这个规划分为两个阶段实施：前五年继续打好基础，并保持适当的增长速度；后五年全面发展，使产业结构相对合理，科技水平明显升级、经济效益显著提高，并步入长期稳定协调发展的轨道。

按规划，到 2000 年，汕头市的工业总产值（按 1990 年不变价，下同）和国民生产总值要在 1990 年的基础上翻两番，分别达到 240 亿元人民币和 150 亿元人民币。外贸出口总值达到 30 亿美元。人均国民生产总值达到 1. 5 万元。城区面积由现在的 30 平方公里扩大到 60 平方公里。

据介绍，今后汕头的经济格局将根据当地的资源条件和工业基础，在保持产业协调发展的前提下，以发展“新、轻、精”工业为主；产业技术层次立足于汕头劳动力丰富的特点和向腹地进行技术扩散的需要，实行劳动密集型与技术密集型并举，以逐步发展高新科技产业为主。

陈燕发说，在今后的特区建设中，汕头市将采取如下几项主要措施：

加快基础设施建设，进一步完善投资环境。在集中力量搞好关系汕头发展大局的深水港、大型煤电厂、汕头海湾大桥、第三水厂、广汕公路改造和广梅汕铁路、深汕专用公路等七大基础设施建设项目的同时，还将争取增辟一批通往海内外的航空线路和海上货客运航线，继续发展与其他港口来往的运输船队，进一步完善汕头直通世界和国内各地的通信网络。

发挥侨乡和口岸优势，进一步扩大对外开放。将研究制定更加优惠的措施，鼓励外商独资或合作兴办基础设施项目、高科技项目和大规模开发的生产项目，以及投资改造老企业。吸引外资银行开设金融机构，辟设保税工业区和保税生产资料市场等等。

深化经济体制改革，建立健全与外向型经济相适应的运行机制。继续放开生产资料市场，完善消费资料市场，拓展资金、技术、劳务、信息、建筑、房地产市场。对国营、集体老企业，要大胆引进推广“三资”企业行之有效的管理方法。

调整优化产业结构，建立以国际市场为导向的产业体系，发展原材料工业和第三产业。

据了解，汕头特区范围的扩大和汕头投资环境的改善，吸引了更多外商到汕头投资。今年1月至9月，外商在汕头的协议投资额达2亿美元，实际投入1.3亿美元。

（新华社汕头1991年10月24日电，与姚达添、胡创伟合作）

“海滨邹鲁”重教兴学——汕头新貌之一

在素有“海滨邹鲁”“岭海名邦”之称的广东汕头，如今正有一种被人们津津乐道的“攀比”现象——城乡各地竞盖现代化教学楼。

无论是在经济发达的市镇，还是贫困偏僻的山区，汕头随处可见一座座新颖别致、风格各异的学校。人们公认当地最漂亮的建筑就是学校。

一位50年代初离别家乡到外地求学的老教授，最近重返汕头后竟把母校认作宾馆；四年前尚是有校无门的汕头金山中学，现在却被丹麦一位中学女校长誉为“在各国参观过的几十所中学中校园最美丽的”。

汕头市区西侧有座古城叫潮阳，城里有座七层的大石塔，当地人为寄寓人文昌盛之意，便取其名曰“文光塔”。可十年前，潮阳文教设施疏陋，近600所学校中，大部分是依靠残旧的宗族祠堂作校舍，三分之一的学生上学要自带桌椅。

而如今，潮阳县内绝大部分的学校都盖起了教学楼，其中不少学校的教学设施从图书馆、实验室到田径场、游泳池等一应俱全。现在入学的孩子们已难以想象他们的哥哥姐姐们以前躲风避雨上学的情景了。

一幢幢或园林式、或西班牙式、或蝴蝶式、或宾馆式的崭新校舍近两年相继在潮阳两英镇拔地而起。这是该镇集资2 000多万元兴建的，有的村人均集资竟高达1 000元以上。一位村干部说：“为了提高人口素质，我们有多少收入，都不能忘了投资办学。”

西胪镇东陇村的吴锦溪有三兄弟，他们在郑重其事地召开了一次家庭会议后向全村宣布，把自家的建房计划推迟，捐款六万元给学校建幢新楼，并承担水电安装、图书、仪器等费用。东陇学校的师生从此告别了祠堂，而从事建筑业的吴家三兄弟却仍挤住在原来的旧房屋。

据统计，仅从1988年至1990年，汕头市用于建校的总投入即达3.4亿多元人民币，其中绝大部分为群众集资和华侨捐资。全市现有2 800多所小学，九成以上是新建、改建或扩建的。

许多外地人来汕头参观学校后评价说，汕头对教育的投入是超前的，汕头人对教育的重视令人钦佩。

其实，重教兴学在汕头可以追溯到很久远的年代。自唐宋以来，此间兴学之风，历代不衰。特别是近十年来，随着广大潮汕籍侨胞的慷慨解囊及民众的鼎力相助，汕头的教学面貌更是焕然一新。香港李嘉诚先生捐建的汕头大学，还结束了潮汕地区没有综合性高等学府的历史，实现了粤东人民多少代人梦寐以求的夙愿。

汕头市教育局副局长汤汉良说，在这期间，政府对教育的投入也一增再增，去年的教育经费约占全市财政总支出的20%，达两亿元。经济比较落后的揭西县，这些年的教育经费更是占到全县财政总支出的四成以上。

在更新校会的同时，有关方面也千方百计改善教师待遇，使之能安居乐业。据称，汕头市区教师的人均居住面积已逾12平方米，是八年前的三倍，超出市民人均居住面积50%。在一些地方，教师宿舍还俨然是宾馆的格局。

记者了解到，在汕头，重教兴学不仅仅是政府的百年大计，也是致富后的农民、渔家的心愿。

南澳县后宅镇世代以捕鱼为生的杨若愚，家里几代人没一个识字。为此他竭力支持儿女上学。他说：“现在有钱了，就该让孩子们多念几年书，学点真本事。”两个儿女不负父亲所望，分别考上了中山医科大学和华南农业大学。

现在，像这样一家出两个大学生或一门连中“三状元”的事例，在汕头城乡已是屡见不鲜。一些先期毕业的大学生已在汕头的现代化建设中发挥作用。

（新华社汕头 1991 年 11 月 10 日电，与姚达添、胡创伟合作）

通信网络连四海——汕头新貌之二

“打电话没有骑车快!”这在七年前尚被戏称为汕头的一大怪。而如今，通信设施却成了汕头人的骄傲。

汕头是中国著名的侨乡。现在每逢春节，给海外亲友电话拜年已成为千家万户的一大乐事；络绎不绝的外商也纷纷对这里的通信设施满口夸赞。

据统计，目前汕头市内电话总容量已达 12.3 万门，电话普及率达 93%。这两个数字在中国的中等城市中均列第一。

汕头是一个具有 130 年历史的商埠。早在 1932 年，汕头市便安装了 1 000 门旋转制自动电话交换机，从而成为当时中国第九个实现市内电话自动化的城市。

但直到 1985 年，汕头市内电话总容量也仅 5 000 门，30 年代的“老古董”仍不得不为 80 年代的社会服务。许多回乡探亲的侨胞怨声载道，欲前来投资设厂的外商也有闻之却步的。

为此，汕头市在最近六年中，共投入 5.3 亿元人民币，从国外引进先进的通信设备，改造原有设施。目前，全市已可同 192 个国家和地区及国内 911 个市、县直接通话。

一位到汕头特区洽谈生意的美国商人，每天午夜都要与在美国的妻子通话，还打电话叫卖花店给妻子送去一束鲜花。他说：“我就像没离开美国本土一样。”

感触更深的还是数百万旅居海外的潮汕籍同胞。一位旅泰侨胞说：“当年一封家书要辗转多日，而现在随时都可以听到家人的声音了。”

汕头一家公司的经理说：“以前打电话难，信息不灵，外商不愿和我们做生意，自从安装了程控直拨电话后，外商与我们的业务接触频繁，公司出口量突增。”

一位做牛肉丸生意的个体户说，他的生意有70%是靠电话联系成功的。目前，他已装了四部电话，还想再装一部程控直拨电话。

记者了解到，由于用户的骤增，目前汕头电话的供需矛盾又显得日益突出。

汕头市邮电局局长周得中对记者说，为改变这种状况，适应汕头经济特区范围的扩大，市邮电局正加紧通信设施的建设，计划到今年底开通四万门数字程控电话，本月份开通移动通信，力争使汕头的通讯水平再上一个新台阶。

据悉，在“八五”期间（1991 年至 1995 年），汕头市将在通信设施建设方面投资七亿元人民币。

周得中说：“我们计划每年以超前于汕头市工农业生产增长速度的30%发展邮电通信，以满足特区经济和人民生活的需要。”

（新华社汕头 1991 年 11 月 11 日电，与姚达添、胡创伟合作）

“百载商埠”展新姿——汕头新貌之三

“百载商埠”再现“楼船万国”，粤东门户重又商贾云集。汕头港，在几经风雨、沉浮之后，如今又显得忙碌起来。

130 年前的第二次鸦片战争，帝国主义列强用炮火轰开了汕头口岸，使汕头港成为《中英天津条约》中五个通商口岸之一；在对外开放的今天，汕头港则敞开门户，广纳欧美货轮、南洋客商。

目前，汕头海港已同港澳地区及东南亚、日本、欧洲等50多个国家有贸易往来，每年进出的外籍轮船络绎不绝；汕头空港也开辟了至香港、曼谷、新加坡、吉隆坡的航线，往返业务繁忙。

汕头地处粤东、闽西南、赣南的交通枢纽，素称“粤东之门户、华南之要冲”。它西南距香港195海里，东距台湾高雄204海里，因而也被视为中国沿海一个重要的对外贸易口岸。

汕头港正式开埠于1861年。那时，洋人携枪炮、钱袋而来，汕头埠畸形繁荣。到20世纪30年代，汕头的商业贸易额曾居全国第七位，港口吞吐量一度居全国第三位，仅次于上海、广州。

抗日战争爆发，汕头港即开始败落、萧条。在中国实行闭关锁国政策的时期，汕头港也是一蹶不振，尤因其被视为“战备前沿”，诸多建设停滞不前。

对外开放十多年来，特别是在“七五”计划期间（1986年至1990年），政府为重振汕头港，斥巨资予以扩建。目前，汕头港已拥有12个泊位，其中有八个是5 000吨级，预计今年的吞吐量可达330万吨。汕头客运码头每年进出境的客流量也已接近30万人次。

同时，汕头市辖下的潮阳、惠来、揭阳、饶平、澄海、南澳等县，也先后开设了对港澳进出口货物的装卸点、起运点八个。

汕头市港务局副局长李德成对记者说，“八五”计划期间（1991年至1995年），汕头港的建设资金将达四亿元人民币，重点建设深水港工程，其中包括一个3.5万吨级的煤炭泊位、一个两万吨级的多用途泊位和一个1.5万吨级的杂货泊位。

深水港工程被称为汕头市的“心脏工程”。这项工程计划于1994年建成。据称，到1995年，汕头港的年吞吐能力将达到

890 万吨。在这之后的五年内，汕头港还将再建四个万吨级以上的泊位。

在敞开陆、海门户的同时，汕头的空中大门也被打开。1986 年，经国务院批准，汕头机场正式对外开放。目前，汕头机场已辟有国际国内航线 15 条，去年的客运量达 60 多万人次，其中国际旅客 14 万多人次。

据介绍，在中国的 94 个民航机场中，汕头机场的客运量已居全国的第十三位，货运量居全国的第十一位。专家称，作为一个中等城市，汕头空港有如此地位是超前的。

记者了解到，汕头海港、空港的崛起，有赖于该市外向型经济的迅猛发展。前些年，外贸吞吐量仅占汕头港总吞吐量的 20%，而现在已占到 39%。汕头至东京、曼谷的航空货运现在也已开通。

汕头市口岸办负责人对记者说，随着对外开放的不断扩大，汕头市已发展有国家对外开放口岸两个、地方口岸九个、对台小型贸易点四个，基本形成了从沿海到内河的海、陆、空具备，客货运畅通的口岸布局。

（新华社汕头 1991 年 11 月 11 日电，与姚达添、胡创伟合作）

喜得广厦千万间——汕头新貌之四

昔日横街窄巷布满破旧泥砖房、板棚屋的汕头市，现在到处是错落有致的崭新住宅群，成为半是绿树半是楼的滨海花园式城市。

久居新加坡的侨胞林世仙先生新近回潮汕故乡探亲访友。他记忆中的汕头只是一个被荒沙包围、到处是破旧建筑物的小城。

当飞机在汕头上空徐徐降落，他看到连片崭新的住宅群时，竟怀疑自己是否搭错班机。

穿行于汕头飞厦和东厦住宅区，但见片片排列整齐的住宅楼群，以梅、兰、菊、竹、玫瑰、牡丹、百合、石榴、水仙、芙蓉、月季、海棠等名贵花卉命名。这些为寻常百姓居住的住宅群，多是六七层楼，舒适大方，造型新颖，采光通风条件良好。

搬进竹园新居的运输公司汽车修理工陈新录说："过去住在旧公寓里，往往十多户共同使用一间厨房、一间厕所，生活很不方便。现在每户自成一个单元，左邻右舍不再为争用公共设施而发愁。而且每个住宅楼群都设有粮油店、肉菜市场、百货商场、银行、邮电所、医疗门诊楼、停车场、公共汽车场，并建立中学、小学、幼儿园等设施。"

据汕头城市建设局的官员介绍，历史原因曾造成地处海防前线的汕头市政建设缓慢。1983 年，市区近 50 万居民平均每人居住面积仅为 3.75 平方米，无房户和人均居住面积不足两平方米的严重困难户占居民总户数的 47%，全市居住水平在全国 324 个城市中倒数第三。现在，市区的住房面积比八年前扩大近两倍，居民人均居住面积达八平方米，跨入全国先进行列。

从 1984 年开始，汕头市人民政府统一规划建设住宅，以"政府补贴一点，机关单位补贴一点，职工本人承担一点"的办法把住房出售给居民。先后建成补贴出售住房两万多套，建筑面积达 100 多万平方米。

汕头市绝大多数居民的居住条件由此大大改善，但尚有一部分经济收入少、居住条件差的"困难户"。去年 5 月，市政府集资 700 多万元，筹建首批 400 套廉租公房，分配给这些人家。

今年春，汕头市政府又集资建造第二批 400 套廉租公房。

在玫瑰园，迁进新居的房主都称赞市政府关心群众疾苦不只挂在嘴皮上，而是装上心头。粤华幼儿园保育员杨静君一家四口，过去住在一间不足 11 平方米的旧房子，现在住进玫瑰园一套50多平方米的二室一厅新居，厅堂、卧室、厨房、洗手间、凉台等配套齐全。

“喜得广厦千万间，汕头百姓尽欢颜。先人遗愿今实现，诗圣当歌后人贤。”这是乔迁新居的居民，赠送给汕头市人民政府“统建住宅指挥部”的一幅诗匾。

（新华社汕头1991年11月12日电，与姚达添、胡创伟合作）

侨乡“购物天堂”——汕头新貌之五

人多地少的侨乡汕头，过去历届政府都要为解决百姓的吃穿问题而发愁。如今，这里已被四方顾客誉为“购物天堂”。

十年前，记者在汕头的机场、码头、车站看到那些回乡探亲访友的侨胞、港澳同胞，无不捎带回大箱小包的衣物、食品。现在，从班机、班轮走下来的一批批“番客”，却大多是轻装而行。

离开故居40多年的台胞陈其昌先生在汕头特区免税商场看到吃、用、穿的高档商品一应俱全，感慨地说：“早知这里电视机的种类和价格都跟香港不相上下，回汕头购买就省事多了。”

原来，他误认为彩色电视机是大陆寻常百姓可望而不可即的高档商品，途经香港时特地购买了两台18英寸的彩电。殊不知一踏进家门，却见亲属的厅堂上摆着29英寸的彩电。

汕头市工商行政管理局局长张朝祥不无自豪地说：“汕头虽为‘百载商埠’，但真正搞活流通是近十年的事。过去家庭主妇上市场，只能有什么就买什么，没有选择余地，而现在想买什么有什么。”这是历史性的变化。

漫步在汕头闹市区的金新、同益、福合和海平这四个规模最大的肉菜市场，但见鲜活产品林林总总，纵横成阵，鱼虾活蹦乱跳，鲜嫩瓜菜带着露珠，熟食档的各式烧烤腊味香气四溢，干货档摆满香菇、木耳、鱼胶、鱿鱼、干贝、燕窝、鱼翅等。徘徊在货架前的家庭主妇却为“不知吃什么好”而发愁。

店主们说，现在许多人讲究吃好吃鲜，大块肉、大尾鱼已不稀罕，龟、鳖、蛇、螃蟹、田螺、海贝等已成为家庭里的高档佳肴；鸡、鹅、鸭则从喜欢吃腿肉到喜欢吃翅膀脚蹼；鱼头、鱼肚的价格也比鱼背肉高。

坐落在海滨广场的日用品小商品商场，共有700多家铺位，大多是批发兼零售，吸引着国内外的客商，每年商品成交额逾亿元。在一个时装档前，一位自称“买买提”的新疆人说，这里的货物价格同深圳的沙头角差不多。

经营塑料制品为主的揭阳进贤门市场，塑料制品应有尽有，有贮物架、搁板、菜筛、菜篮、蝇罩、盆、桶、盘、勺、玩具、头花、发夹以及各式男女凉鞋、雨鞋和农用塑料制品，卫生清洁工具等。这些产品都是当地上千家乡镇企业或家庭企业生产的，并源源不断地销往全国28个省市，每年交易额达两亿元。

据官方统计：眼下汕头市城乡除了国营、集体办的商场、商店外还拥有集市贸易的各类专业市场、综合市场350个。去年集市贸易成交额达30多亿元，占全市社会零售总额的四成多。

商品多了，汕头人的消费心态发生了变化：食的方面讲究选择清爽、富有营养的精细食物；衣着方面趋向高档化、成衣化、季节化和花色品种多样化。彩色电视机、音响、录像机、电冰箱、空调机、摩托车、电话等家电已大量进入寻常百姓家。

（新华社汕头1991年11月14日电，与姚达添、胡创伟合作）

吴波谈发展汕头特区经济

汕头市代市长吴波今天向记者披露了汕头经济特区扩大范围后在吸引外资、改善投资环境等方面的实绩及今后的发展方向。

吴波今天率代表团前往香港访问。他此行将出席“九二”广东经贸洽谈会，会晤香港有关官员和实业家。

吴波告诉记者，汕头特区范围扩大近五个月来，新办了外资企业 259 家，投资额达 17.8 亿元人民币，高于 1990 年全年外商投资总额。

吴波由原特区管委会主任升为代理市长。他说，原特区内所有国有企业和外资企业均盈利，且 70% 产品出口。而扩大的范围内有 50% 的国营和集体企业亏损，因此改造老企业是加快汕头特区经济发展的首要问题。吴波说，欢迎外资企业和私营企业参与兼并亏损企业。

他说，汕头特区要建立全新的运行机制和管理体制，调整经济结构。提高办事效益，将市政府的机构从原来的 50 多个精简为 30 多个。

据介绍，汕头新成立了外商投资委员会。新特区已划分成四个市辖区，每个区将开发一个一平方公里的新工业区，以引进外资、与外商合作开发为主。

吴波强调，特区的经济发展速度要保持 22% 的年平均增长率，这样，新特区的工业总产值将从去年的 84 亿元增长到 2000 年的 400 亿元，实现翻两番半。

改善投资环境是特区的重要任务。吴波介绍说，汕头地区八大工程已相继批准动工：一是自来水厂，首期工程年内完工，二期工程明年底竣工，增加供水 40 万吨；二是特区港口，扩建现有的5 000吨级码头，明年10月开通万吨级码头，1994年建成3.5万吨级新码头；三是公路，近期内完成汕头地区内165公里公路扩建，路面拓宽一倍；四是海湾大桥，1994年8月竣工；五是大型发电厂，正在加紧施工；六是广（州）汕（头）公路汕头路段，已打好路基；七是广（州）梅（州）汕（头）铁路，正加紧施工；八是机场扩建。这八项重点工程投资60亿元。

（新华社汕头1992年3月24日电，与王传真合作）

汕头鼓励企业走出国门

汕头市代市长吴波在此间召开的特区工作会议上说，将采取措施鼓励有条件的企业走出国门，利用国外资源和市场，兴办一批生产性企业，参与国际经济交流。

据悉，目前汕头市已有汕头海洋（集团）公司、汕头国际贸易发展总公司、汕头经济特区物资发展总公司、汕头经济特区对外商业总公司、粤东企业（集团）公司等一批企业，先后到海外办企业。粤东企业（集团）公司自1990年以来，已先后在澳大利亚、泰国、老挝等国家和中国香港创办企业，获得了良好的经济效益。

吴波说，在巩固和扩大港澳市场的同时，汕头应下大力气拓展东南亚、日本、欧美、独联体各国、东欧、中近东和非洲市场，发展近远洋贸易和转口贸易，逐步提高直接贸易的比重。

吴波接着说，要继续利用香港为跳板，扩大与香港公司的合作，组成产销集团，采取在香港接单，在特区生产，在海外销售的“三点一线”方式，把更多的产品推向国际市场，增加出口创汇，争取今年全市外贸出口总值增三成以上。

吴波还强调，有条件的大企业和企业集团，应建立自己的科研机构和产品开发机构，追踪世界先进技术水平，开发适销对路产品，提高产品质量。要发挥汕头现有的行业技术优势，加快发展超声电子、感光音像、医疗器械、精加工食品等技术含量较高的拳头产品，争取在高科技领域占有一席之地，更好地参与国际竞争。

（新华社汕头 1992 年 4 月 17 日电，与刘彦武合作）

汕头海洋（集团）公司业绩显著前景广阔

名噪侨乡粤东地区的汕头海洋（集团）公司业绩显著，前景广阔。

这家公司经过八年的苦心经营，现已形成以石油化工的合成树脂为主体，包括磁记录材料、音像制作、塑料加工和电子配件等五大产业基础。今年上半年已完成工业产值 2.69 亿元人民币，出口额 738.85 万美元；预计本年度将实现工业总产值 5.93 亿元人民币，出口额 2 351 万美元。

汕头海洋（集团）公司的发展是汕头经济发展的一个缩影。它从发展低档的终端产品加工业、小型项目起步，又从低档产品推向中档产品，现在又立足于发展高档产品，实行跨国型集团经营。

海洋（集团）公司经国家批准，已在美国、中国香港设立公司，并在广州成立了以聚酯瓶厂为基础的海洋企业公司，在深圳成立了音像公司。

该公司总经理李国俊日前表示，到 1995 年，海洋（集团）公司的生产能力将达到 30 亿元人民币，形成拥有 25 万吨以上合成树脂生产能力的基地、50 万吨能源产品 MTBE 的生产基地和石油气储运销售基地。

（新华社汕头 1992 年 7 月 27 日电）

泰国正大集团将在故乡汕头大规模投资

泰国正大集团有限公司已与汕头市达成协议，将在汕头投资兴办商贸、工业等实业和学校。这是海外潮汕籍大企业家、大财团到故乡大规模投资的开端。

据悉，正大集团有限公司拥有种子、农牧、水产、市场供销服务、石油化工、房地产开发、国际贸易、汽车和机车等产业。目前，这个集团在我国投资的项目遍布大江南北。

正大集团有限公司董事长谢国民一再表示：到家乡汕头办实业不以盈利为主要目的，旨在体现建设家乡、造福桑梓的愿望。

协议包括下列项目：合作在澄海县外砂镇（谢国民的故乡）新津河两岸划出 3 500 多亩土地作为商贸规划用地，尽快建成一个综合性、多功能的现代化新城；合资兴办 PVC 胶皮布、管材、地砖等生产项目；联合台商合资创办微波通信设备企业；合作创办一所有较高水准和特色的技术专科学校；合资生产经营大型数字程控交换机和光纤电缆等项目；合资经营电话系统的各项软件配套。

（新华社汕头 1992 年 8 月 22 日电）

汕头兴建高新技术产业园区

主管汕头市工业的杨辟明副市长日前向新闻界透露：汕头经济特区在发展基础工业的同时，将把开发高新技术产业放在发展国民经济的重要战略位置上，并正在逐步实施这个计划。

据杨辟明介绍，目前汕头市已着手兴建汕头高新技术产业开发区。该区分东西两片。西片地处汕头大学西南侧，依托汕头大学和其他科研机构，并参照美国硅谷斯坦福工业园和英国爱丁堡新兴科学城的模式，逐步实现教学、科研、技术开发三结合。东片地处汕头的中心地带，将利用已具备的投资环境硬件，组织高新科技项目，先行启动运转。

杨辟明说，已正式动工兴建的东片开发区，将首先兴建环球科技大厦、电子城、超声仪器城及邮电工业城。目前已筛选出填补国内空白或达到国际先进水平的 TFT 型液晶显示器、微波通信系列产品、彩色多普勒超声显像诊断仪、脑血管功能检测仪、电脑绣花打版系统等十多项高新科技项目。据说，这些项目都将在此兴办。

据汕头高新技术开发区管理办公室官员透露，开发区自筹建以来，已先后有泰国、马来西亚、加拿大、美国及中国香港、澳门、台湾等地的一大批客商前来投资，国内也有许多企业、单位前来洽谈并带新技术项目入区。

（新华社汕头 1993 年 1 月 1 日电）

汕头市社会经济进入高速发展时期

实行全方位对外开放的著名侨乡汕头市目前社会经济已进入高速发展时期。

据最新统计数字显示：1992 年汕头市工农业总产值达 171.4 亿元人民币，比上年增长 21.4%，高于全国平均增长水平。农业生产获得大丰收，水稻全年平均亩产逾 1 000 公斤，总产量达54 万多吨，创历史最高纪录，成为全国第一个“吨谷市”。乡镇企业完成工业产值达 34.4 亿元人民币，比上年增长 39.4%。预算内财政收入为 9.33 亿元人民币，比上年增长 18.3%。

1991 年 11 月起，汕头经济特区范围扩大到整个市区，面积从原来 52.6 平方公里扩大到 234 平方公里。从此，中共汕头市委和市政府实行全方位对外开放，并确定了“抓开放、促开发”，“引进来、打出去”的战略方针，运用各种优惠政策，逐步摸索出一条外引内联、向外发展的路子，促进了外向型经济的迅速发展。

1992 年，汕头市进出口贸易总额达 33.5 亿美元，比上年有了较大幅度的增长。

目前，汕头市外资企业进入高速发展时期。1992 年汕头市新批利用外资合同达 1 118 项，合同投资总额达 16.6 亿美元，分别比上年增长 2.27 倍和 1.7 倍，其投资额比前 12 年的投资总和还要多，并呈现投资行业广、投资规模大、技术档次高的新的发展趋势。

改革开放 14 年来，汕头市综合实力不断增强。最近由国家权威部门公布的科学评价结果表明，汕头市已进入“中国城市综合实力五十强”之列。

此间经济界人士认为，随着基础设施和环境的改善，制约着汕头经济发展的交通、能源等问题的逐步解决，今后汕头市社会经济将持续高速发展。

（新华社汕头 1993 年 1 月 5 日电，与姚达添、王传真合作）

汕头发展外向型经济卓有成效

素有“百载商埠”之称的汕头，发展外吐型经济卓有成效，今年一二月份，出口创汇达 1. 24 亿美元，比去年同期增长 27% 以上。

产品出口势头日旺的汕头经济特区，去年出口创汇额达16 亿美元，位居全国城市前列。目前，汕头利用外资正向高层次、大型化发展。为了吸引外资，汕头专门设立了投资委员会，并建立了保税区和南澳岛综合开发试验区，通过陆续出台的一系列政策措施，使 1992 年成为汕头利用外资规模最大的一年：利用外资签约平均每天 3 项多；协议外商投资金额达 11 亿多美元，超过了前 13 年的总和。今年外商投资继续保持强劲势头，其特点是：大财团、跨国公司前来考察和洽谈项目增多；引进了一批规模大、档次高的项目；投向基础设施的外资增多；房地产、旅游等第三产业成为外商投资热点；外商投资兴办金融业引人注目。

对外贸易活跃是汕头发展外向型经济的又一突出成就。1980 年汕头出口仅 2. 51 亿美元，1992 年达到 16 亿美元，12 年增长了 5. 39 倍。现在，汕头特区已同 36 个国家和地区直接建立了贸易合作关系，主要出口商品达 20 大类 1 000 多个品种，在服装、轻工、工艺品、陶瓷等行业中涌现出一批创汇百万至千万美元的大户，并形成多层次、多渠道、多形式的外贸格局。

在发展外向型经济的过程中，汕头注意有特色的工业生产门类，初步形成了以工业为主的外向型经济体系。目前，汕头经济特区的合资企业已达1 800多家，外商投资企业的产值约占全部工业企业产值的三成多，成为汕头特区经济的重要组成部分。

汕头特区外向型经济的发展还与他们十分注意培养人才有关。仅去年接受国内各种培训的特区干部职工就达6 000人次。他们还有计划地选派企业经理、业务人员到出口商品的主要国家考察市场、推销商品，在实践中提高工作能力。

（新华社汕头1993年3月23日电，与徐耀中合作）

侨乡汕头充分开发利用地下空间

汕头市充分开发利用地下空间，为建设立体化、多层次的现代化特区城市开拓了广阔的发展前景。

据统计，该市1992年人民防空工程平战结合利用率达62.9%，充分体现人防工程的战备效益、社会效益和经济效益，并被国家人民防空委员会授予“全国人防工作先进单位”称号。

汕头市在多年的城市建设中兴建了一批大型平战结合的人防工程。目前已列入或正在规划利用地下空间项目有铁路客运站广场、十一号街区新城市中心地下广场、中心广场地下工程等公共设施地下工程。工程建成后，平时可作为商场、娱乐场所、车库、过街人行道等配套设施，将有效地解决城市公共场所人员密集、车辆拥挤等问题，实现人车分流，形成立体交通。

汕头经济特区地域范围扩大之后，房地产开发高潮迭起，市区高层建筑如雨后春笋般涌现。据城建部门统计，目前已在建或报建、立项的高层建筑达120多幢（组）。对这些高层建筑，有关部门十分重视地下空间的规划与开发，做到人民防空建设与城市建设有机结合。

据介绍，到汕头投资房地产开发的海外侨胞和港澳台同胞，也都做到地上建设与地下空间开发相结合。“汕头第一城”在规划方案中设计出八万多平方米的大规模地下城；“财团广场”也规划设计出 1.4 万平方米的结建地下工程；特区奋发科技园大厦还建设了汕头第一个地下二层的结建工程。

（新华社汕头 1993 年 3 月 29 日电，与陈捷合作）

老口岸汕头港再造新优势

历史上曾繁荣一时的老口岸汕头港，如今正再造新优势，努力塑造现代化国际港口城市。

汕头港位于潮汕地区的韩江、榕江、练江三江的出海口，背靠粤东、闽西南、赣南等经济腹地。1861 年，汕头就曾辟为对外通商口岸。改革开放以来，商业繁荣，外向型经济发达，又成为华侨和台港澳同胞出入境的重要口岸。

80 年代以来，汕头港已建成 500 吨级泊位八个，1.6 万吨级待泊锚地两个，改建 5 000 吨级和 3 000 吨级集装箱泊位各一个，并装备了一大批现代化装卸设备，还兴建了 5 000 吨级客运码头。目前，汕头港已与世界上 50 多个国家和地区的 160 多个港口有了货物往来，并开通每天往返香港的客轮航班。去年，汕头港的吞吐量达到 460 万吨，其中进出口货物 204 万吨，集装箱 2.8 万个标准箱；进出境旅客达到 27.6 万人次。

目前，汕头港广澳港区 3.5 万吨级深水码头一期工程正在施工，将建成三个深水泊位。这个工程完工后，汕头港年通过能力将增至 1 000 万吨。引进外资兴建现代化集装箱专用码头的项目，日前已在香港签约。

（新华社汕头 1993 年 12 月 5 日电）

汕头经济特区十年艰苦创业成绩斐然

汕头经济特区经过十年的艰苦创业，依托内地，增强自身实力，不断发挥窗口作用，成绩斐然。

十年间，汕头经济特区的年工农业总产值从 40 多万元增至 35 亿元；出口创汇总值从只有 449 万美元增加到 5. 5 亿多美元。

十年间，汕头经济特区建立了以出口为目标的工农业生产体系，先后同 36 个国家和地区直接建立了贸易合作关系。主要的出口商品有服装、医药、机电、食品、陶瓷、塑料制品等 20 大类，约 1 000 个品种。对外贸易已形成直接贸易与间接贸易相结合，转口贸易与远洋贸易相结合的多渠道、多形式的外贸格局。

十年间，先后到汕头经济特区投资办企业除香港、澳门、台湾地区外，还有新加坡、韩国、泰国、美国、法国、巴拿马、德国、瑞典、日本等 20 多个国家和地区。投资范围涉及服装、电子、制药、钟表等 20 多个行业。这些行业已是特区生产发展的主力，其产值约占特区工业总产值的七成。外商投资办企业普遍盈利。投产一年以上的外资企业，有一半以上扩大了生产规模。

汕头经济特区是中国五个经济特区之一。十年前这里是布满仙人掌、野剑麻、荆棘的荒沙滩。1984 年 11 月，国务院将汕头经济特区的面积从 1. 6 平方公里扩大到 52. 6 平方公里。今年 4 月，国务院又决定将汕头经济特区的面积扩大到 234 平方公里。这不仅是地域范围的扩大，更重要的是表明中国坚持改革开放的信心和创办经济特区的成功。

汕头经济特区起步较晚，由于受地理位置、交通、能源等客观条件的制约和资金筹措遇到的困难，因此“坚持从实际出发，量力而行，尽力而为，讲求效益”的方针，不盲目地铺摊子，争速度。实行“开发一片，建设一片，投产一片、获益一片”的滚动式发展方针。在资金筹集上，特区坚持以自筹和利用外资为主，国家帮助为辅。截至今年 9 月底，特区在累计完成的基本建设中，48% 的资金是特区自我积累的，13.3% 的资金是内联企业的投资，20.6% 的资金是来自外商的直接投产，向国家贷款只占 16.6%，国家拨款只占 3.7%。

在引进外资和技术设备方面，汕头经济特区不“贪大求全”，即使是规模小一点、技术低一点的外商投资的企业，只要符合国家投资方向的项目就一视同仁，并让外商有利可图。这样做的结果，外商投产意愿高，生产规模不断扩大。这是吸引外资最有说服力的“形象广告”。

汕头经济特区的范围扩大到整个市区后，决策者们已作出规划，从发展外向型经济的特点出发，发挥侨乡优势，工业的发展以“新、轻、精”为主；在多渠道集资方面，以利用外资为主；在国家计划的宏观指导下，以市场调节为主。努力走出一条符合汕头实际、具有侨乡特色的发展路子，把汕头建设成为一个经济繁荣、社会文明、环境优美、生活富裕的新型港口城市，成为粤东的经济、金融、商贸、旅游、文化、技术和信息中心。

（新华社汕头 1991 年 12 月 7 日电）

汕头经济特区发展外向型农业收益显著

汕头经济特区的一大特色是创办外向型农业，把特区的先进农业科学技术同侨乡潮汕“绣花式”精耕细作结合起来，从而带动了农村创汇农业的发展。

近几年来，汕头经济特区的农副产品及其加工品出口创汇每年以近1 000万美元的速度增长。1989年出口创汇达5 000多万美元。

汕头经济特区管委会主任吴波说，特区外向型农业有如火车头，牵动着内地一些地区沿着创汇农业轨道行驶。

春天，汕头特区特种农艺开发中心里，满园姹紫嫣红的奇花异卉，秀木珍果。这里已成为创汇农业的科学实验和示范基地。几年来，该中心先后引进200多个蔬菜、果树、花卉新品种和良种品系，在薄膜大棚、雾化育苗室、玻璃温室里进行无土栽培，或采用植物的组织培养技术和用试管苗繁殖的方法进行快速育种，再到试验田表种。从中筛选出青花豆、甜椒、甜白菜、甜豌豆、甜玉米、蝴蝶菜等，以及日本草莓、非洲紫罗兰、荷兰香石竹等一大批能适应本地的自然气候、在国际市场上有竞争能力的品种，然后在特区外布点，有计划地大面积种植，获得良好的经济效果。

鳗鱼是侨乡潮汕的名特产。1985年，特区建立起养鳗联合公司，把分散在饶平、惠来、揭西等县的国营、集体、个体办的养鳗场联合起来，由“联合公司”提供资金、技术、鳗苗、饲料和包销产品等服务。“联合公司”还从国外引进烤鳗生产线加工烤鳗出口，使鳗鱼增值二成以上。1989年，特区的活鳗和烤鳗出口创汇达1 100多万美元。

在特区粤华速冻果蔬有限公司的工厂里，但见那些鲜嫩的蔬菜，经过选择、清洗、切割、急冻、包装等工序，前后约十分钟，就制成速冻菜成品了。这两年，该公司引进了两条生产线，一年可生产蘑菇、芦笋、豆类等出口急冻蔬菜 2 500 吨。产品不受出口许可证的限制，畅销北美、西欧、中东地区等十多个国家，一年创汇达 250 万美元。现在，该公司不仅在汕头农村布点建立蔬菜生产基地，福建省诏安、漳浦、东山等县大批芦笋、蘑菇、毛豆等，也源源输送到特区进行深加工。

汕头经济特区刚起步就创办了园艺场、蔬菜场、柑橘示范场、畜牧场、水产养殖场和农副产品加工场。引进侨资、优良种苗种畜、先进加工技术设备和管理方法，在特区的农业控制区进行试验、示范、鉴定，然后向内地推广。同时，运用经济杠杆，同内地农村实行多种形式的经济联合，发展创汇农业。

（新华社广州 1990 年 4 月 26 日电）

汕头国际贸易发展公司的崛起

在汕头，人们称这里的国际贸易发展公司是“侨乡建设的架桥人”，如今，这家公司正在向跨国集团公司迈进。

汕头国际贸易发展公司在改革开放中坚持为地方经济发展和侨乡建设服务的经营宗旨，充分利用经济特区、沿海开放城市及著名侨乡等诸多有利条件，引进外资，发展多种经营，兴办企业和跨国经营业务。目前，它已发展成为汕头口岸一家外向型集团性跨国经营企业，拥有固定资产 4. 8 亿元人民币。截至 1990 年底。该公司购销总额达 13. 8 亿多元人民币，自筹外汇收支总额达 1. 7 亿多美元。这家公司业务发展很快，先后与香港多家经济实力雄厚的企业发展横向联合，并同日本、美国、苏联、德国、意大利、法国、澳大利亚、泰国等国家和地区的工商界、金融界加强广泛的交往，初步形成了“汕头—北京—香港”“香港—美国—泰国”的业务网络。

目前，该公司在汕头、广州、深圳、香港及美国、泰国等地已有全资企业及合资合作企业25家，遍及交通、能源、机械、五金矿产、电子、轻工、纺织、塑料化学、旅游、房地产、酒店等行业。这家公司已连续五年被广东省和汕头市政府授予“重合同守信用”荣誉单位的称号。

该公司靠发展跨国经营、开拓国际市场壮大起来。香港润汕贸易有限公司是汕头国际贸易公司在境外最先创办的一家合资公司。它是该公司引进外资、兴办实业的主要窗口和桥梁，也是对外贸易和开拓国际市场前沿阵地和跳板，在公司走向跨国经营中发挥了重要而又特殊的作用。1989年初，汕头国贸联合浙江、厦门两家公司，投资3 300万美元，收购了美国凯曼公司属下一家聚丙烯工厂50%的股权，从而使中方每年获得了十多万吨聚丙烯产品的经销权。这是直接利用外资、利用国外先进技术、设备和管理的项目，具有投资少、见效快的优点。

（新华社汕头1991年10月4日电）

首届国际潮剧节在汕头市举行

首届国际潮剧节于1993年2月1日至5日在潮剧的发源地广东省汕头市举行。广东、福建、香港和来自美国、法国、泰国、新加坡共有29个潮剧团（社）参加演出节日，是国内外潮剧爱好者一次大饱福的难得机会。港澳地区和泰国、新加坡、马来西亚、菲律宾、美国、加拿大、法国、日本、韩国、德国等国家的潮州会馆、商会、企业界的一些负责人或代表也前来观看演出。

泰国潮州会馆对这次国际剧节十分重视，提前从泰国全国各地的 30 多个潮剧团中，抽调一批优秀演员，组成 50 多人的演出阵容，认真排演、磨合。在这次潮剧节中共演出《霸王别姬》《潇湘秋雨》《包公陈情》等剧目，博得海内外潮剧爱好者的赞扬。

法国潮州会馆剧潮团应邀到瑞士演出完刚回到巴黎，便推迟到比利时、荷兰、英国为华侨义务演出的时间表，匆匆忙忙飞越关山到汕头参加国际潮剧节。副团长陈明松说：“为了弘扬中华民族文化，为了传播潮音，我们想方设法克服各种困难，使潮剧团在巴黎长期发展下去。”

到汕头参加潮剧节的美国洛杉矶玄武山福德善潮剧团负责人肖奇桐、卢炳钦、马贞添先后说：海外赤子眷恋故乡之情难以言表，洛杉矶居住着十多万潮汕籍华侨、华裔，至今还保留着许多潮汕的生活方式和风俗习惯。每年春节，潮剧团都以潮州大锣鼓、潮州音乐和大标旗等参加游行，吸引着大批洛杉矶市民。1991 年夏季，中国华东地区和潮汕地区分别发生水灾和风灾，潮剧团义演《一门三进士》等传统剧目，筹得的款项全部捐赠给中国灾区。

潮剧是岭南地区的主要地方剧种之一，流传至今已有 400 多年的历史。潮剧遍及粤东、闽西南地区，并流行于港澳地区和东南亚各国。潮汕人遍布世界各地，“凡有潮水到的地方，就有潮汕人的足迹”。潮剧随着潮汕人的足迹传播到世界各地。潮汕地区本土有 1 000 多万人口，旅居海外的潮汕籍同胞约 1 000 万人口，潮剧界的人士说：“潮剧的一半观众在海外。”

据汕头潮剧团的统计：在 1979 年至 1989 年这十年间，汕头潮剧应邀五次赴泰国、四次赴新加坡、三次赴香港演出。潮剧这个“舞台小世界”，却登上“世界大舞台”。柔情似水的潮音，固然令潮汕人为潮剧感到自豪，更重要的是，千百年来中华文化熏陶出来的炎黄子孙，尽管世道变了，但他们爱国爱乡的理念永远不变。

潮剧节开幕的第二天晚上，在汕头潮汕体育馆举办的“海韵潮音”大型文艺晚会上，来自美国、法国、泰国、新加坡和香港、广东、福建的400多位潮剧演员，联合隆重演出《梨园子弟有万千》剧目，壮观的场面、恢宏的气势、精湛的演技扣人心弦，激起了观众阵阵的赞叹声和经久不息的掌声，真个是“曲如潮、人如醉，潮音响，传五洲”。

（新华社汕头1993年2月10日电）

港澳台商偏爱到汕头市投资兴办实业

汕头市是一个充满魅力的地方，受到港澳台商的青睐，竞相前来投资举办企业。

自从1991年11月汕头经济特区范围从原来的52.6平方公里扩到234平方公里后，港澳台商的投资也纷至沓来。据不完全统计：到9月底，港澳台资企业就有2 606家，投资额近40亿美元。

香港锦荣企业有限公司近年来的投资规模不断扩大，目前独资注册资本已达1.5亿元以上，成为拥有制衣、印花、工艺、塑胶、厂房开发、酒店等多行业、多品种的经营实体。这是港澳台商在汕头投资的第一个趋势。

投资结构已由原来的劳动密集型向技术含量高、附加值高的生产性项目发展，这是港澳台商在汕头投资的第二个趋势。过去投资多集中在服装、食品加工、塑料等轻工业类，现在已逐步出现了高分辨显示器、手提式电脑、微波通信设备、彩色超声显像仪和液晶显示器等高精尖技术设备。

港澳台商投资参与汕头市对老企业进行技术改造，促进产品更新换代，取得较好的经济效益，这是第三个趋势。汕头超声仪器工业集团原是我国“超声产品之母”，由于多年来设备、技术、没有更新，逐步落伍。香港汕华发展有限公司对其注入资金，引进超声印刷板等先进设备，一跃成为我国超声行业数一数二的超声工业集团公司。

港澳台商在汕头市的投资重点已从“三来一补”转向交通、电力、电信、能源等基础设施，这是第四个趋势。眼下汕头市正在建设的发电厂、高速公路、跨海大桥等，无一没有港澳台商的投资。到目前为止，批准兴建的火力发电项目就有七个，投资额达 20 多亿美元。台湾四个财团已决定合资 15 亿元人民币，承建连接南澳与澄海总长 7 480 米的跨海大桥。

港澳台商在汕头市的投资重点已从市区向边远山区和荒地海滩，这是第五个趋势。台湾欧陆经济技术开发公司投资八亿元人民币，与澄海县合作，开发海滩 3 500 亩搞房地产，筹建“金叶岛国际花园”。

汕头市的南澳岛，在台湾的同胞有十万人，比南澳岛本土人口还多。南澳成为台商投资的热点，已有台资企业 200 多家。由十多家台商合作投资一亿多元的“台湾大厦”已动工兴建。还有不少台胞拟集资在岛上筹建“台湾街”“台湾小商品市场”等。

最近，李嘉诚先生又大手笔在汕头投资，签了三个重要项目的合约：第一，与汕头市人民政府合作开发“汕头第一城”，预计总投资 12 亿元人民币，占地 10.6 万平方米，兴建办公楼、住宅楼、商场、幼儿园、综合性俱乐部及其他配套服务设施；第二，与汕头市电力开发公司合作，经营长潮、长海、长浦三个发电厂，投资总额 15 亿元人民币，总装机容量 28 万千瓦时，预计明年 6 月底建成发电；第三，参与汕头海湾大桥，深汕高速公路东段、现代化集装箱码头等汕头市重点基础设施项目的建设。

（新华社 1994 年 3 月 18 日电，与韩舞燕合作）

汕头对外经贸结硕果

今年以来，著名侨乡汕头市充分发挥侨乡优势，拓展国际市场，扩大进出口规模，提高利用外资水平，从而促进了全市对外经贸工作的迅速发展。

汕头市对外经济贸易委员会资料显示，今年1月至11月，汕头市进出口贸易总金额达46.8亿美元，比去年同期增长21%。其中，出口19.8亿美元，比去年同期增长两成；进口27.2亿美元，比去年同期增长近一成。预计今年全年汕头市出口贸易将首次突破20亿美元。

今年汕头出品规模经营有了新的突破，目前全市出口超过1 000万美元的大户已从去年的20家增加到25家；出品超出1 000万美元以上的大宗商品有15个。此外，出口市场继续朝多元化的方向发展。今年，汕头市商品销往110个国家和地区，在巩固港澳市场的同时，对远洋贸易出口有显著的增加。

利用外资是汕头发展经济的主要优势。1979年至1993年全市累计批准各种利用外资合同（协议）逾一万宗，合同利用外资38.28亿美元，实际利用外资17.34亿美元。今年1月至11月，汕头新批利用外资项目600宗，合同利用外资12亿美元，实际利用外资6.5亿美元。

目前，汕头利用外资已经从注重数量趋向于注重质量，中方选择外方、外方选择中方的双向选择意识增强。

据该市外经贸委官员分析，今年汕头利用外资虽然在数量上有所减少，但在整体质量上却比以往有很大提高，呈现出新的特点。

其一，项目投资规模大。平均每个外商直接投资项目合同利用外资 211 万美元，突破了近几年来单项投资额徘徊在 200 万美元以下的局面。其中，投资额达 1 000 万美元以上的企业有 20 家。香港富商李嘉诚继去年投资能源、电力项目后，今年又投资集装箱货运码头、“安居”工程、高标号水泥厂三个大项目，还签订了三个发电厂各增加 20% 股本的合同。以上六个项目，李嘉诚共投资三亿多美元。

其二，投资结构更趋合理。今年在外商直接投资的 528 个项目中，六成以上属于生产性项目。其中，第一产业 14 个，第二产业 305 个，第三产业 209 个。娱乐性和房地产项目得到有效的控制。外资主要投向能源、交通运输和通信等基础设施、基础产业和高新技术开发等领域。

此外，利用外国政府贷款项目又有新的进展。如汕头海洋集团聚酯切片厂扩建特种切片工程项目利用科威特政府贷款 2 980 万美元，南澳风能项目利用丹麦政府贷款 340 万美元的贷款合同，都已正式签字。

（新华社汕头 1994 年 12 月 19 日电，与姚达添合作）

龙湖仍是汕头特区经济最有活力的增长点

汕头经济特区扩大范围后，原特区、现今的龙湖区社会经济发展情况如何，备受人们关注。

龙湖区委书记张第高最近接受本社记者采访时说，近几年来，龙湖区国民经济继续保持持续、快速、健康发展的势头。1994 年工业总产值首次突破 50 亿元大关；外贸出口和实际利用外资再创龙湖区最高水平；各项社会事业蓬勃发展。

1991 年 11 月，汕头特区范围由原来的 52. 6 平方公里扩大到全市区的234平方公里。从此，龙湖区面临着特区优势逐步淡化的挑战。

据介绍，为创造特区新优势，龙湖区大力培育新经济增长点。

一是以信息产业为重点，加快科技型经济的发展。龙湖区投入3 000多万元的实业发展基金和科技基金扶持36个项目，重点扶持发展信息产业和高新技术产业，使信息产业得到较快发展。仅1994年，新办信息产业八家，投资额近亿元；信息产业在产企业28家，实现工业产值近九亿元，占全区工业总产值的18%，成为龙湖区工业经济新的增长点。

同时，龙湖区投入科技经费300多万元，扶持15个开发、生产项目，已有五个项目被列入省市高新技术发展计划，六项产品被列入省级新产品试制计划，三项产品被批准列入国家级新产品试制计划。

近年来，龙湖区利用外资把引进信息产业项目、高新技术项目放在首位。去年龙湖区属下公司同美国、德国一些跨国集团公司合资兴办了一批高新技术产业和信息产业项目。产业结构的调整带动了产品结构的优化，目前已有一批高新技术产品销往国内外市场。

目前，龙湖区已有六家“三资”企业跨入“全国五百家最大规模外商投资企业”行列。鮀滨制药厂跨入中国“一百家最大医药工业企业”和“全国百强高新技术企业”的先进行列。

二是扶持骨干企业，促使其上规模、上水平、上效益。龙湖区对60家年产值超1 000万元的工业企业加强跟踪管理和服务，增强它们的发展后劲。去年剔除上调市企业，全区年产值超1 000万元的工业企业增加到75家，创产值36亿多元，占全区工业总产值的七成以上。

三是努力拓展国内外市场，外贸出口大幅度增长。龙湖区大部分企业都有十年左右开展对外贸易的经验，拥有渠道广、客户多、专业性经营人才等方面的优势。去年出口贸易金额达7.15亿美元，比上年增长四成多。其中，一般出口贸易3.27亿美元，增长九成多。

（新华社汕头1995年2月16日电，与姚达添合作）

汕头即将开通直抵香港的海上客运航线

广东汕头经济特区至香港的海上客运航线，即将开通。为此，已从国外购买了豪华客轮。

在此之前，汕头至香港的货运航线已于去年6月底开始营运。

已经动工的特区专用码头，目前也在加紧施工，计划将在年底建成，投入使用。

在特区上述海运设施改善的同时，其他基础工程也取得进展，主要有：

——已建成标准厂房、高级宾馆、商场、住宅等46 660多平方米；

——修建高质量公路11条，总长5 000多米；

——完成了特区的电信、电力、自来水等基础工程；

——基本完成了龙湖加工区的开发；

——在特区19.3平方公里的面积内，建设了一个农业区，现已开办了饲养场、水产养殖场、农艺场，并引进了国外先进农业技术和禽畜良种。

汕头经济特区是1981年11月开始建设的，它是中国四个经济特区之一。由于投资环境的逐渐改善，现在，已有11个国家和地区的2 000多位客商前来考察和洽谈投资业务。目前，已签订合同 18 项。其中，已有六家外商工厂投产。

（新华社广州 1984 年 4 月 20 日电）

汕头经济特区六个合资企业投产

广东省汕头经济特区已有六家外商工厂投产，还有十几个即将建成投产。

这六个由当地和香港厂商投资兴建的企业主要经营塑料玩具、电子玩具、服装、地毯和家具。

据特区负责人说，另有 12 个合资企业将于今年年底投产。

汕头是中国经济特区之一。其他三个经济特区是广东的深圳、珠海和福建的厦门。

近两年来，汕头特区建成的工程包括厂房、高级宾馆、商场、住宅、水泥路面以及电信、电力、自来水等基础设施。

特区专用码头已开始施工，计划今年底交付使用。一条 280 海里长的汕头至香港货运航线已于去年通航。特区还将开辟汕头至香港的客运航线。

（新华社广州 1984 年 4 月 25 日电）

汕头农村建口岸，产品直运港澳

广东汕头市农村建起了地方口岸，海产品直运港澳，成为港澳热门货。

截至今年6月，已建立五个地方口岸。汕头市沿海渔民捕捞的龙虾、对虾、螃蟹、鱿鱼、石斑鱼等海产品，当天从地方口岸起运，隔天就可抵达港澳。

三年前，汕头市农村的大批出口物资，必须运往汕头港或用汽车运往深圳转口。

开辟农村口岸可节省一半运费，商品的保活、保鲜程度大大提高。

汕头市农村的五个地方口岸，目前拥有11艘货轮。今年上半年运往港澳的农副产品、土特产、工艺品和鲜活商品等物资达到22 190多吨。

（新华社广州1984年8月15日电）

汕头市重视发展食品加工业与农业相互促进

广东省汕头市积极发展食品加工业，使食品加工业与农业相互促进。

汕头市辖八个县和一个县级市，农业资源丰富，历史上就有加工食品的传统。近两年来，他们在恢复传统名牌食品的同时，积极开发新产品。澄海、揭阳和潮州等县市，利用冬闲田生产良种芥菜、白菜、椰菜和萝卜，然后腌制加工为冬菜、菜脯和咸菜。水果加工工业也兴旺起来。目前，全市已有13个水果罐头厂和凉果厂，以及一些小型的水果腌制厂，一年加工水果100多万担，加工产品有菠萝、柑橘、荔枝、阳桃、黄皮、梅、李、橄榄罐头和凉果、干果等，共70多个品种。

食品加工业的发展推动了农业生产的发展。现在，这里的许多粮谷、豆类、蔬菜等也经过加工转变为畅销食品。去年，汕头市食品加工业总产值达 4.1 亿多元，预计今年又将有较大幅度的增长。去年，汕头市水果总产量 300 多万担，创历史最高水平。除将部分果品调运到国内各地和港澳市场外，剩下来的都及时就地加工。水果有了出路之后，农民发展水果生产的积极性也就提高了。今年，全市又新栽种柑橘、荔枝、香蕉、菠萝、梅、柿、李等共 63 700 多亩。

（新华社广州 1984 年 10 月 15 日电）

汕头经济特区加快建设步伐

起步较晚的汕头经济特区加快了建设步伐，今年以来客商投资总额相当于前两年的三倍，占特区创办以来投资总额的 70% 以上。

汕头经济特区于 1981 年 11 月开始建设时，重点放在开发、建设龙湖工业加工区和为客商投资办企业创造良好环境方面。今年初，汕头经济特区对管理体制进行了一系列的调整和改革，简化办事手续，提高工作效率，进一步为客商提供方便；同时，重新修订了特区建设的总体规划，把原来单一搞加工出口的产业结构，调整为以工业为主，工业、农业、商业、旅游业、房地产业和交通运输业综合开发的产业结构，出现了全面加速发展的新局面。到目前为止，这个特区已先后同东南亚和港澳地区的客商洽谈，签订合同 26 个项目，投资总额四亿多港元。其中今年签订的就有 14 个项目，金额达三亿多港元。此外，特区还引进了一批技术较先进的项目，如微电脑、电子计算机软件和农副产品深度加工等技术。

如今，汕头经济特区已有十家客商投资兴办的工厂先后投产，地毯、玩具、五金制品、服装、家具等主要产品已陆续进入国际市场。

（新华社广州 1984 年 11 月 11 日电）

汕头经济特区引进外资和先进技术改造传统农业

广东省汕头经济特区积极引进先进的农业技术设备和优良种苗改造传统农业。

汕头经济特区农业区位于汕头市郊南海之滨，总面积 19.3 平方公里。这里土地肥沃、气候温和、雨量充沛，是我国著名的农业高产区。为了把汕头“绣花式”的传统精耕细作同使用先进农业技术设备、管理方法结合起来，加快实现农业现代化，1982 年，特区成立了农业发展联合公司，先后与泰国、新加坡、日本、丹麦、美国和中国港澳等十多个国家和地区的商人签订了 15 项合同，引进了一批外资、先进农业技术设备和 20 多个优良种苗，建立了农艺、园艺、水果、蔬菜、禽畜、水产、野生动物的种养场、饲料厂和农副产品加工场，为创办新型农业做出榜样。这里的水产养殖场采用了新技术，把野生的鳗鱼改为大面积人工养殖；把海滩螃蟹养成经济价值较高的膏蟹。水果场试种的一种优质蜜柑，眼下果实累累。这种蜜柑从种植到挂果仅用了一年半时间。养蛇场的蛇室安置着空调设备，蛇在舒适的环境里生长繁殖。从抽蛇毒、取蛇胆、剥蛇皮和加工蛇肉等工序，都使用先进的技术设施。

目前，这里生产的鳗鱼、螃蟹、对虾、潮州柑等鲜活产品已开始出口。

（新华社广州 1984 年 11 月 22 日电）

汕头大力发展商品住宅
有效地缓解了住房紧张状况

广东省汕头市把改革住房分配制度作为解决城市住房困难的出路。从 1984 年起，实行多渠道集资建造商品住宅，以补贴的形式优先出售给缺房户。市民说这样做上合国情、下顺民意。

汕头市区人口稠密，前些年人均居住面积仅 37.5 平方米，长期占据马路两侧搭木屋居住的竟有几千户人家。1984 年，汕头改革了住宅由国家包下来低租分配的制度，从地方财政拨款建造商品住宅，实行国家补贴三成、机关企业补贴三成、个人出资四成的购房办法。这样，解决了单靠国家包不起、单靠企业负不起、单靠个人买不起的难题，使那些急需住房而无能力全价购房的人有了指望，国家也及时回收社会资金，一举两得。

三年来，汕头用于市区补贴出售住宅总投资为 6 593 万元，回收购房资金 4 852 万元，回收资金全部用于扩大再生产；市区共建造商品住宅 32 万多平方米，安排 6 800 多户人家迁进新居。现在，全市人均居住面积已提高到 44 平方米。汕头市商品住宅群集中于东面的新市区。这里并排矗立着的楼房，造型别具一格，街心设置花圃、草坪、凉亭、喷水池等；街景宽敞整洁，富有潮汕地方庭院特色。楼房里分别设一房一厅、二房一厅、三房一厅等。退休工人陈文，老两口身边还有四个子女，过去挤住在一间不足 20 平方米的旧屋。陈文付出 7 300 多元购买了二房一厅、面积 46 平方米的一套房，安排给两个年纪大的孩子建立起小家庭，陈文老两口和两个年纪小的子女虽仍住旧屋，但全家居住条件已得到改善。

汕头市城建部门算了一笔账：过去市区每年由地方财政拨款

500 万元建房，只能建造 2 万平方米。现在地方财政每年拨出相同的资金，加上机关企业和个人筹集的资金，能建造住宅近十万平方米，加快缓解全市住房的紧张状况。

（新华社广州 1987 年 6 月 15 日电，与王言彬合作）

汕头经济特区农业取得成功

当地一官员今天说，汕头经济特区已成为发展创汇农业的橱窗。

目前，特区的鳗鱼、对虾、梭子蟹、潮州柑、蔬菜等项目已基本形成生产、加工、出口一条龙。

产品出口率达 99% 以上，去年农业创汇达 2 000 多万美元。

汕头经济特区的负责人对记者说：“特区办农业的主要目的不是图特区自身的发展，我们把硬功夫用在带动内地农业发展方面。”

这位负责人说：“近几年来，汕头经济特区引进了新品种和新的农业技术设备，然后择优向潮汕平原推广。1986 年，潮汕地区年农业创汇额达到 1.4 亿多美元。”

过去潮汕出口的蔬菜大多数是大路货，现在大面积种植芦笋、甜玉米、甜椒、西兰花、豌豆苗、皇京白菜等高档蔬菜。

汕头特区还引进了鱼、虾、蟹、贝等海产品的加工、包装技术和设备。

这个特区还建立了鳗鱼生产、加工联合公司。现在养鳗联合公司同潮汕七个县联合办养鳗基地，已建成养鳗地 28.2 公顷，预计今年将发展到 66 公顷，每年可生产鳗鱼 900 多吨。

（新华社广州 1987 年 6 月 19 日电）

汕头特区发展总公司对台贸易活跃

汕头经济特区发展总公司积极发展对台贸易，今年第一季度贸易额达到3 000多万元人民币。

汕头经济特区发展总公司是获得上级批准的汕头首家开展对台贸易的经营单位。该公司今年首季已先后同台湾客商签订了进口三合板、塑胶原料、钢材、水泥等一批生产资料进口合同。还根据台湾客商的要求，为其组织一批大陆的土特产，名酒、陶瓷、农副产品、中药材等，运抵香港转销到台湾。

汕头经济特区发展总公司在开展对台贸易的同时，积极吸收台资到汕头投资办企业。目前，已引进钟表、珠宝、皮鞋、陶瓷等六个台资项目，累计投资总额达 9 800 多万港元，其中钟表、珠宝等项目已经投产。

（新华社广州 1989 年 5 月 18 日电）

汕头特区平均三天兴办一家外资企业

汕头经济特区以主动的姿态谋求发展，今年上半年平均三天就兴办一家外资企业。

据统计，汕头经济特区今年上半年已签约利用外资达 131 项，协议投资总额为 1.16 亿美元，其中外商、港澳台商投资额 7 936 万美元，比去年同期增长 131%，半年引进的实绩等于去年全年的总和。在引进的项目中，已执行合同的有 69 项，实际利用外汇 1 728 万美元。

今年上半年汕头特区继续改善投资环境，实行优惠政策和提高办事效率等，使外商、港澳台商相信中国的对外开放政策不会变。原来一度离境的客商重新返回来，许多中断的投资项目继续恢复洽谈，有的还追加了投资款项。

现在，外商、港澳台商不仅在汕头经济特区投资办厂，还参与特区土地开发和厂房建设的投资。上半年外商、港澳台商合资、独资成片开发土地的项目七个，投资总额为 1 874 万美元，开发面积达 476 亩。

（新华社广州 1989 年 7 月 25 日电，与林海滨合作）

汕头第四届迎春联欢会盛况空前

3 000 多位海内外嘉宾连日来欢聚在汕头市，同潮汕人民共度第四届迎春联欢节。

2 月 6 日至 9 日，汕头市风和日丽，大街小巷张灯结彩，潮州音乐、潮州大锣鼓同欢声笑语一齐荡漾在水畔山间。来自泰国、新加坡、美国、英国、加拿大、日本、法国、德国、西班牙、澳大利亚等 20 多个国家和地区的 2 700 多位外国朋友、外籍潮人、侨胞、港澳台同胞及国内各地的上千名嘉宾莅临汕头参加规模空前的迎春联欢节。

中共广东省委书记林若、省政协主席吴南生等也参加了迎春联欢节。

7 日晚上，在刚刚落成剪彩的潮汕体育馆里，海内外嘉宾欢聚一堂，共庆新春。为家乡建设事业做出巨大贡献的李嘉诚先生、庄世平先生接受了汕头市人大常委会颁发的“汕头市荣誉市民”证书和金钥匙。

联欢节期间，欣逢李嘉诚先生捐资创办的汕头大学和香港潮籍乡亲捐资助建的潮汕体育馆以及中外合资兴办的粤东地区最大的棉纺企业——粤东纺织有限公司建成典礼，为联欢节增添了色彩。与会贵宾们欣赏了大型民间文艺晚会表演，参观了汕头出口服装艺术表演以及盆景、书画、文物展览等活动，还观看了享誉东南亚的著名潮剧艺术家的演出。

（新华社汕头 1990 年 2 月 9 日电）

汕头经济特区养鳗联合公司烤鳗飘香

汕头经济特区养鳗联合公司引进烤鳗生产线，名牌产品烤鳗飘香四海，1989 年创汇达到 1 100 多万美元。从此，潮汕地区的著名土特产乌耳鳗，不再被贱价出售了。

养鳗联合公司引进的这条烤鳗生产线长达 48 米，包括屠鳗机、白烧机、焙烤机、急冻室等先进设备，投产后，每小时可生产烤鳗 200 公斤，使鳗鱼增值 20% 以上。

现在，养鳗联合公司已先后同分散在潮汕各地的 19 个养鳗场签订联营合同，结成稳固的经济伙伴，养鳗生产基地总面积达 570 多亩，形成养殖、加工、出口一条龙的生产体系。

每年秋天的季风从海洋吹到潮汕平原时，繁殖在韩江、榕江、练江等河流的鳗鱼（乌耳鳗）成群结队游入南海，排精、产卵之后，亲鳗便完成繁殖后代的神圣任务，葬身于茫茫大海中。卵子孵化出来的仔鳗，翌年经春风一吹，就溯江洄游，在长满水草、浮藻的河滩栖息。鳗鱼就这样年复一年，一代传一代洄游于咸淡水之间，繁衍生存。日本人对潮汕乌耳鳗情有独钟，被当作

“水中人参”的高级补品。

过去，潮汕地区沿江的农民，不把鳗苗看在眼里，在江海交汇处偶尔捞一篓半桶鳗苗，往往把它们作为鸡鸭的饲料。70 年代初期，外贸部门开始收购鳗苗出口，农民开始懂得鳗苗原来是“黄金”，从此鳗苗身价倍增。由于鳗鱼资源日益枯竭，近年每公斤（7 000 尾左右）竟暴涨到一万多元。

汕头经济特区养鳗联合公司成立后，从服务入手，让利联营，把分散在饶平、惠来、揭西、澄海等县的国营、集体、个体办的养鳗场联结起来，由公司摆龙头提供资金、技术、饲料、产品等产前、产中、产后服务，各养鳗场提供成鳗，联合公司负责加工烤鳗。这样，一个由场所分散经营养鳗、产品集中加工、销售的养鳗集团形成了，养鳗业焕发了生机。

（新华社汕头 1990 年 3 月 15 日电）

汕头改善投资软环境
外商投资办厂审批不出一周

最近，中外合资企业奋发科技工业园有限公司到汕头特区投资设厂，在物色到合适的标准厂房后，从申报材料、领取营业执照到安装设备正常运转，前后只花六天。客商对此十分满意，称赞汕头特区机构精简，工作高效率。

汕头外商投资服务中心负责人对记者说，外商、港澳台商到汕头经济特区投资设厂，从进行可行性研究、草拟合同、申报项目到领取批准文件，办妥全部手续不超过一周。

汕头特区不断改善投资软环境，提高办事效率。针对一些客商来汕头后人生地不熟或对中国大陆政策条款和职能机构分工情况不明等情况，特区经济发展局成立了外商投资服务中心，专为海外客商及其企业提供投资项目可行性咨询和国内经济、市场、技术信息等咨询服务，并为客商代办投资办企业、生产经营等必要的手续。

外商投资服务中心成立十个月，已先后为32家“三资”企业（其中30家是独资企业）办理委托报批手续。由他们代办的企业报批项目全部一次性通过，没有一宗因手续不齐备或有悖规定而延误审批。

（新华社汕头1991年5月8日电，与张炯勇合作）

汕头特区广澳片已成为外商投资的新热点

依山面海，环境清幽，过去少被外界认识的汕头经济特区广澳开发片，现在已成为客商投资和旅游的新热点。

现在，广澳开发片已有“三资”企业20多家，联营、自营企业近百家，初步形成以纺织、机械、轻工、建筑材料、食品等为主的工业行业结构。这里旅游业也悄然兴起，掩映于山林中的度假村和海滨的游乐园，每年吸引着数十万海内外游客。一个以工业为主，商业、农业、旅游业、房地产业并举发展格局已初步形成规模。

广澳开发片位于达濠岛东侧。1984年底划入汕头经济特区后，不断完善道路、供水、供电、通信设施等硬环境，同时提高办事效率、提供优质服务并从土地使用费、厂房租赁、水电供应、劳力招聘等方面对投资者给予优惠。在开发建设过程中，实行大片区、大环境、大项目和小片区、小环境、小项目结合，互相配套。通过小片区的开发推动大环境的建设。

广澳开发片现在已形成东湖工业区、埭头工业区、南湖台商投资区，狮岭、后江加工区齐步发展的格局。东湖工业区是以安排无污染的外向型中小企业为主的多功能综合开发区域，现已拥有厂房 33 859 平方米，已有十多家台资、外资企业来投资设厂。南湖台商投资区面积 1.2 平方公里，经过一年多的建设，道路、水电、通信设施已竣工或安装完毕，建成工业厂房五万平方米，并为客商提供 500 多亩有偿转让工业用地，区内的“三资”企业已有十多家。

汕头经济特区广澳片开发前景迷人。现在这里公路四通八达，路面宽 23 米、总长 25 公里的干线穿境而过，连接广汕和深汕公路。长达 15 公里的过海输水管早已修通供水，工业用水工程也已竣工。电信可直拨到国外各主要国家和地区，三万门程控电话交换系统一期工程即将建成。广梅汕铁路、广澳湾深水港已动工。联结广澳和汕头市区的跨海大桥和连接跨海大桥的深汕高速公路也将动工兴建。

（新华社汕头 1991 年 5 月 14 日电，与黄育新合作）

台商到汕头投资充满信心

汕头市正成为台商投资新热点。自去年以来，到汕头投资的台商已获批准的投资项目共有 101 项，投资总额达 9 368 万美元。

台商们普遍认为，汕头的工人文化素质较高，这里办事效率高，服务周到，与台湾海运通航快捷，改善交通、能源、电信系统的大工程已在着手兴办，这些都为投资者增强了信心。

汕头历史上同台湾的经济、文化关系密切。汕头把引进台资作为繁荣地方经济的一项重要内容来抓，并通过举办迎春联欢节、中秋茶话会、台胞恳谈会等多种活动，邀请台商到大陆观光、考察，为台商到汕投资搭桥铺路。同时，想方设法改善投资环境，提供优质高效的服务，审报投资项目做到随到随批，博得台商的好评。

现在，台商在汕头的投资项目已由较低档次发展为较高档次。目前初步形成投资规模的有服装、食品、皮鞋、钟表等项目，部分高科技的电子、卫星接收天线、电子陶瓷器件也脱颖而出，多数企业可以做到产品百分之百销往国外。

（新华社汕头 1991 年 5 月 24 日电，与王华实合作）

汕头举办投资环境介绍会 吸引外商投资 1.2 亿美元

汕头经济特区最近邀请海外客商来进行实地考察，就投资、贸易和技术交流等进行磋商，许多客商当即洽谈项目并签订了投资合同。

来自日本、新加坡、泰国、马来西亚、印度尼西亚、美国、加拿大、韩国和中国香港、澳门、台湾等十多个国家和地区近 200 位客商应邀参加了汕头经济特区投资环境介绍会。会上，一些第一次到汕头的客商经过实地考察，认为这里是投资的理想场所，当即决定在这里投资办企业。三天时间，汕头特区共与外商签订投资合同和协议 74 个，协议投资总额达 1.2 亿美元。

（新华社广州 1991 年 6 月 3 日电）

涉外经济专业成为汕头成人教育的热门

广东汕头市成人高等教育专业出现新倾斜，涉外经济学科成为热门课程。

记者在汕头业余大学、职工业余大学、电视大学等了解到：人们对一度热门的机械制造、化学工艺、工业自动化、民用建筑、公共关系等学科的兴趣已开始减弱，而对外经济贸易、涉外财贸经济管理、涉外财会、外贸英语及计算机应用等，已成为众多在职青年报考的热门专业。

此间行家们认为，成人教育的这种变化与社会商品经济的发展密切相关。汕头市一批外向型“三资”企业在开发新科技项目时对专业人员的要求较高，给不少在职青少年择业而学创造了良好的机缘，也促进青少年职工自觉地增学涉外经济学科课程。

记者在汕头经济特区一些大中型企业了解到：如今进修成人高等教育的学生，年龄普遍从 30 岁左右下降为 20 岁左右。企业对职工的技术要求高，促使他们刚刚就业就争取机会进行技术深造。有远见的企业也舍得进行智力投资。

（新华社汕头 1991 年 6 月 25 日电，与柯志雄合作）

汕头特区外资独资企业发展迅速

在汕头经济特区的“三资”企业中，独资企业一枝独秀。今年 1 至 5 月共创工业产值 50 417.8 万元，比去年同期增长

96.6%，占特区“三资”企业工业总产值的68%，占特区工业总产值的一半。

到汕头特区投资的外资独资企业主要以港澳、台湾、日本等地客商为主。他们在汕头特区之所以取得较好的效益，除得益于较好的投资环境和实施的优惠政策外，主要原因是他们投入时间短，产出快，海外销售渠道比较固定。去年10月投产的华星电子科技有限公司是一家投资2 000万美元的独资企业，生产的卫星接收器销往欧美市场，今年头五个月就创产值3 542万元。

不少独资企业在投资获益尝到甜头后，纷纷追加投资，扩大生产规模。较早在汕头特区投资的锦龙织染制衣有限公司，几年来先后兴办了服装、丝绸炼染、洗水等四家企业，年可加工多类真丝、坯绸、交织染绸1 000万米，产品全部外销。这个公司还计划增加投资1.5亿港元兴建真丝织造厂。

目前，已在汕头特区签约的外资独资企业221家，已获工商登记的199家，投资总额达24 586万美元。仅今年1月至5月，外资独资兴办的企业就达35家，全部为生产性投资项目。

（新华社汕头1991年6月25日电，与林树平合作）

汕头开始直航空运活鳗至日本

一架“大力神”货运飞机于6月30日载着16吨多活鳗从汕头机场直飞日本东京，从而开辟了广东省第一条鲜活商品直运国际市场的“空中走廊”。

汕头市是我国著名的鳗鱼养殖和出口基地。过去进入国际市场的活鳗一般由汽车运至香港放养几天后，再转口空运至世界各地。这种运输方式环节多、时间长、损耗大、费用高，同鲜活农副产品出口量日益增长的形势不相适应。

中信华美汕头特区公司同汕头市外运公司签订首批直航空运至日本的活鳗共有660网，于当天顺利抵达东京。汕头市外运公司的经理说：“今后还将继续组织更多的空运航班，使汕头的鲜活农副产品能够更快地进入国际市场。”

（新华社汕头1991年7月11日电）

汕头市建成四通八达的“空中走廊”

侨乡汕头市，现在已建成四通八达的“空中走廊”，同海内外的经济、文化交往日益密切。

目前，汕头已拥有通往国内华东、华北、西南、西北、东北地区和泰国、新加坡、香港等地的航线14条。天天都有往返广州、上海、香港的班机。

1987年以前，汕头机场仅有飞往广州一条国内航线，每天从汕头机场乘机出发只有100多人，而现在，已增加到1 500人左右。

随着航空事业的发展，汕头机场的各种设施也大大得到改善。先后从美、英、法国引进供飞机起降用的甚高频测距仪、全向信标机和仪表着陆系统等。飞机主起降道和联络道长度各为2 500米，24小时均可起降大中型民航客机等。

目前，汕头民航的客货运量和经济效益在广东省各机场中仅次于广州白云国际机场。

（新华社汕头1991年7月19日电）

汕头特区“三资”企业迅速恢复生产

遭受十二级台风正面袭击的汕头经济特区，第二天“三资”企业就全面恢复生产，社会秩序井然。

今年第七号台风于19日16时30分（北京时间）在汕头市区登陆，经济特区内的水、电、通信设施被损坏。经过特区各职能部门的抢修、清除故障，当天夜间12时即全面恢复正常供水、供电。

台风登陆时汕头特区主要干道两旁的树木、电线杆倒伏、折断，阻塞了交通。20日上午，障碍物已迅速得到清除，大型集装箱车像往常一样往返行驶，一路畅通无阻。夜里，龙湖工业区机声阵阵，许多厂房灯火通明。

早在台风即将登陆的19日上午，特区管委会就派出一批干部、职工分赴各家“三资 ”企业，协同企业及时把停搁在码头或露天的生产资料转移进仓库，对尚未卸船的则连船带货驶进内港，避免损失。

在狂风暴雨的袭击下，汕头特区部分“三资”企业的厂房门窗和仓库被损坏，特区管委会及时组织突击力量帮助其维修，转移物资。目前，公安干警加强巡逻，人心安定，社会秩序井然。

（新华社汕头1991年7月22日电）

汕头打击灾后哄抬物价的投机商贩

广东汕头市物价检查部门派出大批干部、职工深入商店、农贸市场了解掌握物价行情，及时严厉查处投机商贩趁灾哄抬物价的不法行为。

今年第七号台风于7月19日于汕头市区正面登陆，人民生命财产遭受损失，一些见利忘义的投机商人，不择手段地哄抬物价，或以次充好、少斤缺两，牟取暴利，扰乱市场。这种趁火打劫的行径激起了公愤。汕头市物价检查部门检查了国营、集体和个体的商店、摊档390多家，发现其中相当一部分有不同程度哄抬物价的行为。眼下，汕头市物价检查部门正在抓紧对哄抬物价者的情节、性质进行调查核实，给予法律或经济制裁。哄抬物价的歪风很快就被压下去了。

（新华社汕头1991年7月30日电）

汕头特区大灾不减产

7月19日遭受十二级台风正面袭击的汕头经济特区，从国有企业到“三资”企业，广大职工振奋精神，提高劳动生产率，把受灾的损失夺了回来。当月工业产值不仅没有下降，而且获得大幅度增长。

据统计：全月工业产值达3.16多亿元，是今年以来产值最高的月份，比去年同期增长一倍以上，为汕头特区创办以来的最好水平。

遭受今年第七号强台风正面袭击的汕头经济特区，70%的生产性企业受到不同程度的损失，有的厂房倒塌，机械设备毁损；有的因原材料、半成品受浸而致使企业停产。台风刚过，汕头特区管委会以及海关、金融、物资等职能部门通力协作，及时指导、扶持各个企业单位救灾复产。四五天后，全区的企业已基本恢复生产。

（新华社汕头 1991 年 8 月 11 日电，与林树平合作）

汕头加快改善外商投资环境

随着汕头经济特区的范围从两个片区的 52.6 平方公里扩大到全市的 234 平方公里，汕头市政府加快了改善外商投资环境的步伐。

目前，关系汕头发展大局的七大基础设施建设项目正在紧张施工中。这些项目包括深水港、大型煤电厂、跨海大桥、第三水厂、广（州）汕（头）公路改造和广（州）梅（州）汕（头）铁路、深（圳）汕（头）专用公路。

汕头是中国著名的侨乡。近几年来，全市面貌发生了显著的变化。但市长陈燕发也承认“交通不便、能源紧张、原材料缺乏，已严重地制约汕头经济的发展”。在汕头特区范围扩大的消息传出后，一些外商也对这里投资环境能否跟上产生疑虑。

为此，汕头市政府决定把加快基础设施建设、完善投资环境作为今后特区建设的首要工作。

据介绍，被誉为汕头市“心脏工程”的深水港，目前正在紧张地整治航道，码头主体工程也将在日内打桩。

这项工程包括一个 3.5 万吨级的煤炭泊位、一个 2 万吨级的多用途泊位和一个 1.5 万吨级的杂货泊位。计划于 1994 年建成。届时，将结束汕头港不能靠泊万吨轮的历史，其吞吐能力也将达到 890 万吨。

广梅汕铁路现已在两端动工。这条铁路线上的特大桥——梅溪桥定于下月奠基。全长 2 000 米的猴子山东道将从明年起开凿。全线将于 1995 年贯通。

汕头至深圳全长 280 公里的全封闭公路，今年将在深圳至惠东段动工。与之相配套的妈屿跨海大桥则将在本月内动工。该桥由铁道部大桥局承建，桥型为悬索桥，预计到 1994 年完工。

深汕公路于 1995 年建成后，汕头至深圳的汽车只需三个小时即可到达。这将为扩大汕头与香港的经贸合作创作极为有利的条件。

此外，建设两台 30 万千瓦火力发电机组的煤电厂，现已征地 1 000 亩。第一台机组可望于 1994 年底建成。利用奥地利贷款兴建的汕头第三水厂，计划口供水 40 万吨，现进展顺利，日供水 20 万吨的第一期工程将在明年 2 月完成。广州至汕头的二级公路改造，目前也在紧张施工之中。

陈燕发称，在三至五年内，汕头的投资大环境，尤其是交通落后、能源不足的面貌将得到显著改观。

目前，汕头市的电话总容量已达 12.3 万门；船舶可与 30 多个国家和地区的海港通航；对海内外的空中航线也已开辟 15 条。

据悉，今后汕头市还将争取增辟一批通往海内外的航空线路和海上货客运航线，继续发展运输船队，进一步完善汕头直通国际和国内各地的通信网络，以期为外商投资创造更为便利的条件。

（新华社汕头 1991 年 11 月 8 日电，与姚达添、胡创伟合作）

汕头特区工业产品七成进入国际市场

汕头经济特区以出口为导向兴办实业，形成鲜明的外向型经济特色。

据统计，自1987年以来，汕头经济特区工业产品70%以上进入国际市场，“三资”企业产品80%以上外销。这两项指标均居全国第一。

起步较晚的汕头经济特区，在外贸基础薄弱的情况下，运用行政、经济手段鼓励企业“以出养进，以进促出”，为形成外向型格局打下了基础。在连续遇到外贸资金短缺、市场疲软等困难的情况下，特区积极进行自我调整，较快地适应了形势的发展，保证了出口创汇率持续增长。现在，汕头特区出口工业产品已有服装、医药、机电、食品、陶瓷、塑料制品等20个大类近1 000个品种。去年，产品已直接出口到印度尼西亚、伊朗、摩洛哥等30多个国家和地区。

（新华社汕头1991年11月18日电）

汕头特区崛起一批集团性企业

在以“三资”企业为工业支柱的汕头经济特区，已悄然崛起了国营集团性企业，并都获得良好的经济效益。

目前，汕头经济特区已有十家国有企业从以贸易为主发展成为具有一定规模的集团公司。他们实行生产、加工、销售、出口创汇相结合，形成收益、积累、分配、再投入扩大再生产协调发展的良性循环。他们所创造的产值、利润、创汇等，都占全区国营直属企业的九成多，成为外向型经济的重要支柱。

汕头经济特区创建之初，各国有企业公司由于基础差，资金技术短缺，只能以零星的、小型的贸易经营为主。他们以贸易方式逐步积累资金，再将资金用来办实业、兴科技、揽人才，生产规模从小到大逐步发展。此间经济界的专家认为：这种以开辟流通渠道，发展商品生产，进一步扩大发展贸易的经营方式，是值得肯定的。

汕头经济特区国营集团企业实行商贸结合，生产、贸易步入佳境。据不完全统计，今年前三个季度，仅物资进出口公司、企业发展总公司、对外商业总公司、发展总公司、中国广澳开发公司这五家集团性企业公司共创工业产值达 6.55 亿元，占全区国有企业公司工业产值的 66%。

（新华社汕头 1991 年 11 月 19 日电）

汕头夜晚学风盛

今年 27 岁的谢勇锐已是一位一岁孩子的爸爸，同时也是汕头市职工业余大学一位勤奋的学生。他的学业比家务更繁重。

谢勇锐 1985 年在一所邮电技校毕业后到汕头市邮电局工作。近年来由于他们单位积极引进国外先进技术，谢勇锐感觉到自己“专业技术知识缺乏”。

为此，谢勇锐在家属的支持下报考了职工业余大学。他白天上班，晚间上课，甚至出差也不忘带上作业。他以“学以致用”来概括他的求学目的。

如今在汕头，像谢勇锐这样勤奋好学的青年比比皆是。据汕头市成人教育协会会长郑作贤介绍，目前汕头市所拥有的成人高校、成人中专学校、职业中学有 50 余所，加上一些社会办学机构，在校学生达 3.5 万多人。

黄昏时分，一排排停放整齐的自行车、摩托车构成了汕头各所夜校门口的奇特景观。在汕头市职工业余大学，八层教育楼里通明的灯火与周围酒楼、商店的霓虹灯夜夜争辉。

汕头是中国著名的侨乡。这里历来人多地少，就业门路较窄。改革开放以来，汕头经济发展迅速，对人才的需求也日益迫切。青年人都渴望自己有一技之长。

共青团汕头市委副书记陈奕威对记者说，现在汕头青年都崇尚好学之风，求学观念也大多从过去一味追求文凭发展到追求实用技术。

他说，十年来，汕头的老年人对青年人印象不佳。而如今，他们对年轻人那种好学上进的劲头却赞不绝口。

记者了解到，母女同校、兄弟同班求学，在汕头夜校已屡见不鲜。外资企业职工为求艺而自费上夜校者更是不胜枚举。

漫步大街小巷，或打开报纸刊物，映入眼帘的尽是五花八门的夜校招生广告。诸如“ 工商会计班”“英文打字班”“电子技术班”“公关秘书班”“时装裁剪班” 等。一位经营美容室的老板对记者说，她开办的培训班广告见报后，名额很快就被报满了。

当然，读书热仅仅是汕头青年夜生活的一个侧面。据当地人介绍，晚上年轻人想娱乐的，可去市内星罗棋布的舞厅、卡拉 OK 歌厅、音乐茶座和影院、录像放映点等；想挣钱的，则依然加班加点。

但是，美国《华盛顿邮报》一位记者在结束汕头之行后如此评价：“汕头青年的学习风气给我留下了美好的印象。”

（新华社汕头 1991 年 11 月 24 日电，与姚达添、胡创伟合作）

汕头最好的建筑是学校

尽管汕头乡镇间一幢幢崭新的建筑物不断涌现，但是最好的建筑物还是学校。

旅居海外的汕头籍同胞，历来都有在故乡投资兴学育才的传统。除李嘉诚捐赠5.7亿港元，建成当前全国最漂亮的高架庭院式的汕头大学外，据不完全统计，自1978年至1990年，旅居海外的汕头籍同胞共捐赠3.25亿元人民币，兴建校舍1 194间。

连年来，汕头市政府对教育的投入一再追加，1990年的教育经费约占全市财政总收入的20%，达两亿元人民币。全市中小学校舍九成以上是新建、改建或扩建的。

现在，汕头市城乡除拥有2 870多所中小学外，还有普通高等学校三所，成年高等学校六所，职业中学、中等技术专业学校等120多所，形成一个从幼儿园、小学、中学到大学，普通教育、职业技术教育协调发展的教育体系。

（新华社汕头1992年1月2日电）

汕头特区扩大　外商投资猛增

汕头经济特区地域扩大到整个市区后，外商投资项目、金额猛增。

据不完全统计：1991年汕头已批准的“三资”企业达573家，相当于历年来“三资”企业总和的38%；投资额6.1亿美元，相当于历年来投资额的45%。

过去，到汕头的海外投资者多为港澳台胞和东南亚侨胞，特区范围扩大后，日本、美国、韩国、巴拿马、法国、澳大利亚等地的客商也接踵而来。投资呈金额大、门类多的趋势，不少外商一次投资便达2 000万美元以上，且期限超过30年。原有的服装、食品、塑料制品等劳动密集型项目继续发展，电子产业、生物工程等技术密集型产业也相继发展。

前来投资兴办企业的外商猛增，使得汕头特区土地开发转旺，许多外商已不再满足于租赁厂房，而是通过土地租赁的形式，兴建厂房及高层商、住两用楼宇和其他配套设施。

（新华社汕头1992年1月15日电）

汕头古建筑“天后庙”脱垢重光

汕头古建筑“天后庙”（老妈宫）经过精心修复重放光彩，吸引着海内外游客。

坐落在汕头升平路口的“天后庙”是一座典型的潮汕古建筑，集木雕、石刻、泥塑、彩画、剪瓷等民间艺术于一体。它的楹柱、栋梁、雀替、斗拱等，或装饰历史人物，或装饰花草虫鱼，或装饰山川风光，都栩栩如生。

“天后庙”在汕头开埠前已成为善男信女进香拜神的名迹，元宵节和农历三月二十三天后诞，这里成为潮汕地区民间文艺活动的中心。许多潮汕人在即将背井离乡之时，总要来这里朝拜，并与亲人挥泪告别。

在十年“文革”中，汕头“天后庙”被损坏。现在，汕头市人民政府已把“天后庙”和毗邻的“关帝庙”列为文物保护单位，并在海外侨胞的倡议、捐资下，于1991年初开始修复“天后庙”和“关帝庙”。

在修复“天后庙”时，有关单位根据“朽者易之，缺者补之，以古复古，整旧如旧”的方针，按照原样修复，以保持清代中叶潮汕的建筑风格。

（新华社汕头1992年1月16日电）

吴波谈发展汕头特区经济的基本思路

汕头经济特区范围扩大到整个市区后，代理市长吴波首次畅谈今后发展特区经济的基本思路。

吴波是原汕头经济特区管理委员会主任。他说，今后发展特区生产力的基本思路：一是大力引进外资，兴办新的企业；二是转变机制，办好现有企业；三是依靠科技进步，促进产业发展。

吴波是日前在此间举行的一次会议上作上述表示的。

吴波在会上还透露了汕头特区近期内将实施的一些具体做法：

优势企业兼并或承接经营亏损的困难企业。预计将有14家困难企业将被兼并或承接经营。

组建企业集团或股份公司。将采取以名优产品为龙头、以骨干企业为依托、以产供销经济技术相关企业组合等形式组建企业集团。

引进外资来嫁接特区的老企业，组建合资企业。

对个别企业采取拍卖、租赁等形式，实行产权转让。个体工商户、海外客商，都可以购买这些企业的产权。

对那些没有发展前途的企业实行关、停、并、转。

对部分小型企业，初步计划是固定资产原值在400万元以下的市直属企业，不管是盈利还是亏损，将会有计划地分批下放给区管理。

（新华社汕头1992年1月22日电，与刘彦武合作）

谢慧如潮剧艺术中心在汕头奠基

谢慧如潮剧艺术中心奠基仪式于21日在汕头举行。

这一中心将由泰国华侨谢慧如先生捐资1 000万港元、泰华报人公益基金会主席陈世贤先生捐资200万港元共同兴建。

谢慧如潮剧艺术中心位于汕头市，占地15亩，总建筑面积一万平方米。

艺术中心由潮艺馆（剧场）、聚贤楼、怡乐阁（潮剧艺术展览厅和多功能会议厅娱乐厅）、舞台美术制作厅等组成。整个建筑群布局合理、典丽堂皇，设计富于民族风格。该中心将成为潮剧重要的艺术创作和排练演出基地。

陈世贤代表谢慧如先生在仪式上讲话。他说，潮剧源远流长，是联结乡情友谊、促进文化交流的纽带和桥梁。他相信潮剧将更加繁荣发展。

（新华社汕头1992年1月23日电，与刘彦武合作）

吴波谈汕头特区将加速城市建设

汕头市代市长吴波在日前一个记者座谈会上说：汕头特区扩大后将加速城市现代化建设。到 20 世纪末，汕头将成为一座外向型、综合性、多功能、文明美丽的现代化海滨城市。

改革开放十年来，汕头城市规模不断扩大，已从 1980 年的 7.8 平方公里，增加到去年底的 234 平方公里；城市的功能不断完善，已从典型的消费城市转变成为具有相当生产规模的城市；居民的生产、生活条件逐步改善。

吴波提出要用现代化战略眼光来设计规划城市。据悉，汕头市的城区规模将扩大到 60 平方公里。在进行城市建设中，重点开发东区，抓紧改造老市区，加快南区（达濠区）的规划和建设，形成北区、南区、中部地区为风景区的城市布局。

这位市政府领导人强调，城市功能要按现代化的标准逐步配套完善。居民十年内人均居住使用面积由现在的八平方米增加到 12 平方米，每户拥有一套功能配套齐全的住房。

形成优美的生活环境。除了规划中的北郊、东方、七日红等公园要抓紧建设外，还要逐步建设十多平方公里的礐石大风景区，使人均绿地面积由二平方米增加到十平方米。

吴波还谈到，要根据特区扩大后经济、文化发展需要，抓好基础设施建设和新区生产、生活设施配套建设。

（新华社汕头 1992 年 1 月 26 日电，与刘彦武合作）

汕头外商投资保持旺势

汕头特区区域范围扩大后，海外客商前来投资的势头旺盛。据汕头特区经济发展局统计，今年1月，共新批“三资”企业36家，协议投资总额4 188万美元，其中外资3 560万美元，比特区扩大前的去年同期增长五倍以上。

随着特区区域扩展到整个汕头市区，海湾大桥、大型发电厂、广梅汕铁路等一批重大基础设施项目的相继动工兴建，外商普遍看好汕头特区的投资环境，纷纷增资扩大生产规模，投资趋向长期化。

（新华社汕头1992年2月24日电）

汕头特区扩大后新办“三资”企业近百家

汕头经济特区已成为海外客商的投资热土。特区地域扩大后三个月来，新办“三资”企业92家，投资总额达人民币11亿元。

投资者除来自中国港、澳、台和东南亚国家外，韩国、日本、澳大利亚、美国、英国、法国、瑞典等地的客商也接踵而来。

据介绍，从新开办的外资企业的发展趋势看，投资期限日趋长期化，投资额也明显增大，平均每户投资为1 250万元，其中外商出资额占投资额的80%以上，而且九成属生产型企业。投资行业也不断扩大，除劳动密集型的服装、食品、塑料制品等行业外，电子产品、生物工程等技术密集型企业和金融、能源等特殊项目也相继开办。

（新华社汕头 1992 年 2 月 26 日电）

深汕汽车专用公路将动工兴建

联结深圳和汕头两个经济特区的交通大动脉——深（圳）汕（头）汽车专用公路日前通过设计审查，预计今年下半年即可动工兴建。

总投资 32 亿元人民币的深汕汽车专用公路于今年 1 月底经国家计委立项批准。交通、设计部门的 60 多位专家、工程技术人员经过实地勘察，日前在汕头举行设计审查会议，一致通过了设计方案。

深汕汽车专用公路从深圳宝安县龙岗镇起，至汕头达濠葛洲，与汕头海湾大桥相接，全长 286.17 公里。全线采用一级公路技术指标，设四车道，“全封闭”，全立交，设计行车时速为 100 公里，路基宽为 24.5 米。

深汕汽车专用公路计划于 1995 年建成。届时，汕头至深圳的汽车只需三个小时即可到达。

交通部工程管理司司长林盛福说，深汕汽车专用公路是国家公路主骨架东南沿海的一段，建成后对改善东南沿海交通条件以及与港澳地区开展贸易活动将发挥重要作用。

（新华社汕头 1992 年 2 月 28 日电）

侨乡汕头吸引愈来愈多的海内外游客

风土人情独特、名胜古迹众多的侨乡汕头市，吸引着愈来愈多的海内外游客。

据汕头旅游部门统计：1991 年全市共接待海内外游客 112 万多人次，其中海外游客约 20 万人次，旅游创汇 3.5 亿元人民币。

汕头是中国著名的侨乡，名胜古迹众多。市区的旅游点有岩石风景区、妈屿岛、达濠青云岩、汕头大学校园、北回归线标志塔、中山公园和鲍浦龙泉岩等。郊县的旅游点有澄海塔山古寺、莱芜岛；潮阳灵山寺、海门莲花峰；南澳镇雄关、宋井、青澳湾等。

汕头的文化艺术源远流长，潮剧、潮州音乐、潮州大锣鼓、潮绣、潮汕抽纱、石雕、木雕、嵌瓷等，形成独树一帜的艺苑奇葩，令海内外游客赞叹不止。游客还可以在城乡各地欣赏那古色古香的庙宇、祠堂、民宅等明清时代古建筑。

遍布汕头骑楼下、马路旁的食肆、大排档，售卖脍炙人口的鱼丸、鱼饺、鱼面、粽球、蚝烙、鲜蚶、无米粿、炒糕粿等，使游客大饱口福。以乌龙茶为原料，茶器精美，冲泡讲究的潮汕工夫茶，使海内外游客领略中国茶文化的内涵。

（新华社汕头 1992 年 3 月 1 日电）

汕头实行工贸结合改造老企业

汕头市出新招改造老企业：跳出行业隶属圈子，实行工贸结合，企业之间优势互补，使国营老企业焕发青春。

去年10月，汕头经济特区轻纺进出口总公司承接经营了资不抵债的老大难企业汕头粤华染织总厂，市委、市政府把它作为救活国有大中型企业、深化改革先走一步的尝试。承接经营后短短几个月，生产、经营、管理等各项工作都大有起色，产品由全部内销转向绝大部分出口，获得了良好的经济效益。

汕头市委、市政府总结推广轻纺进出口公司承接经营粤华染织总厂的经验，把它作为改造国有大中型企业的一种具体做法。眼下，一批企业正在实施改革：跳出企业隶属的圈子，实行工贸结合，企业之间优势互补。

汕头酒厂是一家国营老企业，设备较先进，又有14个省级“名、优、新、特”产品，但流动资金不足，缺乏自我发展和市场竞争能力。汕头经济特区对外商业总公司是一家多功能的外向型企业，正需要汕头酒厂来壮大实业规划。最近，这两家企业两相情愿，由对外商业总公司承接经营汕头酒厂，发挥各自的优势，实行工贸一体化经营。

（新华社汕头1992年3月3日电，与王华实合作）

陈书燕谈汕头龙湖区
将开拓东南亚、独联体市场

汕头龙湖区新任区长陈书燕日前表示，龙湖区将积极参与国际经济活动，当前尤其要开拓对越南、柬埔寨、缅甸等国的市场，同时开拓独联体及东欧各国的市场。

龙湖区即原汕头经济特区。去年 11 月汕头经济特区范围扩大到整个市区后，龙湖区以其经营渠道多、信息灵通、服务体系健全、经济实力强的优势，经济保持高速、高效、协调发展，在汕头市起到“龙头”作用。

据统计：特区实施扩大范围后仅四个月，龙湖区共批准外商投资项目 94 项，协议投资 16 420 万美元，其中外资 13 402 万美元。

陈书燕在龙湖区经济工作会议上表示，要更大胆地利用外资，引进技术，重视引进专利、工艺技术等。在产业结构上，加快从劳动密集型向资金、技术密集型转化，努力开拓远洋贸易、转口贸易，多办一些对外代理机构，鼓励有条件的企业到海外设立境外企业。

（新华社汕头 1992 年 3 月 15 日电）

汕头特区出现新的外商投资热

扩大范围后的汕头经济特区为外商投资办实业提供了更加广

阔的天地。五个月来，这里客商盈门，项目逾百，迎来了外商投资的新热潮。

汕头特区去年 11 月 1 日由原来的 52.6 平方公里扩大到全市的 234 平方公里，加上改善汕头市交通、能源等投资环境的八大基础工程先后批准动工，外商的投资信心大大增强。

五个月来，特区共接待客商逾百批，计 400 多人次，其中德国、英国、意大利、瑞典等国的客商是首次来汕。新批准外商投资项目 138 宗，合同规定外商投资额达 2.34 亿美元。

据了解，特区扩大后利用外资出现了新趋势。一是洽谈投资的高科技和大型项目大量增加。如汕头市海洋企业集团与外商合作生产的发泡聚苯乙烯工程，以及外商独资的印染厂，投资额均超过 2 000 万美元。二是投资基础设施的项目增多。继港商独资兴建 15 万千瓦的松山火电发电厂之后，最近又有中外合资的汕明电力发展公司申报兴建五万千瓦发电项目。还有厂房等房地产开发项目多宗。三是资金来源和投资行业多样化。客商除原有的港、澳、台、泰国、日本和美国外，新增加了澳大利亚、加拿大、法国、新加坡、韩国等。投资行业发展到服装、纺织印染、食品、塑料、陶瓷、电子、金融和房产开发等近 30 个门类。

据悉，汕头特区创办十年多来，累计批准利用外资合同5 433 宗，合同规定外商投资额达 14.57 亿美元，实际利用外资 9.87 亿美元。已投产的“三资”企业经济效益良好。去年，特区内外资企业 80% 的产品出口，出口额达 3.47 亿美元。

（新华社汕头 1992 年 4 月 7 日电，与王传真合作）

外商竞相投资开发汕头房地产

汕头经济特区范围自去年 11 月起扩大到全市以来，外商纷纷前来投资开发房地产。

据汕头国土部门不完全统计：目前全市已登记的外资房地产开发企业达 51 家，已申请用地的“三资”开发企业 54 家。还有国内外不少财团计划来汕头投资开发房地产。

今年以来，汕头已批准外商有关厂房和房地产开发项目 15 宗，投资额达 8 140 万美元。香港经纬集团有限公司分别与韩国和中国台湾客商合资兴办经纬东国有限公司和经纬铭鸿有限公司，分别征地 11.1 亩和 15.2 亩兴建厂房。

中外合资企业、高达 35 层的汕头信德华广场，基础工程还未完成，五万平方米建筑面积仅在三个月内已基本被用户购完。信德华广场经营者统计了各地用户订房的顺序，最多的是香港地区，接下去的是新加坡、泰国、潮汕地区和邻近各地。一位港商一次就订购整层二楼面积约 2 000 平方米。

与此同时，汕头房地产业公司也从原来的零星分散开发进入成片开发；从合作开发进入单独开发；从建造低层住宅进入了高层住宅；从独座营建进入成片综合配套。中信华美公司已征地 130 多亩，“中信华美花园”商住小区成片综合开发达 30 万平方米，估计投资四亿多元人民币。

投资开发房地产业的公司在设计中推出各种设施配套齐全的高层楼宇。到目前为止，已报建的有奋发园、长荣海湾花园、中信大厦、华美大厦、信德华广场、翼飞楼等 38 幢高层楼宇。

中共汕头市委书记林兴胜表示，要通过房地产开发，带动汕头经济发展。据悉，当地政府部门目前正加紧制订房地产开发的规划和具体措施。

（新华社汕头 1992 年 4 月 26 日电，与刘彦武合作）

外商竞相到汕头广澳投资建造别墅

鲜为外界认识的汕头经济特区广澳片，如今已被海外客商竞相投资，成片开发建造别墅。

据不完全统计，目前已有法国、加拿大、泰国和中国香港等地的客商，同汕头经济特区广澳建设公司签订了一批合同和协议书，成片开发建造别墅区及其配套设施，投资总额达两亿多港元。

据介绍，占地总面积 50 多公顷的金海、碧海、翠涛和南湖四个度假村的别墅群、公寓式住宅楼群及其配套设施即将兴建，现正在加紧平整土地。翠湖度假村已由香港华宇公司投资 7 000 万港元，兴建 100 幢别墅。广澳建设公司同港商合资兴建的 30 幢公寓及高级住宅楼，即将破土动工。新开辟的月牙湾度假村，占地约 47 公顷，由广澳建设公司与香港、法国、深圳等地八家客商合作开发，规划兴建 500 幢高级别墅，其中首期工程 50 幢别墅已完成“三通一平”基建工程。

汕头经济特区广澳建设公司吸引外资兴建别墅，也促进了厂房的建设，目前已建成标准厂房面积约五万平方米，在建的厂房面积 15 万平方米。厂房建设又带动了“三资”企业的发展，外商投资兴办的电子、电脑机绣、食品冷冻、电子烤炉、食品等项目都先后在广澳出现。

（新华社汕头 1992 年 7 月 28 日电）

汕头特区外商投资踊跃　出口额增长

汕头经济特区范围扩大后，加速改善投资环境，外商投资高潮迭起，不但项目多，投资额大，而且投资项目的档次也提高了。

据统计，今年上半年汕头市签订的各种利用外资合同（协议）461 宗，投资总额5.08 亿美元，比去年同期增长23.8%，接近去年全年合同投资额的总和。

汕头市今年上半年外贸出口总额达6.3 亿美元，比去年同期增长30.7%。

汕头经济特区地域范围扩大后，外向型经济拓展能力增强，口岸地位提高。一批具有自营进出口权的企业到国外办企业，创新产品，向集团化综合性经营方向发展。目前出口商品已有21个门类、3 000 多个品种，外贸区域远及110 多个国家和地区。

（新华社汕头 1992 年 7 月 29 日电）

外商到汕头特区投资骤增

汕头经济特区地域扩大到整个市区后，加速改善投资环境，对海外客商更具吸引力，投资高潮迭起。

汕头市长吴波在日前召开的一次会议上说，今年以来汕头利用外资方面出现了前所未有的好形势，不但引进的项目多，投资额大，而且档次提高，投资高科技和大型项目增加。投资金额在

1 000 万元以上的企业就有七家。

据统计，今年上半年汕头市签订的各种利用外资合同（协议）共达 461 项，投资总额达 5.08 亿美元，比去年同期增长 23.8%，接近去年全市合同投资额的总和。

据悉，海外客商到汕头投资的领域已从第一、二产业扩大到第三产业。香港长江实业集团、泰国正大康地集团、盘谷银行等大财团、跨国公司也先后到汕头洽谈投资。内联工作也出现了好势头，已有十多个中央部委属下公司以及全国 17 个省、市、区的单位到汕头特区办实业。

汕头经济特区范围扩大后，加速改善了投资环境。广梅汕铁路进展快速，海湾大桥全面进入水土施工，新津水厂顺利试产供水，深水港北岸码头提前动工，使汕头更具吸引力。前来投资的客商除中国香港、澳门、台湾外，泰国、日本、美国、法国、菲律宾、新加坡、加拿大等国家的投资者也接踵而来。

（新华社汕头 1992 年 7 月 29 日电）

侨乡汕头采取措施整治市容

汕头经济特区最近采取强有力措施，综合整治脏、乱、差、噪现象，以保持侨乡文明、美丽的风貌。

目前，汕头市长办公会议专题讨论和部署整治工作和措施。整治内容包括拆除临路搭建物、清除乱贴街招广告、清除废弃物及垃圾、清疏下水道、制止占用步道乱摆乱放及违反交通管理制度的行为、整顿主次干道险路妨碍交通的饮食店和各种修理门店等。

改革开放以来，汕头市城建工作取得了巨大的成就，市区建成面积已有32.5平方公里，为1980年市区面积7.25平方公里的4.5倍。但是由于一些配套设施和管理措施跟不上，旧市区的部分狭街窄巷和新住宅区毗邻农村的一些地方，脏、乱、差、噪的现象比较突出。据了解，汕头市各区各街道已逐步落实市政管理的责任、权限等规章制度，并将使城市管理走上经常化、规范化和法制化的轨道。

（新华社汕头1992年7月30日电）

汕头“三资”企业重视企业文化

汕头经济特区“三资”企业重视企业文化建设，提高了员工的素质，丰富了员工的精神生活。

近年来，汕头经济特区“三资”企业发展迅速。“三资”企业的老板们，根据企业的特点，从不同角度把海外企业管理中的文化建设的许多好办法带到汕头经济特区中来。

汕头经济特区正大康地有限公司、华达宝陶瓷制作厂有限公司、锦龙织染制衣有限公司等企业，都普遍建立员工职称评定的标准条例、合理化建议奖励条例和鼓励员工进修专业技术的措施、维护社会治安条例等，想方设法激励员工的创造性、能动性。

他们还经常开展打球、下棋、举办书画和图片展览，有的企业还定期安排员工参加歌咏、舞蹈、旅游活动等。

汕头经济特区正大康地有限公司行政部助理经理吕理旭自豪地说：公司开办之初，领导层和主要技术骨干大多是从香港集团公司委派来的。以后公司立足于就地取“才”，招聘了一批干部、工人，鼓励员工们参加文化、技术等各类夜校和专业进修班，并先后选派员工近百人到复旦大学、汕头大学以及广州、深圳、珠海、杭州和泰国等地培训，迅速地提高了员工的文化技术总体水平。

（新华社汕头 1992 年 7 月 31 日电，与陈俊湘合作）

李嘉诚、谢国民率先在故乡汕头投资办实业

汕头引进外资有了新突破：李嘉诚、谢国民等海外潮汕籍大企业家、大财团率先到故乡投巨资兴办实业。

海外潮汕籍大企业家、大财团长期以来慷慨捐巨资为家乡兴学育才、办医院，现在又在家乡投巨资办实业。

据悉：李嘉诚已同汕头市方面达成协议，合作开发土地十余公顷，建造商品住宅楼房面积 40 万至 50 万平方米。建成的住宅楼房出售后，除缴交征地、建筑等费用外，所得利润将捐赠给汕头大学使用。

本月初，汕头经济特区考察团、澄海县考察团赴泰考察。中共汕头市委书记林兴胜同泰国正大集团有限公司董事长谢国民在正大集团总部签署了一批合资、合作项目协议。

这批项目包括：泰方与澄海县合作，在谢国民董事长故乡——澄海外砂镇开发 230 多公顷土地作为商贸规划区，以尽快建成一个配套齐全的新城；合资在汕头兴办披威司胶皮布、管材、地砖等生产项目；联合台商在汕头经营数据微波通信系统、手提式卫星通信系统等；同汕头、澄海合作兴办一所有较高水准和特色的专科学校；同汕头合作生产经营大型程控交换机和光线电缆生产项目；同汕头合资经营电话系统各项软件配套设备等。

（新华社汕头 1992 年 8 月 17 日电）

汕头龙湖区领导人寄语海外同胞

中共汕头市委常委、龙湖区委书记张第高日前在此间召开的港澳同胞、台湾同胞、海外侨胞联谊会上，衷心感谢“三胞”为龙湖区和汕头经济特区经济繁荣做出贡献，并希望大家继续关心、支持龙湖区发展经济。

汕头经济特区自创办以来，在已兴办的“三资”企业中，八成以上是由港澳同胞、台湾同胞和海外侨胞中的实业家投资兴办的。“三资”企业工业产值占特区工业六成以上。

张第高说，龙湖区是汕头经济特区的发祥地，特区地域范围扩大到整个市区后，龙湖区在汕头经济特区的各个行政区中仍然发挥“龙头”作用，不断拓展同国内外的经济交往，积极引进国外的资金、技术和管理经验，发展与国内的横向经济联合，提高外向型经济的整体水平，经济继续保持稳步、协调发展的势头。今年1至8月份，龙湖区共批准利用外资合同117宗，协议投资总额3.14亿美元，分别比去年同期增长99.4%和83.9%；实际利用外资一亿多美元，比去年同期增长55.7%。

张第高说，如果没有港澳同胞、台湾同胞和海外同胞的关心、支持、积极参与，龙湖区的经济是不可能取得今天这么好的效果的。龙湖区今后仍将致力于投资环境的改善，提高办事效率，真诚希望“三胞”继续关心、支持本区发展经济。

（新华社汕头1992年9月20日电）

汕头市外向型经济发展迅速

汕头经济特区扩大一年来外向型经济迅速发展，今年头十个月全市进出口贸易大幅度增加，其中出口值创历史最高纪录。

据主管财贸工作的汕头市副市长陈作民介绍，今年1月至10月，汕头市外贸出口总额达12.13亿美元，比去年同期增长三成多，接近去年全年“一市八县”出口总额13.5亿美元的水平；进口总值12.96亿多美元。

去年11月，汕头特区扩大到全市区范围，同时，汕头市所辖的九个县、市有六个（揭阳、揭西、普宁、惠来、潮州、饶平）划归揭阳市和潮州市管辖。

今年以来，汕头市赋予一大批生产性企业进出口权，实行工贸、技贸结合，使企业越来越充满活力。据统计，1月至10月，全市完成工业生产总值116亿元，人民币比去年同期增长二成半。其中四成以上工业产品出口。

特区扩大范围后迎来了外商投资新热潮，1月至10月，汕头市新签“三资”企业合同635个，合同规定外商投资达8.67亿美元，比去年同期增长一倍多。与此同时，一批外资企业开业投产。今年头十个月，全市“三资”企业出口3.52亿美元，比去年同期增长一成半。

今年汕头市建成了一批出口生产基地，形成了五大出口支柱行业，服装、陶瓷、抽纱、水产、工艺美术品今年已出口近六亿美元。

（新华社汕头1992年11月20日电）

陈作民谈汕头城市建设向大城市迈进

汕头市目前正在加速现代化经济及市政建设，力争到1995年末发展成为初具规模的大城市。这是汕头市副市长陈作民日前在接受本社记者采访时说的。

最近，国务院发展研究中心按社会结构、人口素质、经济效益、生活质量、社会秩序五个方面，对大陆188个有重要地位的大中城市进行评价，汕头市名列第33位。

据了解，中国确定的大城市人口标准为100万人以上。汕头市目前有人口87万。除人口自然增长，当地还将引进一大批人才，预计到1995年，人口将超过100万。

汕头长期以农为主。改革开放以来，汕头市政建设突飞猛进，综合经济实力不断增强，居民生活条件日益改善。据统计，1986年至1991年，汕头城市建设资金达18亿多元人民币，建成新区面积32平方公里，其中完成住宅面积140万平方米，12万多人喜迁新居。至去年底，市区居民人均住房九平方米，比1985年增长一倍多；人均生活费收入2 134元，高于全国大中城市平均水平。

去年11月，汕头经济特区由原来的52.6平方公里扩大到全市区的234平方公里。特区范围的扩大，为把汕头这个中等城市建设成为大城市创造了有利条件。

今年9月出台的《汕头市区总体规划纲要》确定了汕头市区的城市性质为粤东地区的中心城市，是一个外向型工业发达、第三产业繁荣、多功能、现代化的港口城市，并成为具有国际影响的经济特区。

陈作民副市长表示，从中等城市到大城市，汕头首先要大力发展工业、科技和对外贸易。

据统计，今年头十个月，汕头市完成工业产值 116.7 亿元人民币，比去年同期增二成半；进出口贸易大幅增长，达 22.1 亿多美元，工业产品出口值占工业生产总值的四成多。按计划，1991 年至 1995 年，市区七成以上生产企业将更新设备、工艺和技术。预计 1995 年汕头工业生产总值将超过 250 亿元人民币，其中高科技生产比重将从目前的 2.4% 提高到 15%。

汕头特区面积扩大后一年来，总投资 60 亿元人民币的八大基础工程进展顺利，其中，广（州）汕（头）公路、大型自来水厂已投入使用；深水港万吨级码头和十万千瓦燃气电厂将于明年初完工；跨海大桥 1994 年 4 月建成；120 万千瓦煤电厂、深（圳）汕（头）高速公路、广（州）梅（县）汕（头）铁路都将于 1995 年内竣工。

今后三年，汕头市政府还将投资十多亿元人民币改造旧城，发展电信、文化教育等公共设施。

陈作民表示，汕头市欢迎外商投资改造旧城，兴建基础设施。今年来，已有香港殷商李嘉诚投资开发十多公顷土地；泰国正大集团投资连片开发工业、商业区；泰国知名人士陈世贤等投资十亿港元与汕头市房产开发公司合资开发八公顷土地；香港四家公司联合投资 50 亿港元兴建汕头世界贸易中心综合建筑群。到目前为止，市区内在建和筹建的高层建筑达 100 多幢，这些工程都将于 1995 年内完成。

（新华社汕头 1992 年 11 月 22 日电，与姚达添、胡创伟合作）

中国一家跨国经营集团公司置身国际经济大循环

中国一家大型集团公司大胆利用国际资金和国际资源，迅速崛起成为以利用外资为主要资金来源的跨国经营集团。

这家公司——汕头海洋（集团）公司的总经理李国俊道出其中奥妙：“我们企业的经济活动以国际化为目标，按照市场经济轨道运行。没有原料资源就到国际市场去选择、交换，缺乏资金就到国际市场去融通，缺乏人才也通过国际经济活动去培养或聘请。这样，使企业置身于国际经济大循环，参与国际资源的交换和分配。”

创建于 1984 年的这家公司，八年来，先后投入建设资金超过一亿美元，其中直接利用外资与补偿贸易约占 13%，利用海外融通资金约占 59%。今年 1 月至 10 月实现出口总额 1 497 万美元，比去年同期增长 2. 6 倍。

据李国俊介绍，公司善于抓住时机，利用国际商业信贷资金，选择市场需求紧缺的合成树脂工业项目作为主要产品。仅在五年间就投资 7 800 万美元，先后建成年产 2 500 吨聚酯片基厂及年产 1. 2 万吨片基级、瓶级聚酯切片厂，单项产量目前全国规模最大的年产五万吨聚苯乙烯厂等一批基础原材料工业项目以及万吨级石油化工专用码头等，把在海外借来的资金、技术设备和原料，转化为自己的生产力和产品。

李国俊说，汕头海洋（集团）公司在利用外资、引进技术设备、供应源材料、出口产品以及技术信息交流和科研开发协作等方面，注意从开展国际市场的角度进行整体规划，统筹安排，多方比较，防止单打一或一头栽下去。这样，每引一个项目、洽谈一项生意，就增加一个合作伙伴，扩展了企业在国际市场上的联系面，促进经济技术合作的国际化。

据了解，以低档终端产品加工、小型项目起步的汕头海洋（集团）公司，如今已发展成为以石油化工为主体并包括音像工业、塑料加工业和电子配件加工业等多种产业在内的工业明星，生产点遍及汕头、广州、深圳、惠州等。

（新华社汕头 1992 年 12 月 20 日电，与姚达添、王传真合作）

独资企业春源鞋业集团办起大学

华南理工大学成人教育学院春源分院近日在汕头经济特区“春源工业村”隆重举行开学典礼。这是中国大陆高等学府与独资企业联合办起的第一所大学。

香港知名企业家林显利先生，独资创办了汕头经济特区春源鞋业集团。为了提高“春源”管理人员的管理水平和员工的素质，他与华南理工大学合作，开办华南理工大学成人教育学院春源分院。

这个分院设置“工业企业管理工程”和“工业经济”两个专科，计划十年内为该企业乃至汕头地区培养大专以上人才 1 000 名，1993 年入学 300 名，培养对象为该企业在职员工，以夜大形式，学制三至四年，学生完成规定课程经考试合格，发给国家统一印制的大专毕业文凭，国家承认学历。

（新华社汕头 1993 年 2 月 1 日电）

汕头货走俏国际市场

著名侨乡汕头市的产品日渐走俏国际市场。

据统计，1992 年汕头特区自产产品出口额达 10.96 亿美元，产品远销欧、美、澳、非洲和中东、东南亚等近 100 个国家和地区。

近年来，汕头涉外的工厂企业，在产品质量、花色品种、包装装潢等方面下功夫，使之适销对路。同时，汕头特区 980 多家拥有进出口贸易经营权的机构，利用其信息灵、渠道广的优势，工贸结合，相得益彰，积极把汕货推向国际市场。

据悉，现在汕头的陶瓷制品、抽纱、音像制品、农副产品等在竞争激烈的国际市场已挤占一席之地。过去不惹眼的服装，现在已成为主要出口产品，去年出口量超过四亿美元。

（新华社汕头 1993 年 2 月 25 日电）

香港与汕头合作经营的汕头国际大酒店移交汕头管理

香港和汕头合作经营的四星级宾馆——汕头国际大酒店开业五年来，吸收、消化了海外标准化、规范化的酒店管理技术，创出良好的经济效益。港方日前已将这家酒店移交汕头有关方面管理。

汕头国际大酒店是由中国银行汕头分行、香港广利南投资管理有限公司、香港丰民投资有限公司共同投资 2 500 万美元建成的，合作经营期为 15 年。这家酒店 1988 年 2 月开业起一直由香港利园国际集团实行全面管理。五年来，酒店共接待了来自 85 个国家和地区的宾客近 300 万人次，平均开房率为八成，营业收入平均每年以 24% 的速度递增，达到 1.5 亿元人民币，创税利 2 000 多万元人民币，创汇 1 000 多万美元，经济效益名列中国 2 000 多家旅游饭店的第 25 位。

（新华社汕头 1993 年 3 月 1 日电）

汕头特区确保重点建设项目

汕头经济特区在宏观调控中确保重点建设项目，促进经济健康发展。

汕头经济特区在加强宏观调控中，对在建和拟建的项目，进行分类排队，根据实际需要和可能，确保基础设施重点项目的实施。此外，还注意确保效益好的国有企业所需的资金，确保收购、组织产品出口所需的资金。在确保实施基础设施重点项目的同时，对高新科技项目和销路好的乡镇企业，尽快扶上马；对一般性的项目，该下马的坚决下马。现在，海湾大桥正进入紧张的施工阶段，海面已竖起一座座高大的混凝土桥墩，桥梁正在延伸；华能汕头电厂一号锅炉基础开始浇灌混凝土；广梅汕铁路软基处理、深汕高速公路东段、邮电通信中心等基础设施工程也都进展顺利。

（新华社汕头 1993 年 8 月 30 日电）

汕头整体经济实力明显增强

汕头经济特区扩大范围两年来，社会经济发生了重大变化，整体经济实力明显增强。

据国家权威部门去年底公布的评价结果显示，汕头已跻身于“中国城市综合实力五十强”和中国“首批投资环境四十优城市”之列。

汕头经济界人士认为，特区扩大范围后的两年，是汕头自80年代以来最好的发展时期。这主要表现在国民经济持续、快速、稳定发展；对外开放层次得到提高；居民生活、居住条件进一步改善。

据有关部门预测，今年全年汕头工农业总产值将跨上200亿元的台阶，预计达220多亿元，比上年增长29%，净增50亿元。

对外开放层次不断提高。去年以来，汕头市陆续创办了保税区、高新技术产业开发区、南澳海岛开发试验区，不断提高开放层次。

（新华社汕头1993年11月23日消息）

汕头特区加快基础设施建设

汕头经济特区加快基础设施建设，一批已展开的大型交通、能源项目正在加紧施工，另有一批基础设施项目又将投巨资兴建。

记者日前来到汕头海湾大桥施工现场，看到建桥工人们正在冒雨作业。据介绍，这座合计总长度 2.5 公里的海湾大桥，是广东省“八五”期间交通基础设施重点建设项目，也是中国第一座大跨度钢筋砼悬索桥。它建成后将对改善汕头市交通，促进经济腾飞起重要作用。按照工程进度，海湾大桥将于 1995 年 10 月建成通车。

汕头市把有限的资金用在刀刃上，千方百计确保重点基础设施项目的建设进度。他们通过各家银行的资金投入以及引进外资，使一批基础设施项目顺利进行。目前，深水港 3.5 万吨级煤码头主体和防沙堤 AB 段 3.1 公里已基本完成，驳船及重件码头已交付使用；华能汕头燃煤电厂已进入主厂房及码头施工阶段；新津水厂二期工程正在加快施工；深汕高速公路东段工程建设将全面展开；广梅汕铁路汕头段的征地和软土路基处理等前期准备工作也正在进行之中。

今年以来，汕头市引进外资建设基础设施取得突破。深汕高速公路东段总投资 25 亿元，外资占三成；汕头海湾大桥投资总额 7.5 亿元，外资占六成。与外商签订合同或达成协议的还有永泰港务公司集装箱码头配套项目、邮电局的移动电话机和通信电缆项目等。

（新华社汕头 1993 年 12 月 10 日电，与姚达添合作）

汕头银行多过米铺

在汕头市区，随处可见各专业银行的分支机构和储蓄所。

汕头市区现有各家专业银行的固定储蓄所（网点）约 1 200 家。在旧市区的干道外马路，改革开放前只有两家储蓄所；而现在，人民银行、工商银行、建设银行、农业银行、信用社等金融机构已先后设立了储蓄所十多家。

在发展储蓄网点中，工商银行汕头分行先走一步。他们在玫瑰园、牡丹园、百合园、芙蓉园、水仙园、海棠园、月季园、玉兰园、石榴园等新住宅区都建立了储蓄网点。目前，他们已在市区建立储蓄所58家，即将挂牌营业的还有九家。

金融界行家分析说：银行竞相多设储蓄网点，主观上讲是希望多吸收社会上的游资，多存多贷，扩大资金的辐射面。客观上讲，汕头经济繁荣了，市民手中钱多了，也促使储蓄网点的发展。

现在，各专业金融机构的利益机制明显，谁多设储蓄网点，在竞争中就相对有利。但有识之士认为，各金融机构设立储蓄网点应同当地的经济实力相配称，并非越多越好。当前应着重提高服务质量，增加业务种类。

（新华社汕头1993年12月27日电）

汕头市每百人拥有三部“大哥大”

据汕头市邮电局统计：目前汕头市区移动电话已达2.7万多户，平均每百人拥有三部，普及率居全国城市首位。

汕头是我国五个经济特区之一，也是我国的重点侨乡。这里有大批工商界人士为及时了解市场行情、传递经济信息，对移动电话求购迫切。

汕头市邮电局为尽快满足用户需要，对移动电话设备进行大规模扩容，先后组织技术人员开发了营业微机管理和交换机数据管理两套微机系统，提高了数据的处理速度。仅上半年就新增

8 000 多用户。

（新华社汕头 1994 年 7 月 28 日电）

汕头成立台港澳经济研究会

汕头市台港澳经济研究会日前成立。这个研究会旨在探索汕头与台港澳的经济合作、贸易往来和技术交流。

汕头市地处台湾、香港和深圳、厦门经济特区的中间点，旅居台港澳的同胞众多。改革开放以来，汕头在引进了大量的台资和港资。此间的经济学家认为：汕头成立台港澳经济研究会，将有利于汕头与台港澳的经济贸易往来，并能为台港澳与华南沿海地区的经济联系提供有价值的研究成果。

（新华社汕头 1994 年 9 月 29 日电）

汕头集贸市场辐射全国

广东省汕头市城乡集市贸易日益兴旺，流通渠道不断扩大，吸引力和辐射力已从赣南、粤东、闽西南地区逐渐扩展到全国各地。据工商行政管理部门统计，去年全市集市贸易成交额达 37. 7 亿元，比前年增长 36. 4%，其中农村集市贸易成交额约占 50%，增长 47%；农副产品成交额 25. 7 亿元，增长 23%。服装、手工艺术品、日用小百货等“汕货”售销全国各地。

汕头城乡迄今已拥有各种类型的集贸市场 183 个。仅去年一年，全市投放集贸市场建设的资金达2.3亿元，新建市场21个，总面积超过30万平方米。在集市贸易中，骨干市场的经济效益十分显著，去年成交额超过5 000万元的市场有16个，其中金凤城市场、广场服装市场、龙眼路市场、澄城中心市场和澄城水产批发市场等，成交额都超过一亿元。

（新华社汕头1995年6月18日电）

汕头成为创汇大户

汕头对外贸易发展迅速。

据统计，汕头市1993年进出口总额为47.02亿美元，其中出口额19.01亿美元，比改革开放前增加十多倍。今年1月至9月，全市进出口额达41.19亿美元，比去年同期增长24%；出口额18.46亿美元，比去年同期增长40.2%。

改革开放以来，汕头发展商贸、侨乡、港口、特区优势，出口商品已销往109个国家和地区。抽纱、渔网、罐头、陶瓷、服装、烤鳗、药品、果蔬等十多种大宗产品约占出口总额的70%。去年，全市出口额超过1 000万美元的企业达25家。

（新华社汕头1994年11月5日电）

百载商埠再度向海外招商，汕头保税区开始运作

“百载商埠、楼船万国”的汕头市，保税区已开始运作，向海外招商。

汕头保税区委员会主任林加茂说：汕头保税区是建立在汕头经济特区上，同其他保税区比较，更显得优惠，拥有更开放的政策。保税区通过产品出口加工、与特区内部联营，与国内外联营三大功能，加快汕头市工业、农业、商业的发展。

汕头保税区自筹建发来，已先后接待来自香港、台湾地区和日本、韩国、印度尼西亚、美国、苏丹等国家客商100多批。并多次前往香港参加各种招商活动。目前已引进24个项目，投资总额1.44亿美元，利用外资1.21亿美元，开发的项目有摩托车装配、传真机、复印机、手提电话机组装、租赁和餐饮等。

汕头保税区将大胆借鉴国际自由贸易区的经验，把保税区建成一个现代化、国际性的对外开放新区，成为汕头经济特区与国际市场的连接点。在功能选择上，近期以加工出口技术含量高和附加值高的产品为主；远期则以国际转口贸易为主要的发展方向。

汕头保税区自筹建一年来，集中全力加快基础设施建设，累计已投入资金4亿多元人民币，已建成周长9.3公里的隔离网和海关巡逻道；建成3 500吨级的保税区专用码头和一万平方米码头货运场以及连接保税区至专用码头八公里长的道路；铺设了供电电缆、经水管道和800门程控电话交换系统，建成1.2万平方米写字楼。保税区内三条主干道路基础工程已基本完成，排水管道、供水、供电和排污等地下管网正在铺设，年底前可完成“五

通一平”工作，九幢仓库及首期商品展示厅目前已启用。

（新华社汕头1994年10月2日电）

附：开拓汕头对外宣传新领域

我在新华社汕头支社工作时，始终把宣传报道工作放在第一位，正因为这样，得到当地党、政机关的重视、支持。我在汕头支社始终把主要精力放在采写新闻稿子上，被总社采用的各类稿件不下150篇，其中大部分是对外稿件。当然，其中有分社驻汕头记者合作采写的，也有总社记者姚达添、胡创伟、冯东书、韩舞燕等主动来帮助我合作采写稿子的。特别是对外部记者姚达添、胡创伟，采写的稿件数量多、质量好，扩大了汕头侨乡在海外的影响。

我对家乡汕头的报道宣传，是尽心尽责的，哪怕别人说我的家乡观念强。白纸黑字是抹杀不了的，有书为证（见“李沪新闻作品丛书”，2011年由暨南大学出版社出版）。汕头市委、市政府表扬支社的宣传报道工作，市委书记林兴胜还批示：汕头市属各单位，都要认真支持新华社汕头支社的工作。

汕头（潮汕地区）是全国著名的侨乡，新华社在汕头的宣传报道工作，重点是开拓对外宣传新领域，让汕头走向世界，让世界了解汕头。

潮汕地区旅居海外的华侨（含华裔）和港澳台同胞约1 000万人。潮汕人足迹遍天下，潮汕人随海潮漂流向世界各地，凡是潮水到过的地方都有潮汕人。他们分布于世界100多个国家和地区。他们永远不忘自己是炎黄子孙，爱国爱乡，年年捐巨款，为家乡兴办教育事业和医疗卫生等公共福利事业；一大批热血青年，回国参加民主革命和抗日战争、解放战争，做出了卓越的贡献。在遥远他乡的游子们，留恋着家乡的风土人情，至今还保留着家乡的不少风俗习惯。前些时，汕头市委宣传部代表团到美国访问，在洛杉矶，一位接待他们的潮籍老华侨拿着一份中文报纸，指着新华社对外部播发的“汕头传统小吃香飘四海”的消息说：“看了觉得格外亲切，孩提时在街头吃‘蚝烙’（闽南和台湾地区叫蚵仔煎）‘牛肉丸’的情景历历在目。”老华侨说：“希望今后能看到这类报道，越多越好。”显然，潮汕小吃“蚝烙”“牛肉丸”“粽球”等，在国内的知名度远远比不上新疆的“烤羊肉串”、内蒙古的“涮羊肉”、北京的“烤鸭”、天津的“狗不理”等。但是，倘若那位潮籍老华侨看了有关北方著名的传统小吃的报道，不一定能够那样引起浓浓乡愁。

对外宣传报道没有突显地方特色，那是缺乏生命力的。新华社汕头支社在侨乡的对外宣传，正朝向地方特色这方面去努力，去探索。什么是地方特色呢？在这里举个有趣而又令人深思的例子。新华社四川分社记者采写了一篇关于大熊猫的生活趣闻的对外宣传稿子，吸引着许多海外报纸竞相采用，还被美联社、路透社等多家国际大通讯社转播。一位长期在新华社从事翻译工作的外国专家说：在中国，报道一条关于大熊猫的消息，在外国人看来，胜过采写几个大港口吞吐量创历史水平的稿子。因为大熊猫是中国的特产、国宝，人无我有，这就是特色，是四川的特色，也是中国的特色。

窃以为，汕头侨乡的地方特色是明显的：经济特区创办外向型农业，农业生产像绣花一样精耕细作，农村妇女心灵手巧善于飞针走线绣花、抽纱，传统手工艺术品巧夺天工以及独特的语言、讲究的潮汕工夫茶、饮誉海内外的潮州菜、一半观众在海外的潮剧、潮州音乐、潮汕大锣鼓和民情风俗、艺术流派、社会现象、自然景观等。和谐地把这些地方特色糅合在一起开展宣传报道，一定会形成整体的地方特色，也符合海外潮籍读者的口味，获得良好的宣传效果。

1980年春，我随同中共广东省委书记吴南生到汕头地区了解、调查落实华侨政策的情况。有一次在谈到侨乡的对外宣传工作时，吴南生语重心长地说："侨乡的宣传工作一定要有侨乡的特色，要符合海外读者的口味。"他强调说："抓好百分之一的报道，可以影响全世界"。这句话的意思是：汕头地区旅居海外华侨、华裔、港澳同胞约1000万人口，相当于中国人口的1%，做好这部分人的工作，在全世界会产生深远的影响。

我是潮汕人，我总觉得自己有责任为侨乡的对外宣传工作尽一点力。前些年，在新华社开展"文风改革"期间，我采写了一大批反映改革开放涌现出来的新人物、新事物、新经验、新风尚的富有地方特色的社会新闻和现场短新闻。在大胆探索中，取得较好的宣传效益，受到新华社通报表扬，通报中提出希望新华社各地能够出现更多的"李沪式新闻"。那时，我也采写了一批富有潮汕侨乡特色的短新闻、社会新闻，收集在"李沪新闻作品丛书"《记者的看家本领》中。

1991年以后，我在新华社汕头记者站和汕头支社工作，开拓汕头地区对外宣传的新领域，四年多的时间，新华社采用、播发我在潮汕采写、合作采写的国内通稿，对外通稿及新华社办的《内部参考》《瞭望》《半月刊》《经济参考》《新闻业务》等期刊的稿件不下150篇。其中大部分是富有地方特色的对外稿子。采写过程中总觉得心情轻松，行文顺畅，一篇稿子几百字、千把字一气呵成，没有空话、套话、形式活泼、笔调清新，也凝聚着我的一番心血。汕头的亲戚朋友们看到我长年累月扑在采访写作上，劝告我说，你这不是卖力，简直是卖命。

作为一名新华社记者，我在汕头地区留下的一抹墨痕，是对得起父老乡亲的。动力从哪里来？一句话："让世界了解汕头，让汕头走向世界。"我坦言，像我这样在汕头的四年多时间段里，新华社从来没有对汕头这样认真地宣传报道过，恐怕今后也不会再出现这样的事情！

新华社汕头支社建立以来，历任四位社长，15 年后，由于种种原因，汕头支社的工作难以正常运转，“招牌”也从汕头市摘下了。我是新华社汕头支社的创建者，见证其盛衰兴败，可叹！可叹！

其实，侨乡汕头对外宣传的题材是一个含金量充足的“富矿”，有取之不尽用之不竭的资源，因其地处省尾国角和一些人的偏见而得不到应有的重视。新华社多年来形成的“重内轻外”的条条框框的宣传报道方针，实际上是自己孤立自己。错误的新闻导向驱使记者把精力花在采写党、政机关的所谓领导有方，正确贯彻执行中央的路线、方针、政策，工农业生产形势大好这方面上来。这些千篇一律、长篇累牍的官样文章，外国人连看都不看一眼，哪能达到宣传效果。外国驻华的媒体工作人员，除了有选择地报道我国重大的政治、经济事件外，大量的稿件是反映人民群众的衣、食、住、行，喜、怒、哀、乐及当前社会的“热点”问题。正因为新华社汕头支社在对外宣传方面能够总结经验教训，采写稿子的目的无他，就是希望海外媒体多多采用，希望海外读者爱看，能够接受。所以，做到每篇稿子都用事实说话，绝不添枝加叶，绝不作合理想象。过去媒体在宣传好人好事时，往往把人物写得十全十美，不食人间烟火，神乎其神。这样做，结果适得其反，非但读者不太相信，而且望而生畏，媒体的公信度下降。现在，稿子要求以理服人，以情感人，绝不能像过去那样，热衷于摆姿态，唱高调，装腔作势，用空泛的政治概念或豪言壮语来代替事实，这样做只会让读者瞧不起。

在一般人的心目中，新闻过不了夜，今天是新闻，明天就变为旧闻了。有的重大事件今天是社会亮点，明天就失去时效，暗淡无光了。其实，一些富有时代气息，富有地方特色的新闻，表面看似乎平淡无奇，却充满生命力，长时间流传于社会。

新华社汕头支社的宿舍在“水仙园”小区，这里原属澄海县金砂村的地盘。金砂村被誉称为产生世界顶级“跳水”运动名将的福地，先后出现李宏平、李德亮、李巧贤等一批跳水运动世界冠军。同“水仙园”小区毗邻的汕头鮀滨制药厂组建了汕头少年乒乓球队，经费由企业赞助，是实行企业化管理的体育队伍。1993年组建后，在全国性比赛中，南征北战，所向披靡，处于少年乒乓球的霸主地位。我深受他们的事迹感染，于1993年初采写了《汕头少年乒乓球队震惊乒坛》的消息，受到国内外多家媒体采用。消息中提到：行家认为，汕头少年乒乓球队象征着中国乒坛的希望，若干年后这支队伍将出现若干个国家冠军和世界冠军。队员马琳、谭端午、李潮等先后被送人国家乒乓球二队培训。果然，十多年后，马琳已成为所向披靡的中国男子乒乓球队出征世界各种比赛的领军人物。若干年过去了，这篇报道至今仍令人回味无穷。

我长期当新华社农村记者，采写的每篇稿子都散发着泥土气息。在我的记者生涯中，顶多只采写四五篇体育稿件，其中两篇出于汕头，都有一定的预见性，都充满着生命力。《棋坛新秀许银川》同《汕头少年乒乓球队震惊乒坛》可以说是一对“姐妹花”。1989年夏，许银川尚未离开惠来县农村。这篇不足700字的特写，却把现场、背景、内容、过程、预见性和谐地糅合在一起。简单几笔，就把许银川的形象勾画出来。还颇有预见性地写到许银川定会崭露头角。若干年后，许银川像马琳那样名扬四海，果然成为“中国象棋”的领军人物。

总结我在汕头支社这几年间，采写的稿子数量虽多，但高质量的却嫌少。虽然也有洋洋洒洒几千言的官样文章，也不乏有内容和形式统一、思想性和艺术性统一的好文章。总体上来说，大量的报道是好的、正常的，但也有一些是“跑衙门”得来的数据加上平时积累的资料和套用上时髦的语言而形成的一般稿件，像吞杯白开水，吸引不了读者。但对工商界人士来说，可以从中捕捉一些信息，或许会受到一些启发。

在到新华社汕头支社工作之前，我曾采写了一批生动活泼的短新闻，受到媒体的肯定。到汕头之后，我试图把一般性的经济新闻作为“信息”处理，强调“短些、短些、再短些!”其实我开始也是这样做的，在采写汕头经济特区有关经济发展成就时，我把稿子“信息”化了。我相信，这样坚持数年，必见成效。可惜独木不成林，形成不了气候。不久我被调回新华社广东分社坐办公室了。

后　记

乍看我略带几分斯文，其实我是个典型的农民，不但形似，而且神似。我是在海滩滚泥巴长大的。念小学和初中时，喜欢辍学干农活。少年时，我手掌长老茧、脚踩泥沙，晨披雾水，晚踏露水，俨然成为生产队里的一个劳动力了。

初中肄业时我还未满 17 周岁，从喝韩江水改为饮珠江水，到中山县港江公社插队落户。在大沙田网地带，看惯荔枝花开花落，珠江潮涨潮退；又听惯棹艇的农妇哼唱咸水歌，琅琅歌声满江流。辗转回家乡后，儿时那帮小伙伴，已成为生产队里的骨干。他们把我捧为生产队财经队长，兼管公共食堂工作。从土地改革到农业合作化到穷过渡人民公社化，无休止地跑步。我还当过工作人员，到阳江县白沙公社埠头大队搞“四清”运动。我同农民有天然的感情。淳厚质朴、正直善良、勤劳勇敢的农民，长期以来处于社会的最底层，是最大的弱势群体。

大学毕业后，我长期在新华社当农村记者，这是我最熟悉的老本行，走村串户、接人气、接地气，掏农民的心里话，站边为农民说话，这是我采写稿子的动力、激情。我是“海边人”，不谙“山里话”，社会中涉及农业、农村、农民问题中的一些纠葛，我多次得罪过一些机构和群体。

在搞穷过渡的日子“自留地”被取消了，农户多养几只鸡鸭，老太婆拿几个鸡蛋上市集换回些油盐酱醋，也被当作“资本主义倾向”而受到批判。社队盲目地扩大粮食的种植面积，压缩经济作物，造成“宜鱼不能网”“宜畜不能牧”。有的社队为了增加粮食产量，毁林开荒，结果是“开荒开荒，东开西荒，年年开荒年年荒”。造成水土流失，生态环境受到破坏。

改革开放后，在潮汕地区采访，大多是接触当时的社会热点问题，也是在特定的历史阶段争议较大的问题，或是不按“老皇历”办事，或是刚破土而出的新生事物。特别是在“拨乱反正”“正本清源”时期，敢于同旧思想、旧习惯、旧条条框框挑战的新闻作品，往往要冲破重重阻力和“闯禁区”，一不小心就要“踩地雷”或跌下陷阱被扣帽子、打棍子、抓辫子。

采访时，避免针尖对麦芒，运用灵活方法。不拘泥于现实，在难于挖掘正面和典型事例时，以夹叙夹议的形式进行表述。形成当时媒体流行的行话：“事物和典型性不够，就从矮个子中挑高的，或者反面文章正面做，化消极因素为积极因素。”这种旁敲侧击的新闻体裁：记者来信、采访札记、工作研究、述评等，大行其道。

潮汕是全国农业生产区，也是农业生产出经验的地区。在“农业学大寨”之前。广东省委做出决定：号召全省农业“学潮汕、赶潮汕”。那时省里从潮汕地区挑选出一大批“潮汕老农”，分赴全省各地以及湖南、广西、江西等水稻产区传授“精耕细作”夺高产的经验。

说也奇怪，我这个根在黄土高原那头，长在南海海疆“陇西世家”这头的人，在北京众多的广东人中，却单挑叫我“老广”，难道其他人就没有粤人的特征吗？在广州，一些相熟的人管我叫“潮汕老农”。看来我真的同“潮汕老农”有缘了，应该认命了。

后来我才察觉到，我被称为“潮汕老农”，还有一个深层的原因。

我是农村记者，到潮汕采访的时间多，采写的稿子也多。有的人不知从什么角度去理解，说我满脑子农民意识，地方观念强。农民意识是圆的还是扁的，谁见过？农民意识也是劳动人民意识！地方观念是留恋故土，怀念故乡，用时髦的话说，就是

“乡愁”，有什么不好呢？爱国爱乡是一致的。试想：一个不热爱家乡的人，很难想象他爱国。“保家卫国”是紧密联系在一起的，家和国你中有我，我中有你。

李沪

2018 年 3 月